國際IELTS應考叢書

字彙篇

王建華　主　編
于培文　副主編

中華書局(香港)有限公司
(臺灣)建宏出版社
聯合出版

國際 IELTS 應考叢書

□ 封面設計：麥家豪

字彙篇

□
編著
王建華　于培文

□
出版
中華書局（香港）有限公司
香港北角英皇道 499 號北角工業大廈 1 樓 B
電話：(852) 2137 2338　傳真：(852) 2713 8202
電子郵件：info@chunghwabook.com.hk
網址：http://www.chunghwabook.com.hk

□
發行
香港聯合書刊物流有限公司
香港新界荃灣德士古道 220-248 號
荃灣工業中心 16 樓
電話：(852) 2150 2100　傳真：(852) 2407 3062
電子郵件：info@suplogistics.com.hk

□
版次
2002 年 2 月初版
2024 年 4 月第 11 次印刷

□
ISBN：978-962-231-296-8

本書導讀

這是一本全方位爲考生著想的 IELTS 字彙應考書，有別於其他版本的 IELTS 字彙手冊，它具備以下特點：

Ⅰ. 5000 個常考高頻單字奠定考生不可或缺的基本功，所有單字配有音標、詞性、釋義和英文例句，提高實際運用能力。

Ⅱ. 3000 個高分核心分類字彙按學科主題分爲 87 類，根據考題兼顧難易層次，尤其對閱讀字彙加大力度。

Ⅲ. 忽略近義字彙是 IELTS 考生得不到高分的關鍵原因之一。在衆多選擇可能中若能一眼識別文中字彙的近義詞，便能迅速選擇正確答案。對於本書這部分獨特的內容，考生勢必要熟記於心。

Ⅳ. 本書應考針對性極強，堅決捨棄無足輕重的知識性內容，而緊扣 IELTS 考試得分命脈。所有單字均標注音標，協助考生在聽力測試中捕捉解題訊息。此外，一些零散卻至關重要的小片語、句式、商標、貨幣、品牌等，都在本書得到完備的總結。

本書作者具備豐富的 IELTS 教學經驗，在字彙研究方面頗有成就。本書爲時間寶貴的廣大考生節約大量時間與精力，引導他們朝最快最好的方向邁進。

目錄 contents

二、閱讀 204

前　言

本書是“國際 IELTS 應考叢書”的字彙篇，共有四部分內容：常考高頻字彙(5000 個)、高分核心分類字彙(3000 個)、常考近義字彙(400 個)和附錄字彙(100 個)。

在常考高頻字彙部分,我們選進最常用、出題頻率最高的單字,每一個詞條均標注了詞性、釋義、音標和例句。因爲 IELTS 主要考語言實際運用能力,因此這部分基本功尤其重要,不管 G 類還是 A 類的考生都應該抓緊這一部分的記憶和練習。

高分核心分類字彙是針對想在 A 類考試中取得高分的考生準備的。在這一部分,我們將所有字彙按學科類別分爲 87 類。每一類下,我們兼顧難易兩種程度的字彙,以難度較大的字彙爲主,它們主要是專業字彙,在日常生活中難以接觸到,但在 IELTS 的閱讀和聽力中卻很重要,尤其是閱讀部分。從最近 IELTS 考試的情況來看,考生普遍反映閱讀難度增大了,重要的一個原因是考生在字彙方面準備不夠。所以在閱讀部分字彙的選擇上,我們主要參考閱讀材料的常考主題。

常考近義字彙是本書有別於其他版本 IELTS 字彙手冊的重要內容。其實,這部分字彙是使考生在 IELTS 考試中拉開得分距離的關鍵。多年的 IELTS 教學和多次的考試訓練使我們認識到近義字彙在 IELTS 測試中佔很高的比例,它們直接或間接地對考生進行檢測,在聽力、閱讀、口語和寫作中,任意一項考題都要求考生對近義字彙非常熟練。聽力中的選擇題、簡答題和判斷題及閱讀中的搭配題、摘要題和選擇題,都要求考生將題中近義字和原材料中的字義進行比較和匹配,匹配上的則爲答案,否則放棄。要想在短期內快速提高 IELTS 成績,對這一部分的字彙必須相當重視。

在附錄字彙部分,我們歸納了一些常考的品牌和專有名詞,同時配有音標。

本書專門針對 IELTS 考試,不同於一般的詞典或各種純字彙工具書。它有很強的針對性,合理細緻的分類以及對近義字彙的總結無疑地都爲考生帶來極大的方便。同時,我們考慮到 IELTS 考試的特點:面寬、量大,重能力,考基礎,所以在選字彙時,我們針對各項考試,注重的要點不同,因此每部分的體例各不相同。例如,近義字彙對考生來說非常重要,而這個重要性只體現於對字義的把握上,對發音和詞性及用法的影響不是很大。所以,我們只列出其字義和簡單的區別。在高分核心分類字彙部分,我們專門歸納了寫作部分可用到的關鍵句式和片語,考生若能在考前熟記它們,無疑會信心倍增。

全書基本上是按字母順序來排列的,但對於分類的片語來說,則沒有這個必要。對於詞性的標注,本書一般只標出 IELTS 常考的詞性,這也是針對考試做的簡化處理。

在編寫過程中,我們參考了目前各類 IELTS 應試指南和備考習題,以及類似的字彙表和辭典,尤其是 Longman Contemporary English – Chinese Dictionary 和 Oxford Dictionary。

我們希望本書對考生有一定的幫助。由於編寫時間緊迫,不當之處在所難免,歡迎不吝指正。

祝願廣大考生馬到成功!

編　者

2001 年 9 月

CHAPTER I

常考
高頻字彙

VOCABULARY

學習指導

想得6分的考生首先必須熟練掌握這部分字彙，這是最基礎的字彙，在考試中出現的頻率最高。每個單字都配有例句或片語、專有名詞，利於考生提高實際運用能力，較難和較重要的單字還附有例句的中文釋義。

abandon	[əˈbændən]	*v.*	遺棄	He **abandoned** his wife and children.
abase	[əˈbeis]	*v.*	貶低，降低	The man would not **abase** himself by showing fear. 這個男人不想因爲害怕而降低自己的人格。
abate	[əˈbeit]	*v.*	使減少，減輕	Nothing could **abate** his rage. 什麼都解不了他心頭之恨。
abbey	[ˈæbi]	*n.*	修道院	The children went to the **Abbey** to visit Maria.
abdicate	[ˈæbdikeit]	*v.*	放棄，退位	King Edward VIII **abdicated** to marry a commoner. 國王愛德華八世爲了和一介平民結婚而放棄了王位。
abduct	[æbˈdʌkt]	*v.*	拐騙	Kidnappers **abducted** the child.
aberrant	[æˈberənt]	*a.*	異常的	The satellite is now on an **aberrant** course. 衛星現在脫離正常軌道。
aberration	[ˌæbəˈreiʃən]	*n.*	失常	Owing to a mental **aberration** he forgot his own name. 由於精神失常，他連自己的名字都記不住了。
abet	[əˈbet]	*v.*	慫恿，教唆	He aided and **abetted** the thief in robbing the bank. 他夥同該匪徒搶劫銀行。
abeyance	[əˈbeiəns]	*n.*	暫時無效，終止	This contract is in **abeyance**.
ability	[əˈbiləti]	*n.*	能力，才能	She has demonstrated a remarkable **ability** to get things done.
abject	[ˈæbdʒekt]	*a.*	卑鄙的，可憐的	The writer is in **abject** poverty now. 這個作家經濟極爲拮据。

abominable	[ə'bɔminəbl]	*a.*	可憎的,可惡的	Murder is the most **abominable** crime. 殺人罪最可惡。
aboriginal	[ˌæbə'ridʒənl]	*a.*	土著的	Most **aboriginal** inhabitants have moved to other places.
aborigine	[æbə'ridʒini]	*n.*	土著居民(尤指澳洲土著)	American Indian are the **aborigines** in America.
abort	[ə'bɔːt]	*v.*	流產	The doctor had to **abort** the baby.
abound	[ə'baund]	*v.*	充滿,富於	The country **abounds** in valuable minerals. 這個國家蘊藏的礦產非常豐富。
abrade	[ə'breid]	*v.*	磨損,摩擦	This machine has been **abraded** too much. 這台機器磨損得太厲害。
abrogate	['æbrəugeit]	*v.*	廢除,取消	This ancient custom was **abrogated** years ago. 這一古老的習俗很多年前就被廢除了。
abscond	[əb'skɔnd]	*v.*	潛逃	The thief **absconded** with the jewels.
absolve	[əb'zɔlv]	*v.*	宣佈免除	The governor agreed to **absolve** us from our obligation. 總督同意免除我們的債務。
abstain	[əb'stein]	*v.*	節制,禁絕,棄權	He **abstains** from eating candy and rich foods. 他不吃糖果和好的飯菜。
abstemious	[əb'stiːmiəs]	*a.*	有節制的	We had an **abstemious** meal. 我們吃了一頓省錢的飯。
abstention	[əb'stenʃən]	*n.*	棄權	There are six votes for, six votes against and four **abstentions**. 六票贊成,六票反對,四票棄權。
abstinence	['æbstinəns]	*n.*	戒酒	He kept **abstinence** for a year.
abstract	['æbstrækt]	*n.* *a.*	概要,摘要; 抽象的	The **abstract** of this thesis is about 300 words.
abstruse	[əb'struːs]	*a.*	難懂的	This new theory is a bit **abstruse**.
abuse	[ə'bjuːz]	*v.*	虐待,濫用	Don't **abuse** your power!
abysmal	[ə'bizməl]	*a.*	糟透的	The food was **abysmal**.
abyss	[ə'bis]	*n.*	深淵	The sad man was in an **abyss** of hopelessness. 這個不幸的人正處於孤立無助的深淵。
academic	[ækə'demik]	*a.*	學術的,大學的	In Britain the **academic** year runs from October to July.

accede	[ækˈsiːd]	*v.* 允諾,就任	The prince **acceded** to the throne when the king died. 國王死後,王子繼承了王位。
accelerator	[ækˈseləreitə]	*n.* 加速器	What's the use of **accelerator**?
accessory	[ækˈsesəri]	*n. a.* 附件(的)	The **accessories** for a car include the heater and radio.
acclaim	[əˈkleim]	*v.* 爲……喝彩	The crowd **acclaimed** the winners.
		n. 讚揚	The book was greeted with considerable **acclaim**. 這本書得到了不少讚揚。
acclimatize	[əˈklaimətaiz]	*v.* 使服水土	It takes months to **acclimatize** to life in New York. 適應紐約的生活要好幾個月時間。
accommodation	[əˌkɔməˈdeiʃən]	*n.* 住處	The travel agency fixed up our **accommodation**. 旅行社給我們安排了住處。
accordance	[əˈkɔːdəns]	*n.* 按照,與……一致	In **accordance** with your wishes, I cancelled the meeting.
accredit	[əˈkredit]	*v.* 歸功於 *a.* 被認爲有責任	He was **accredited** with having said so.
accretion	[əˈkriːʃən]	*n.* 累加物	The thick dirt on the building was the **accretion** of ages. 建築物上的厚厚的灰塵是多年積聚而成的。
accrue	[əˈkruː]	*v.* 增加	The interest on my bank account **accrued** over the years. 這些年來,我的銀行戶口裏的利息在不斷增加。
accumulate	[əˈkjuːmjuleit]	*v.* 累積	He has **accumulated** a large fortune.
accuracy	[ˈækjurəsi]	*n.* 準確性	The **accuracy** of his account surprised us.
acerbic	[əˈsəːbik]	*a.* 尖酸的	His remark is very **acerbic**.
acetate	[ˈæsiteit]	*n.* 醋酸鹽	Is there any **acetate** in the laboratory?
acetic	[əˈsiːtik]	*a.* 醋的,酸的	**Acetic** acid is a kind of useful chemical. 醋酸是一種有用的化學藥品。
acidulous	[əˈsidjuləs]	*a.* 刻薄的,乖戾的	His **acidulous** remark made us very embarrassed. 他刻薄的語言使我們非常尷尬。

acknowl-edge	[ək'nɔlidʒ]	*v.*	承認;表示感謝	He refused to **acknowledge** defeat. 他不承認自己的失敗。We must **acknowledge** his services to the town. 我們必須感謝他爲我們的城鎮所做的貢獻。
acme	['ækmi]	*n.*	頂點	He reached his **acme** of success in his thirties. 他三十歲時達到了成功的巔峰。
acne	['ækni]	*n.*	粉刺	Many young people suffer from **acne**.
acorn	['eikɔːn]	*n.*	橡樹的果實	Tall oaks grow from little **acorns**.
acoustic	[ə'kuːstik]	*a.*	聲波的,聽覺的	The music hall has a fine **acoustic** effect.
acquiesce	[ækwi'es]	*v.*	默許	He **acquiesced** in his future plans his parents had made for him.
acquisition	[ækwi'ziʃən]	*n.*	取得,獲得	He devoted his time to the **acquisition** of language.
acquit	[ə'kwit]	*v.*	宣告無罪	The jury **acquitted** him of murder.
acquittal	[ə'kwitəl]	*n.*	不起訴	His **acquittal** made him happy to death.
acrimony	['ækriməni]	*n.*	尖刻	The dispute was settled without **acrimony**.
acronym	[ˌækrənim]	*n.*	字首組字	UN is the **acronym** of the United Nations.
activate	['æktiveit]	*v.*	使活動	The burglar alarm was **activated**. 防盜鈴響了。
actuate	['æktjueit]	*v.*	發動,驅使	He was **actuated** solely by the desire for fame. 他純粹是被功利心所驅使。
acuity	[ə'kjuːəti]	*n.*	敏銳	He has high **acuity** for current affairs.
acumen	[ə'kjuːmen]	*n.*	敏銳,機智,聰明	This president is famous for his political **acumen**.
acupunc-ture	['ækjuˌpʌŋktʃə]	*n.*	針灸	Chinese **acupuncture** is wonderful.
acute	[ə'kjuːt]	*a.*	敏銳的	Dogs have an **acute** sense of smell.
ad hoc	[æd'hɔk]	*a. ad.*	特別的(地)	An **ad hoc** committee is established for the particular subject.
adamant	['ædəmənt]	*a.*	強硬的,堅定的	I am **adamant** that they should go.
adder	['ædə]	*n.*	小毒蛇	He was bitten by an **adder**.
additive	['æditiv]	*n.*	添加劑	Most food **additives** are harmful to the health.
adduce	[ə'djuːs]	*v.*	舉出,提出(例證)	Could you **adduce** several reasons for his stranger behaviour? 對於他的古怪的行爲,你能舉出什麼理由嗎?

adequate	[ˈædikwit]	*a.*	足夠的,充分的	The city's water supply is no longer **adequate** for its need. 這個城市的供水不再能滿足要求了。
adhere	[ədˈhiə]	*v.*	依附,堅持(常與 to 連用)	They failed to **adhere** to our original agreement. 他們未能遵守我們原定的協議。
adjacent	[əˈdʒeisənt]	*a.*	鄰近的	The two families live in **adjacent** streets.
adjoin	[əˈdʒɔin]	*v.*	與……相鄰	Our house **adjoins** theirs.
adjourn	[əˈdʒəːn]	*v.*	休會	Shall we **adjourn** this discussion until tomorrow? 我們暫時停止討論,明天再進行好嗎?
adjudicate	[əˈdʒuːdikeit]	*v.*	裁決	I will **adjudicate** at local flower show.
adjure	[əˈdʒuə]	*v.*	懇求	I **adjure** you to tell the truth.
adjust	[əˈdʒʌst]	*v.*	調整	He **adjusted** quickly to the heat of the country.
admonish	[ədˈmɔniʃ]	*v.*	訓誡	He was **admonished** for his ill behaviour.
adopt	[əˈdɔpt]	*v.*	收養,採納,採取	I am an **adopted** child.
adorable	[əˈdɔːrəbl]	*a.*	可愛的	What an **adorable** girl!
adoration	[ædəˈreiʃən]	*n.*	崇拜,敬愛	He was filled with **adoration** when he saw the great man. 他看到那位偉人時,敬意油然而生。
adore	[əˈdɔːr]	*v.*	崇拜,鍾愛	She **adores** her child.
adorn	[əˈdɔːn]	*v.*	裝飾	The maid **adorned** the room with flowers. 這個女孩用鮮花裝飾她的房間。
adulterate	[əˈdʌltəreit]	*v.*	摻雜	The milk has been **adulterated** with water.
advent	[ˈædvent]	*n.*	來臨,到來	Society has changed greatly since the **advent** of the car.
adverse	[ˈædvəːs]	*a.*	不利的	The journey was cancelled due to **adverse** weather conditions.
advocate	[ˈædvəkeit]	*n.*	倡導者	He is an **advocate** of environment protection.
		v.	主張	He **advocated** the use of force.
aerobatics	[ˌeərəˈbætiks]	*n.*	特技飛行	We were watching an **aerobatics** display.
aerobics	[ˌeiəˈrəubiks]	*n.*	有氧運動	**Aerobics** is a good way to keep fit.
aerogramme	[ˈeərəgræm]	*n.*	航空郵件	We received an **aerogramme** a week ago.
aeronautics	[ˌeərəˈnɔːtiks]	*n.*	航空學	He specialized in **aeronautics**.
aerosol	[ˈeərəsɔl]	*n.*	噴霧器	an **aerosol** spray 液化氣體噴射器

aesthetics	[iːsˈθetiks]	*n.*	美學	**Aesthetics** is an optional course for the students of science. 美學只是理科學生的一門選修課。
affable	[ˈæfəbl]	*a.*	和藹的,親切的	His mother seemed fairly **affable**.
affection-ate	[əˈfekʃənət]	*a.*	深情的,熱情的	He was **affectionate** and considerate.
affiliate	[əˈfilieit]	*v.*	合併,加盟	The college is **affiliated** to the university. 這所大學合併了這個學院。
affinity	[əˈfiniti]	*n.*	親密關係	There is a strong **affinity** between them.
affirmative	[əˈfəːmətiv]	*a.*	肯定的	The answer to my request was a strong **affirmative**.
afflict	[əˈflikt]	*v.*	折磨,使痛苦	He is **afflicted** both in body and spirit.
affluent	[ˈæfluənt]	*a.*	富裕的,豐富的	The UK was once known as an **affluent** society.
afforest	[æˈfɔrist]	*v.*	造林,綠化	It takes a long time to **afforest** the whole area.
affront	[əˈfrʌnt]	*v.*	侮辱	He **affronted** the girl by acrid remarks.
aforemen-tioned	[əfɔːˈmenʃənd]	*a.*	上述的,前述的	The **aforementioned** persons were present at the trial. 上述的人員在審判現場。
aftermath	[ˈɑːftəˌmæθ]	*n.*	(不幸事件的)後果	Life was much harder in the **aftermath** of the flood. 洪水過後,生活越發艱難了。
agape	[əˈgeip]	*a. ad.*	(驚奇、害怕得)目瞪口呆	The children were **agape** with excitement as they watched the show. 孩子們看表演時,個個驚得目瞪口呆。
agenda	[əˈdʒendə]	*n.*	會議的議程	The question of salary increases is high on the **agenda**. 增加薪資問題是要討論的重要議程。
agglomer-ation	[əˌglɔməˈreiʃən]	*n.*	結塊,凝聚	Our town was surrounded by **agglomerations** of ugly new houses.
aggravate	[ˈægrəveit]	*v.*	加重,惡化	The lack of rain **aggravated** the already serious shortage of food.
aggregate	[ˈægrigit]	*a.*	總計的,合計的	What are your **aggregate** wages for last year?
aggrieved	[əˈgriːvd]	*a.*	憤憤不平的	He felt **aggrieved** because of ill treatment.
agile	[ˈædʒail]	*a.*	靈活的	Monkey is an **agile** animal.
agitate	[ˈædʒiteit]	*v.*	使不安,鼓動	The audience was **agitated**, but unresponsive. 觀眾被鼓動起來了,但是反響不強烈。

agnostic	[æg'nɔstik]	*a.* 不可知論的 *n.* 不可知論者	He is an **agnostic**. 他是個不可知論者。
agog	[ə'gɔg]	*a.* 渴望的,極度興奮的	We were **agog** to know what had happened. 我們都急於想知道發生了什麼事。
agony	['ægəni]	*n.* 痛苦,苦悶	He was in **agonies** of doubt.
aid	[eid]	*n. v.* 援助	first **aid** 急救 foreign **aid** 外援
aide	[eid]	*n.* 副官,助手,參謀	He is an **aide** of a minister.
ail	[eil]	*v.* 使生病,使苦惱	What **ails** you? 什麼事使你煩惱?
airtight	['εətait]	*a.* 不透氣的,密封的	The container is **airtight**.
airway	['εəwei]	*n.* 航線,航空公司	British **Airways** 英國航空公司
airworthy	['εəˌwəːði]	*a.* 適合航空的	The present weather is **airworthy**.
aisle	[ail]	*n.* 通道	There are many people standing in the **aisle**.
ajar	[ə'dʒɑː]	*a. ad.* 半開的	The door was **ajar**.
akin	[ə'kin]	*a.* 同宗的,類似的	His beautiful writing is **akin** to drawing. 他那優美的字跡如同圖畫一般。
à la carte	[ˌɑː lɑː'kɑːt]	*a.* [法]按菜單點菜的	We only have an **à la carte** menu.
albeit	[ɔːl'biːit]	*conj.* 雖然	It was a very important, **albeit** small, mistake. 這個錯誤雖小,但是很嚴重。
alchemy	['ælkəmi]	*n.* 煉金術	**Alchemy** is the beginning of Chemistry.
ale	[eil]	*n.* 麥酒	He prefers this kind of **ale**. 他寧可喝這種麥酒。
algae	['ældʒiː]	*n.* 海藻,藻類	This **algae** is made into a tonic. 這種海藻已經製成滋補品。
algebra	['ældʒibrə]	*n.* 代數	He takes great interests in **algebra**.
algorithm	['ælgəriðəm]	*n.* 運算法則	They taught me some skills of **algorithm**.
alibi	['ælibai]	*n.* 不在場證明	They all had **alibis** when asked where they were on the day of the crime. 當問及案發當日他們在哪裏時,他們都有不在場證明。
alienate	['eiliəneit]	*v.* 疏遠	His conduct **alienated** the whole family. 他的所作所爲使他和家裏的關係疏遠了。

alight	[ə'lait]	*v.*	從(交通工具)上下來	Passengers should not **alight** from the train until it has stopped. 在火車未停穩之前,乘客請勿下車。
align	[ə'lain]	*v.*	排成直線	She neatly **aligned** the flower-pots on the window-sill.
alkali	['ælkəlai]	*n.*	鹼	**Alkali** is a kind of chemical material.
allay	[ə'lei]	*v.*	減輕,減少	I hope the statement **allay** the public's fears.
allege	[ə'ledʒ]	*v.*	宣稱,斷言	He **alleged** his innocence before the court.
allegiance	[ə'liːdʒəns]	*n.*	忠貞,效忠	He swore **allegiance** to his party.
allegory	['æligəri]	*n.*	比喻,寓言	I cannot catch the **allegory** of the story.
allergy	['ælədʒi]	*n.*	過敏症	Some people have an **allergy** to seafood.
alleviate	[ə'liːvieit]	*v.*	減輕,緩和	This medicine can **alleviate** your pain.
alley	['æli]	*n.*	球道	the bowling **alley**
alliance	[ə'laiəns]	*n.*	聯盟,同盟	The two countries entered into a defensive **alliance** with each other. 這兩個國家訂立了防禦同盟。
alligator	['æligeitə]	*n.*	短吻鱷	What's the difference between **alligator** and crocodile? 短吻鱷和鱷魚有什麼不同?
allocate	['æləkeit]	*v.*	分配	I have **allocated** the room to you.
alloy	['ælɔi]	*n.*	合金	Brass is an **alloy** of copper and zinc. 黃銅是銅和鋅的合金。
allude	[ə'luːd]	*v.*	暗指,提及	We shouldn't **allude** to his baldness. 我們不應該提及他的禿頂。
allure	[ə'ljuə]	*v.*	引誘	The job offers **alluring** opportunities.
almighty	[ɔːl'maiti]	*a.*	全能的	Many people think that money is **almighty**.
almond	['ɑːmənd]	*n.*	杏仁	**almond** juice
alpine	['ælpain]	*a.*	高山的	**alpine** plants 高山植物
altar	['ɔːltə]	*n.*	祭壇	He offered his life to the **altar** of his country.
alter	['ɔːltə]	*v.*	變更,改變	He **altered** his mind.
alternate	[ɔːl'təːnit]	*v.*	交替,輪流	Day **alternates** with night. 晝夜交替。
		a.	交替的,間隔的	He works on **alternate** days. 他隔天工作。
alternative	[ɔːl'təːnətiv]	*a.*	另一種,幾種	There are **alternative** answers to the question.
altitude	['æltitjuːd]	*n.*	海拔,高度	At high **altitude** it is difficult to breathe.

altruism	[ˈæltruizəm]	*n.*	利他主義	Few believe in **altruism**. 幾乎沒有人信奉利他主義。
aluminum	[ælju'miniəm]	*n.*	鋁	The saucepans is made of **aluminum**.
alumnus	[əˈlʌmnəs]	*n.*	男畢業生, 男校友(複數形 alumni)	All the **alumni** are invited to the party.
amass	[əˈmæs]	*v.*	聚集,累積	The clouds **amassed** above the hills.
amateur	[ˈæmətə]	*n.*	業餘愛好者	You are a professional, but I am an **amateur**.
amateurish	[ˈæmətəriʃ]	*a.*	不熟練的,非專業的	I am **amateurish** at stocks. 我不熟悉股票這一行。
ambassador	[æmˈbæsədə]	*n.*	大使,使節	the Chinese **ambassador** to the UK
ambiguity	[æmbiˈgjuːiti]	*n.*	含糊,模棱兩可	His reply was full of **ambiguities**. 他的答覆太含糊其辭了。
ambivalent	[æmˈbivələnt]	*a.*	有矛盾心理的	There is an **ambivalent** feeling towards rural workers.
amble	[ˈæmbəl]	*v.*	緩行,漫步	The idle man often **ambles** along the street.
ambush	[ˈæmbuʃ]	*v. n.*	埋伏	They are attacked from an **ambush**. 他們遭到埋伏的襲擊。
ameliorate	[əˈmiːliəreit]	*v.*	改善,改良	People's living is greatly **ameliorated**.
amenable	[əˈmiːnəbl]	*a.*	順從的,可受(批評)的	I am sure she will be **amenable** to any sensible suggestions. 我認爲任何合情合理的建議她都會接受的。
amend	[əˈmend]	*v.*	修正,改正	The new government **amended** the law.
amenity	[əˈmiːnəti]	*n.*	舒適的設施	Stadiums are the town's local **amenities**.
amiable	[ˈeimiəbəl]	*a.*	和藹可親的	Mary is a sweet, gentle and **amiable** girl.
amicable	[ˈæmikəbəl]	*a.*	和善的,和睦的	We reached an **amicable** agreement.
amid	[əˈmid]	*prep.*	在……中	A church stands **amid** skyscrapers. 一座教堂聳立在摩天大樓之中。
amino acid	[əˌmiːnəuˈæsid]	*n.*	氨基酸	This food is rich in **amino acid**.
amiss	[əˈmis]	*ad.*	不當地,錯誤地	You judged his character **amiss**. 你錯誤地評價了他的性格。
amity	[ˈæmiti]	*n.*	友好,和睦	He lived in **amity** with his neighbours.

amnesia	[æmˈniːziə]	*n.*	健忘症	He suffered **amnesia** after the car crash.
amnesty	[ˈæmnəsti]	*n.*	特赦	The rebels returned home under an **amnesty**. 大赦之後,叛亂者們被放回家去了。
amoral	[eiˈmɔrəl]	*a.*	與道德無關的,沒有道德觀的	Young children are **amoral**. 幼兒是沒有道德觀念的。
amorphous	[əˈmɔːfəs]	*a.*	無定形的,無組織的	I cannot understand his **amorphous** plans.
amphibian	[æmˈfibiən]	*a. n.*	兩棲的;兩棲動物	Frogs are **amphibians**.
amplify	[ˈæmplifai]	*v.*	放大,解釋	He **amplified** his remarks with drawings and figures.
amplitude	[ˈæmplitjuːd]	*n.*	廣闊,振幅	Sounds waves are measured by their **amplitude**. 聲波是根據振幅測量的。
amputate	[ˈæmpjuteit]	*v.*	切除	Her leg was so badly damaged that the doctors had to **amputate** it. 她的一條腿傷得如此厲害,醫生只得對它作截肢處理。
anachronism	[əˈnækrənizəm]	*n.*	時代錯誤	It was an **anachronism** to say "King Alfred looked at his watch".
anaesthesia	[ˌænisˈθiːziə]	*n.*	麻醉	The doctor is in charge of **anaesthesia** during operation.
analogous	[əˈnæləgəs]	*a.*	類似的	The heart is **analogous** to a pump.
analogy	[əˈnælədʒi]	*n.*	類比	There are a lot of **analogy** used in this thesis.
anarchy	[ˈænəki]	*n.*	無政府狀態,混亂	This school is in a state of **anarchy**.
anatomy	[əˈnætəmi]	*n.*	解剖,解剖學	The book studies the **anatomy** of modern society. 這本書解剖現代社會。
ancillary	[ænˈsiləri]	*a.*	輔助的,附屬的	How many **ancillary** staff are there in your office? 你們辦公室有多少助理人員?
anecdote	[ˈænikdəut]	*n.*	軼事	There are many **anecdote** about this great man.
anemia	[əˈniːmiə]	*n.*	貧血	Women are prone to **anemia**.
anguish	[ˈæŋgwiʃ]	*n.*	極度的痛苦	He is in great **anguish** over his missing wife.
animate	[ˈænimeit]	*v.*	使有生氣,使活潑	**animated** cartoon

animated	[ˈænimeitid]	*a.*	有生命的,活潑的	He tried to make his lessons **animated**. 他極力想讓課堂氣氛活潑。
annex	[əˈneks]	*n.*	附屬建築	a hospital **annex**
		v.	吞併	The US **annexed** Texas in 1845. 美國1845年吞併了德克薩斯。
annihilate	[əˈnaiəleit]	*v.*	殲滅,摧毀	We **annihilated** the enemy.
annotate	[ˈænəteit]	*v.*	註釋,評註	"The Dream of Red Mansion" was **annotated** by a lot of scholars. 許多學者評註過《紅樓夢》。
anomaly	[əˈnɔməli]	*n.*	不規則,異常	There are many **anomalies** in the tax system.
anonymous	[əˈnɔniməs]	*a.*	匿名的	It is unpleasant to receive an **anonymous** letter. 收到匿名信總是讓人感到不快。
antagonism	[ænˈtægənizəm]	*n.*	敵對,對立	The unfairness of the will caused **antagonism** between the brothers. 遺囑的不公平引起了兄弟間的對立。
antecedent	[æntiˈsiːdənt]	*n.*	先例	I remember the **antecedents** related with him.
antelope	[ˈæntiləup]	*n.*	羚羊	The meat of **antelope** is delicious.
antenna	[ænˈtenə]	*n.*	天線	a television **antenna**
anthology	[ænˈθɔlədʒi]	*n.*	詩選	This is a famous **anthology**.
anthropoid	[ˈænθrəpɔid]	*a.*	似人類的	**anthropoid** apes 類人猿
anthropologist	[ˌænθrəˈpɔlədʒist]	*n.*	人類學家	He is an **anthropologist** who has gottten great achievement.
antibiotic	[ˌæntibaiˈɔtik]	*n.*	抗生素	**Antibiotics** are abused greatly. 抗生素被大量濫用。
anticipate	[ænˈtisipeit]	*v.*	預期	We did not **anticipate** any trouble.
anticlimax	[ˌæntiˈklaimæks]	*n.*	令人掃興的結局	The film's end is an **anticlimax**.
anticlockwise	[ˌæntiˈklɔkwaiz]	*a.*	*ad.* 逆時針方向的(地)	Turn the knob **anticlockwise**.
antidote	[ˈæntidəut]	*n.*	解毒劑,矯正方法	What is the **antidote** to work pressure?
antipathy	[ænˈtipəθi]	*n.*	憎惡,反感	He felt **antipathy** toward naughty boys.
antiquity	[ænˈtikwiti]	*n.*	古老,古代的遺物	Homer and Caesar were two great men of **antiquity**. 荷馬和凱撒是古代兩位了不起的人物。

antithesis	[æn'tiθisis]	*n.*	對比,對照	The **antithesis** of death is life. 死亡的相反是生存。
apathy	['æpəθi]	*n.*	冷漠,漠不關心	He was sunk in **apathy** after his failure.
aperture	['æpətjuə]	*n.*	縫隙,光圈	The **aperture** of the camera is small. 這個照相機的光圈很小。
apostle	[ə'pɔsl]	*n.*	門徒	Judas is one of Jesus' **apostles**. 猶大是耶穌的門徒之一。
apparatus	[ˌæpə'reitəs]	*n.*	儀器,設備	sports **apparatus**
apparent	[ə'pærənt]	*a.*	明顯的,表面上的	His anxiety was **apparent** to everyone. 大家都看得出他焦慮不安。
appeal	[ə'piːl]	*v. n.*	呼籲,上訴,吸引	He **appealed** to me for help.
appendix	[ə'pendiks]	*n.*	附錄,闌尾	You can find useful information in the **appendix**.
appetite	['æpitait]	*n.*	食慾,胃口	The morning exercises gave me a good **appetite**. 早上運動使我胃口大開。
applaud	[ə'plɔːd]	*v.*	鼓掌歡迎,贊同	The audience **applauded** the singer for five minutes. 觀眾給這位歌手的掌聲足足有五分鐘。
appliance	[ə'plaiəns]	*n.*	用具,設備	I bought some domestic **appliances** such as dishwasher and washing machine.
applicant	['æplikənt]	*n.*	申請人,請求者	There are three **applicants** for the job.
apply	[ə'plai]	*v.*	要求,申請	I have **applied** for a passport.
appointment	[ə'pɔintmənt]	*n.*	職位,約會	His **appointment** runs for two years.
appraisal	[ə'preizəl]	*n.*	評價,鑑定,估價	What's your **appraisal** of this test? 你對這次考試的評價是什麼?
appreciable	[ə'priːʃəbəl]	*a.*	可見的,明顯的	an **appreciable** increase in income
appreciate	[ə'priːʃieit]	*v.*	欣賞,感激,漲價,理解	I **appreciate** what you have done for me.
apprehension	[ˌæpri'henʃən]	*n.*	理解力,憂慮	We waited for the decision with **apprehensions**.
approach	[ə'prəutʃ]	*v.* *n.*	接近,着手處理 接近,方法,途徑	As people **approach** old age their energy may diminish. 人的精力隨著年齡的增長而減少。 His spirits rose at the **approach** of the holidays.

appropriate	[əˈprəupriət]	*a.*	合適的	A long dress and suit are **appropriate** for a formal wedding. 在結婚場合穿長裙和西服是很合適的。
approval	[əˈpruːvl]	*n.*	允許，批准，贊同	goods on **approval**
approximate	[əˈprɔksimit]	*a.*	近似的，約略的	This is just an **approximate** figure.
apt	[æpt]	*a.*	聰明的，易於……的	A careless person is **apt** to make mistakes.
aptitude	[ˈæptitjuːd]	*n.*	才能，天資	He showed great **aptitude** for learning languages.
aquarium	[əˈkweəriəm]	*n.*	水族館，養魚池	**Aquarium** appeals to many children. 水族館吸引着許多孩子。
aquatic	[əˈkwætik]	*a.*	水產的，水上的	**aquatic** plants/sports 水生植物/ 水上運動
arbitrary	[ˈɑːbitrəri]	*a.*	專斷的，任性的	A good judge tries to be fair and does not make **arbitrary** decisions. 一個稱職的法官儘量做到公平，不隨意做決定。
archaic	[ɑːˈkeiik]	*a.*	古代的，已不通用的	an **archaic** word 廢棄不用的字
architect	[ˈɑːkitekt]	*n.*	建築師，設計師	A famous **architect** made plans for his house. 一位著名的建築師爲他設計房子。
archives	[ˈɑːkaivz]	*n.*	檔案室	the BBC **archives** 英國廣播公司檔案館
arctic	[ˈɑːktik]	*a. n.*	北極的；北極	**Arctic** Circle 北極圈
ardent	[ˈɑːdənt]	*a.*	熱情的，熱心的	an **ardent** supporter/feminist
arena	[əˈriːnə]	*n.*	競技場，圓形體育場	a sport/boxing/circus **arena**
armour	[ˈɑːmə]	*n.*	裝甲部隊，盔甲	**armour**-clad tanks 裝甲車
arouse	[əˈrauz]	*v.*	喚醒，引起	Their terrible sufferings **aroused** our pity.
array	[əˈrei]	*n.*	展示，一系列	a baffling **array** of facts and figures 一大串令人難解的事實和數字
arrogant	[ˈærəgənt]	*a.*	傲慢的，自負的	He always speaks in an **arrogant** tone.
article	[ˈɑːtikl]	*n.*	條款，物品，冠詞	The electoral law has special **articles** dealing with these problems. 選舉法處理這些問題有特殊的條款。
articulate	[ɑːˈtikjulit]	*a.*	發音清楚的	He cannot **articulate** his distress.
		v.	清楚地表達	他不能清楚表達自己的痛苦。

artificial	[ˌɑːtiˈfiʃəl]	*a.*	人工的	an **artificial** lake/leg/flower
ascend	[əˈsend]	*v.*	登上,上升	He **ascended** the stairs.
ascertain	[ˌæsəˈtein]	*v.*	查明,探查	The detectives are trying to **ascertain** the truth. 偵探試圖查明眞相。
ascribe	[əˈskraib]	*v.*	歸因於,把……歸於	He **ascribes** his success to luck. 他把他的成功歸因於運氣。
ashamed	[əˈʃeimd]	*a.*	爲……感到羞愧的	He was **ashamed** of having failed the examination. 他爲這次考試不及格而感到難爲情。
aspiration	[ˌæspəˈreiʃən]	*n.*	抱負,渴望	She has **aspirations** to become a great writer. 她有成爲一個大作家的雄心。
aspirin	[ˈæsprin]	*n.*	阿司匹靈	Take a couple of **aspirins** for your headache. 吃幾片阿司匹靈,治治你的頭痛。
assassination	[əˌsæsiˈneiʃən]	*n.*	暗殺	an **assassination** attempt 行刺的企圖
assault	[əˈsɔːlt]	*n. v.*	襲擊	They **assaulted** him.
assemble	[əˈsembl]	*v.*	聚集,裝配	**Assemble** your paper and put them in this file. 請把文件收起來放在文件夾中。This worker is **assembling** a car. 這位工人在裝配轎車。
assert	[əˈsəːt]	*v.*	維護,宣稱	She **asserted** her right to a share in the money. 她宣稱她有權分這筆錢。
assess	[əˈses]	*v.*	估價,評價	Damages were **assessed** at £ 100. 損失大約是100 英鎊。
asset	[ˈæset]	*n.*	財產,資產	Good health is a great **asset**.
assign	[əˈsain]	*v.*	分配,指派	**Assign** your best man to the job.
assimilate	[əˈsimileit]	*v.*	吸收,同化	America has **assimilated** many people from Europe.
associate	[əˈsəuʃieit]	*n.*	同事,夥伴	He is not a friend; he's a business **associate**.
		v.	與……交往,把……與……聯想在一起	I always **associate** summer with holidays. 我總是把夏季和假日聯想在一起。
assorted	[əˈsɔːtid]	*a.*	各式各樣的,相配的	a bag of **assorted** sweets 一袋什錦糖果
assume	[əˈsjuːm]	*v.*	假定,承擔,假裝	We just cannot **assume** his guilt. 我們不能就此假定他有罪。

assurance	[əˈʃuərəns]	*n.*	自信,承諾,保險	life **assurance**
assure	[əˈʃuə]	*v.*	確信	I **assure** that they will come. 我確信他們會來的。
astound	[əˈstaund]	*v.*	使……震驚	The news of their divorce **astounded** me. 他們離婚的消息使我大爲震驚。
asylum	[əˈsailəm]	*n.*	避難所,避難	to seek political **asylum**
athlete	[ˈæθliːt]	*n.*	運動選手	**Athletes** are the role models for young children.
atlas	[ˈætləs]	*n.*	地圖冊,地圖集	a world **atlas**
attach	[əˈtætʃ]	*v.*	繫上,附上,依戀	She **attached** a cheque to the order form.
attain	[əˈtein]	*v.*	取得,得到	to **attain** one's objectives
attend-ance	[əˈtendəns]	*n.*	到場,出席人數	an **attendance** of over 500
attorney	[əˈtəːni]	*n.*	律師	She refused to make a statement until she had spoken to her **attorney**. 她拒絕發表談話,而要先見她的律師。 **Attorney** General 檢查總長
attractive	[əˈtræktiv]	*a.*	吸引人的,惹人喜愛的	He is a most **attractive** person.
attribute	[əˈtribjuːt]	*v.*	歸因於,認爲……是……寫的	This tune is **attributed** to Bach.
		n.	屬性,象徵	Kindness is one of his best **attributes**.
auction	[ˈɔːkʃən]	*n. v.*	拍賣	It was sold by **auction**.
audible	[ˈɔːdibəl]	*a.*	聽得見的	His voice is **audible**.
audit	[ˈɔːdit]	*n. v.*	審計,查帳	The yearly **audit** takes place each December. 年度查帳在每年的十二月進行。
audition	[ɔːˈdiʃən]	*n. v.*	試演	They are holding the **audition** for the part next week.
auditorium	[ˌɔːdiˈtɔːriəm]	*n.*	會堂,禮堂	The graduation ceremony took place in the college **auditorium**. 畢業典禮在學院的大禮堂舉行。
augment	[ɔːgˈment]	*v.*	增大	He **augments** his income by teaching.
authentic	[ɔːˈθentik]	*a.*	眞實的,可靠的	an **authentic** testimony

authoritative	[ɔːˈθɔritiv]	v.	有權威的，命令的	an **authoritative** dictionary
authority	[ɔːˈθɔriti]	n.	權力，當局，權威	Who is in **authority** here? 誰是這裏的當權者?
authorize	[ˈɔːθəraiz]	v.	授權，批准	Who **authorized** the payment of this bill? 誰批准付這張帳單的?
automatic	[ˌɔːtəˈmætik]	a.	自動的，無意識的，不假思索的	He gave me an **automatic** answer.
		n.	小型自動武器	
automobile	[ˈɔːtəməbiːl]	n.	汽車	the **automobile** industry
autonomy	[ɔːˈtɔnəmi]	n.	自治，自治權	local **autonomy** 地方自治權
auxiliary	[ɔːgˈziljəri]	a.	輔助的，備用的	an **auxiliary** petrol tank 備用的汽油箱
available	[əˈveiləbl]	a.	可獲得的，可利用的	Is this new timetable **available**?
avail	[əˈveil]	v.	有益於，有用於	I **availed** myself of this opportunity to improve my English. 我利用這個機會提高自己的英文程度。
avalanche	[ˈævəlɑːnʃ]	n.	雪崩	She was swept away in an **avalanche**.
avert	[əˈvəːt]	v.	避免，轉移	An accident was **averted** by his quick thinking.
aviation	[ˌeiviˈeiʃən]	n.	航空，航空學	His son studied **aviation** in a university. 他兒子在一所大學裏學習航空學。
avoid	[əˈvɔid]	v.	迴避，避免	Nuclear war is **avoided** at all costs. 要不惜任何代價防止核子戰爭。
awkward	[ˈɔːkwəd]	a.	笨拙的，尷尬的	an **awkward** movement
axis	[ˈæksis]	n.	軸，軸心(複數形 axes)	The earth rotates about an **axis** between the North Pole and the South Pole.

babble	[ˈbæbl]	*v.*	言語,牙牙學語	She **babbled** her thanks in a great hurry.
barb	[bɑːb]	*n.*	魚鈎	He bought a **barb**, but it didn't work well.
barbarian	[bɑːˈbɛəriən]	*n.*	野蠻人,粗魯的人	He was so rude that he was called as a **barbarian**.
bachelor	[ˈbætʃələ]	*n.*	單身漢,學士	a **Bachelor** of Arts 文學士 a **Bachelor** of Science 理學士
back	[bæk]	*v.*	支持	The bank refused to **back** the scheme. 銀行拒絕資助這項計劃。
backup	[ˈbækʌp]	*v. n.*	支持;備份	You must **backup** this file.
bacon	[ˈbeikən]	*n.*	培根	We had **bacon** and eggs for breakfast.
bacterium	[bækˈtiəriəm]	*n.*	細菌(複數形 bacteria)	There are many **bacteria** in housefly's legs. 蒼蠅的腿上細菌很多。
badge	[bædʒ]	*n.*	徽章,標記	They were wearing **badge** saying "Nuclear Power —— No thanks!"他們佩帶著印有"核武器 —— 敬謝不敏!"的徽章。
baffle	[ˈbæfl]	*v.* *n.*	阻撓,使困惑 擋板,隔音板	This puzzle **baffled** me. 這個謎語把我難倒了。
bail	[bei]	*n.* *v.*	保證金 保釋	Clerk was charged with robbing the bank, so his family paid some money to **bail** him out.
bait	[beit]	*n.*	餌	fishing **bait** 魚餌
bake	[beik]	*v.*	烤,烘,燒硬	to **bake** bread
balance	[ˈbæləns]	*n. v.*	對稱,平衡	The dog **balanced** a ball on its nose.
balcony	[ˈbælkəni]	*n.*	陽台,劇院樓廳	Our **balcony** overlooks the sea.
baleful	[ˈbeilful]	*a.*	有害的,惡意的	She gave the boy a **baleful** look.
ballet	[ˈbælei]	*n.*	芭蕾舞,芭蕾舞者	She has an ambition to become a famous **ballet**.

ballot	[ˈbælət]	*n.* 選票,投票權	They are counting the **ballots** now.
		v. 無記名投票	They **balloted** for the new president.
ban	[bæn]	*n. v.* 禁止,禁令	an alcohol **ban**
			banned books/films 禁書/禁止上映的影片
banal	[bəˈnɑːl]	*a.* 平凡的,陳腐的	His remarks was very **banal**.
banish	[ˈbæniʃ]	*v.* 驅逐,消除	You can **banished** the idea from your mind. 你可以打消那個念頭了。
bankrupt	[ˈbæŋkrʌpt]	*v.* 破產	The company went **bankrupt**.
banner	[ˈbænə]	*n.* 旗幟	**banner** headline (報紙的)通欄大標題
banquet	[ˈbæŋkwit]	*n. v.* 宴會,設宴	the national **banquet** 國宴
baptize	[bæpˈtaiz]	*v.* 爲……洗禮,爲……起名	She was **baptized** Jane.
bar	[bɑː]	*v.* 阻擋	He has been **barred** from practising medicine.
barbarous	[ˈbɑːbərəs]	*a.* 野蠻的,粗野的	**barbarous** people
barbecue	[ˈbɑːbikjuː]	*n. v.* 燒烤	We had a **barbecue** on the beach.
bare	[beə]	*v.* 揭露,暴露	The dog **bared** its teeth.
barely	[ˈbeəli]	*ad.* 僅僅,勉強地	We had **barely** enough money to last the weekend.
bargain	[ˈbɑːgin]	*v.* 講價錢	We **bargained** with her over the price.
		n. 協議,便宜貨,契約	a **bargain** price
bark	[bɑːk]	*n.* 狗叫;樹皮 *v.* (狗)叫	**Barking** dogs seldom bite.
barometer	[bəˈrɔmitə]	*n.* 氣壓表,晴雨表	Tomorrow's election will be a **barometer** of the mood in the whole country. 明天的選舉將是國民情緒的晴雨表。
barrel	[ˈbærəl]	*n.* 圓桶,一桶的量	a beer **barrel** 啤酒桶
barren	[ˈbærən]	*a.* 貧瘠的,不結果實的,無益的	**barren** wastelands 貧瘠的荒地
barricade	[ˈbærikeid]	*v. n.* 阻塞,設路障於;路障	to **barricade** the street
barrier	[ˈbæriə]	*n.* 障礙物	The football fans broke through the **barriers** and rushed onto the pitch.
barter	[ˈbɑːtə]	*v. n.* 貨物交換,物物交換	He **bartered** his freedom for a little comfort. 他爲貪圖一點舒適而拿自己的自由做交易。

baseball	[ˈbeisbɔːl]	*n.* 棒球	**Baseball** is the national game of the US.
basement	[ˈbeismənt]	*n.* 地下室	The **basement** of his house is used to store his wine.
bash	[bæʃ]	*v. n.* 毆打;猛擊	He gave me a **bash** in the face.
batch	[bætʃ]	*n.* 一批(人或物)	a **batch** of bananas/keys
bathe	[beið]	*v. n.* 游泳,浸,沐浴	The fields were **bathed** in sunlight.
batter	[ˈbætə]	*v.* 連續猛擊,打爛	The police **battered** at the door. 警察猛烈地敲門。
battery	[ˈbætəri]	*n.* 一組	a **battery** of tests
bay	[bei]	*n.* 海灣	the **Bay** of Biscay 比斯開灣
bazaar	[bəˈzɑː]	*n.* 市集	Have you been to a **bazaar** in the East Asia?
bead	[biːd]	*n.* 念珠,(pl.)珠子項鍊	a **bead** curtain 珠簾
beam	[biːm]	*v.* 微笑,發光	He **beamed** as he opened the door.
bean	[biːn]	*n.* 豆,豆類果實	"I hate **beans**!", the boy cried.
beard	[biəd]	*n.* 鬍鬚	Men and goats have **beards**.
bear	[beə]	*v.* 忍受;生育	She **bore** the pains with great courage.
bearing	[ˈbeəriŋ]	*n.* 舉止;方向;關係	an upright/proud **bearing** 氣宇軒昂/自豪的樣子 find one's **bearings** 尋找自己的方向
beautician	[bjuːˈtiʃən]	*n.* 美容師	The **beautician** has patience with her customers.
beautify	[ˈbjuːtifai]	*v.* 美化	Flowers and trees can **beautify** our environment.
beckon	[ˈbekən]	*v.* 招手,召喚	She stood waiting until the policeman **beckoned** her on.
bedridden	[ˈbedˌridn]	*a.* 臥床不起的	He is **bedridden** with / by flu.
bedrock	[ˈbedˈrɔk]	*n.* 岩床;基礎	This is the **bedrock** cost of running the business.
befit	[biˈfit]	*v.* 適合	His suit **befits** this special occasion.
beforehand	[biˈfɔːhænd]	*ad.* 預先,事先	It has been arranged **beforehand**.
befuddle	[biˈfʌdl]	*v.* 使迷惑,使模糊	She was obviously **befuddled** with age.
behalf	[biˈhɑːf]	*n.* 利益,支持	I wrote several letters on his **behalf**. 我代表他寫了幾封信。

behave	[bi'heiv]	*v.*	表現,舉動	**Behave** yourself! 好好表現!
belittle	[bi'litl]	*v.*	輕視,使渺小	Don't **belittle** this boy's abilities.
belligerent	[bi'lidʒərənt]	*a.*	交戰的,好戰的,挑釁的	He is a **belligerent** man.
		n.	交戰國	
bellow	['beləu]	*v.*	吼叫,咆哮	"Go to hell!", he **bellowed**.
belly	['beli]	*n.*	腹部,腹腔	a full **belly** 吃得飽飽的肚子
beloved	[bi'lʌvid]	*a.*	深愛的	His **beloved** wife died.
bemoan	[bi'məun]	*v.*	哀嘆	He **bemoaned** his bitter fate.
bench mark	['bentʃ 'mɑːk]	*n.*	基準	The new salary deal for railway workers will be a **bench mark** for pay settlements in the public sector.
benefaction	[ˌbeni'fækʃən]	*n.*	捐款,善行	The rich man's **benefactions** now amount to 120 million dollars.
beneficial	[ˌbeni'fiʃəl]	*a.*	有益的,有利的	The fall in price will be **beneficial** for small businesses.
benevolence	[bi'nevələns]	*n.*	仁慈心,善行	The lady's **benevolence** made it possible for the school to admit much more students.
benevolent	[bi'nevələnt]	*a.*	仁慈的,樂善好施的	He is a **benevolent** person.
benign	[bi'nain]	*a.*	良好的,和藹的	There is a **benign** smile on his face.
bent	[bent]	*v.*	才能,志向	He has a **bent** for art.
berth	[bəːθ]	*n.*	臥鋪,停泊位	to sleep in a **berth** 睡臥鋪
beset	[bi'set]	*v.*	包圍,圍困	I was **beset** by doubts. 我疑慮重重。
besiege	[bi'siːdʒ]	*v.*	圍困,圍攻	We were **besieged** with doubts.
bestial	['bestjəl]	*a.*	獸性的,殘忍的	**bestial** cruelty
betray	[bi'trei]	*v.*	出賣,背叛	He **betrayed** his friends.
better	['betə]	*v.*	好轉,改善	to **better** the poor nations
beverage	['bevəridʒ]	*n.*	飲料	I prefer alcoholic **beverage** to soft drink.
beware	[bi'wɛə]	*v.*	小心,謹慎	**Beware** how you deal with this dangerous subs.
bewilder	[bi'wildə]	*v.*	迷惑,爲難	Big city traffic **bewilders** me.
bias	['baiəs]	*n. v.*	偏見,嗜好,偏倚	Some people have **bias** against foreigners. 有些人對外國人有偏見。

Bible	[ˈbaibəl]	*n.*	聖經	The **Bible** consists of Old Testament and New Testament. 《聖經》由《舊約》和《新約》組成。
bibliography	[bibliˈɔgrəfi]	*n.*	書目,參考書目	To refer to the **bibliography** can offer you a lot of related information.
bid	[bid]	*n. v.*	出價,叫價	He **bid** for an old book at the auction.
bigot	[ˈbigət]	*n.*	執拗的人	What a **bigot** man he is!
bilateral	[baiˈlætərəl]	*a.*	雙邊的	The two countries arrived at a **bilateral** agreement on arms control. 這兩個國家就軍備控制達成了雙邊協議。
bilingual	[baiˈliŋgwəl]	*a.*	雙語的	a **bilingual** secretary
bill	[bil]	*v.*	用招貼宣佈	He's **billed** to appear as Hamlet.
billiards	[ˈbiljədz]	*n.*	撞球	His hobby is playing **billiards**.
billion	[ˈbiljən]	*n.*	十億	The company spent **billions** of dollars on this project.
binoculars	[biˈnɔkjuləz]	*n.*	雙筒望遠鏡	His mother posted him a pair of **binoculars** as his birthday gift.
biochemistry	[ˈbaiəuˈkemistri]	*n.*	生物化學	He made great progress in **biochemistry**.
biography	[baiˈɔgrəfi]	*n.*	傳記文學	**Biography** can make you approach to the living famous person.
biology	[baiˈɔlədʒi]	*n.*	生物學	She has a degree in **biology**.
biophysics	[ˈbaiəfiziks]	*n.*	生物物理學	His major is **biophysics**.
biosphere	[ˈbaiəsfiə]	*n.*	生物圈	Man has destroyed the whole **biosphere**.
biotechnology	[ˌbaiəutekˈnɔlədʒi]	*n.*	生物技術	**Biotechnology** is used widely.
bisect	[baiˈsekt]	*v.*	切成兩個部分	This river **bisects** the city.
bitter	[ˈbitə]	*a.*	有苦味的,辛酸的	It was a **bitter** blow when we found we were cheated. 當我們發現自己受騙時,受到了痛苦的打擊。
bitumen	[ˈbitʃumin]	*n.*	瀝青	The new street is covered with **bitumen**.
bizarre	[biˈzɑː]	*a.*	異乎尋常的,稀奇古怪的	his **bizarre** behaviour
blank	[blæŋk]	*a.*	失色的,漠然的,空白的	a **blank** look/page 毫無表情的目光/一張空白紙

blare	[blɛə]	*v.*	高聲鳴叫	The radio **blared** out the news.
blast	[blɑːst]	*v.*	爆炸，發出響亮刺耳的噪音	The dance music **blasted** from the stereo.
blaze	[bleiz]	*n.*	火焰，爆發，五彩繽紛	The garden was a **blaze** of reds and yellows. 花園裡盛開着紅花和黃花，艷麗奪目。
		v.	熊熊燃燒，感情激發	Lights were **blazing** in every room. 每個房間都燈火通明。
bleach	[bliːtʃ]	*n. v.*	漂白劑；漂白	The cloth has been **bleached**.
bleak	[bliːk]	*a.*	淒涼的，陰冷的	the **Bleak** House
bleed	[bliːd]	*v.*	流血，悲痛，同情	My heart **bleeds** for those poor children.
bleep	[bliːp]	*v.*	用呼叫器呼叫	The nurse is **bleeping** the doctor.
blemish	[ˈblemiʃ]	*n.*	污點	He has a character without **blemish**.
blend	[blend]	*v. n.*	混合；混合物	**Blend** the sugar, eggs and salt.
blender	[ˈblendə]	*n.*	攪拌機	He bought a **blender** yesterday.
bless	[bles]	*v.*	祝福，求上帝賜福於……	**Bless** the name of the Lord! 頌揚天主的聖名！
blink	[bliŋk]	*v.*	眨眼，閃亮	He **blinked** away his tears.
blizzard	[ˈblizəd]	*n.*	大風雪	The **blizzard** caused this road no traffic.
bloc	[blɔk]	*n.*	集團	the communist **bloc** 共產集團
block	[blɔk]	*n.*	街區	The office is four **blocks** from here.
bloom	[bluːm]	*n.*	開花，興旺時期	the first **bloom** of love
		v.	使繁盛，使艷麗	
blossom	[ˈblɔsəm]	*n.*	（樹或灌木開的）花	pear trees in **blossom**
		v.	開花，繁盛	
blot	[blɔt]	*n.*	污點，缺點	ink **blot** 墨水點
				a **blot** on one's character 一個人品行上的污點
blueprint	[ˈbluːprint]	*n.*	藍圖	He designed the **blueprint** of the engine.
blunder	[ˈblʌndə]	*v. n.*	瞎闖；犯同樣的錯誤	He **blundered** through the forest.
blunt	[blʌnt]	*a. v.*	鈍的，直率的；把……弄鈍，變鈍	a **blunt** man
blur	[bləː]	*n. v.*	模糊不清的東西；使變模糊	Tears **blurred** my eyes.

blurb	[blɑːb]	*n.*	內容簡介，內容提要	I have read the **blurb** of this novel.
blush	[blʌʃ]	*v.*	臉紅，羞愧	Here comes the **blushing** bride!
board	[bɔːd]	*v.*	登（車，船，飛機）	to **board** the plane
boast	[bəust]	*v.*	自恃有	The computer **boasts** a number of ingenious features.
boisterous	[ˈbɔistərəs]	*a.*	喧鬧的，狂暴的	Her sons are nice but **boisterous**.
bolster	[ˈbəulstə]	*v.*	支持	These price cuts are sure to **bolster** the demand for their products.
bond	[bɔnd]	*n.*	債券，契約	National Savings **Bonds** 國家儲蓄債券
bonus	[ˈbəunəs]	*n.*	獎金，額外津貼	The staff got a Christmas **bonus**.
book	[buk]	*v.*	預訂，登記	to **book** seats on a plane
boom	[buːm]	*v.*	興隆，隆隆作響	Business is **booming**.
boost	[buːst]	*v. n.*	增加，吹捧	These changes will help to **boost** share prices. 這些變化將有助於提高股票價格。
booth	[buːð]	*n.*	售貨棚，小房間	a telephone **booth**
botanical	[bəˈtænikəl]	*a.*	植物學的，植物的	There will be a party held in the **botanical** garden.
botany	[ˈbɔtəni]	*n.*	植物學	There are a lot of books on **botany** in this library.
boulevard	[ˈbuːlvɑː]	*n.*	林蔭大道	Sunset **Boulevard**
bounce	[bauns]	*v. n.*	反彈，跳起	**bounce** back 恢復元氣，康復
boundary	[ˈbaundəri]	*n.*	邊界，分界線	country **boundary** 國界
bouquet	[bauˈkei]	*n.*	花束，酒香	a **bouquet** of roses a rich **bouquet** 濃郁的酒香
boutique	[buːˈtiːk]	*n.*	精品店	They often window-shop the **boutique**.
bowel	[bəul]	*n.*	腸子，同情心	They have **bowels** for the poor.
boycott	[ˈbɔikɔt]	*v. n.*	聯合抵制	to declare a **boycott** 宣佈抵制行動
brace	[breis]	*n.*	撐臂	
		v.	支撐，奮起振作	**Brace** yourself for a shock！準備聽壞消息吧！
bracket	[ˈbrækit]	*n.*	托架，括弧，等級	The party is popular with the 18-25 age **bracket**.

brake	[breik]	*n. v.*	制動器,煞車	He **braked** his car abruptly to avoid the dog.
brashness	[ˈbrɑːʃnis]	*n.*	莽撞,無理,輕率	His **brashness** made everyone angry.
breach	[briːtʃ]	*n.*	缺口,違背	She was sued for **breach** of contract. 她因爲毀約而被控告。
break-down	[ˈbreikdaun]	*n.*	損壞,故障	Our car had a **breakdown** on the road.
break-through	[ˈbreikˈθruː]	*n.*	突破	Scientists have made a great **breakthrough** in the cures for cancers.
breed	[briːd]	*v.*	繁殖,生育,教養,引起	All this uncertainty **breeds** insecurity. 這樣變來變去使人產生不安全感。
		n.	品種,類型	a strong **breed** of dog
breeze	[briːz]	*n.*	微風	The flag flapped gently in the **breeze**.
brevity	[ˈbreviti]	*n.*	短暫,簡短	We feel sorry for the **brevity** of life.
brew	[bruː]	*v.*	釀造,調製	The tea is **brewing**.
bribe	[braib]	*n. v.*	賄賂	The executive was accused of taking **bribes**.
briefing	[ˈbriːfiŋ]	*n.*	簡報	Before the meeting, let me give you a quick **briefing**.
brilliant	[ˈbriljənt]	*a.*	有才能的	He is a **brilliant** scholar.
brink	[briŋk]	*n.*	邊緣,關頭	His failures brought him to the **brink** of ruin. 他的失敗使他瀕臨破產的邊緣。
brisk	[brisk]	*a.*	活潑的,輕快的	a **brisk** manner/walker 活潑的舉止/步履輕快的人
brittle	[ˈbritl]	*a.*	易碎的,脆弱的	The glass plate is **brittle**.
broach	[brəutʃ]	*v.*	開瓶,開始討論	The waiters **broached** the bottle.
brochure	[ˈbrəuʃə]	*n.*	有插圖的小冊子	a/an holiday/advertising **brochure** 一本度假須知的小冊子/一本廣告宣傳的小冊子
broker	[ˈbrəukə]	*n.*	經紀人	He is a bond **broker**.
bronze	[brɔnz]	*n.*	青銅,青銅色	He got a **bronze** medal in the sports meeting.
brood	[bruːd]	*n.*	同巢幼鳥,一個家庭的孩子	a **brood** of ducklings
		v.	沈思,孵幼雛	He sat there **brooding** over the problem for an hour.
browse	[brauz]	*n. v.*	瀏覽,放牧	I spent hours **browsing** in the bookshop.
bruise	[bruːz]	*n. v.*	青腫,撞傷	She fell and **bruised** her knee.

buck	[bʌk]	*n.* 公羊,公兔,美元(俚)	to make a quick **buck** 賺一筆來得快的錢
buckle	[ˈbʌkəl]	*n.* 扣子 *v.* 把……扣緊	She **buckled** herself into the seat. 她繫好安全帶,穩坐在座位上。
budget	[ˈbʌdʒit]	*n. v.* 預算	a family **budget**
buffet	[ˈbufe]	*n.* (火車內的)餐室,自助餐桌	
	[ˈbʌfit]	*v.* 打擊,衝擊	We were **buffeted** by the wind and the rain.
bug	[bʌg]	*n.* 病菌,竊聽器	
		v. 竊聽	The building is **bugged** these days.
bulb	[bʌlb]	*n.* 鱗莖,球莖	a tulip **bulb**
bulge	[bʌldʒ]	*n. v.* 膨脹,腫脹	The apple made a **bulge** in his pocket.
bulk	[bʌlk]	*n.* 大批,體積大	to sell in **bulk** 整批出售
bulletin	[ˈbulitin]	*n.* 告示,公告	A **bulletin** board is set up on the campus.
bully	[ˈbuli]	*n.* 惡霸,暴徒	Don't care for these **bullies**. 不要理睬這些無賴。
		v. 威嚇,欺侮	He **bullied** all the other boys in his classroom.
bump	[bʌmp]	*v. n.* 撞擊,顛簸地行駛	culture **bump** 文化衝擊 The two cars **bumped** into each other.
bumper	[ˈbʌmpə]	*a.* 豐富的,大的	**bumper** harvest 大豐收
bunch	[bʌntʃ]	*n. v.*束,串;使成一束(或一捆等)	a **bunch** of grapes/flowers
bundle	[ˈbʌndl]	*n. v.* 捆,包	a **bundle** of sticks
bungalow	[ˈbʌŋgələu]	*n.* 平房	They used to live in **bungalow** block.
bunk	[bʌŋk]	*n.* 車、船上的床位	Don't take my **bunk**.
buoyant	[ˈbɔiənt]	*a.* 有浮力的,股市保持高價的,愉快的	a **buoyant** stockmarket 行情看漲的證券市場
bureaucracy	[bjuˈrɔkrəsi]	*n.* 官僚主義	They hate the **bureaucracy**.
burgeon	[ˈbeːdʒən]	*v.* 萌芽;急速發展	the **burgeoning** home computer industry
burgle	[ˈbəːgl]	*v.* 盜竊	The house was **burgled** while they were away on holiday.

burrow	[ˈbʌrəu]	n. v.	打洞，地洞；依偎	The rabbits **burrowed** under the fence. 兔子在籬笆下打洞。
bust	[bʌst]	v.	使爆裂，打爛	I **busted** my watch this morning.
bustle	[ˈbʌsəl]	v.	使活躍	She is always **bustling** about her house. 她總是爲家務忙個沒完。
		n.	忙碌，喧鬧	
buzz	[bʌz]	v.	嗡嗡叫，耳鳴	The crowd **buzzed** with excitement. 人們激動地小聲交談。
		n.	匆忙行走	
buzzword	[ˈbʌzwəːd]	n.	時髦詞語	She speaks with **buzzwords**.
bylaw	[ˈbailɔː]	n.	地方法規	**Bylaw** should conform to state laws.
bypass	[ˈbaipɑːs]	n.	旁道	
		v.	迴避，躲開	If we **bypass** the town, we will miss the rush hour.
byte	[bait]	n.	字節	There are 354 **bytes** in this file.

cabin	[ˈkæbin]	n.	船艙，機艙；小木屋	They lived in a log **cabin**.
cabinet	[ˈkæbinit]	n.	櫥窗；內閣	The **cabinet** meets to discuss this problem.
cable car	[ˈkeibəl]	n.	纜車	If you are tired, you can take the **cable car** to the mountain top. 如果你累了，可以坐纜車上山。
cactus	[ˈkæktəs]	n.	仙人掌	**Cactus** grows in desert.
caffeine	[ˈkæfiːn]	n.	咖啡因	**Caffeine** can be found in tea.
calamity	[kəˈlæməti]	n.	大災難，災禍	The recent flooding in the south was a **calamity**. 最近南方的洪水是一場大災難。
calcium	[ˈkælsiəm]	n.	鈣	Milk contains rich **calcium**.
caliber	[ˈkælibə]	n.	質量，才幹	This work is of a very high **caliber.**

calorie	[ˈkæləri]	*n.*	卡路里	Sugar can be changed into **calorie**.
camcorder	[kæmˈkɔːdə]	*n.*	手提攝影機	His job is concerned with **camcorder**.
camellia	[kəˈmiːliə]	*n.*	山茶花,山茶	**Camellia** is very beautiful.
camouflage	[ˈkæmuflɑːʒ]	*n.*	偽裝,掩飾	Many animals have a natural **camouflage** which hides them from danger.
campaign	[kæmˈpein]	*n.*	戰役,運動,宣傳活動	an advertising **campaign** 廣告宣傳活動
		v.	參加運動	
canal	[kəˈnæl]	*n.*	運河,水渠	the Panama **Canal** 巴拿馬運河
cancel	[ˈkænsəl]	*v.*	取消,刪去	She **canceled** her trip to New York.
candidate	[ˈkændidit]	*n.*	候選人,報考者,考生	Every **candidate** must write his/her name in full. 考生請把名字寫全。
cannibal	[ˈkænibəl]	*n.*	食人者	This tribe is a **cannibal**.
canny	[ˈkæni]	*a.*	精明的	The **canny** lady is bargaining with the seller.
canteen	[kænˈtiːn]	*n.*	食堂,小賣部	to lunch in the school **canteen**
canvas	[ˈkænvəs]	*n.*	粗帆布,油畫	He showed me his **canvas**.
capacity	[kəˈpæsəti]	*n.*	容量,理解力,地位	He has a great **capacity** for work. 他的工作能力很強。
cape	[keip]	*n.*	海角,岬	the **Cape** of Good Hope 好望角
capital	[ˈkæpitl]	*n.*	資本	
		a.	可處死刑的	**capital** punishment 極刑
capricious	[kəˈpriʃəs]	*a.*	變化無常的,不可靠的,任性的	He is so **capricious**.
capsule	[ˈkæpsjuːl]	*n.*	膠囊,密封艙	**Capsules** are not easy for children to take.
caption	[ˈkæpʃən]	*n.*	報紙文章的標題,說明文字	the **caption** under the photo 照片下面的說明文字
captivate	[ˈkæptiveit]	*v.*	迷住,強烈感染	The dancer quickly **captivated** her audience.
captive	[ˈkæptiv]	*n.*	俘虜,迷戀者	The children are the **captives** of computer

games. 孩子們都迷戀電腦遊戲。

capture	[ˈkæptʃə]	v.	把形象留存,捕獲,奪取	He **captured** the beauty of Venice. 他記錄了威尼斯的美。
carat	[ˈkærət]	n.	克拉	He bought a necklace of 24 **carat**.
caravan	[ˈkærəvæn]	n.	篷車	He traveled by **caravan**.
carbohy-drate	[ˈkɑːbəuˈhaidreit]	n.	碳水化合物	Many kinds of foods contain **carbohydrate**.
cardiac	[ˈkɑːdiæk]	a.	心臟的	The doctor specializes in **cardiac** diseases.
cardinal	[ˈkɑːdənəl]	a.	主要的,基本的	a **cardinal** error 重大的失誤
		n.	深紅色,基數	
carefree	[ˈkɛəfriː]	a.	無憂無慮的	Childhood is **carefree**.
caress	[kəˈres]	v.	撫愛,撫摸	The mother **caressed** her daughter gently.
careworn	[ˈkɛəwɔːn]	a.	受憂慮折磨的	He's always **careworn**.
caricature	[ˈkærikətjuə]	n.	漫畫	He likes drawing **caricature**.
carnival	[ˈkɑːnivəl]	n.	嘉年華會	They enjoyed a **carnival** yesterday.
cartogra-phy	[kɑːˈtɔgrəfi]	n.	製圖學	My favorite course is **cartography.**
carton	[ˈkɑːtn]	n.	紙板箱,塑料箱	**Cartons** are widely used in stores.
carve	[kɑːv]	v.	雕刻,切	The statue is **carved** out of marble.
cashew	[kæˈʃuː]	n.	腰果	**Cashew** is grown in tropical America.
cashier	[kæˈʃiə]	n.	出納員	Please pay your money to the **cashier**.
cashmere	[kæʃˈmiə]	n.	羊絨	I bought a **cashmere** sweater.
cast	[kɑːst]	n.	演員陣容,演員表	The film has a strong **cast** that includes several famous names. 這部電影有很強的演員陣容,其中包括幾位著名的影星。
casual	[ˈkæʒuəl]	a.	偶爾的,臨時的,漫不經心的	His **casual** attitude annoyed her. 他漫不經心的態度使她惱火。
casualty	[ˈkæʒuəlti]	n.	傷亡人員	There are six **casualties** in the air crash.
catalyst	[ˈkætlist]	n.	催化劑,促進因素	Science is the **catalyst** to the development of

				society. 科學是社會發展的推動力。
catastrophe	[kəˈtæstrəfi]	*n.*	大災難,大禍	War is a great **catastrophe** for man.
catching	[ˈkætʃiŋ]	*a.*	傳染性的	a **catching** disease
category	[ˈkætəgəri]	*n.*	種類,部門	The books are classified according to their **categories**. 這些書是按類別分的。
cater	[ˈkeitə]	*v.*	承辦酒席	Who's **catering** your daughter's wedding?
cathedral	[kəˈθiːdrəl]	*n.*	總教堂,大教堂	the St. Paul **Cathedral** 聖保羅大教堂
catholic	[ˈkæθəlik]	*n.*	天主教徒	Is he a **catholic** or a protestant?
caustic	[ˈkɔːstik]	*a.*	刻薄的,腐蝕性的	John is always making **caustic** comments about your work. 約翰總是對你的工作加以尖刻評論。
caution	[ˈkɔːʃən]	*n. v.*	小心,告誡	Open the door with **caution**.
cautious	[ˈkɔːʃəs]	*a.*	謹慎的,小心的	The bank is very **cautious** about lending money.
cavity	[ˈkævəti]	*n.*	洞	a **cavity** in a tooth
cease	[siːs]	*v.*	停止	He **ceased** to talk to his classmates.
celerity	[siˈleriti]	*n.*	敏捷,迅速	He runs in great **celerity**.
celery	[ˈseləri]	*n.*	芹菜	He likes **celery**.
cellar	[ˈselə]	*n.*	酒窖,地窖	He hid his spirits in his **cellar**.
cement	[səˈment]	*n.*	水泥,結合劑	
		v.	膠合,加強	Our holiday together **cemented** our friendship.
cemetery	[ˈsemitri]	*n.*	墓地	This area is used for a public **cemetery**.
censor	[ˈsensə]	*v.*	審查,刪改	to **censor** the prisoner's letters 審查犯人的信件
		n.	審查員	
census	[ˈsensəs]	*n.*	人口普查,官方統計	a traffic **census**
centenary	[ˈsentinəri]	*n.*	百年誕辰	We held a party to mark the **centenary** of the famous poet's birth.
ceramic	[səˈræmik]	*a.*	陶器的,陶瓷的	**ceramic** tiles 瓷磚

cereal	[ˈsiəriəl]	*n.*	穀類糧食	The prices of **cereal** are dropping.
ceremony	[ˈserəməni]	*n.*	典禮,儀式	wedding/graduation **ceremony**
certainty	[ˈsəːtənti]	*n.*	必然的事,確實	He cannot say with **certainty**.
certify	[ˈsəːtifai]	*v.*	證明	a **certified** teacher/accountant
challenge	[ˈtʃælindʒ]	*n. v.*	挑戰,鞭策	The new job **challenged** his skill.
chamber	[ˈtʃeimbə]	*n.*	議院;房間;貿易團體	In Britain the upper **chamber** of Parliament is the House of Lords, the lower the House of Commons. 在英國,議會的上議院叫"貴族院",下議院叫"平民院"。
cham-pagne	[ʃæmˈpein]	*n*	香檳酒	a **champagne** reception 香檳酒招待會
champion	[ˈtʃæmpiən]	*n.*	擁護者;冠軍	a tennis **champion** 網球冠軍
		v.	支持,擁護	
chant	[tʃaːnt]	*n.*	聖歌,讚美詩	The Christian sang **chants** on Sundays.
		v.	唱,歌頌	
chaos	[ˈkeiɔs]	*n.*	混亂,紛亂	The failure of electricity supplies created utter **chaos** in this city. 停電使這個城市完全陷入混亂狀態。
chapel	[ˈtʃæpəl]	*n.*	小教堂;殯儀館	The ceremony was held in the **chapel**.
character-istic	[ˌkærəktəˈristik]	*a.*	特有的	Good planning is one of the **characteristics** of a successful business. 規劃畫周詳是成功企業的特徵之一。
		n.	特性	
charge	[tʃaːdʒ]	*v.*	控告,指控;充電	He was **charged** with the robbery. 他被指控搶劫。
charity	[ˈtʃærəti]	*n.*	慈善,賑濟物	She helped the old lady out of **charity**.
chart	[tʃaːt]	*n.*	圖表	a sales **chart** 銷售圖表
charter	[ˈtʃaːtə]	*n.*	許可證,特許狀,憲章,租賃	the UN **Charter** 聯合國憲章
		v.	特許,發執照,包租	a **chartered** plane/ship 包租的飛機/船隻
chase	[tʃeis]	*v. n.*	追逐,追趕	He's always **chasing** after girls.

chasm	[ˈkæzəm]	*n.* 斷層;差別	the **chasm** of the rocks
chaste	[tʃeist]	*a.* 正派的,善良的,樸實的	He is a **chaste** man.
chauffeur	[ˈʃəufə]	*n.* 私家汽車司機	The boss has a **chauffeur**.
checkout	[ˈtʃekəut]	*n.* 檢票處	The man was stopped at the **checkout**.
check-point	[ˈtʃekpɔint]	*n.* 檢查站	Vehicles were stopped at the **checkpoint**.
checkup	[tʃekˈʌp]	*n.* 健康檢查	It's our routine to take a **checkup** before your working here. 工作前進行體檢是我們的規定。
chef	[ʃef]	*n.* 廚師	The restaurant boss once worked as a **chef**.
cherish	[ˈtʃeriʃ]	*v.* 懷有,鍾愛	**cherished** memory 珍藏在心底的回憶
chestnut	[ˈtʃesnʌt]	*n.* 栗子	Roast **chestnuts** are favorite.
chic	[ʃiːk]	*a.* *n.* 漂亮的;時髦	a **chic** little hat
chill	[tʃil]	*n.* *v.* *a.* 寒冷,使冷卻,使寒心;寒氣襲人的	a **chill** greeting 冷冰冰的問候
chimpan-zee	[ˌtʃimpənˈziː]	*n.* 非洲人猿,黑猩猩	**Chimpanzee** was found in this forest.
chisel	[ˈtʃizəl]	*n.* *v.* 鑿子;鑿	The sculptor made his scriptures with a **chisel**.
chivalry	[ˈʃivəlri]	*n.* 騎士制度	**Chivalry** was popular in middle ages.
choir	[ˈkwaiə]	*n.* 唱詩班	a **choir** in a cathedral 教堂中的唱詩班
choke	[tʃəuk]	*v.* 哽住,阻塞	He almost **choked** to death by a fish bone.
chord	[kɔːd]	*n.* 弦,和弦	Don't start the **chords**. 別碰琴弦。
chore	[tʃɔr]	*n.* 日常工作,瑣碎煩人的雜務	Her husband helped her with **chore**.
chorus	[ˈkɔːrəs]	*n.* *v.* 合唱,齊聲說	Sing it in **chorus**. 齊唱
Christian	[ˈkristʃən]	*a.* *n.* 基督教的;基督教徒	**Christian** name 教名
chronic	[ˈkrɔnik]	*a.* (疾病)慢性的	**chronic** hepatitis 慢性肝炎
chronolog-ical	[ˌkrɔnəˈlɔdʒikəl]	*a.* 按時間順序的	in **chronological** order 按時間順序排列
chrysan-themum	[kriˈsænθəməm]	*n.* 菊花	**Chrysanthemum** can bloom in frost.

chuckle	[ˈtʃʌkl]	*v.*	吃吃地笑	The little girl often **chuckles** while watching cartoons.
chunk	[tʃʌŋk]	*n.*	厚塊	a **chunk** of cake
cider	[ˈsaidə]	*n.*	蘋果酒	**Cider** is made from fermented apples.
circulate	[ˈsəːkjuleit]	*v.*	循環,流通	Money **circulates** in the economy.
circulation	[ˌsəːkjuˈleiʃən]	*n.*	流通,發行	The magazine has a large **circulation**.
circumference	[səˈkʌmfərəns]	*n.*	圓周,圓周長度	The circle's **circumference** is 6 cm. 這個圓的周長是 6 厘米。
circumstance	[ˈsəːkəmstæns]	*n.*	情況,形勢,環境	This rule can only be cancelled in exceptional **circumstances**. 這條規定只有在特殊情況下才能取消。
circus	[ˈsəːkəs]	*n.*	馬戲表演,廣場,圓形競技場	The children were all at the **circus**.
cite	[sait]	*v.*	引用,舉例,傳訊	He was **cited** in a divorce case. 他在一場離婚官司中受到傳喚。
civic	[ˈsivik]	*a.*	城市的,市民的	**civic** duties 公民的義務
civilian	[ˈsiviljən]	*n. a.*	平民;民用的,文職的	**civilian** clothes 便服
clamour	[ˈklæmə]	*n. v.*	喧鬧	The **clamour** of voices occurred in the meeting room.
clamp	[ˈklæmp]	*v.*	取締	The police are determined to **clamp** down on the violence in football match. 警察決意要鎮壓發生在足球賽中的暴力行爲。
clan	[klæn]	*n.*	氏族,部落,宗派	The whole **clan** is / are coming to stay with us at Christmas.
clarify	[ˈklærəfai]	*v.*	澄清	He cannot **clarify** his statement.
clash	[klæʃ]	*v. n.*	互碰;時間衝突,意見抵觸	Police and demonstrators **clashed** outside the palace. 警察和示威群眾在宮外發生了衝突。
clasp	[klɑːsp]	*n. v.*	緊握,擁抱	He **clasped** the child in his arms.
classic	[ˈklæsik]	*a.*	經典的	This is a piece of **classic** music.
		n.	經典作品,名著	a modern **classic**
classical	[ˈklæsikəl]	*a.*	古典的	Bach and Mozart are **classical** composers.

classify	['klæsifai]	v.	把……分類，分等級	She **classified** the books in chronological order. 她把這些書按照時間分類。
clatter	['klætə]	v.	發出嘩啦聲，卡嗒卡嗒響	My husband **clattered** the knives and forks in the sink.
clause	[klɔːz]	n.	條款，子句	There is a **clause** in our contract saying that we cannot keep a dog.
cleanse	[klenz]	v.	使純淨	The nurse **cleansed** the wound before stitching it.
clearance	['kliərəns]	n.	清除，清理	The **clearance** of checks could take a week.
clench	[klentʃ]	v.	緊握	She **clenched** her teeth and refused to move.
clergy	['kləːdʒi]	n.	牧師（集合用法）	The **clergy** married the couples.
cliché	[kliː'ʃei]	n.	陳腔濫調	What he said is **cliché**.
click	[klik]	v. n.	（使）發出卡嗒聲；"卡嗒"一聲	The soldier **clicked** his heels together. 士兵的腳後跟"卡嗒"一聲，來了個立正。
client	['klaiənt]	n.	委託人，當事人，顧客	The lawyer has a lot of **clients** for his reputation. 由於他的名氣，這位律師的客戶很多。
climatic	[klai'mætik]	a.	氣候上的	The **climatic** conditions are not clear.
climax	['klaimæks]	n.	高潮，頂點	The **climax** of the film is a brilliant car chase.
cling	[kliŋ]	v.	抱緊，堅守	His wet shirt **clung** to his body.
clinical	['klinikl]	a.	臨床的，病房用的	He is studying **clinical** medicine.
clip	[klip]	n. v.	迴紋針 修剪，猛打	Fasten these bills with paper **clip**.
cloakroom	['kləukrum]	n.	廁所	The cleaner is at the **cloakroom**.
clog	[klɔg]	v.	障礙，阻塞	The road to the airport is **clogged** with traffic.
clone	[kləun]	v.	無性繁殖；複製	**Clone** caused many disputes.
clot	[klɔt]	v.	（使）凝結	The drug can prevent the blood from **clotting**.
clout	[klaut]	n. v.	敲打，輕叩	He **clouted** at the table.
clown	[kləun]	n.	小丑；粗魯愚蠢的人	The **clown** made a face at the audience.

clumsy	[ˈklʌmzi]	*a.*	笨拙的,愚笨的	He's too **clumsy** to be a good dancer.
cluster	[ˈklʌstə]	*n.*	一簇,一串	a **cluster** of older buildings
clutch	[klʌtʃ]	*v.*	抓住,攫取	He **clutched** desperately at the branch as he fell. 他摔下來時,拼命抓住樹枝。
coalition	[kəuəˈliʃən]	*n.*	結合,聯合	a **coalition** government 聯合政府
coarse	[kɔːs]	*a.*	粗俗的;粗糙的	**coarse** sand 粗沙
coax	[kəuks]	*v.*	哄;耐心處理	The baby-sitter **coaxed** the crying boy.
cobble	[ˈkɔbl]	*n.*	圓石;鵝卵石	The path in the garden is covered with **cobbles**.
cocaine	[kəuˈkein]	*n.*	古柯鹼	**Cocaine** is a kind of drug.
cockpit	[ˈkɔkpit]	*n.*	駕駛艙;戰場	The pilot seated in the **cockpit**.
cockroach	[ˈkɔkrəutʃ]	*n.*	蟑螂	**Cockroach** can spread diseases.
cocktail	[ˈkɔkteil]	*n.*	雞尾酒	There was a **cocktail** party yesterday.
coconut	[ˈkəukənʌt]	*n.*	椰子	**Coconuts** are growing in tropical areas.
code	[kəud]	*n. v.*	代號,密碼;把……譯成密碼	Please fill out your school **code**.
coerce	[kəuˈəːs]	*v.*	強迫,迫使	The defendant was **coerced** into making a confession. 被告被迫作出供詞。
coffin	[ˈkɔfin]	*n.*	棺材	The corpse is put in the **coffin**.
cognitive	[ˈkɔgnitiv]	*a.*	認識的,認知的	**cognitive** learning 認知學習
coherent	[kəuˈhiərent]	*a.*	連貫的	to construct a **coherent** argument 構思出一套有連貫性的論據
coil	[kɔil]	*v.*	纏繞	The snake **coiled** around the tree.
		n.	一圈	a **coil** of rope/wire
coincide	[ˌkəuinˈsaid]	*v.*	意見一致,巧合	Our interests happened to **coincide**.
coinci-dence	[kəuˈinsidəns]	*n.*	巧合	What a **coincidence**!
collabo-rate	[kəˈlæbəreit]	*v.*	合作;通敵	They **collaborated** with each other very well.
collabora-tion	[kəˌlæbəˈreiʃən]	*n.*	協力,合作	The two companies are working in close **collaboration**. 這兩家公司正緊密合作。
collage	[kəˈlɑːʒ]	*n.*	拼貼藝術,拼貼作品	There are many **collages** in the computer.

collapse	[kə'læps]	*v.* *n.*	倒塌,(精神)垮下來	He **collapsed** at the end of the race.
colleague	['kɔliːg]	*n.*	同事,同僚	May I introduce one of my **colleagues** at the bank?
collide	[kə'laid]	*v.*	猛衝,抵觸	The car **collided** with the lorry.
collision	[kə'liʒən]	*n.*	碰撞	a head-on **collision** 正面衝突
colloquial	[kə'ləukwiəl]	*a.*	口語的;通俗的	You'd better pay more attention to the **colloquial** expressions.
colony	['kɔləni]	*n.*	殖民地;僑民	Australia was originally a British **colony**.
colossal	[kə'lɔsəl]	*a.*	龐大的	a **colossal** building
column	['kɔləm]	*n.*	柱;(書報上的)欄	There are two **columns** on each page of this dictionary. 這本辭典每一頁有兩欄。
combat	['kɔmbæt]	*n.* *v.*	戰鬥,搏鬥	The new government are **combating** drag abuse. 新政府正在與毒品濫用作抗爭。
combine	['kɔmbain]	*n.*	聯合企業	A large industrial **combine** is/are reopening the factory.
combustible	[kəm'bʌstəbl]	*a.* *n.*	易燃的;易燃物	Petrol is **combustible**.
comedy	['kɔmidi]	*n.*	喜劇	Shakespeare's **comedies**
comet	['kɔmit]	*n.*	彗星	It is said that **comet**'s appearing is a disaster.
comic	['kɔmik]	*a.*	滑稽的,喜劇的	a **comic** performance
		n.	連環漫畫雜誌,喜劇演員	
commemorate	[kə'meməreit]	*v.*	紀念	a festival **commemorating** the 400 anniversary of the birth of Shakespeare
commence	[kə'mens]	*v.*	開始	We may **commence** the meeting.
commend	[kə'mend]	*v.*	稱讚;委託保管	The new grammar book has much to **commend** it. 這本新文法書倍受稱讚。
commentary	['kɔməntəri]	*n.*	評註,評論,解說	a **commentary** on the baseball game on TV 棒球比賽的電視實況解說
commentate	['kɔmənteit]	*v.*	評論	He is asked to **commentate** the football match.
comment	['kɔment]	*n.* *v.*	評論,批評	No **comments**! 無可奉告!
commerce	['kɔməːs]	*n.*	商業;貿易	Email **commerce** is a new major in this university.

commercial	[kəˈməːʃəl]	*n.*	電視電台廣告	Many young children like watching the **commercial**.
commiserate	[kəˈmizəreit]	*v.*	憐憫	I **commiserated** with my friend after he failed his driving test.
commission	[kəˈmiʃən]	*v. n.*	委任；考察團，佣金	He gets 10% **commission** on everything he sells. 他每賣一件東西得百分之十的佣金。
commit	[kəˈmit]	*v.*	犯(錯誤、罪行)	He **committed** suicide last summer.
commitment	[kəˈmitmənt]	*n.*	委託；許諾	Come and look around our shop without **commitment** to buy anything.
committee	[kəˈmiti]	*n.*	委員會	They set up a **committee** to examine the problem of park facilities.
commodity	[kəˈmɔdəti]	*n.*	日用品，商品	agricultural **commodities**
commonplace	[ˈkɔmənpleis]	*a.*	普通的，平凡的	Heart transplant operations are becoming fairly **commonplace**.
commonwealth	[ˈkɔmənwelθ]	*n.*	全體國民，聯邦	Canada is a member of British **Commonwealth**.
communal	[ˈkɔmjunl]	*a.*	公共的	**communal** ownership of property
communicate	[kəˈmjuːnikeit]	*v.*	溝通；交際	Please **communicate** with your wife constantly.
communication	[kəˌmjuːniˈkeiʃən]	*n.*	通訊，交通	means of **communication**
commute	[kəˈmjuːt]	*v.*	交換，通勤	He **commuted** his pension for a lump sum.
compact	[kəmˈpækt]	*a.*	緊密的，緊湊的	a **compact** office
companion	[kəmˈpænjən]	*n.*	同伴，共事者	The woman is his good life **companion**.
comparable	[ˈkɔmpərəbl]	*a.*	可比較的，類似的	The two results are **comparable**.
compartment	[kəmˈpɑːtmənt]	*n.*	車廂	The **compartment** he took is near the dining car.
compass	[ˈkʌmpəs]	*n.*	羅盤，指南針	**Compass** was first used by Chinese.
compassion	[kəmˈpæʃən]	*n.*	同情	She felt great **compassion** for the sick children.

compatible	[kəmˈpætəbl]	*a.*	兼容的，可和諧共存的	Their marriage ended because they were not **compatible**.
compatriot	[kəmˈpætriət]	*n.*	同胞	We hope all of our **compatriots** will lead a happy life.
compel	[kəmˈpel]	*v.*	強迫，迫使	His conscience **compelled** him to admit his part in the affair.
compensate	[ˈkɔmpenseit]	*v.*	補償，賠償	Her intelligence more than **compensates** for her lack of experience.
competence	[ˈkɔmpitəns]	*n.*	能力；勝任；資格	His **competence** is not in question.
compile	[kəmˈpail]	*v.*	編寫，編輯	It takes years to **compile** a dictionary.
complacency	[kəmˈpleisnsi]	*n.*	滿足；沾沾自喜	Don't show your **complacency** before the strangers.
complement	[ˈkɔmplimənt]	*v.*	補充，補足	This wine **complements** the food perfectly.
complexion	[kəmˈplekʃən]	*n.*	膚色，性質	a healthy **complexion**
complex	[ˈkɔmpleks]	*n.*	情結	a sports **complex**
compliance	[kəmˈplaiəns]	*n.*	遵守，依從	**Compliance** with the law is expected of all citizens. 所有公民都應該遵守法律。
complicity	[kəmˈplisiti]	*n.*	同謀，共犯	He denied **complicity** in the murder.
compliment	[ˈkɔmplimənt]	*v.*	恭維，稱讚	I **complimented** her on her new dress.
comply	[kəmˈplai]	*v.*	照做，遵守	He reluctantly **complied** with their wishes.
component	[kəmˈpəunənt]	*n.*	組成部分，零件	There are four **components** in the sentence.
compose	[kəmˈpəuz]	*n.*	組成；作曲	Chopin **composed** a great many pieces of music in his short life.
composite	[ˈkɔmpəzit]	*a.*	合成的	a **composite** picture by all children
compound	[ˈkɔmpaund]	*n.*	混合物	Sulphur dioxide is a **compound** made from sulphur and oxygen.
comprehend	[ˌkɔmpriˈhend]	*v.*	理解	The child read the story but could not **comprehend** its true meaning.

compress	[kəmˈpres]	*v.*	使語言精練	He **compressed** his report into three pages.
comprise	[kəmˈpraiz]	*v.*	包含,包括	The UK **comprises** England, Wales, Scotland and Northern Ireland.
compromise	[ˈkɔmprəmaiz]	*n.*	妥協,折衷	**Compromise** is sometimes useful in family life.
compulsion	[kəmˈpʌlʃən]	*n.*	強迫;不可抗拒的衝動	She felt a sudden **compulsion** to hit him.
compulsory	[kəmˈpʌlsəri]	*a.*	義務的,強制的	**compulsory** education 義務教育
compute	[kəmˈpjuːt]	*v.*	計算;估計	Please **compute** the sum.
concave	[ˈkɔŋkeiv]	*a.*	凹的	The physics teacher brought a **concave** lens.
conceal	[kənˈsiːl]	*v.*	隱藏,隱瞞	He **concealed** his feelings from his wife.
concede	[kənˈsiːd]	*v.*	承認,給予	I **concede** he is a good runner.
conceit	[kənˈsiːt]	*n.*	自負	His **conceit** made everyone angry.
conceive	[kənˈsiːv]	*v.*	想出主意;懷孕	Scientist first **conceived** the idea of atomic bomb in the 1930s.
concentration	[ˌkɔnsenˈtreiʃən]	*n.*	集中;專心	The loud sound of music distracted his **concentration**.
conception	[kənˈsepʃən]	*n.*	概念;懷孕	He's got a pretty strange **conception** of friendship. 他對友誼有非常獨特的見解。
concerted	[kənˈsəːtid]	*a.*	商定的,一致的	to make a **concerted** efforts to stop drug smuggling 齊心協力制止毒品走私
concise	[kənˈsais]	*a.*	簡潔的,簡明的	a **concise** book/speaker
conclusive	[kənˈkluːsiv]	*a.*	決定性的	He gave the **conclusive** proof of his murder.
concoct	[kənˈkɔkt]	*v.*	調和,編故事	John **concocted** an elaborate excuse for being late. 約翰爲遲到編了一個巧妙的藉口。
concrete	[ˈkɔnkriːt]	*a.*	具體的	Have you got any **concrete** proposals as to what we should do?
concrete	[ˈkɔnkriːt]	*v. n.*	(澆)混凝土	reinforced **concrete** 鋼筋混凝土
concur	[kənˈkəː]	*v.*	同時發生	The two judges **concurred** on the ruling.
condemn	[kənˈdem]	*v.*	譴責	Most people would **condemn** violence of any sort. 大多數人都會譴責任何形式的暴力行爲。

condense	[kən'dens]	*v.*	濃縮，精簡	**condensed** soup
conde-scend	[ˌkɔndi'send]	*v.*	屈尊	The managing director **condescended** to have lunch with us in the canteen.
condo-lence	[kən'dəuləns]	*n.*	弔唁，慰問	a letter of **condolence**
conducive	[kən'dju:siv]	*a.*	有益於……的，有助於……的	The atmosphere in the conference room was hardly **conducive** to frank discussion.
conduct	['kɔndəkt]	*n.*	行爲	His odd **conduct** disappointed his mother.
conduc-tion	[kən'dʌkʃən]	*n.*	傳導	How's the heat **conduction** of this metal?
cone	[kəun]	*n.*	錐形物	The ice-cream is made in **cone** shape.
confer	[kən'fə:]	*v.*	授予；協商	An honorary degree was **conferred** on him by this university. 這所大學授予他榮譽學位。
confess	[kən'fes]	*v.*	懺悔，承認	The prisoner **confessed** his crime.
confide	[kən'faid]	*v.*	吐露（秘密等）；委託	He **confided** to me in private that he spent five years in prison.
confidence	['kɔnfidəns]	*n.*	信心，信任	We have every **confidence** in your ability.
confidential	[ˌkɔnfi'denʃəl]	*a.*	機密的，信任的	**confidential** information 絕密情報
configura-tion	[kənˌfigju'reiʃən]	*n.*	配置，佈局，形狀	**configuration** of a car
confine	[kən'fain]	*v.*	限制，禁閉	Please **confine** your remarks to the subject under discussion.
confirm	[kən'fə:m]	*v.*	核對，認可	Please **confirm** your reservation.
conflict	[kən'flikt]	*n.*	鬥爭，衝突	The **conflict** between them is becoming worse.
conform	[kən'fɔ:m]	*v.*	遵從，符合	to **conform** to the safety standards
confront	[kən'frʌnt]	*v.*	使面對，面臨	They have **confronted** a lot of problem.
confuse	[kən'fju:z]	*v.*	使混亂；迷惑	The strange surroundings **confused** her.
conges-tion	[kən'dʒestʃən]	*n.*	擁擠，混雜	traffic **congestion** 交通擁擠
conglom-eration	[kənˌglɔmə'reiʃən]	*n.*	聚集物，混合體	It is not really a theory, just a confused **conglomeration** of ideas.
congratu-late	[kən'grætjuleit]	*v.*	祝賀	We **congratulated** her on having come first in her exams.

congregation	[ˌkɔŋgriˈgeiʃən]	n.	集合	The **congregation** knelt to pray.
congress	[ˈkɔŋgres]	n.	議會	the **Congress** of Vienna 維也納會議
conquer	[ˈkɔŋkə]	v.	征服	The conqueror was cruel to the subjects of the **conquered** land.
conscience	[ˈkɔnʃəns]	n.	良心，犯罪感	Be guided by your **conscience**!
conscientious	[ˌkɔnʃiˈenʃəs]	a.	認真的，誠心誠意的	a **conscientious** employee
consciousness	[ˈkɔnʃəsnis]	n.	意識	She lost her **consciousness** for a long time.
consecutive	[kənˈsekjutiv]	a.	連續的，連貫的	It has been raining for five **consecutive** days.
consensus	[kənˈsensəs]	n.	一致，共識	We reach a **consensus** on this issue.
consequence	[ˈkɔnsikwəns]	n.	結果，後果，重要性	to take the **consequence** 承擔後果
conservation	[ˌkɔnsəˈveiʃən]	n.	保存	**conservation** of energy/momentum 能量不滅/動量不滅
conservative	[kənˈsəːvətiv]	a.	保守的	The English are supposed to be **conservative**.
considerable	[kənˈsidərəbl]	a.	相當大(或多)的	I bought **considerable** books.
considerate	[kənˈsidərit]	a.	考慮周到的	She is very **considerate**.
consideration	[kənˌsidəˈreiʃən]	n.	細心考慮	Please take everything into **consideration** before making decisions. 請三思後再做決定。
consistency	[kənˈsistənsi]	n.	一致性	Your behaviour lacks **consistency** —— you often change your mind.
consistent	[kənˈsistənt]	a.	一貫的	The last five years have seen a **consistent** improvement in the country's economy.
consist	[kənˈsist]	v.	組成	The paper **consists** of four parts.
consolation	[ˌkɔnsəˈleiʃən]	n.	安慰	The children were a great **consolation** to the old woman when her husband died.

console	[kən'səul]	*v.*	安慰	He **consoled** his wife while they lost their dearest son.
consolidate	[kən'sɔlideit]	*v.*	鞏固	Please **consolidate** the national defense.
consonant	['kɔnsənənt]	*n.*	子音,和諧	There are two **consonants** in this sound.
consortium	[kən'sɔːtjəm]	*n.*	國際財團	The new aircraft was developed by a European **consortium**.
conspicuous	[kən'spikjuəs]	*a.*	明顯的,顯著的	He is **conspicuous** for his bravery.
conspiracy	[kən'spirəsi]	*n.*	陰謀	a fraud **conspiracy** 詐騙陰謀
conspiracy	[kən'spirəsi]	*n.*	陰謀	The **conspiracy** of murdering the president was discovered.
constable	['kʌnstəbl]	*n.*	警官	Please could you help me, **constable**?
constabulary	[kən'stæbjuləri]	*n.*	警察部隊	**Constabulary** is kept in many countries.
constellation	[ˌkɔnstə'leiʃən]	*n.*	星座;群星薈萃	Which **constellation** do you belong to?
constituency	[kən'stitjuənsi]	*n.*	選區;(選區的)選民	The candidates delivered a speech in his **constituency**.
constitute	['kɔnstitjuːt]	*v.*	制定(法律);構成	Your attitudes **constitute** a challenge to my authority.
constrain	[kən'strein]	*v.*	強迫;拘束	These factors **constrained** my success.
construction	[kən'strʌkʃən]	*n.*	建築業	He works in **construction**.
constructive	[kən'strʌktiv]	*a.*	建設性的	The consultant gave us some **constructive** suggestions.
consulate	['kɔnsjulit]	*n.*	領事;領事館	The **consulate** was shut last year.
consultant	[kən'sʌltənt]	*n.*	顧問	He is a **consultant** to a software firm.
consultation	[ˌkɔnsəl'teiʃən]	*n.*	協商會,評議會,審議會	We held a hurried **consultation** outside the room. 我們在房間外進行了緊急磋商。
consultative	[kən'sʌltətiv]	*a.*	諮詢的	A **consultative** committee was set up.
consumer	[kən'sjuːmə]	*n.*	消費者	a **consumer** society

contagious	[kən'teidʒəs]	*a.*	傳染性的	Her laughter is **contagious**.
contaminate	[kən'tæmineit]	*v.*	玷污;污染	**contaminated** food/river 被污染的食物/河流
contemplate	['kɔntəmpleit]	*v.*	仔細考慮	He refuses to **contemplate** change.
contemporary	[kən'tempərəri]	*n.*	同時代的人	The singer gained great reputation among his **contemporary**.
contempt	[kən'tempt]	*n.*	輕視;輕蔑	His **contempt** for most of his fellow politicians is clearly expressed in his book.
contest	['kɔntest]	*n.*	競賽	The girl came first in the composition **contest**.
contestant	[kən'testənt]	*n.*	競爭者	Tonight's **contestants** have already been selected from the audience.
context	['kɔntekst]	*n.*	上下文;語境	Please remember new words in their **context**.
continuation	[kənˌtinju'eiʃən]	*n.*	繼續;延長	How can you support the **continuation** of trade relations with such a country?
continuity	[ˌkɔnti'njuːiti]	*n.*	連續性;連貫性	There is no **continuity** between the three parts of the book.
contradict	[ˌkɔntrə'dikt]	*v.*	反駁,矛盾	Don't **contradict** your father.
contribute	[kən'tribjuːt]	*v.*	導致;捐助	Various factors **contributed** to his downfall.
contrive	[kən'traiv]	*v.*	設計;圖謀	She **contrived** a party dress from an old piece of material.
controversial	[ˌkɔntrə'vəːʃəl]	*a.*	有爭議的	a **controversial** book 一本引起爭議的書
convene	[kən'viːn]	*v.*	聚集,召集	He's **convened** a meeting.
convenience	[kən'viːnjəns]	*n.*	便利,方便	The shop brings her a lot of **convenience**.
convention	[kən'venʃən]	*n.*	大會,協定,習俗	The mass wedding was held at the **convention** center.
conventional	[kən'venʃənəl]	*a.*	保守的	I am very **conventional** in my tastes. 我在個人愛好方面是相當守舊的。
converge	[kən'vəːdʒ]	*v.*	集中	The roads **converge** just before the station.

converse	['kɔnvəːs]	*a.*	相反的	I hold the **converse** opinion.
convert	[kən'vəːt]	*v.*	轉換	Pounds can be **converted** to dollars.
convex	['kɔn'veks]	*a.*	凸起的	He wanted to discover the secret of **convex** lens.
convey	[kən'vei]	*v.*	傳送,表達	The music **conveys** a sense of optimism.
convict	[kən'vikt]	*v.*	判罪	They were **convicted** of murder.
	['kɔnvikt]	*n.*	判罪	
cooker	['kukə]	*n.*	炊具	The **cooker** is put in the kitchen.
coordinate	[kəu'ɔːdinit]	*v.*	協調	All her movements are perfectly **coordinated**.
copyright	['kɔpirait]	*n.*	版權,著作權	She owns the **copyright** for this book.
coral	['kɔrəl]	*n.*	珊瑚	a **coral** island 珊瑚島
core	[kɔː]	*n.*	果核	I ate the apple and threw the **core** away.
corporal	['kɔːpərəl]	*a.*	肉體的,身體的	**corporal** punishment 體罰
corporate	['kɔːpərit]	*a.*	共同的	This is **corporate** responsibility.
corpse	[kɔːps]	*n.*	屍體	The **corpse** smells terrible.
correlation	[ˌkɔri'leiʃən]	*n.*	相互關係	There is a high **correlation** between unemployment and crime in my opinion.
correspond	[ˌkɔri'spɔnd]	*v.*	符合;協調	The contents of the box must **correspond** to the description on the label.
correspondence	[ˌkɔri'spɔndəns]	*n.*	信件	The library collected many **correspondence** of famous people.
corrode	[kə'rəud]	*v.*	腐蝕;侵蝕	The salt can **corrode** the iron tools.
corruption	[kə'rʌpʃən]	*n.*	腐敗	to combat **corruption** of the government
cosmetic	[kɔz'metik]	*n.*	化妝品	They sell lipstick, shampoo and a wide range of other **cosmetics**.
cosmic	['kɔzmik]	*a.*	宇宙的	Planets were formed out of **cosmic** dust.
cosmopolitan	['kɔzmə'pɔlitən]	*a.*	國際性的	London is a very **cosmopolitan** city.
cosmos	['kɔzmɔs]	*n.*	宇宙	Can you know how the **cosmos** formed?
cosset	['kɔsit]	*v.*	寵愛	These farmers have been **cosseted** for years by generous government subsidies. 多年來政府的慷慨津貼縱容了這些農民。
costume	['kɔstjuːm]	*n.*	裝束;服裝	He worked in a **costume** factory.

council	[ˈkaunsil]	*n.*	政務會;委員會	The municipal **council** is in charge of these affairs.
counsel	[ˈkaunsəl]	*n.*	討論;勸告	The king took **counsels** from the nobles.
counsellor	[ˈkaunsələ]	*n.*	顧問	a marriage guidance **counsellor** 婚姻指引顧問
counsel-ing	[ˈkaunsəliŋ]	*n.*	諮詢	The company provided legal **counseling** service.
count-down	[ˈkauntdaun]	*n.*	倒數計時	The people enjoyed a gala **countdown** at that time.
counteract	[ˌkauntəˈrækt]	*v.*	抵消;中和	The drug **counteracts** the effects of the poison.
counterfeit	[ˈkauntəfit]	*n.*	贗品;偽造品	He bought a **counterfeit** of a famous painting.
counter-part	[ˈkauntəpɑːt]	*n.*	地位職務相當的人;配對物	His **counterpart** in Germany is investing a great deal in a new project.
courteous	[ˈkəːtjəs]	*a.*	有禮貌的;謙恭的	He is **courteous** to his tutor.
courtship	[ˈkɔːtʃip]	*n.*	求愛	His **courtship** is very funny.
coverage	[ˈkʌvəridʒ]	*n.*	覆蓋	The wedding got a massive media **coverage**.
covert	[ˈkʌvət]	*a.*	隱蔽的;暗地的	Their action is **convert**.
cradle	[ˈkreidl]	*n.*	搖籃;發源地	He lived a miserable life from **cradle** to tomb. 他一生都很悲慘。
cram	[kræm]	*v.*	塡滿	The hungry children **crammed** food into their mouth.
cramp	[kræmp]	*n.*	抽筋	The swimmer got a **cramp** suddenly.
crash	[kræʃ]	*v.* / *n.*	碰撞;墜落 / 撞擊聲	The car **crashed** into a tree and burst into flame.
crayon	[ˈkreiən]	*n.*	蠟筆	The little girl is drawing a star with her **crayon**.
craze	[kreiz]	*n.*	時尚,時髦的東西	This computer game is the latest **craze** among children. 這種電腦遊戲是孩子們中最新流行的。
creak	[kriːk]	*v.*	吱吱響聲	The door **creaked** and a man came in.
crease	[kriːs]	*v.*	折縫;折痕	His shirt is too **creased**.
creative	[kriˈeitiv]	*a.*	創造性的	I hope you will write me a **creative** thesis.
creden-tials	[kriˈdenʃəlz]	*n.*	證明身份、學歷、經歷的信件和文件	Please mail your **credentials** to me.

credit	[ˈkredit]	*v.*	記入	The money has been **credited** to your account.
creep	[kriːp]	*v.*	爬行	The cat was **creeping** silently towards the mouse.
crevice	[ˈkrevis]	*n.*	裂縫	The tree grows in a **crevice** on rock.
crew	[kruː]	*n.*	全體乘務員	The plane crashed, killing all the **crew**.
cricket	[ˈkrikit]	*n.*	板球;蟋蟀	**Cricket** is the national game of Britain.
crisp	[krisp]	*a.*	脆的;易碎的	The biscuit is very **crisp**.
crisscross	[ˈkriskrɔs]	*n.*	十字形	The **crisscross** symbols the clinical office.
criterion	[kraiˈtiəriən]	*n.*	標準	What **criterion** do you use to judge a good wine? 你用什麼標準判斷酒的好壞?
critic	[ˈkritik]	*n.*	批評家;評論家	The article was attacked greatly by the **critics**.
critical	[ˈkritikəl]	*a.*	苛求的;關鍵時刻的	We arrived at the **critical** moment. 我們在關鍵時刻到達。
criticism	[ˈkritisizəm]	*n.*	批評	**Criticism** doesn't worry me.
criticize	[ˈkritisaiz]	*v.*	批評;吹毛求疵	His manager **criticized** the worker's carelessness.
crockery	[ˈkrɔkəri]	*n.*	陶器	The **crockery** crafts are displayed in the gallery.
crocodile	[ˈkrɔkədail]	*n.*	鱷魚	What's the meaning of the phrase "**crocodile** tears"?
croissant	[ˈkrwɑːsɔŋ]	*n.*	新月形小麵包	The **croissant** appealed to some children because of its shape. 這種小麵包像一彎新月的獨特的形狀吸引了一些孩子。
crook	[kruk]	*v.*	彎曲	The repairman **crooked** the tube.
crossbreed	[ˈkrɔsbrid]	*v.*	(使)雜交	The rice is **crossbred** by a group of scientists.
crossword	[ˈkrɔswəːd]	*n.*	縱橫字謎	He likes the **crossword** column in the newspaper.
crouch	[krautʃ]	*v.*	蜷縮	The beggar **crouches** on a bench in the park during nights.
crucial	[ˈkruːʃəl]	*a.*	至關重要的	The success of this experiment is **crucial** to the project.

cruise	[kruːz]	*v.*	巡航,乘船遊覽	They went on a **cruise** to the river.
crumble	[ˈkrʌmbl]	*v.*	弄碎;崩潰	Don't **crumble** the bread!
crunch	[krʌntʃ]	*v.*	壓碎;嘎吱響	The dog was **crunching** a bone.
crush	[krʌʃ]	*v.*	壓碎;壓服	Don't **crush** the box, there are eggs in it.
crust	[krʌst]	*n.*	麵包皮	You can use **crust** to feed the pigeon.
crutch	[krʌtʃ]	*n.*	拐杖	When she broke her leg she had to walk on **crutches**. 她把腿摔斷了以後,不得不靠拐杖走路。
crystal	[ˈkristl]	*n.*	水晶	a **crystal** wine glass
cube	[kjuːb]	*n.*	立方體;立方	The boy learnt to draw a **cube**.
cuddle	[ˈkʌdl]	*v.*	摟抱	The little girl **cuddled** her pet dog.
cuff	[kʌf]	*n.*	袖口	His **cuffs** are very dirty.
cuisine	[kwiˈziːn]	*n.*	烹飪法	French **cuisine**
culprit	[ˈkʌlprit]	*n.*	罪犯	The prices are rising too quickly, and high production costs are the main **culprit**. 物價上漲太快,而生產成本高是罪魁禍首。
cultivate	[ˈkʌltiveit]	*v.*	培養;耕作	Please **cultivate** your literature taste.
cultural	[ˈkʌltʃərəl]	*a.*	文化的	**Cultural** events include concerts, plays etc.
cumulative	[ˈkjuːmjulətiv]	*a.*	累積的	**cumulative** damage to the environment
cunning	[ˈkʌniŋ]	*a.*	狡猾的;巧妙的	He is a **cunning** man.
curb	[kəːb]	*v.*	抑制	The government made great efforts to **curb** drug trafficking.
currency	[ˈkʌrənsi]	*n.*	流通;貨幣	The foreign teacher was paid in local **currency**.
current	[ˈkʌrənt]	*a.*	現行的	He is concerned with the **current** affairs.
cushion	[ˈkuʃən]	*n.*	坐墊	He lay on a **cushion**.
custody	[ˈkʌstədi]	*n.*	監護權	He doesn't want the boy's **custody**.
cute	[kjuːt]	*a.*	可愛的	How **cute** you are!
cutlery	[ˈkʌtləri]	*n.*	餐具	**Cutlery** include knives, forks etc.

cyanide	[ˈsaiənaid]	*n.*	氰化物	**Cyanide** is a kind of very strong poison.
cycle	[ˈsaikəl]	*n.*	循環	the **cycle** of the seasons
cyclical	[ˈsaiklikl]	*a.*	循環的	**cyclical** changes in the business activity 商業活動的週期性變化
cyclone	[ˈsaikləun]	*n.*	旋風；颶風；龍捲風	The **cyclone** on the Indian ocean caused no damage to the people on seashore.
cylinder	[ˈsilində]	*n.*	圓柱體；汽缸	an engine with four **cylinders** 四汽缸引擎
cynic	[ˈsinik]	*n.*	憤世嫉俗者	The old man is a **cynic**.
cynical	[ˈsinikəl]	*a.*	憤世嫉俗的；譏諷的	Don't show your **cynical** attitudes to me.
cynicism	[ˈsinisizəm]	*n.*	玩世不恭	His **cynicism** made his family disappointed.

dab	[dæb]	*v.*	輕拍	She **dabbed** at the wound with a wet cloth.
dairy	[ˈdɛəri]	*n.*	牛奶場；奶製品；奶品店	This is the **dairy** counter in the shop.
damn	[dæm]	*v.*	詛咒	**Damn** you!
damp	[dæmp]	*a.*	潮濕的	His cellar is **damp**.
dangle	[ˈdæŋgl]	*v.*	懸掛	He is watching the keys **dangling** from a chain.
dash	[dæʃ]	*v.*	突進；飛跑	The soldier is **dashing** on his horse.
database	[ˈdeitəˌbeis]	*n.*	數據庫	He's learning the **database** of computer.
daunt	[dɔːnt]	*v.*	使沮喪	The downpour **daunted** the tourists.
daze	[deiz]	*v.*	使發昏；使迷亂	After the accident, he was **dazed**.

dazzle	[ˈdæzəl]	*v.*	(使)目眩;耀眼	The lights of the car **dazzled** me.
deadline	[ˈdedlain]	*n.*	最後期限	Tuesday is your **deadline** for sending in your application. 你呈遞申請書的截止日期是星期二。
deadlock	[ˈdedlɔk]	*n.*	死鎖;僵局	You should break the **deadlock**.
dealer	[ˈdiːlə]	*n.*	經銷商	The car **dealer** can serve you well.
debate	[diˈbeit]	*v.*	爭論	They have **debated** that question for an hour.
debris	[ˈdebriː]	*n.*	碎片;殘骸	The **debris** of the ship is displayed in the museum.
debtor	[ˈdetə]	*n.*	債務人	Japan is a **debtor** nation. 日本是個債務國。
decade	[ˈdekeid]	*n.*	十年	Prices have risen steadily during the past **decade**.
decay	[diˈkei]	*v. n.*	使腐朽;衰落	Sugar can **decay** the teeth.
deceit	[diˈsiːt]	*n.*	欺騙	He saw through their **deceit**.
decency	[ˈdiːsnsi]	*n.*	合宜;得體	You have the **decency** to go to his funeral.
decent	[ˈdiːsənt]	*a.*	尚可的;像樣的	His clothes look **decent**.
decentralize	[ˌdiːˈsentrəlaiz]	*v.*	分散	to **decentralize** certain power of president
deception	[diˈsepʃən]	*n.*	欺騙;詭計	His **deception** is discovered by the people around him.
decimal	[ˈdesiməl]	*a.*	十進的;小數的	**Decimal** fraction is difficult for him to learn.
declare	[diˈklɛə]	*v.*	斷言;宣稱	The country **declared** war to its neighbor country.
decline	[diˈklain]	*v. n.*	跌落,衰退	His influence **declined** as he grew older.
decode	[diːˈkəud]	*v.*	解譯密碼	We **decoded** the enemy's telegram.
decompose	[ˌdiːkəmˈpəuz]	*v.*	分解	Please **decompose** the chemical compound.
decoration	[ˌdekəˈreiʃən]	*n.*	裝飾,裝飾品,勛章	The little girl bought many Christmas **decorations**.
decree	[diˈkriː]	*n. v.*	法令;判決	You must obey the **decree**.
dedication	[ˌdediˈkeiʃən]	*n.*	貢獻;奉獻	His **dedication** to his work won him great fame.
deduce	[diˈdjuːs]	*v.*	推論;演繹出	Please **deduce** the conclusion of the paragraph.
deduct	[diˈdʌkt]	*v.*	扣除	Five is **deducted** from ten.

deem	[diːm]	*v.*	認爲;想	We would **deem** it an honour if the minister agreed to meet us.
defame	[diˈfeim]	*v.*	誹謗	The rumors **defamed** him greatly.
default	[diˈfɔːlt]	*n.*	棄權	She won by **default**, because her opponent refused to play.
defect	[diˈfekt]	*n.*	過失;缺點	Before they leave the factory, all the cars are carefully tested for **defects**.
defer	[diˈfəː]	*v.*	推遲;延期	Let's **defer** the decision for a few weeks.
deficiency	[diˈfiʃənsi]	*n.*	缺乏	Many diseases result from vitamin **deficiency**.
define	[diˈfain]	*v.*	定義;規定	Some words are hard to **define** because they have many different uses.
definition	[ˌdefiˈniʃən]	*n.*	定義,淸晰度	An English person is British by **definition**.
deform	[diˈfɔːm]	*v.*	使變形	He was born with a **deformed** foot.
defraud	[diˈfrɔːd]	*v.*	欺詐	She **defrauded** the man of much money.
defy	[diˈfai]	*v.*	違抗	The child **defied** his parents and went to cinema after school.
degenerate	[diˈdʒenəreit]	*v.*	退化;惡化	The argument soon **degenerated** into a brawl.
degrade	[diˈgreid]	*v.*	使受屈辱	It was very **degrading** to be punished in front of the whole class.
degree	[diˈgriː]	*n.*	度數,學位	I think that's true to a **degree**. 我想在一定程度上那是正確的。
deity	[ˈdiːiti]	*n.*	神;神性	the **deities** of ancient Greece
delay	[diˈlei]	*v.*	耽擱,延遲	We decided to **delay** our holiday until next month.
delegate	[ˈdeligeit]	*n.*	代表	She was our **delegate** at the party conference.
delete	[diˈliːt]	*v.*	刪除,消去	**Delete** the name from the paper.
deliberate	[diˈlibəreit]	*a.*	故意的,存心的	The car crash wasn't an accident, it was a **deliberate** attempt to kill him!
delicacy	[ˈdelikəsi]	*n.*	精美的食物	Caviar is a great **delicacy**.
delicatessen	[ˈdelikəˈtesən]	*n.*	熟食店	I bought some food from the **delicatessen**.
delicious	[diˈliʃəs]	*a.*	美妙的;美味的	The chicken is very **delicious**.

delight	[di'lait]	*v.* *n.*	使……欣喜 欣喜	He **delighted** the audience with his jokes. 他講了一些笑話使觀眾們很開心。
delinquency	[di'liŋkwənsi]	*n.*	不良行爲;犯罪	His **delinquency** will be punished.
deliver	[di'livə]	*v.*	遞送;交付	Letters are **deliverd** every day.
delta	['deltə]	*n.*	三角洲	the Nile **Delta** in Egypt
democracy	[di'mɔkrəsi]	*n.*	民主	industrial **democracy** 工業民主
democratic	[ˌdemə'krætik]	*a.*	民主國家的,主張民主的	The company is run on **democratic** lines, and all the staff are involved in making decisions. 公司推行民主管理的方法,所有員工都參與決策。
demography	[di'mɔgrəfi]	*n.*	人口統計	The **demography** shows that there are more and more people engaging in tertiary service. 人口統計顯示越來越多的人從事第三產業。
demolish	[di'mɔliʃ]	*v.*	摧毀	We are **demolishing** all her arguments. 我們推翻了她所有的論斷。
demonstrate	['demənstreit]	*v.*	示範	I will **demonstrate** how the machine works.
demonstrative	[di'mɔnstrətiv]	*a.*	感情外露的	He's not very **demonstrative**.
denote	[di'nəut]	*v.*	代表,表示	A smile often **denotes** pleasure.
dental	['dentl]	*a.*	牙齒的	**dental** floss 牙線
deny	[di'nai]	*v.*	否認;拒絕	She **denied** what she had done.
depart	[di'pa:t]	*v.*	離開	The train to Taipei will **depart** from platform NO. 1.
dependence	[di'pendəns]	*n.*	依賴	Children's **dependence** on their parents should be discouraged.
deplete	[di'pli:t]	*v.*	耗盡	The strike **depleted** the factory production.
deposit	[di'pɔzit]	*v.*	放置	Where can I **deposit** this load of sand?
deprive	[di'praiv]	*v.*	剝奪	This law will **deprive** us of our most basic rights.
deputy	['depjuti]	*n.* *a.*	代理人;副的	She will be my **deputy** while I am away.
derelict	['derilikt]	*a.*	廢棄的	It is a **derelict** old house.
derive	[di'raiv]	*v.*	從……得到(與 from 連用)	She **derived** great pleasure from books. 她從書中獲得了很大的樂趣。
descend	[di'send]	*v.*	下降	The sun **descended** behind the hills.

descent	[di'sent]	*n.*	血統	She is of Japanese **descent**.
designate	['dezigneit]	*v.*	任命,指派	She was **designated** to take over the position.
desperate	['despərət]	*a.*	極需要的	She's **desperate** for money. 她極需要錢。
despise	[dis'paiz]	*v.*	輕視	He **despised** the disgusting man.
dessert	[di'zət]	*n.*	飯後甜食	We have ice-cream for **dessert.**
destructive	[di'strʌktiv]	*a.*	破壞的	Small children can be very **destructive**. 小孩子可以具有很大的破壞力。
detach	[di'tætʃ]	*v.*	分開	You can **detach** the handle by undoing this screw.
detail	['diːteil]	*n.*	細節	She described the accident in **detail**.
detain	[di'tein]	*v.*	拘留	The policeman **detained** two men for questioning.
detect	[di'tekt]	*v.*	察覺	The equipment is used to **detect** the changes of lights.
deter	[di'təː]	*v.*	威懾	We need severe punishments to **deter** people from dealing in drugs. 我們有必要實施嚴厲的懲罰來制止人們販毒。
detergent	[di'təːdʒənt]	*n.*	洗衣粉,洗滌劑	There are varieties of **detergents** in the shop.
deteriorate	[di'tiəriəreit]	*v.*	惡化	Their relations **deteriorated** sharply in recent months.
determine	[di'təːmin]	*v.*	使下決心	His encouragement **determined** me to carry on with the work.
detract	[di'trækt]	*v.*	減損,貶低(與 from 連用)	All the decoration **detracts** from the beauty of the building's shape.
devastate	['devəsteit]	*v.*	毀壞	The fire **devastated** the city.
deviate	['diːveit]	*v.*	偏離	She never **deviates** from her regular habits.
device	[di'vais]	*n.*	設備	The missile has a heatseeking **device**.
devotion	[di'vəuʃən]	*n.*	奉獻	His **devotion** to his cause made his family confused.
devour	[di'vauə]	*v.*	吞食	The lion **devoured** the deer.

diagnose	[ˈdaiəgnəuz]	*v.*	診斷	The doctor **diagnosed** the disease as a rare one.
diagnosis	[ˌdaiəgˈnəusis]	*n.*	診斷	What's the doctor's **diagnosis**?
diagram	[ˈdaiəgræm]	*n.*	圖表	a **diagram** of a railway system 鐵路系統的示意圖
diaphragm	[ˈdaiəfræm]	*n.*	橫隔膜,振動板	The **diaphragm** of a telephone is moved by the sound of the voice. 電話機的簧片隨聲音而振動。
diarrhea	[ˌdaiəˈriə]	*n.*	腹瀉	He's suffering **diarrhea**.
dictate	[dikˈteit]	*v.*	口述	She **dictated** a letter to her secretary.
diction	[ˈdikʃən]	*n.*	發音法	Actors need training in **diction**.
diesel engine	[ˈdiːzəl ˈendʒin]	*n.*	柴油機,內燃機	**Diesel engine** contributes to the development of industry. 內燃機推動了工業的發展。
differentiate	[ˌdifəˈrenʃieit]	*v.*	分辨	Can you **differentiate** this kind of rose from the others?
diffuse	[diˈfjuːz]	*a.* *v.*	擴散的 傳播	to **diffuse** knowledge/a smell 傳播知識/一種氣味
digestion	[diˈdʒestʃən]	*n.*	消化力	He has a good **digestion**.
digest	[diˈdʒest]	*v.*	消化	Cheese doesn't **digest** easily.
digit	[ˈdidʒit]	*n.*	零到九的數字	The number 2001 contains four **digits**.
dignify	[ˈdignifai]	*v.*	使……變得高貴	Don't **dignify** those few hairs on your face by calling them a beard. 別想把你臉上那幾根毛說成是鬍子來美化它們。
dilate	[daiˈleit]	*v.*	張大	Her eyes **dilated** with terror.
dilemma	[diˈlemə]	*n.*	進退維谷	Their offer has put me in a bit of **dilemma**.
dilute	[daiˈljuːt]	*v.*	稀釋,沖淡	I **dilute** the paint with a little oil.
dim	[dim]	*a.*	昏暗的	The light is too **dim** for me to read easily.
dingy	[ˈdiŋdʒi]	*a.*	骯髒的	The curtains are getting rather **dingy**.
dinosaur	[ˈdainəsɔː]	*n.*	恐龍	My son likes the films about **dinosaur**.
diploma	[diˈpləumə]	*n.*	文憑	He got a **diploma** in maths.
diplomacy	[diˈpləuməsi]	*n.*	外交,交際手腕	He needed all his **diplomacy** to settle their quarrel.
diplomat	[ˈdipləmæt]	*n.*	外交官	He greeted the **diplomat** with flowers.

directory	[di'rektəri]	*n.* 姓名地址錄;目錄	Please find his phone number in the phone **directory**.
disarm	[dis'ɑːm]	*v.* 繳械	The police **disarmed** the criminal.
discard	[dis'kɑːd]	*v.* 拋棄	He **discarded** his wife.
discharge	[dis'tʃɑːdʒ]	*v.* 釋放	The judge **discharged** the prisoner.
discipline	['disiplin]	*v.* 管教 *n.* 紀律	I have **disciplined** myself to do two hours of exercises every day. 我嚴格規定自己每天做兩個小時的運動。
discount	[dis'kaunt]	*n. v.* 折扣;打折	We can give a small **discount**.
discourage	[dis'kʌridʒ]	*v.* 使氣餒	Don't **discourage** your child's creativity.
discrepancy	[dis'krepənsi]	*n.* 不同	There is some **discrepancy** between their two descriptions. 他們兩人的描述有些出入。
discussion	[dis'kʌʃən]	*n.* 討論	The subject is under **discussion**.
disdain	[dis'dein]	*v.* 輕蔑	The camel seemed to **distain** the people around it.
disgrace	[dis'greis]	*n.* 恥辱	His conduct brought **disgrace** on his family.
disguise	[dis'gaiz]	*v.* 假裝;掩飾	He escaped by **disguising** himself as a security. 他裝扮成保安逃跑了。
disgust	[dis'gʌst]	*n.* 厭惡	The sight of rotting bodies filled him with **disgust**.
dismal	['dizməl]	*a.* 陰沈的	**dismal** weather
dismay	[dis'mei]	*v.* 使沮喪	We are **dismayed** by the cost.
disorder	[dis'ɔːdə]	*n.* 雜亂	The books are in **disorder** on the table.
dispatch	[dis'pætʃ]	*v. n.* 分配;派遣	The boy was **dispatched** to sort out the mails.
disperse	[di'spəːs]	*v.* 驅散	The wind **dispersed** the cloud.
displace	[dis'pleis]	*v.* 移置;轉移	Don't **displace** the exhibits in the gallery.
display	[dis'plei]	*v. n.* 陳列;展覽	The aircraft are **displayed** in the museum.
disposable	[dis'pəuzəbl]	*a.* 用完即丟的	**disposable** paper cups 用完即丟的紙杯
disposal	[dis'pəuzəl]	*v.* 處分,處置	We have bought a set of waste **disposal** device.

dispose	[dis'pəuz]	*v.*	處理	Man propose; God **dispose**.
disprove	[dis'pruːv]	*v.*	反駁	Evidence has now **disproved** that theory.
dispute	[dis'pjuːt]	*v. n.*	爭論	She is beyond all **dispute** the best chemist in the firm.
disreputable	[dis'repjutəbəl]	*a.*	聲名狼藉的	I hate **disreputable** people.
dissent	[di'sent]	*v.*	不同意	I **dissented** your suggestion.
dissertation	[disəː'teiʃən]	*n.*	(學位)論文	He attended the presentation of my doctorial **dissertation**. 他參加了我的博士論文答辯會。
dissolve	[di'zɔlv]	*v.*	溶解;解散	Salt can be **dissolved** in water.
distill	[di'stil]	*v.*	蒸餾	Brandy is **distilled** from wine.
distinct	[di'stiŋkt]	*a.*	有區別的	Those two ideas are quite **distinct**.
distinguish	[di'stiŋgwiʃ]	*v.*	區別	I can **distinguish** them by their colors.
distort	[dis'tɔːt]	*v.*	歪曲	The rumors **distorted** the facts. 謠言歪曲了事實。
distribute	[dis'tribjuːt]	*v.*	分發	Please **distribute** the test papers to each student.
distribution	[ˌdistri'bjuːʃən]	*n.*	分配	The food **distribution** is unfair in this flood region.
disturb	[dis'təːb]	*v.*	打擾	Don't **disturb** your classmates while they are studying.
ditch	[ditʃ]	*n.*	溝	The dead donkey was thrown into the **ditch**.
diverge	[dai'vəːdʒ]	*v.*	分開	This is where our opinions **diverge**. 這就是我們意見分歧之處。
diversity	[dai'vəːsəti]	*n.*	多樣化	the cultural **diversity** of the US 美國文化的多樣性
dividend	['dividend]	*n.*	股息	Can you tell me the **dividend** of this company this year?
divine	[di'vain]	*a.*	神的	The cause is **divine** and everyone should try his best to support it.
division	[di'viʒən]	*n.*	部門,區分	She works in the company's export **division**.
dizzy	['dizi]	*a.*	暈眩的	The height of the tower made me **dizzy**.
doctrine	['dɔktrin]	*n.*	教條;學說	Don't follow the dogged **doctrine**.

dogged	[ˈdɔgid]	*a.* 頑強的	She has **dogged** perseverance. 她有頑強的毅力。
dogma	[ˈdɔgmə]	*a.* 教條	Catholic **dogma** 天主教教義
dolphin	[ˈdɔlfin]	*n.* 海豚	**Dolphin** is very intelligent.
domain	[dəˈmein]	*n.* 領域,範圍	This problem lies outside the **domain** of medical science.
domestic	[dəˈmestik]	*a.* 家庭內部的,國內的	Her **domestic** problems are beginning to affect her work. 她的家庭問題開始影響她的工作。 **domestic** electrical goods/science 家用電器/家政學
domino	[ˈdɔminəu]	*n.* 骨牌	The **domino** effect is often in commercial activities.
donate	[dəuˈneit]	*v.* 捐贈	He decided to **donate** his body to the medical research after his death.
doom	[dum]	*v.* 注定;判決	The plan is **doomed** to failure from the start.
dormitory	[ˈdɔːmitri]	*n.* 宿舍	The director visited the students' **dormitory** every week.
dose	[dəus]	*n.* 劑量	Please make sure the **dose** of the drug before taking it.
downfall	[ˈdaunfɔːl]	*n.* 墮落,毀滅	Drinking and gambling brought about his **downfall**.
download	[ˈdaunlaud]	*v.* 下載	I **downloaded** a lot of useful information from the internet.
downpour	[ˈdaunpɔː]	*n.* 傾盆大雨	It rained a **downpour** yesterday.
draft	[drɑːft]	*n. v.* 起草	Please **draft** a letter to the bank manager.
drainage	[ˈdreinidʒ]	*n.* 排水設備	This soil has good **drainage**.
dramatic	[drəˈmætik]	*a.* 戲劇的,不尋常的	He made a **dramatic** recovery. 他出人意料地康復了。
drastic	[ˈdræstik]	*a.* 激烈的	**Drastic** changes are needed to improve the performance of the company.
draw	[drɔː]	*v.* 拉進,引出(與 back 連用,表示退卻)	The firm **drew back** from making an immediate commitment.

dreary	['driəri]	a.	沈悶的;厭倦的	The job is very **dreary**.
dredge	[dredʒ]	v.	疏通	They are **dredging** the lake for the dead body.
drizzle	['drizl]	n. v.	細雨	There is a **drizzle** tonight.
dual	['dju:əl]	a.	二重的	You have **dual** tasks to do; one is to look after the baby, the other is to do the laundry.
dubious	['dju:biəs]	a.	覺得可疑的	I am still **dubious** about that plan.
duel	['dju:əl]	n.	決鬥	The two lover rivals decided to fight a **duel**.
duet	[dju:'et]	n.	二重奏	The two players performed a **duet** in the party.
duly	['dju:li]	ad.	適時地	Your suggestion has been **duly** noticed.
dune	[dju:n]	n.	沙丘	There are many movable **dunes** in the desert.
duplicate	['dju:plikit]	n. v.	複製(品)	Please **duplicate** the materials for the students.
durable	['djuərəbəl]	a.	耐穿的	I have a pair of trousers of **durable** material.
Dutch	[dʌtʃ]	a.	荷蘭人的,荷蘭語的,荷蘭的	**Dutch** treat 各自付費的聚餐
dutiful	['dju:tiful]	a.	忠實的	He is a **dutiful** husband.
dwarf	[dwɔ:f]	n.	侏儒	*Snow White and the Seven **Dwarfs*** are popular among children.
dwelling	['dweliŋ]	n.	住所	Welcome to my humble **dwelling**.
dwindle	['dwindl]	v.	縮小	The city's people is rapidly **dwindling**.
dynamite	['dainəmait]	n.	炸藥	**Dynamite** is widely used in the mining.
		v.	用(炸藥)炸毀	
dynasty	['dinəsti]	n.	朝代	The poet lived in the Tang **Dynasty**.

earnest	[ˈəːnist]	*a.*	認眞的	He is an **earnest** young man who never laughs. 他是一個不苟言笑的年輕人。
earth-quake	[ˈəːθkweik]	*n.*	地震	**Earthquake** is a disaster for man.
ease	[iːz]	*v.*	緩和,減輕	The pains began to **ease**.
eccentric	[ikˈsentrik]	*a.*	古怪的	His behaviour is **eccentric**.
eclipse	[iˈklips]	*n.*	日蝕;月蝕	a lunar **eclipse**
ecology	[iːˈkɔlədʒi]	*n.*	生態(學)	My major is **ecology**.
ecosys-tem	[ˈiːkəuˌsistəm]	*n.*	生態系統	The **ecosystem** here is destroyed.
ecstasy	[ˈekstəsi]	*n.*	狂喜	He ran out of the room in **ecstasy**.
eddy	[ˈedi]	*n.*	漩渦,渦流	The little paper boat was caught in an **eddy** and spun round in the water. 小紙船捲進了漩渦裡,在水中直打轉。
edible	[ˈedibl]	*a.*	可以吃的	These berries are **edible** but those are poisonous.
edit	[ˈedit]	*v.*	編輯	to **edit** a computer program 編排電腦程式
effective	[iˈfektiv]	*a.*	有效的	The treatment for hair loss is **effective**.
efficient	[iˈfiʃənt]	*a.*	效率高的	She is a quick **efficient** worker.
effluent	[ˈefluənt]	*n.*	廢水	There is a law against dangerous **effluent** being poured into our rivers.
egalitarian	[iˌgæliˈteriən]	*a.*	平均主義的	We hope to live in an **egalitarian** society.
ego	[ˈiːgəu]	*n.*	自尊心	He has an enormous **ego**. 他非常自負。
eject	[iˈdʒekt]	*v.*	逐出	The tape was **ejected** from the recorder.
elaborate	[iˈlæbərət]	*a.*	詳盡的	She made an **elaborate** preparation for the

			party. 她爲宴會做了大量的準備工作。
element	[ˈelimənt]	*n.* 元素,要素	There is always an **element** of risk in this sort of investment. 這種投資總是帶有風險。
elevate	[ˈeliveit]	*v.* 提高	He was **elevated** to the position of president.
elicit	[iˈlisit]	*v.* 誘出,引起	Their appeal for funds didn't **elicit** much of a response. 他們要求提供資金的呼籲沒有引起多大的反響。
eligible	[ˈelidʒəbl]	*a.* 有資格的	Anyone over the age of 20 is **eligible** to vote.
elite	[eiˈliːt]	*n.* 精英	The **elite** of our society are envied by common people.
elongate	[ˈiːlɔŋgeit]	*v.* 加長	The face of the man in the picture is **elongated** by the painter.
eloquence	[ˈeləkwəns]	*n.* 雄辯	Facts are better than **eloquence**.
elucidate	[iˈluːsideit]	*v.* 闡述	He **elucidated** the reason of this strange decision.
elusive	[iˈluːsiv]	*a.* 難以捉摸的	Despite all the efforts, success remains **elusive**. 儘管他們作了種種努力,成功的把握還是不大。
embankment	[imˈbæŋkmənt]	*n.* 堤防, 路基	The **embankment** repairs are necessary. 路基的維護是必不可少的。
embark	[imˈbɑːk]	*v.* 上船,使(乘客)上(船、飛機)	The ship **embarked** passengers at an Australian port. 乘客們是在澳洲的一個港口上的船。
embassy	[ˈembəsi]	*n.* 使館	I worked for the US **embassy** in Moscow.
embed	[imˈbed]	*v.* 嵌入	The arrow **embedded** itself in the door.
embody	[imˈbɔdi]	*v.* 體現	Language **embodies** culture.
embrace	[imˈbreis]	*v.* 擁抱	The two sisters met and **embraced**.
embroider	[imˈbrɔidə]	*v.* 刺繡	She sat **embroidering** to pass time.
embryo	[ˈembriəu]	*n. a.* 胚胎(的)	The plan is still in **embryo**. 計劃仍在醞釀中。
emerge	[iˈməːdʒ]	*v.* 出現	The sun **emerged** from behind the clouds.
emigrate	[ˈemigreit]	*v.* 移居	Her family **emigrated** to America in the 1950s.
eminent	[ˈeminənt]	*a.* 著名的	Even the most **eminent** doctor cannot cure him.

eminently	['eminəntli]	*ad.* 不尋常地	Your decision is **eminently** sensible.
emit	[i'mit]	*v.* 放射	John **emitted** a few curses. 約翰詛咒了幾句。
emotive	[i'məutiv]	*a.* 感情的	Capital punishment is a very **emotive** issue.
emphasis	['emfəsis]	*n.* 重要性	Our English course places great **emphasis** on conversational skills.
emphatic	[im'fætik]	*a.* 強調的	She made an **emphatic** refusal.
empirical	[em'pirikl]	*a.* 經驗主義的，實證性的	We have **empirical** evidence that the moon is covered with dust.
empower	[im'pauə]	*v.* 授權	The new law **empowered** the police to search private houses.
enable	[i'neibl]	*v.* 使能夠	The dictionary will **enable** you to understand English words.
enclose	[in'kləuz]	*v.* 把……附在（信、包裹等）之中	The garden is **enclosed** by a high wall.
encode	[in'kəud]	*v.* 編碼	**Encode** the files.
encounter	[in'kauntə]	*n. v.* 遇到	I had a frighting **encounter** with a snake.
encroach	[in'krəutʃ]	*v.* 侵佔	Be careful not to **encroach** on her sphere of authority. 要當心別侵犯她的職權範圍。
encyclopedia	[inˌsaikləu'piːdiə]	*n.* 百科全書	There are many **encyclopedias** in this library.
endanger	[in'deindʒə]	*v.* 危及	You will **endanger** your health if you work so hard. 如果你工作如此勞累,健康會受到損害。
endeavor	[in'devə]	*v.* 努力	She made no **endeavor** to help us.
endorse	[in'dɔːs]	*v.* 在(支票等)背面簽名,贊同	Please **endorse** the cheaque. 請在支票上簽名。
endow	[in'dau]	*v.* 賦予	She is **endowed** with both beauty and brains.
endure	[in'djuə]	*v.* 忍耐	They **endured** tremendous hardship in the past years.
energetic	[ˌenə'dʒetik]	*a.* 精力旺盛的	His brother is an **energetic** tennis player.
engage	[in'geidʒ]	*v.* 雇用	I have **engaged** a new assistant.
enhance	[in'haːns]	*v.* 增強	Good skills will **enhance** your chance of getting a good job.

enlarge	[inˈlɑːdʒ]	v. 增大	Do **enlarge** your vocabulary if you want to improve your English.
enlighten	[inˈlaitn]	v. 指點	I have **enlightened** the boy from his childhood.
enormously	[iˈnɔːməsli]	ad. 巨大地	She is **enormously** rich. 她非常富裕。
enquire	[inˈkwaiə]	v. 詢問	I'll **enquire** the way to the station.
enroll	[inˈrəul]	v. 登記	She decided to be **enrolled** in the history course. 她決定報名學習歷史課程。
ensure	[inˈʃuə]	v. 擔保	The medicine will **ensure** you a good night's sleep. 這藥保證能讓你睡一夜好覺。
entail	[inˈteil]	v. 需要	Writing a book **entails** a lot of work.
enterprise	[ˈentəpraiz]	n. 企業	He works in a state-owned **enterprise.**
entertainment	[ˌentəˈteinmənt]	n. 娛樂	This law applies to public **entertainment**. 此項法律適合於公共娛樂場所。
enthusiasm	[inˈθjuːziæzəm]	n. 熱心	She showed boundless **enthusiasm** for work. 她對工作表現出無限的熱情。
entice	[inˈtais]	v. 引誘	He **enticed** her away from her husband.
entitle	[inˈtaitl]	v. 命名	The book is **entitled** *Crime and Punishment*.
entity	[ˈentiti]	n. 實體	Since the war the country has been divided, it is no longer a political **entity**.
entrant	[ˈentrənt]	n. 加入者	**Entrants** should send their competition forms in by the end of the month.
entrenched	[inˈtrentʃt]	a. 確立的，根深蒂固的	You cannot shift her from her **entrenched** belief. 你無法改變她根深蒂固的信仰。
entrepreneur	[ˌɔntrəprəˈnəː]	n. 企業家	This **entrepreneur** will deliver a speech on his career.
entrepreneurial	[ˌɔntrəprəˈnəriəl]	a. 企業家的	What he lacks is **entrepreneurial** spirit.
environment	[inˈvaiərənmənt]	n. 環境	Children need a happy home **environment**. 孩子們需要幸福快樂的家庭環境。
envoy	[ˈenvɔi]	n. 特使	The diplomat was dispatched as an **envoy** to

the neighbour country.

epic	[ˈepik]	*n.*	史詩	The **epic** is 500 lines long.
epidemic	[ˌepiˈdemik]	*n.*	流行病	Violence is reaching an **epidemic** level in the city. 城市裏的暴力事件已經達到泛濫地步。
epilogue	[ˈepilɔg]	*n.*	結束語	I cannot understand the **epilogue** of the article.
episode	[ˈepisəud]	*n.*	一段情節	In the final **episode** we will find out who did the murder. 在最後一集中,我們就會弄清誰是那宗謀殺案的兇手。
epoch-making	[ˈiːpɔkˌmeikiŋ]	*a.*	劃時代的	This is an **epoch-making** blueprint.
equation	[iˈkweiʃən]	*n.*	方程式	Can you guess the result of this **equation**?
equator	[iˈkweitə]	*n.*	赤道	The nearer you get the **equator**, the hotter it is.
equipment	[iˈkwipmənt]	*n.*	設備	She tested all her **equipment**.
equivalent	[iˈkwivələnt]	*a.*	等值的	He changed his pounds for the **equivalent** amount in dollar. 他把英鎊換成了等值的美元。
erect	[iˈrekt]	*a.*	豎直的	She held her head **erect** and her back straight.
erode	[iˈrəud]	*v.*	腐蝕	The sea **erodes** the rocks.
errand	[ˈerənd]	*n.*	差使	I have no time to go on **errand** for him.
error	[ˈerə]	*n.*	差錯	To make **errors** is to be human being.
essential	[iˈsenʃəl]	*a.*	基本的	Food and drink are **essential**.
estate	[iˈsteit]	*n.*	房地產	He is an **estate** agent. 他是個房地產經紀人。
estimate	[ˈestimeit]	*v.*	估量	I **estimated** that we would arrive at five.
estuary	[ˈestjuəri]	*n.*	港灣,河口	the Thames **estuary** 泰晤士河灣
eternal	[iːˈtəːnl]	*a.*	永恆的	Love is an **eternal** theme for literature.
ethereal	[iˈθiəriəl]	*a.*	微妙的,飄渺的	She has an **ethereal** beauty.
ethnic	[ˈeθnik]	*a.*	種族的	**ethnic** minority groups 少數民族團體
etiquette	[ˈetiket]	*n.*	禮儀	legal **etiquette** 法律界的行爲規範
eucalyptus	[ˌjuːkəˈliptəs]	*n.*	尤加利樹	There is no **eucalyptus** in my hometown.
evaluate	[iˈvæljueit]	*v.*	評價	It's hard to **evaluate** your power.
evaporate	[iˈvæpəreit]	*v.*	蒸發	Hopes of reaching an agreement are beginning to **evaporate**. 達成協議的希望化成泡影。

eventually	[iˈventjuəli]	*ad.*	最終	He worked so hard that **eventually** he made himself ill.
evoke	[iˈvəuk]	*v.*	喚起	The old film **evoked** memories of my childhood. 這部老電影喚起了我兒時的回憶。
evolve	[iˈvɔlv]	*v.*	發展	Language is constantly **evolving**.
exacerbate	[ekˈsæsəbeit]	*v.*	加重	The border incident **exacerbated** East-West tension. 邊境事件使東西方關係更加惡化。
excavate	[ˈekskəveit]	*v.*	挖鑿	The ancient coins were **excavated** from the ancient tomb.
exceed	[ikˈsiːd]	*v.*	超過	The cost of damage **exceeded** our worst fears.
excel	[ikˈsel]	*v.*	勝過他人	He **excels** at physics.
exception	[ikˈsepʃn]	*n.*	例外	You must answer the question without **exception**. 大家都要回答這個問題,你也不例外。
excess	[ikˈses]	*n.*	超過	He drinks to **excess**. 他飲酒過度。
exclude	[iksˈkluːd]	*v.*	排除	The minor factors have been **excluded**.
excursion	[ikˈskəːʃən]	*n.*	短途旅遊	The travel company arranges **excursions** round the island.
execution	[ˌeksiˈkjuːʃən]	*n.*	處死	**Executions** used to be held in public.
executive	[igˈzekjutiv]	*a. n.*	決策與執行的;主管	She was given full **executive** power in this matter. 她在這方面享有完全的決策權。
exemplify	[igˈzemplifai]	*v.*	例證	The instances **exemplified** what you said.
exempt	[igˈzempt]	*v.*	免除	They are **exempted** from taxes.
exert	[igˈzəːt]	*v.*	發揮;發生	They **exert** their influences on me.
exhale	[eksˈheil]	*v.*	呼出	Breathe in deeply and then **exhale** slowly.
exhaust	[igˈzɔːst]	*v.*	精疲力盡	My patience **exhausted.** 我忍無可忍了。
exile	[ˈeksail]	*n.*	流放	Napoleon was sent into **exile**.
exotic	[igˈzɔtik]	*a.*	外國產的	**exotic** flowers 外國的花卉
expand	[ikˈspænd]	*v.*	膨脹	Water **expands** when it freezes.
expansion	[ikˈspænʃən]	*n.*	膨脹	Metals undergo **expansion** when heated.
expatriate	[eksˈpætrieit]	*n.*	僑居者	The **expatriates** in this country suffered racial discrimination.
expedition	[ˌekspiˈdiʃən]	*n.*	探險隊,遠征	an **expedition** to the North Pole 北極探險

expendi-ture	[ik'spenditʃə]	*n.*	消耗	Government **expenditure** on education is rising. 政府在教育上的開支日益增加。
expertise	[ˌekspə'tiːz]	*n.*	專門技術	Her business **expertise** will be of great help to us.
explana-tory	[ik'splænətəri]	*a.*	解釋的	There are some **explanatory** notes at the end of the chapter. 這一章的結尾有一些註解。
explicit	[ik'splisit]	*a.*	清楚明確的	I will give you an **explicit** instruction.
exploit	[ik'splɔit]	*v.*	利用，剝削	to **exploit** the country's mineral resources 開發國家的礦產資源
explore	[iks'plɔː]	*v.*	探險	The universe has been **explored** by astronauts.
explosion	[ik'spləuʒən]	*n.*	爆炸	When she lit the gas there was a loud **explo-sion**.
exponent	[ik'spəunənt]	*n.*	支持者，解釋者	She is the leading **exponent** of this theory.
extensive	[ik'stensiv]	*a.*	大規模的	The story received **extensive** coverage in the newspaper. 這件事在報紙上被廣泛報導。
extent	[ik'stent]	*n.*	長度，程度	I agree with you to some **extent**. 在某種程度上，我同意你的看法。
external	[ik'stəːnəl]	*a.*	外部的	This medicine is for **external** use, not to drink.
extinct	[ik'stiŋkt]	*a.*	絕種的	Dinosaurs have been **extinct** for billions of years. 恐龍已經絕跡億萬年了。
extinguish	[iks'tiŋgwiʃ]	*v.*	滅火	The fireman **extinguished** the fire.
extin-guisher	[ik'stiŋgwiʃə]	*n.*	滅火器	Please be sure there are **extinguishers** in case of fire.
extol	[ik'stəul]	*v.*	讚美	He keeps **extolling** the merits of his new car.
extract	[iks'trækt]	*v.*	拔取，抽出	The oil is **extracted** from peanuts.
extremity	[iks'tremiti]	*n.*	絕境	The poor animal is in **extremity** of pain.
extrovert	['ekstrəuvəːt]	*n.*	性格外向	She is **extrovert** and fond of making friends.
eyelash	['ailæʃ]	*n.*	眼睫毛	The little girl's **eyelashes** are very long and look very beautiful.
eyelid	['ailid]	*n.*	眼瞼	He lifted his **eyelid** for a moment.
eyewit-ness	['ai'witnis]	*n.*	目擊證人	The **eyewitness** was called to the police station.

fable	[ˈfeibl]	*n.* 寓言	The moral of the **fable** is that the bad man will deserve no merits.
fabric	[ˈfæbrik]	*n.* 織物	The **fabric** looks really nice.
fabricate	[ˈfæbrikeit]	*v.* 捏造	He **fabricated** the whole story.
fabulous	[ˈfæbjuləs]	*a.* 驚人的	What **fabulous** news!
facade	[fəˈsɑːd]	*n.* 表面	The **facade** of this office building is very simple.
facet	[ˈfæsit]	*n.* 小平面，方面	One needs to consider the various **facets** of the problem. 考慮問題時需要考慮它的各方面。
facilitate	[fəˈsiliteit]	*v.* 有助於	The new underground will **facilitate** the journey to the airport. 新建的地下鐵將使去機場變得更爲方便。
facility	[fəˈsiliti]	*n.* 設施，技能	The school has excellent **facilities**.
facsimile	[fækˈsimili]	*n.* 複製品	Many drawings are produced in **facsimile** in the catalogue. 許多圖畫的複製品都刊載在這本目錄裡。
factor	[ˈfæktə]	*n.* 因素	These **factors** determine the rise in interest rates. 這些因素決定了利率的上漲。
faculty	[ˈfækəlti]	*n.* 才能	the **faculty** of hearing/memory 聽力/記憶力
fade	[feid]	*v.* 枯萎，凋謝	The flowers soon **fade** when they have been cut.
Fahrenheit	[ˈfærənhait]	*n.* 華氏溫度	**Fahrenheit** is adopted in this region.
fairly	[ˈfɛəli]	*ad.* 誠實地，公正地	I felt I hadn't been **fairly** treated.
fake	[feik]	*a.* 假的	Don't give a **fake** report about the accident.
fallacy	[ˈfæləsi]	*n.* 荒謬，謬誤	Love is just a **fallacy**.
fallible	[ˈfæləbl]	*a.* 會犯錯誤的	He's **fallible**. 他很容易犯錯誤。

falsify	[ˈfɔːlsifai]	*v.* 篡改	He has been **falsifying** the accounts. 他一直在做假帳。
familiarity	[fəˌmiliˈærəti]	*v.* 精通	His **familiarity** with the language impressed us all.
famine	[ˈfæmin]	*n.* 饑荒	an appeal for **famine** relief in Ethiopia 救濟衣索匹亞饑荒的呼籲
fanatic	[fəˈnætik]	*n.* 狂熱者	Tom is a football **fanatic**.
fantastic	[fænˈtæstik]	*a.* 極好的	Our holiday in London was **fantastic**.
fantasy	[ˈfæntəsi]	*n.* 幻想	He lived in a world of **fantasy**.
farewell	[ˈfɛəˈwel]	*n.* 再見	**Farewell** New York.
fascinate	[ˈfæsineit]	*v.* 使着迷	The forest **fascinated** him.
fascinat-ing	[ˈfæsineitiŋ]	*a.* 使人着迷的	I stayed up all night to finish reading the **fas-cinating** book.
fascina-tion	[fæsiˈneiʃən]	*n.* 着迷	Jack has a strong **fascination** for computer.
fatality	[fəˈtæliti]	*n. v.* 災禍	The aircrash is a **fatality**.
fatigue	[fəˈtiːg]	*a. v.* 疲勞	He felt **fatigue** after the long journey.
fatty	[ˈfæti]	*a.* 脂肪的	She can't eat **fatty** meat.
fauna	[ˈfɔːnə]	*n.* 動物群	Can you tell me sth. about the **fauna** here?
feasible	[ˈfiːzəbl]	*a.* 可行的	The plan seems **feasible**.
federal	[ˈfedərəl]	*a.* 聯邦的	**Federal** Bureau of Investigation 聯邦調查局
feeble	[ˈfiːbl]	*a.* 虛弱的	After the accident, he was **feeble**.
feedback	[ˈfiːdbæk]	*n.* 反饋，回饋	Your **feedback** is very important for the company to improve its working conditions.
feminine	[ˈfeminin]	*a.* 有女性氣質的	He has a rather **feminine** voice.
fermenta-tion	[ˌfəːmenˈteiʃən]	*n.* 發酵	The wine needs **fermentation**. 酒需要發酵。
ferry	[ˈferi]	*v.* 運送	Every day I **ferriy** the children to and from the school in my car. 每天我開車接送孩子上下學。
fertile	[ˈfəːtail]	*a.* 肥沃的	This land is not **fertile**, so you will spend much more money on it.
fervent	[ˈfəːvənt]	*a.* 熱情的	The player had a **fervent** desire to win.

festive	[ˈfestiv]	*a.* 節日的	I like **festive** celebration.
fetid	[ˈfetid]	*a.* 惡臭的	The fish smells **fetid**.
fetus	[ˈfiːtəs]	*n.* 胎兒	the development of the **fetus** 胚胎的發育
feud	[fjuːd]	*n.* 不和	When can their **feud** end?
fiancé	[fiˈɔnsei]	*n.* 未婚夫	George is my **fiancé**.
fibre	[ˈfaibə]	*n.* 纖維	light **fibre** 光纖
fiction	[ˈfikʃən]	*n.* 小說	I prefer light **fiction** to all those serious novels.
fidelity	[fiˈdeliti]	*n.* 忠誠	His **fidelity** to his ideals proves worthy.
fidget	[ˈfidʒit]	*v. n. a.* 坐立不安(的)	Stop **fidgeting**! 不要坐立不安!
fierce	[fiəs]	*a.* 兇猛的	He was frightened by the **fierce** dog.
filament	[ˈfiləmənt]	*n.* 燈絲	The **filament** of this light bulb is broken.
filial	[ˈfiljəl]	*a.* 孝順的	**Filial** piety is approved by old generation.
filter	[ˈfiltə]	*v.* 過濾	The water need **filtering.**
finance	[faiˈnæns]	*n.* 財政(學)	He specialized in **finance**.
financial	[faiˈnænʃəl]	*a.* 金融的	The City of London is a great **financial** centre.
finicky	[ˈfiniki]	*a.* 苛求的	Don't be so **finicky** about your food. 別太挑食。
finite	[ˈfainait]	*a.* 有限的	Our resources are **finite**.
firearm	[ˈfaiərɑːm]	*n.* 小型槍支	The army is equipped with **firearms**.
fiscal	[ˈfiskəl]	*a.* 財政的	He is busy working at **fiscal** budget.
fishery	[ˈfiʃəri]	*n.* 漁業	**Fishery** also belongs to agriculture.
fission	[ˈfiʃən]	*n.* 分裂	Nuclear **fission** can release a great deal of energy.
flagstone	[ˈflægstəun]	*n.* 石板	The path is covered with **flagstones**.
flammable	[ˈflæməbəl]	*a.* 易燃的	The material is **flammable**.
flare	[fleə]	*v.* 閃耀	The light is **flaring** on the campus.
flask	[flɑːsk]	*n.* 瓶	Put the **flask** on the shelf.
flatter	[ˈflætə]	*v.* 奉承	You are **flattering** me, I know I am not beautiful.
flaw	[flɔː]	*n.* 缺點	There are some **flaws** in this jade.
fledged	[fledʒd]	*a.* 羽毛豐滿的	The bird is **fledged** and will fly away from its mother.

fleet	[fliːt]	*n.* 艦隊	Have you been to the **Fleet** Street?
flesh	[fleʃ]	*n.* 肉	the **flesh** and soul
flexible	[ˈfleksibl]	*a.* 可變通的,易彎曲的	Your plan is fairly **flexible**.
flick	[flik]	*v.* 輕開	He **flicked** the switch.
flight	[flait]	*n.* 航班,飛行	The **flight** for London will fly in an hour.
flimsy	[ˈflimzi]	*a.* 輕而薄的	She felt cold in her **flimsy** dress.
flock	[flɔk]	*n.* 群	I saw a **flock** of swans flying over the sky.
flora	[ˈflɔːrə]	*n.* 植物群	The **flora** in this area are various.
flounder	[ˈflaundə]	*v.* 艱難前行	The fish **floundered** on the river bank, struggling to breathe.
flourish	[ˈflʌriʃ]	*v.* 茂盛	Very few plants will **flourish** without water.
flout	[flaut]	*v.* 輕視	No one can **flout** the strict rules here.
fluctuate	[ˈflʌktjueit]	*v.* 波動	The prices of vegetables **fluctuate** according to the weather. 蔬菜的價格是隨天氣的變化而波動的。
fluent	[ˈfluːənt]	*a.* 說話流利的	He is **fluent** in five languages.
fluorescent	[ˌfluəˈresənt]	*a.* 發光的	The light is weakly **fluorescent**. 這盞燈發出微弱的光。
flush	[flʌʃ]	*v.* (臉)漲紅	The girl **flushed** when she was asked to answer the question.
flyover	[ˈflaiˌəuvə]	*n.* 高架交叉道路	The **flyover** is just like a rainbow.
foam	[fəum]	*n.* 泡沫	The waves washed the rocks and caused many **foams**.
focal	[ˈfəukəl]	*a.* 焦點的	This is the **focal** issue.
fodder	[ˈfɔdə]	*n.* 飼料	Please feed the animals with **fodder**.
foible	[ˈfɔibl]	*n.* 小缺點	My father has few **foibles**, for example, he is always buying himself new hats.
forbear	[fɔːˈbɛə]	*v.* 克制,忍耐	I could scarcely **forbear** from laughing out loud.
forecast	[ˈfɔːkaːst]	*v.* 預測	He confidently **forecast** a big increase in sales this year. 他自信地預測今年的銷售量會大大地增長。
forefront	[ˈfɔːfrʌnt]	*n.* 最前面	She was in the **forefront** of the struggle for

				women's rights. 她一直站在女權鬥爭的最前列。
foregoing	[fɔːˈgəuiŋ]	*a.*	前述的	The **foregoing** is not true.
foreground	[ˈfɔːgraund]	*n.*	最顯著的位置	She likes to be in the **foreground**.
forehead	[ˈfɔrid]	*n.*	前額	There is water on his **forehead**.
foremost	[ˈfɔːməust]	*a.*	最重要的	He was the **foremost** conductor of his day.
forensic	[fəˈrensik]	*a.*	法庭的	The use of scientific methods by the police is known as **forensic** science. 警方用科學方法處理案件，稱爲法庭科學。
forerunner	[ˈfɔːˌrʌnə]	*n.*	先驅	Our **forerunners** developed this wasteland.
foresee-able	[ˈfɔːsiːəbl]	*a.*	可預見的	It was a **foreseeable** accident.
foreword	[ˈfɔːwəːd]	*n.*	序	He wrote a **foreword** for this book.
forfeit	[ˈfɔːfit]	*a.*	被沒收了的	All his possessions are **forfeited**.
forge	[fɔːdʒ]	*v.*	僞造	He **forged** various currencies.
forgo	[fɔːˈgəu]	*v.*	放棄	Don't **forgo** your decision.
forlorn	[fəˈlɔːn]	*a.*	絕望的	The girl had a **forlorn** look on her face.
formal	[ˈfɔːməl]	*a.*	正式的	This is a **formal** party.
formality	[fɔːˈmæləti]	*n.*	正規的手續	There are a few **formalities** to go through before you enter a foreign country.
format	[ˈfɔːmæt]	*n.*	版式	a new **format** for the six o'clock TV news
formation	[fɔːˈmeiʃən]	*n.*	組成，形成	School life has a great influence on the **formation** of a child's character.
former	[ˈfɔːmə]	*a.*	前者的	Of the two possibilities, the **former** seems more likely. 在這兩種可能性中前者似乎更可能。
formidable	[ˈfɔːmidəbl]	*a.*	可怕的	He has a **formidable** voice.
formulate	[ˈfɔːmjuleit]	*v.*	公式表示，確切地闡述	He took care to **formulate** his reply very clearly. 他注意非常清楚地作出回答。
formula	[ˈfɔːmjulə]	*n.*	公式	Please remember the **formula**, or you cannot finish the homework.
forsake	[fəˈseik]	*v.*	放棄	He **forsook** his ambition to become an astronaut.
forthcom-ing	[ˈfɔːθˈkʌmiŋ]	*a.*	即將來臨的	The children are looking forward to the **forthcoming** Christmas.

forthright	[ˈfɔːθrait]	*a.*	率直的	You should be **forthright** to your friend, or you will lose them.
fortnight	[ˈfɔːtnait]	*n.*	兩星期	The talks lasted **fortnight**.
forum	[ˈfɔːrəm]	*n.*	論壇	They are holding a **forum** on new ways of teaching history.
fossil	[ˈfɔsəl]	*n.*	化石	These biologists went **fossil** hunting.
foster	[ˈfɔstə]	*v.*	激發,培養	We hope these meetings will help **foster** friendly relations between our two countries.
foul	[faul]	*a.*	污穢的	I cannot bear his **foul** words.
foundation	[faunˈdeiʃən]	*n.*	創立	The school has been famous for medical studies ever since its **foundation**.
fowl	[faul]	*n.*	家禽	Each morning I collected the eggs that our **fowls** had laid.
foyer	[ˈfɔiei]	*n.*	(戲院、旅館的)休息室	They arranged to meet in the **foyer** ten minutes before the play started.
fraction	[ˈfrækʃən]	*n.*	分數,少量	The car missed me by a **fraction** of an inch. 那部車子差一點就要撞到我了。
fracture	[ˈfræktʃə]	*n.*	骨折	There is a **fracture** in his hip.
fragile	[ˈfrædʒail]	*a.*	易碎的	The porcelain vase is **fragile**.
fragment	[ˈfrægmənt]	*n.*	碎片	The **fragments** of the toy were collected by the teacher.
fragrant	[ˈfreigrənt]	*a.*	芳香的	The air in the garden is warm and **fragrant**.
frail	[freil]	*a.*	虛弱的	He looks **frail** every day.
framework	[ˈfreimwəːk]	*n.*	框架	The **framework** of the job is decided.
fraternal	[frəˈtəːnl]	*a.*	兄弟般的	Our **fraternal** friendship will last forever.
fraud	[frɔːd]	*n.*	欺詐	She got a five-year jail sentence for **fraud**.
freelance	[ˈfriːlaːns]	*a. ad. n.*	自由的;自由地;自由人	He works **freelance**.
freight	[freit]	*n.*	貨物	**freight** train
frequency	[ˈfriːkwənsi]	*n.*	頻繁,頻率	The **frequency** of accidents on the road forced the government to lower the speed of traffic.
freshwater	[ˈfreʃˌwɔːtə]	*a.*	淡水的	He likes **freshwater** fish.
frigid	[ˈfridʒid]	*n.*	寒冷的	In this **frigid** winter I cannot work outdoors.

fringe	[frindʒ]	*n.*	流蘇,邊飾	The **fringe** in the shirt is made by my aunt.
frontier	[ˈfrʌntjə]	*n.*	邊境,未開拓的領域	The scientist's research is approaching to the **frontier** of this subject.
frown	[ˈfraun]	*v.*	皺眉	He **frowned** his head when meeting with the hard situation.
frugal	[ˈfruːgəl]	*a.*	節儉的	My mother is a **frugal** woman.
frustrate	[frʌˈstreit]	*v.*	挫敗	The bad weather **frustrated** our hopes of going out.
fuel	[ˈfjuəl]	*n.*	燃料	Wood and coal are **fuel**.
function	[ˈfʌŋkʃən]	*n. v.*	功能;(器官等)活動	This disease can impair the **function** of the brain. 這種病會損傷大腦的機能。
fundamental	[ˌfʌndəˈmentl]	*a.* *n.*	基本的 基本原則	The **fundamental** purpose of my plan is to encourage further development.
fungus	[ˈfʌŋgəs]	*n.*	菌類	**Fungus** does good to our health.
funnel	[ˈfʌnl]	*n.*	漏斗	Please use **funnel** to put the water to the flask.
furnace	[ˈfɜːnis]	*n.*	火爐	The room is like a **furnace**.
furore	[fjuˈrɔri]	*n.*	狂怒,狂熱	The news caused quite a **furore**.
furrow	[ˈfʌrəu]	*n.*	犁溝,畦	There are many **furrows** in this field.
furtive	[ˈfəːtiv]	*a.*	隱祕的	The plan is **furtive** to this day.
fusion	[ˈfjuːʒən]	*n.*	熔解,熔合	Nuclear **fusion** works by the combining of atomic nuclei, which releases huge amounts of energy. 核融合是通過原子核的合成而實現的,這種合成釋放出巨大的能量。
futile	[ˈfjuːtail]	*a.*	無用的	The reference book is too old; it's **futile** now.

galaxy	[ˈgæləksi]	*n.* 星系	a spiral **galaxy** 螺旋星系
gale	[geil]	*n.* 大風	The tree was blown down in the **gale**.
gallery	[ˈgæləri]	*n.* 畫廊	This painting is displayed in a small art **gallery**.
gallows	[ˈgæləuz]	*n.* 絞架	The murder was sent to the **gallows** for his crimes.
gangster	[ˈgæŋstə]	*n.* 歹徒	The **gangsters** were captured and sentenced to death.
gap	[gæp]	*n.* 裂縫，缺口	There are generation **gaps** between me and my father. 我和父親之間有代溝。
garlic	[ˈgɑːlik]	*n.* 蒜	a clove of **garlic** 一瓣蒜
gasp	[gɑːsp]	*v.* 喘氣	He **gasped** out the message.
gauge	[geidʒ]	*n.* 測量，儀錶	He is setting a fuel **gauge** in the new car. 他正在這輛新車上安裝一個油錶。
gaze	[geiz]	*v.* 凝視	The girl **gazed** at me for a long time as if I were an unreliable man.
gazette	[gəˈzet]	*n.* 政府公報	He read the news on the **gazette**.
gazetteer	[ˌgæziˈtiə]	*n.* 地名辭典	He was working on compiling a **gazetteer**.
gear	[giə]	*n.* 齒輪	She changed the **gear** to make the car go up the hill faster.
gender	[ˈdʒendə]	*n.* （名詞的）性	German has three **genders**.
generality	[ˌdʒenəˈræləti]	*n.* 普遍性	the **generality** of the universe 宇宙的普遍性
generalize	[ˈdʒenərəlaiz]	*v.* 概括	Our history teacher is always **generalizing**; he never deals with anything in detail.
generic	[dʒiˈnerik]	*a.* 屬的	The Latin term "Vulpes" is the **generic**

			name for the various types of fox. 拉丁術語 "Vulpes" 是不同種類狐狸的屬名。
genesis	[ˈdʒenisis]	*n.* 起源	The Bible tells people the **genesis** of the world.
genetic	[dʒiˈnetik]	*a.* 遺傳的	The baby has some **genetic** defects.
genial	[ˈdʒiːnjəl]	*a.* 親切的	She exchanged **genial** greetings with the students.
genocide	[ˈdʒenəusaid]	*n.* 種族大屠殺	Hitler's **genocide** for Jews is terrible.
genuine	[ˈdʒenjuin]	*a.* 道地的	This dish is **genuine**.
geometry	[dʒiˈɔmitri]	*n.* 幾何學	I like **geometry** best among my courses.
germ	[dʒəːm]	*n.* 細菌	**Germ** can make food go bad.
gesture	[ˈdʒestʃə]	*n.* 手勢	She made a **gesture** to let me sit down.
geyser	[ˈgaizə]	*n.* 間歇泉	This spring is a **geyser**.
ghastly	[ˈgɑːstli]	*a.* 可怕的	The dead dark night is **ghastly**.
ghetto	[ˈgetəu]	*n.* 貧民窟	The Jews lived in the **ghetto** in the city.
ghost	[gəust]	*n.* 鬼	*The **Ghost*** is a famous film.
giggle	[ˈgigl]	*v.* 咯咯地笑	The girl **giggled** at the clown.
ginger	[ˈdʒindʒə]	*n.* 薑	**Ginger** is used as seasoning.
giraffe	[dʒiˈrɑːf]	*n.* 長頸鹿	The **giraffe** can reach the leaves on the top of the tree.
gist	[dʒist]	*n.* 要點	Please summarize the **gist** of the passage.
glacier	[ˈglæsjə]	*n.* 冰川	Were there any plants during the period of **glacier**? 冰河時期有植物嗎?
glamour	[ˈglæmə]	*n.* 魅力	Foreign travel has never lost its **glamour** for me.
gland	[glænd]	*n.* 腺	Mumps makes the **glands** in your neck swell up. 腮腺炎使你頸部的淋巴腺腫脹。
glare	[glɛə]	*v.* 怒目而視	The teacher **glared** at the naughty boy.
glimpse	[glimps]	*n. v.* 一瞥	I only got a **glimpse** of the thief.
glitter	[ˈglitə]	*v.* 閃光	Not all gold **glitters**.
gloom	[gluːm]	*n.* 陰暗	The news of defeat filled them all with **gloom**.
glossary	[ˈglɔsəri]	*n.* 字彙表	Please go over the **glossary** and try to remember them.

glutinous	[ˈgluːtinəs]	*a.*	黏的	I cooked **glutinous** rice. 我煮了糯米飯。
glycerin	[ˈglisəˈrin]	*n.*	甘油	You can dab your hands with **glycerin**.
goodwill	[ˈgudˈwil]	*n.*	善意	The man with **goodwill** is very popular among children.
goof	[guːf]	*n.*	呆子	You, a **goof**, made such an error.
gorge	[gɔːdʒ]	*n.*	峽谷	The scene in three **gorges** is very spectacular.
gossip	[ˈgɔsip]	*n.*	閒話	The news was spread by **gossips**.
gourmet	[ˈguəmei]	*n.*	美食家	They invited a **gourmet** to come here to cater the wedding.
govern	[ˈgʌvən]	*v.*	管理	The country is **governed** by a few elite of military officers.
gown	[gaun]	*n.*	禮服	The **gown** men in Oxford refer to the students.
grab	[græb]	*v.*	抓	The boy **grabbed** his mother's hand tightly.
grace	[greis]	*n.*	優雅	Travelling with noble man improved the girl's **grace**.
gradation	[grəˈdeiʃən]	*n.*	（色彩、色調的）漸變，分等級	There are many **gradations** in colour between light blue and dark blue.
gradient	[ˈgreidjənt]	*n.*	坡度，傾斜度	a steep **gradient**
graduate	[ˈgrædʒjueit]	*v.*	大學畢業	I **graduated** from this university in 2000.
graffiti	[grəˈfiːti]	*n.*	塗鴉	The men's toilet is full of **graffiti**.
granite	[ˈgrænit]	*n.*	花崗岩	The statue is made out of **granite**.
granule	[ˈgrænjuːl]	*n.*	粒	a **granule** of sugar
graphic	[ˈgræfik]	*a.*	書寫的，圖示的	The **graphic** arts include calligraphy and lithography. 平面造型藝術包括書法和平板印刷術。
graveyard	[ˈgreivjɑːd]	*n.*	墓地	The area had become a **graveyard** for old cars.
grid	[grid]	*n.*	格子	the national **grid** 全國高壓輸電網
grind	[graind]	*v.*	磨碎	This is freshly-**ground** coffee.
grip	[grip]	*n. v.*	緊握	The thief would not let go his **grip** on my handbag. 這個賊緊抓住我的手提包不放。

grit	[grit]	*v.*	咬(牙),磨擦	He **gritted** his teeth to move on regardless of the heavy snow.
gross	[grəus]	*a.*	臃腫的，言行粗俗的	She was shocked by his **gross** behaviour. 她對他的粗魯行爲感到震驚。
grotesque	[grəu'tesk]	*a.*	奇形怪狀的	The mountain is famous for its **grotesque** rocks.
grudge	[grʌdʒ]	*n.*	痛恨	I always feel she has a **grudge** against me, although I don't know what wrong I have done her.
grumble	['grʌmbl]	*v.*	埋怨	The taxi driver was always **grumbling** about the luggage.
guarantee	[ˌgærən'tiː]	*n.*	保證,擔保	Please keep the **guarantee** of the TV set.
guillotine	['gilətiːn]	*n.*	斷頭台	The cruel emperor was sent to the **guillotine**.
guise	[gaiz]	*n.*	外觀	There is nothing new here, just the same old ideas in a different **guise**.
gullible	['gʌləbl]	*a.*	易受騙的	He's so **gullible** that you could sell him anything.
gulp	[gʌlp]	*v.*	吞嚥	The boy **gulped** down the bitter drug.
gum	[gʌm]	*n.*	口香糖	**Gum** can keep your mouth fresh.
gymnasium	[dʒim'neiziəm]	*n.*	健身房,體育館	He often goes to the **gymnasium** to take exercises.

habitable	[ˈhæbitəbl]	*a.*	可居住的	Their damp and draughty house was scarcely **habitable**. 他們那間潮溼而透風的屋子簡直不能住人。
halibut	[ˈhælibət]	*n.*	大比目魚	Have you seen **halibuts**?
hallmark	[ˈhɔːlmɑːk]	*v.* *n.*	蓋檢驗印記 特點，印記	Clear expression is the **hallmark** of good writing. 表達清楚是好文章的特點。
halluci-nate	[həˈluːsineit]	*v.*	產生幻覺	Mary **hallucinated** that somebody was trying to kill her.
halt	[hɔːlt]	*v.*	停下來	The car **halted** on the hillside.
handcuffs	[ˈhændkʌfs]	*n.*	手銬	The policeman caught the thief with **handcuffs**.
handicap	[ˈhændikæp]	*v.* *n.*	妨礙，使不利；障礙	We were **handicapped** by lack of money.
handle	[ˈhændl]	*n.* *v.*	把手，觸摸	Don't **handle** the goods in the shop!
handsome	[ˈhænsəm]	*a.*	英俊的	The man looks very **handsome**.
hangover	[ˈhæŋˌəuvə]	*n.*	殘留	The licensing laws are a **hangover** from wartime.
haphazard	[ˈhæpˈhæzəd]	*a.*	偶然的	The town grew in a **haphazard** way.
harangue	[həˈræŋ]	*n.*	大聲疾呼的演說	The minister of propaganda delivered his usual **harangue**.
harbour	[ˈhɑːbə]	*n.*	海港	The ship anchored in the **harbour**.
hardware	[ˈhɑːdwεə]	*n.*	五金器具；硬體	He knows how to maintain the computer **hardwares**.
harmony	[ˈhɑːməni]	*n.*	和諧	My cat and dog live together in perfect **harmony**.

harsh	[hɑːʃ]	*a.*	刺耳的，嚴酷的，無情的	a **harsh** voice/punishment/light 刺耳的聲音 / 嚴厲的處罰 / 刺眼的燈光
hassle	[ˈhæsəl]	*n.*	麻煩事	It's a real **hassle** to get the child to eat.
hatchback	[ˈhætʃbæk]	*n.*	掀背式轎車	He bought a **hatchback**.
haul	[hɔːl]	*v.*	拖	They **hauled** away on the ropes.
haunt	[hɔːnt]	*v.*	有鬼出沒	It is said that the place is **haunted** by the ghosts.
havoc	[ˈhævək]	*n.*	混亂，浩劫	The earthquake wreaked **havoc** on the city.
hazard	[ˈhæzəd]	*n.* *v.*	危險 冒……的危險	He **hazarded** all his money in the attempt to save the business. 他為了挽救這家企業，不惜冒險投入他的所有金錢。
haze	[heiz]	*n.*	薄霧	I could hardly see him through the **haze** of the cigarette.
hearsay	[ˈhiəsei]	*n.*	謠傳	**Hearsay** evidence is not acceptable by the court.
hearth	[hɑːθ]	*n.*	壁爐；溫暖的家庭	The fire is briskly on in the **hearth**.
heatstroke	[ˈhiːtstrəuk]	*n.*	中暑	He suffered a **heatstroke** this summer.
hectare	[ˈhektɑː]	*n.*	公頃	The park covers 15 **hectares**.
hectic	[ˈhektik]	*n.*	霸權	Don't subject to the **hectic**.
heed	[hiːd]	*v.*	注意到	He didn't **heed** my advice. 他不聽我的勸告。
heir	[ɛə]	*n.*	繼承人	She is the only **heir** of the millionaire.
helicopter	[ˈhelikɔptə]	*n.*	直升機	The **helicopter** was sent to save the flood victims.
helium	[ˈhiːliəm]	*n.*	氦	**Helium** is lighter than air.
helmet	[ˈhelmit]	*n.*	頭盔	What kind of **helmet** do you prefer?
hemisphere	[ˈhemisfiə]	*n.*	半球	What is the largest city in the southern **hemisphere**? 南半球哪座城市最大？
hence	[hens]	*ad.*	因此	The town was built near a bridge on the River Cam, **hence** the name Cambridge.
henceforth	[ˈhensˈfɔːθ]	*ad.*	今後	Following our merger with Brown Brothers, the company will **henceforth** be known as John and Brown Inc.

herbalist	[ˈhəːbəlist]	*n.* 草藥郎中	Li Shizhen was a great **herbalist**.
herbivorous	[həːˈbivərəs]	*a.* 食草的	Rabbits are **herbivorous** animals. 兔子是草食性動物。
hereabouts	[ˈhiərəˌbauts]	*ad.* 在附近	I think I saw a post office somewhere **hereabouts**.
hereafter	[hiərˈɑːftə]	*ad.* 今後	**Hereafter** I will strive to get the first place in the competition.
hereby	[ˈhiəˈbai]	*ad.* 就此	I **hereby** declare her elected.
hereditary	[hiˈreditəri]	*a.* 世襲的,遺傳的	He's suffering a **hereditary** disease. 他正飽受遺傳病的折磨。His grandfather was a **hereditary** peer. 他的祖父是世襲貴族。
heredity	[hiˈrediti]	*n.* 遺傳	Does **heredity** play an important role in the development of one's personality?
heretic	[ˈherətik]	*n.* 異教徒	He is regarded as a **heretic**.
heritage	[ˈheritidʒ]	*n.* 遺產;傳統	We should inherit the cultural **heritage**.
hesitate	[ˈheziteit]	*v.* 猶豫	He **hesitated** and could not make up his mind.
heterogeneous	[ˌhetərəuˈdʒiːnjəs]	*a.* 由不同成分形成的	a **heterogeneous** mix of nationalities 多民族的混合體
hiccup	[ˈhikʌp]	*n.* 打嗝	In the middle of the church service there was a loud **hiccup** from my son.
highbrow	[ˈhaibrau]	*n.* 風雅人士;文化人(貶義)	He was regarded as a **highbrow**.
highlight	[ˈhailait]	*n.* 最突出部分	Can you find the **highlight** of the news?
hijack	[ˈhaidʒæk]	*v.* 劫機	The gangsters **hijacked** the plane.
hilarious	[hiˈlɛəriəs]	*a.* 歡鬧的	The children are **hilarious** in the garden.
hinder	[ˈhində]	*v.* 阻礙	The factors **hinder** my English's improving.
hinge	[hindʒ]	*v.* 依……而定	Everything **hinges** on where we go next.
hint	[hint]	*v.* 暗示	I **hinted** to him that I was dissatisfied with his work. 我向他暗示過,我對他的工作不滿意。
hiss	[his]	*v.* 發噓聲	The audience **hissed** the actor.
hitherto	[ˈhiðəˈtuː]	*ad.* 迄今	I have never seen him **hitherto**.

hive	[haiv]	*n.*	蜂房，熙熙攘攘的場所	The newspaper office was a real **hive** of industry. 報館眞是個繁忙至極的場所。
hoax	[həuks]	*n.*	愚弄	We can play **hoaxes** on April Fool's Day.
hobble	['hɔbl]	*v.*	蹣跚	The drunkard **hobbled** towards us.
hockey	['hɔki]	*n.*	曲棍球	Ice **hockey** is popular in Canada.
hoist	[hɔist]	*v.*	升起	The flag was **hoisted** by the children.
hollow	['hɔləu]	*a.*	中空的	The bamboo is **hollow**.
holocaust	['hɔləkɔːst]	*n.*	大毀滅	It's said there would be a world **holocaust** in the millennium.
hologram	['hɔləgræm]	*n.*	全息圖	What does the **hologram** suggest?
homage	['hɔmidʒ]	*n.*	敬意	We pay our **homage** to the dead.
homestead	['həumsted]	*n.*	家園	They want to rebuild their **homestead** after the flood.
homicide	['hɔmisaid]	*n.*	殺人犯，殺人	He was convicted for **homicide**.
homogeneous	[ˌhɔmə'dʒiːniəs]	*a.*	同類的	He had a **homogeneous** collection of books about history.
honorary	['ɔnərəri]	*a.*	名譽的	Mr. Wang is the **honorary** president of our college.
hoodlum	['huːdləm]	*n.*	無賴	The **hoodlum** killed himself yesterday.
hooligan	['huːligən]	*n.*	小流氓	The **hooligan** often bullied Mary last year.
horizon	[hə'raizən]	*n.*	地平線	The sun disappeared below the **horizon**.
hormone	['hɔːməun]	*n.*	荷爾蒙	Body can produce **hormone**.
horoscope	['hɔrəskəup]	*n.*	星座運勢	He likes to check his **horoscope**.
horticulture	['hɔːtiˌkʌltʃə]	*n.*	園藝學	Do you like **horticulture**?
hospitable	['hɔspitəbl]	*a.*	好客的	Chinese have the reputation of being **hospitable** people.
hostage	['hɔstidʒ]	*n.*	人質	They wanted to kill the **hostage**.
hothouse	['hɔthaus]	*n.*	溫室	Vegetables can grow well in **hothouses** in winter.
hound	[haund]	*n.*	獵犬	He wants to have a good **hound**.
hourglass	['auəglɑːs]	*n.*	沙漏	An **hourglass** is an old device of telling the time.

household	[ˈhaushəuld]	*n.*	家屬	The whole **household** had the habit of getting late.
house-keeper	[ˈhausˌkiːpə]	*n.*	管家	She is a bad **housekeeper**.
hover	[ˈhɔvə]	*v.*	盤旋	A plane **hovered** over our heads.
hub	[hʌb]	*n.*	輪軸,中心	This is the **hub** of the center.
humble	[ˈhʌmbl]	*a.*	地位卑微的	He rose from **humble** origins to become prime minister. 他出身卑微,後來成爲首相。
hump	[hʌmp]	*n.*	(駝)峰,圓丘	The kind of camels have one **hump** on their back. 這種駱駝背上只有一個駝峰。
hurdle	[ˈhəːdl]	*n.*	欄杆,障礙	He overcame many **hurdles** to become a lawyer. 他克服了無數苦難才成爲一名律師。
hurricane	[ˈhʌrikən]	*n.*	颶風	The **huricane** flung the dead boy here.
husky	[ˈhʌski]	*a.*	沙啞的	He has a **husky** voice.
hustle	[ˈhʌsl]	*v.*	匆忙去做	He **hustled** me into buying his second-hand car.
hybrid	[ˈhaibrid]	*n.*	雜種	The **hybrid** from a donkey and a horse is called a mule.
hydrate	[ˈhaidreit]	*n.*	氫氧化物,水合物	**Hydrate** is a chemical substance that contains water.
hydraulic	[haiˈdrɔːlik]	*a.*	液壓的	The car has a **hydraulic** brake.
hydraulics	[haiˈdrɔːliks]	*n.*	水利學	He majors in **hydraulics**.
hydrogen	[ˈhaidrədʒən]	*n.*	氫	Water contains **hydrogen** and oxygen.
hygiene	[ˈhaidʒiːn]	*n.*	衛生學,衛生	Please pay more attention to your personal **hygiene**.
hypnosis	[hipˈnəusis]	*n.*	催眠	Under **hypnosis** the patient described her childhood in great detail.
hysterical	[hiˈsterikəl]	*a.*	歇斯底里的	They became **hysterical** after the accident.

icon	[ˈaikən]	*n.*	圖示,聖像	Please check the **icons** on the screen.
identical	[aiˈdentikəl]	*a.*	相同的	They look **identical**.
identify	[aiˈdentifai]	*v.*	識別	They have now **identified** the main course of the problem. 他們現在已經發現問題的主要原因。
ideology	[ˌaidiˈɔlədʒi]	*n.*	意識形態	Our **ideology** differs.
idiosyn-crasy	[ˌidiəˈsiŋkrəsi]	*n.*	特別;個別	This is only one of the many **idiosyncrasies** of English spelling.
idle	[ˈaidl]	*a.*	閒散的	He is an **idle** fellow.
idol	[ˈaidl]	*n.*	偶像	He always makes an **idol** of you.
idyll	[ˈidil]	*n.*	田園	He enjoys the rural **idyll** of peace and plenty.
ignite	[igˈnait]	*v.*	點燃	The boys **ignited** the fireworks. 男孩子們點燃了爆竹。
ignition	[igˈniʃən]	*n.*	點火裝置	What's wrong with the **ignition** of your car?
ignoble	[igˈnəubl]	*a.*	不光彩的	He did an **ignoble** thing.
illegal	[iˈliːgəl]	*a.*	違法的	It's **illegal** for people under 17 to drive a car in Britain. 在英國,十七歲以下的人開車是違法的。
illegitimate	[ˌiliˈdʒitimit]	*a.*	非法的	He was accused of **illegitimate** use of public fund.
illicit	[iˈlisit]	*a.*	違法的	It's an **illicit** act to do that thing.
illiterate	[iˈlitərit]	*a.*	文盲的	Most people in old days are **illiterate**.
illogical	[iˈlɔdʒikəl]	*a.*	缺乏邏輯的	The judgement is **illogical**.
illusion	[iˈljuːʒən]	*n.*	幻想	He has many **illusions** about his future.
illustration	[iləsˈtreiʃən]	*n.*	插圖	The **illustrations** are better than the text.
immediate	[iˈmiːdiət]	*a.*	立即的	Please take an **immediate** action to avert catastrophe. 請採取緊急行動以防止災禍的發生。

immemorial	[ˌimiˈmɔːriəl]	*a.*	遠古的;記不清的	The stone is from **immemorial** time.
immerse	[iˈməːs]	*v.*	專注於	We must **immerse** ourselves in studying.
immigrant	[ˈimigrənt]	*n.*	移民	We can say Australia is an **immigrant** country.
imminence	[ˈiminəns]	*n.*	迫近	The **imminence** of test made me upset.
immoral	[iˈmɔrəl]	*a.*	不道德的	He had an **immoral** act to that thing.
immune	[iˈmjuːn]	*a.*	免疫的	He seems to be **immune** to criticism.
impact	[ˈimpækt]	*n.*	衝擊力	Computers have great **impact** on modern life.
impair	[imˈpεə]	*v.*	削弱;損傷	His illness has **impaired** his efficiency.
impeccable	[imˈpekəbl]	*a.*	沒有瑕疵的	She has **impeccable** character.
impede	[imˈpiːd]	*v.*	阻止	Who **impeded** your attending the meeting ?
impel	[imˈpel]	*v.*	驅使	I was so annoyed that I felt **impelled** to write a letter to the paper.
imperial	[imˈpiəriəl]	*a.*	帝王的,帝國的	Britain's **imperial** expansion in the 19th century
impetuous	[imˈpetjuəs]	*a.*	魯莽的	He made an **impetuous** decision.
implant	[imˈplɑːnt]	*v.*	灌輸	deeply **implanted** fears/insecurity 深深埋在心中的恐懼/不安全感
implement	[ˈimplimənt]	*n.*	工具	gardening **implement**
implicate	[ˈimplikeit]	*v.*	使受牽連	We received a letter **implicating** him in the murder. 我們收到一封信,表明他與謀殺案有關係。
implore	[imˈplɔː]	*v.*	乞求	She **implored** his forgiveness.
impose	[imˈpəuz]	*v.*	強加	A new tax has been **imposed** on wine.
imprison	[imˈprizn]	*v.*	下獄,監禁	The crew were **imprisoned** in the plane by the hijackers.
improvise	[ˈimprəvaiz]	*v.*	臨時發言	I forgot to bring the words of my speech ,so I just had to **improvise**.
inaugural	[iˈnɔːgjurəl]	*a.*	就職的	I can never forget his **inaugural** speech.
inborn	[inbɔːn]	*a.*	天生的	Birds have an **inborn** ability to fly.
inbred	[ˈinˈbred]	*a.*	天生的	She has an **inbred** responsiveness to music.
inbuilt	[ˈinbilt]	*a.*	內置的	The camera has an **inbuilt** flash.

incarnation	[ˌinkɑːˈneiʃən]	*n.*	化身	She's the **incarnation** of goodness.
incense	[ˈinsens]	*n.*	香	She bought the **incense** at the Lama-Temple.
incentive	[inˈsentiv]	*n.*	刺激	The promise of a bonus acted as an **incentive** to greater efforts. 分發紅利的許諾激勵人們更加努力。
incinerator	[inˈsinəreitə]	*n.*	焚化爐	**Incinerator** is a machine for burning unwanted things.
incision	[inˈsiʒən]	*n.*	切口	An **incision** was made into the diseased organ.
income	[ˈinkʌm]	*n.*	收入	Half of our **income** goes on rent.
incorporate	[inˈkɔːpəreit]	*v.*	吸收	The new plan **incorporated** the old one.
increase	[inˈkriːs]	*v.*	增加	The population of this town has **increased**.
incur	[inˈkəː]	*v.*	招惹	I **incurred** her displeasure somehow.
indicate	[ˈindikeit]	*v.*	指出	She **indicated** that I should go.
indigenous	[inˈdidʒinəs]	*a.*	本土的	a plant **indigenous** to New Zealand 一種原產於紐西蘭的植物
indignant	[inˈdignənt]	*a.*	憤慨的	She was quite **indignant** with his advice.
indignity	[inˈdigniti]	*n.*	侮辱	I suffered the **indignity** of having to say I was sorry in front of all those people.
induce	[inˈdjuːs]	*v.*	引誘,引起	The medicine may **induce** drowsiness.
induct	[inˈdʌkt]	*v.*	使正式就職	She was **inducted** as a headmaster yesterday.
indulge	[inˈdʌldʒ]	*v.*	放縱	They may spoil their grandchildren by **indulging** them too much.
inert	[iˈnəːt]	*a.*	惰性的	He always lies completely **inert** in bed after supper every day.
inestimable	[inˈestiməbl]	*a.*	無法估計的	Your advice has been of **inestimable** value to us. 你的建議對我們是無價之寶。
inevitable	[inˈevitəbl]	*a.*	不可避免的	A confrontation was **inevitable** because they disliked each other so much.
inexorable	[inˈeksərəbl]	*a.*	不屈不撓的	the slow but **inexorable** workings of British justice 英國司法緩慢卻不可阻擋的進程
inextricable	[inˈekstrikəbl]	*a.*	無法擺脫的	The government has **inextricable** financial troubles. 政府擺脫不了財政困難。

infant	[ˈinfənt]	*n.*	嬰兒	Our little boy is in the **infant**'s class.
infection	[inˈfekʃən]	*n.*	感染	He has got a lung **infection**.
infernal	[inˈfəːnəl]	*a.*	可恨的	What an **infernal** din! 多麼可惡的吵鬧聲!
inferno	[inˈfəːnəu]	*n.*	地獄	The once magnificent palace became an **inferno**.
infer	[inˈfəː]	*v.*	推斷	What can we **infer** from his refusal to see us? 他拒見我們,我們從中能得到什麼推斷?
infest	[inˈfest]	*v.*	侵擾	Mice **infested** the old house.
infinitesimal	[ˌinfiniˈtesiməl]	*a.*	無限小的	an **infinitesimal** amount
infinity	[inˈfinəti]	*n.*	無限	The universe stretches out to **infinity**.
inflame	[inˈfleim]	*v.*	使燃燒	His indiscreet comments only served to **inflame** the dispute.
inflammable	[inˈflæməbl]	*a.*	易燃的	Petrol is highly **inflammable**.
inflation	[inˈfleiʃən]	*n.*	通貨膨脹	The government is determined to bring down **inflation**. 政府決心把通貨膨脹降低。
inflict	[inˈflikt]	*v.*	使承受	Don't **inflict** your ridiculous ideas on me!
inflow	[ˈinfləu]	*n.*	流入	The **inflow** of tourists into the scenic spots made them crowded.
influx	[ˈinflʌks]	*n.*	流入,大量湧進	In the summer there are a great **influx** of tourists into the town.
informative	[inˈfɔːmətiv]	*a.*	增長知識的	This is an **informative** television documentary.
ingenious	[inˈdʒiːnjəs]	*a.*	機靈的	What an **ingenious** person!
ingenuous	[inˈdʒenjuəs]	*a.*	坦率的	She gave an **ingenuous** smile.
ingot	[ˈiŋgət]	*n.*	(金屬)錠	gold **ingots**
ingredient	[inˈgriːdjənt]	*n.*	成分	Imagination and hard work are the **ingredients** of success. 想像力和勤勞是成功的要素。
inhale	[inˈheil]	*v.*	吸入	Please **inhale** deeply.
inherent	[inˈhiərənt]	*a.*	固有的	The pattern is **inherent** in the stone.
inherit	[inˈherit]	*v.*	繼承	We **inherit** our physical characteristics from our parents.

initial	[iˈniʃəl]	*a.*	最初的	The **initial** shyness was overcome.
initiate	[iˈniʃieit]	*v.*	發起	The society was **initiated** by some young men.
initiative	[iˈniʃiətiv]	*n.*	發起,率先	He took the **initiative** in organizing a party.
inject	[inˈdʒekt]	*v.*	注射	The new arrival of our friends **injected** new life into the flagging party. 我們幾個朋友的到來爲沈悶的聚會增添了新的活力。
inland	[ˈinlənd]	*a.*	內陸的	**inland** trade/sea 國內貿易/ 內海
inmate	[ˈinmeit]	*n.*	囚犯,一起住院或坐牢的人	One of the **inmates** has escaped. 被收容的人其中有一個逃跑了。
innate	[iˈneit]	*a.*	天生的	The black mole on my skin is **innate**.
innocuous	[iˈnɔkjuəs]	*a.*	無害的	The local wine is **innocuous**.
innovation	[ˌinəˈveiʃən]	*n.*	革新	recent **innovation** in ecology 生態學中的新發明
insane	[inˈsein]	*a.*	精神錯亂的	The woman was **insane** after the loss of her son.
inscribe	[inˈskraib]	*v.*	題字,簽名	He **inscribed** his name in the book.
insert	[inˈsəːt]	*v.*	插入	We have **inserted** an amendment into the contract. 我們已經在那分合約中加進一項修正條款。
inshore	[ˌinˈʃɔː]	*ad.*	靠近海岸地	He rowed further **inshore**.
insidious	[inˈsidiəs]	*a.*	陰險的	He is an **insidious** man.
insight	[ˈinsait]	*n.*	洞察力	He has an **insight** into women issue.
insolent	[ˈinsələnt]	*a.*	傲慢的	The officer was **insolent** to us.
insomnia	[inˈsɔmniə]	*n.*	失眠症	The actor suffered severe **insomnia** because of overwork.
inspiration	[ˌinspəˈreiʃən]	*n.*	靈感	She sat there waiting for the coming of **inspiration**.
inspire	[inˈspaiə]	*v.*	激勵	He was **inspired** by his tutor to overcome the difficulties.
install	[inˈstɔːl]	*v.*	安裝	We are having our central heating **installed**.
instantaneous	[instənˈteinjəs]	*a.*	瞬間發生的	She accidentally swallowed the poison and death was **instantaneous**.
instigate	[ˈinstigeit]	*v.*	唆使	The evil man **instigated** the child to steal from the shop.
instinct	[ˈinstiŋkt]	*n.*	直覺	an **instinct** for survival 求生的本能

institution	[insti'tjuːʃən]	*n.*	機構	The Royal **Institution** is a British organization for scientists. 皇家學院是英國科學家的團體。
instruct	[in'strʌkt]	*v.*	教導	He **instructed** his children how to be a true man.
instruction	[in'strʌkʃən]	*n.*	指導	Please follow these **instructions**.
instrument	['instrumənt]	*n.*	器具	There are a lot of musical **instruments** in the museum.
insular	['insjulə]	*a.*	海島的	**insular** scene
insulate	['insjuleit]	*v.*	使絕緣,隔絕	They are **insulated** from the outward world.
insult	['insʌlt]	*v. n.*	侮辱	Don't **insult** your foes.
insure	[in'ʃuə]	*v.*	投保	Our house is **insured** against fire.
intact	[in'tækt]	*a.*	原封不動的	The food kept **intact** there.
intake	['inteik]	*n.*	吸收量	You'd better reduce your **intake** of fat and alcohol. 你最好減少脂肪和酒精的攝取量。
integral	['intigrəl]	*a.*	必要的	She is our best player, and is **integral** to our team. 她是我們最好的球員,我們隊離不開她。
intellectual	[ˌinti'lektjuəl]	*a.*	智力的	The argument is too **intellectual** to us. 這場爭論對我們來說太深奧了。
intelligible	[in'telidʒəbl]	*a.*	可理解的	The article is **intelligible** without new words.
intend	[in'tend]	*v.*	計劃	I **intended** to report you to the police.
intensive	[in'tensiv]	*a.*	集中的	**Intensive** efforts are being made to resolve the dispute. 現在人們正全力以赴解決這場糾紛。
intent	[in'tent]	*a.*	熱切的	She is **intent** on going abroad to continue her studies.
intention	[in'tenʃən]	*n.*	意圖	I have no **intention** of changing my mind.
interact	[ˌintər'ækt]	*v.*	相互作用	The two ideas **interact**.
intercontinental	[ˌintəˌkɔnti'nentəl]	*a.*	洲際的	**intercontinental** missile/trade 洲際飛彈 / 洲際貿易
interdependent	[ˌintədi'pendənt]	*a.*	互相依賴的	Central government and local government are **interdependent**.
interdisciplinary	[ˌintə'disəplinəri]	*a.*	跨學科的	The man was working on an **interdisciplinary** study.

interfere	[ˌintəˈfiə]	*v.*	干涉	Don't **interfere** other country's affairs.
interim	[ˈintərim]	*n.* *a.*	中間時期 臨時的	The government is taking **interim** measures to help those in immediate need. 政府正在採取臨時措施幫助那些急需救援的人。
interior	[inˈtiəriə]	*a.*	內部(的)	**interior** decoration 室內裝潢
intermedi-ate	[ˌintəˈmiːdjət]	*a.*	中間的	English for **intermediate** level 中級英語
internal	[inˈtəːnəl]	*a.*	內部的	**internal** injures 內傷
interplane-tary	[ˌintəˈplænitəri]	*a.*	行星間的	**interplanetary** travel/space 星際旅行/星際空間
interpreter	[inˈtəːpritə]	*n.*	譯者	I acted as his **interpreter** during the meeting.
interro-gate	[inˈterəgeit]	*v.*	質問	The police **interrogated** the suspect for several hours. 警察盤問了嫌疑犯好幾個鐘頭。
interrupt	[ˌintəˈrʌpt]	*v.*	插嘴	Don't **interrupt** me. 別打斷我。
inter-sperse	[ˌintəˈspəːs]	*v.*	散佈	Sunny periods will be **interspersed** with occasional showers.
interval	[ˈintəvəl]	*n.*	間歇期間	After a long **interval** he replied.
intimate	[ˈintimit]	*a.*	親密的	They are on **intimate** terms. 他們關係密切。
intimidate	[inˈtimideit]	*v.*	恫嚇	They tried to **intimidate** him into doing what they wanted.
intonation	[ˌintəuˈneiʃən]	*n.*	語調	Questions are spoken with a rising **intonation**.
intoxicated	[inˈtɔksikeitid]	*a.*	陶醉的	The bride was **intoxicated** in the happiness.
intractable	[inˈtræktəbl]	*a.*	難對付的	This is an **intractable** problem.
intransi-gent	[inˈtrænsidʒənt]	*a.*	不妥協的	They remained **intransigent**. 他們仍然毫不讓步。
intrepid	[inˈtrepid]	*a.*	勇敢的	He is an **intrepid** boy.
intricate	[ˈintrikət]	*a.*	難懂的,複雜精細的	This pattern on the tablecloth is **intricate**. 桌布上的圖案很精緻。
intrinsic	[inˈtrinsik]	*a.*	固有的	her **intrinsic** goodness
introvert	[ˌintrəuˈvəːt]	*n.* *a.*	性格內向的人 內向的	She is **introvert** and feels embarrassed at the sight of strangers.

intrude	[inˈtruːd]	*v.*	侵入;強加	The country was **intruded** by Vikings.
invade	[inˈveid]	*v.*	入侵	The pirates **invaded** the seashore areas.
invalid	[inˈvælid]	*a.*	無根據的;無效的	The tickets will have been **invalid** by the end of the month.
invest	[inˈvest]	*v.*	投資	I have **invested** a lot of time and efforts in this plan.
investigate	[inˈvestigeit]	*v.*	調查	The police are **investigating** the crime.
invincible	[inˈvinsəbl]	*a.*	不可征服的	The fleet is **invincible**.
invisible	[inˈvizəbl]	*a.*	看不見的	The humble farmers were regarded as **invisible** in the rich's eyes.
iodine	[ˈaiədiːn]	*n.*	碘	**Iodine** is used in medical field.
irony	[ˈaiərəni]	*n.*	反語	**Irony** is a rhetorical device. 反語是一種修辭手法。
irrelevant	[iˈrelivənt]	*a.*	不相干的	What you said is **irrelevant** to the problem.
irrespective	[iˌrisˈpektiv]	*a.*	(與 of 連用)不顧,與……無關	The film is enjoyed by everyone **irrespective** of age. 這是一部老少皆宜的電影。
irrigate	[ˈirigeit]	*v.*	灌溉	They have built canals to **irrigate** the desert.
isolate	[ˈaisəleit]	*v.*	使孤立	Several villages have been **isolated** by the flood.
isotope	[ˈaisəutəup]	*n.*	同位素	This is the **isotope** of carbon element.
issue	[ˈisjuː]	*v.*	放出,發表	The government **issued** a statement about the crisis.
itemize	[ˈaitəmaiz]	*v.*	詳細列舉	This is an **itemized** restaurant bill.
itinerary	[aiˈtinərəri]	*n.*	旅行路線	Could you tell me our **itinerary** of this tour?

jail	[dʒeil]	*n.*	監獄	This prisoner was put in the local **jail**.
jargon	[ˈdʒɑːgən]	*n.*	行話,隱語	I cannot understand their **jargons**.
jazz	[dʒæz]	*n.*	爵士樂	**Jazz** age refers to the 1920s.
jealous	[ˈdʒeləs]	*a.*	妒忌的	She is **jealous** for his success.
jelly	[ˈdʒeli]	*n.*	啫喱	I like juice **jelly**.
jeopardize	[ˈdʒepədaiz]	*v.*	危及,危害	The disaster **jeopardized** the local people's lives.
jerk	[dʒəːk]	*v.*	猛拉,猛扯	The boy **jerked** the rope and the ball came out.
jewel	[ˈdʒuəl]	*n.*	寶石,飾物	She bought a lot of **jewels** from the shopping mall.
jigsaw	[ˈdʒigsɔ]	*n.*	拼圖	The girl likes playing **jigsaw**.
jocular	[ˈdʒɔkjulə]	*a.*	詼諧的,滑稽的	She made a **jocular** reply.
jog	[dʒɔg]	*v.*	慢跑;輕撞	I go **jogging** every morning.
joggle	[ˈdʒɔgl]	*v.*	晃動	The wood bridge **joggled** after the wind.
jolt	[dʒəult]	*v.*	搖晃,使……晃動	The fall **jolted** every bone in his body. 他那一跤把他渾身筋骨都摔著了。
jovial	[ˈdʒəuvjəl]	*a.*	風趣的,友善的	She is a **jovial** lady.
journal	[ˈdʒəːnl]	*n.*	日記,期刊	the British Medical **Journal**《英國醫學雜誌》
judgement	[ˈdʒʌdʒmənt]	*n.*	判決	He is a man of weak **judgement**.
jug	[dʒʌg]	*n.*	壺,罐	There is a **jug** in the picture.
jumble	[ˈdʒʌmbl]	*v.*	使混亂,混雜	The books are **jumbled** on the desk.
jumbo	[ˈdʒʌmbəu]	*a.*	特大號的	a **jumbo**-sized plate
junction	[ˈdʒʌŋkʃən]	*n.*	會合處,交叉點	a busy **junction** of railway and highway
juncture	[ˈdʒʌŋktʃə]	*n.*	緊要關頭	At the crucial **juncture** of the talk, we should be careful not to upset the other side.

jungle	[ˈdʒʌŋgl]	*n.*	叢林，密林	The giraffe lives in **jungles**.
junk	[dʒʌŋk]	*n.*	舊貨，破爛	The **junk** pile is as high as a hill.
jurisdiction	[ˌdʒuərisˈdikʃən]	*n.*	司法權，裁判權	The **jurisdiction** is beyond the common people.
juror	[ˈdʒuərə]	*n.*	陪審員	There are about 12 **jurors** in the jury.
justify	[ˈdʒʌstifai]	*v.*	證明是正當的	Nothing can **justify** such rudeness.
juvenile	[ˈdʒuːvənail]	*a.*	少年的	There is an increase in **juvenile** delinquency in that country. 那個國家的青少年犯罪呈上升趨勢。
juxtapose	[ˌdʒʌkstəpəuz]	*v.*	並列	The books are **juxtaposed** on the shelves.

kaleido-scope	[kəˈlaidə skəup]	*n.*	萬花筒；喻指千變萬化、瞬息萬變	I bought a **kaleidoscope** for my sister.
kangaroo	[ˌkæŋgəˈruː]	*n.*	袋鼠	**Kangaroo** is an Australian animal.
kernel	[ˈkəːnl]	*n.*	穀粒；核心，要點	the **kernel** of the argument
ketchup	[ˈketʃəp]	*n.*	番茄醬	The boy covered **ketchup** on his bread.
keyboard	[ˈkiːbɔːd]	*n.*	鍵盤	Put your fingers right on the **keyboard**.
keyhole	[ˈkiːhəul]	*n.*	鑰匙孔	Put the key into the **keyhole** and then turn it.
kidnap	[ˈkidnæp]	*v.*	綁架	The boy was **kidnapped** yesterday.
kidney	[ˈkidni]	*n.*	腎臟	She suffered **kidney** disease.
kin	[kin]	*n.*	家屬	His **kin** are told of his death.
kinetic	[kaiˈnetik]	*a.*	運動的	**Kinetic** art involves the use of moving objects.
kit	[kit]	*n.*	工具(箱)	Take your repair **kit**.
kitchenw-are	[ˈkitʃinˌwɛə]	*n.*	廚具	The **kitchenwares** are cleaned and shined by the cleaner.
knight	[nait]	*n.*	騎士	The **knight** was a class in the middle age.
knit	[nit]	*v.*	編織	I can **knit** a sweater in five days.
know-how	[ˈnəuhau]	*n.*	本事；技能	His **know-how** made him a lot of money.

label	[ˈleibəl]	*v.* 貼標籤 *n.* 標籤	Make sure your luggage is properly **labelled**. 務必在你的行李上貼上標籤。
lack	[læk]	*v.* 缺乏	He **lacks** confidence.
lacquer	[ˈlækə]	*n.* 漆	This is **lacquer** craft.
ladder	[ˈlædə]	*n.* 梯子;途徑	She climbed the **ladder** and got her ball.
lager	[ˈlaːgə]	*n.* 貯藏啤酒	I don't like **lager** at all.
lagoon	[ləˈguːn]	*n.* 鹹水湖,環礁湖	a tropical **lagoon** 熱帶環礁湖
lament	[ləˈment]	*v.* 爲……感到悲痛;痛惜	The nation **lamented** the hero.
landfall	[ˈlændfɔːl]	*n.* 靠岸處	Our next **landfall** should be Jamaica.
landmark	[ˈlændmaːk]	*n.* 地標	The Great Wall is the **landmark** for China.
landscape	[ˈlændskeip]	*n.* 風景	a **landscape** painting 風景畫
lane	[lein]	*n.* 小路	I like the picturesque **lanes** in the old town.
languish	[ˈlæŋgwiʃ]	*v.* 缺乏活力	She **languished** in prison for ten years.
lantern	[ˈlæntən]	*n.* 燈籠	The **lantern** festival is very popular in this region.
lapse	[læps]	*n.* 疏忽	a **lapse** of memory
laptop	[ˈlæptɔp]	*n.* 膝上型電腦	I have a **laptop**.
larynx	[ˈlæriŋks]	*n.* 喉	The doctor specializes in **larynx** diseases.
laser	[ˈleizə]	*n.* 雷射	The mole was cut by **laser**.
latch	[lætʃ]	*v.* (用門閂或鎖)鎖住	She **latched** the door before going to bed.
latent	[ˈleitənt]	*a.* 潛在的	a **latent** infection
latitude	[ˈlætitjuːd]	*n.* 緯度	At this **latitude** you often get strong wind. 在這一緯度地區經常有大風。
latter	[ˈlætə]	*a.* 稍後的	In the **latter** years of his life he lived alone.
launch	[lɔːntʃ]	*v.* 下水,發射	The missile was **launched**.

laundry	['lɔːndri]	*n.*	洗衣店，要洗的衣服	There is a lot of **laundry** in the basket.
lava	['lɑːvə]	*n.*	（火山噴出的）熔岩	The hill is formed by **lava**.
lavish	['læviʃ]	*a.*	慷慨的	She is a **lavish** spender.
lawsuit	['lɔːsjuːt]	*n.*	訴訟	go to **lawsuit**
layout	['leiaut]	*n.*	設計；安排	The **layout** of the building is drawn by the man.
laze	[leiz]	*v.*	懶散	He spent the afternoon **lazing** in a deskchair.
leaflet	['liːflit]	*n.*	傳單	I picked up a **leaflet.**
leak	[liːk]	*n. v.*	漏洞；洩漏	The tank is **leaking**. 油箱在漏油。
lease	[liːs]	*v. n.*	出租；租約	The house is **leased**.
legacy	['legəsi]	*n.*	遺贈的財物	He got the **legacy** of his relatives.
legal	['liːgəl]	*a.*	合法的	The company intends to take **legal** action over this matter. 這家公司打算就這件事訴諸法律。
legendary	['ledʒəndəri]	*a.*	傳說的	This film replayed some **legendary** characters.
legible	['ledʒəbl]	*a.*	易讀的	His handwriting is **legible**.
leisure	['leʒə]	*n.*	閒暇	I went outing at **leisure**.
lemon	['lemən]	*n.*	檸檬	Put the **lemon** juice into the milk.
lenient	['liːniənt]	*a.*	仁慈的	The **lenient** judge passed the **lenient** sentence.
leopard	['lepəd]	*n.*	豹	**Leopard** cannot change its spots.
lessen	['lesn]	*v.*	減少	The drug can **lessen** your pain.
lesser	['lesə]	*a.* *ad.*	較小的 較少，不很	He is a **lesser**-known modern poet. 他是個不很出名的現代詩人。
lethal	['liːθəl]	*a.*	致命的	A hammer can be a **lethal** weapon.
letterhead	['letəhed]	*n.*	信頭	**Letterhead** is one aspect of the letter writing.
lettuce	['letis]	*n.*	萵苣	I like **lettuce**.
lever	['liːvə]	*n.*	手段	They used the threat of strike action as a **lever** to get the employers to agree to their demands.
levy	['levi]	*v.*	徵集	They **levied** articles for competition.

lewd	[luːd]	*a.*	好色的	He gave her a **lewd** wink.
liability	[ˌlaiəˈbiləti]	*v.*	傾向	Taking extra vitamins may reduce your **liability** to colds.
liaise	[liˈeiz]	*v.*	聯絡	Please **liaise** your group members in case of emergency.
liberal	[ˈlibərəl]	*a.*	開明的	He is a **liberal**-minded person.
licence	[ˈlaisns]	*n.*	執照	I got my driving **licence** last year.
limitation	[ˌlimiˈteiʃən]	*n.*	限制,限定	I know my **limitations**.
linen	[ˈlinin]	*n.*	床單	I want to buy bed **linen**.
linger	[ˈliŋgə]	*v.*	逗留	She **lingered** in the forest.
lining	[ˈlainiŋ]	*n.*	襯裏	The **lining** of the coat is fur.
lint	[lint]	*n.*	絨布	The wound in his leg is bandaged with **lint**. 他腿上的傷口是用絨布包紮的。
liqueur	[liˈkjuə]	*n.*	烈性的甜酒	He drank some **liqueur** after supper.
liquidity	[liˈkwiditi]	*n.*	資產流動性	The **liquidity** is very important.
liquor	[ˈlikə]	*n.*	烈酒	Whisky is a kind of **liquor**. 威士忌是烈酒。
literally	[ˈlitərəli]	*ad.*	不折不扣地	The Olympic Games were watched by **literally** billions of people around the world.
literary	[ˈlitərəri]	*a.*	文學的	I have **literary** taste.
litter	[ˈlitə]	*n.*	垃圾	Don't **litter** here.
		v.	亂扔垃圾	
livestock	[ˈlaivstɔk]	*n.*	家畜	He made a living by raising **livestock**.
loan	[ləun]	*n.*	借款	How much interest do they charge on **loans**?
loathe	[ləuð]	*v.*	憎恨	I **loathe** having to get up so early in the morning.
lobby	[ˈlɔbi]	*n.*	廳,廊	Don't stand in the hotel **lobby**.
local	[ˈləukəl]	*a.*	地方的	The **local** people are friendly to me.
lodge	[lɔdʒ]	*v. n.*	寄宿	He **lodged** in his friend's house.
lofty	[ˈlɔfti]	*a.*	高尚的	She is a **lofty** lady.
logical	[ˈlɔdʒikəl]	*a.*	符合邏輯的	His argument is **logical**.
logistics	[ləuˈdʒistiks]	*n.*	後勤	The **logistics** of supplying food to all the famine areas were complex.

longevity	[lɔnˈdʒeviti]	*n.*	長壽	The **longevity** character is curved on the bowl.
longitude	[ˈlɔndʒitjuːd]	*n.*	經度	Can you tell me the **longitude** of this place?
loom	[luːm]	*v.*	隱約出現	The fear of war **loomed** large in our minds.
loop	[luːp]	*n.* *v.*	環 環行	The plane flew round and round in wide **loops**. 飛機繞著大圈飛行。
lottery	[ˈlɔtəri]	*n.*	彩票,運氣	Life is a **lottery**. 人生全是碰運氣。
lotus	[ˈləutəs]	*n.*	蓮	**Lotus** is enjoyed by man of letters.
lounge	[laundʒ]	*n.*	起居室	He is taking a rest in the **lounge**.
lousy	[ˈlauzi]	*a.*	極壞的	What a **lousy** world!
lowland	[ˈləulənd]	*n.* *a.*	低地 低地的	the **Lowlands** of Scotland 蘇格蘭低地
loyal	[lɔiəl]	*a.*	忠誠的	The dog is **loyal** to its master.
lubricant	[ˈluːbrikənt]	*n.*	潤滑劑	The repairman put some **lubricant** in the hole.
lucid	[ˈluːsid]	*a.*	易懂的	This explanation is **lucid**.
lucrative	[ˈluːkrətiv]	*a.*	賺錢的	The business is **lucrative**.
ludicrous	[ˈluːdikrəs]	*a.*	可笑的	His behavior is **ludicrous**.
lukewarm	[ˌluːkˈwɔːm]	*a.*	微溫的	His plan got a **lukewarm** reception. 他的計畫遭到冷淡的對待。
luminous	[ˈluːminəs]	*a.*	發亮的	the **luminous** paint
lump	[lʌmp]	*n.*	塊,腫包	There was a **lump** in my throat at the bad news.
lunacy	[ˈluːnəsi]	*n.*	精神失常	His thoughts are sheer **lunacy**.
lurch	[ləːtʃ]	*n.*	傾斜	The boat **lurched** and I fell overboard.
lure	[luə]	*n. v.*	誘惑	The **lure** of fames made him do evil things.
lurk	[ləːk]	*v.*	隱藏;埋伏	There was someone **lurking** outside.
luxurious	[lʌgˈzjuəriəs]	*a.*	豪華的	She led a **luxurious** life.
luxury	[ˈlʌkʃəri]	*n. a.*	豪華(的)	They lived in a **luxury** hotel.

macabre	[məˈkɑːbrə]	*a.*	駭人的	He told me a **macabre** story about grave robbers. 他爲我講了一個關於盜墓人的恐怖故事。
machinery	[məˈʃiːnəri]	*n.*	機器	New **machinery** is being installed in the factory.
macroeconomics	[ˌmækrəuiːkəˈnɔmiks]	*n.*	宏觀經濟	The **macroeconomics** is as important as microeconomics.
madden	[ˈmædn]	*v.*	使惱火	The thoughts **maddened** her.
magic	[ˈmædʒik]	*n.*	魔法	a **magic** show
magical	[ˈmædʒikəl]	*a.*	魔法的	This is a **magical** way.
magician	[məˈdʒiʃən]	*n.*	魔法師	The **magician** can turn the paper into a bird.
magnet	[ˈmægnit]	*n.*	磁鐵	**Magnet** has two poles. 磁鐵有兩極。
magnificence	[mægˈnifisns]	*n.*	壯觀	The **magnificence** of the hall marveled us.
magnifier	[ˈmægnifaiə]	*n.*	放大鏡	The **magnifier** can be used to magnify things.
magnify	[ˈmægnifai]	*v.*	放大；誇大	The lens can **magnify** the word.
magnifying	[ˈmægnifaiiŋ]	*a.*	放大的	His son is playing with a **magnifying** glass.
magnitude	[ˈmægnitjuːd]	*n.*	重要性	I hadn't realized the **magnitude** of the problem.
mainspring	[ˈmeinspriŋ]	*n.*	主要依靠	His belief in liberty was the **mainspring** of his fight.
maintain	[meinˈtein]	*v.*	保持；保養	The worker is in charge of **maintaining** the equipments.
majesty	[ˈmædʒisti]	*n.*	威嚴	The snow-covered mountains are in all their **majesty**.

malaise	[məˈleiz]	*n.*	不適	I have some **malaise** today.
malaria	[məˈleəriə]	*n.*	瘧疾	**Malaria** is spread by mosquitoes.
malevo-lence	[məˈlevələns]	*n.*	惡意	She is so kind and doesn't know what is **ma-levolence**.
male	[meil]	*a.*	雄性的	The **male** goat fought bravely with the wolf.
malice	[ˈmælis]	*n.*	惡意	He showed his **malice** to the little boy.
malignant	[məˈlignənt]	*a.*	惡毒的	a **malignant** tumor
malleable	[ˈmæliəbəl]	*a.*	可鍛造的	Gold is **malleable**.
malnutri-tion	[ˌmælnjuːˈtriʃən]	*n.*	營養不良	The boy suffered from **malnutrition**.
malprac-tice	[ˌmælˈpræktis]	*n.*	瀆職	She was fired because of **malpractice**.
maltreat	[mælˈtrit]	*v.*	虐待	She **maltreated** her mother-in-law.
mammal	[ˈmæməl]	*n.*	哺乳動物	Cows are **mammals**.
manage	[ˈmænidʒ]	*v.*	管理	He **managed** a factory at that time.
manageri-al	[ˌmænəˈdʒiəriəl]	*a.*	管理的	He looked for a **managerial** position.
mandate	[ˈmændeit]	*n. v.*	授權;命令	She **mandated** Peter to do that thing.
maneuver	[məˈnuːvə]	*n.*	調遣軍隊;大規模演習	The army is on **maneuver** that will last for 2 days.
mangrove	[ˈmæŋgrəuv]	*n.*	紅樹林	**Mangrove** is a tropical tree.
manhood	[ˈmænhud]	*n.*	成年;男子氣質	He has reached **manhood** now.
manic	[ˈmænik]	*n.*	瘋子;狂人	She is a music **manic**.
manifest	[ˈmænifest]	*v. a.*	顯示;明顯的	I **manifested** a little interest in leaning Russian. Fear was **manifest** on his face.
manifesta-tion	[ˌmænifesˈteiʃən]	*n.*	表明	The latest outbreak of violence is a clear **manifestation** of the growing discontent.
Manila	[məˈnilə]	*n.*	馬尼拉紙	a **Manila** envelope 馬尼拉紙信封
manipu-late	[məˈnipjuleit]	*v.*	熟練控制或操作	He can **manipulate** the modern computer.
mankind	[ˌmænˈkaind]	*n.*	人類	For the good of **mankind** we need the world's peace.

manner	[ˈmænə]	*n.*	習俗;方式	He has a bad **manner**.
manpower	[ˈmænˌpauə]	*n.*	勞動力	There is great need of **manpower** in harvest time.
mans-laughter	[ˈmænˌslɔːtə]	*n.*	過失殺人	Jack will be punished by his **manslaughter**.
mantle	[ˈmæntl]	*n.*	披風	a **mantle** of snow on the trees
manual	[ˈmænjuəl]	*a.*	手工做的	**manual** work
manure	[məˈnjuə]	*n.*	肥料	The trees need lots of **manure**.
manu-script	[ˈmænjuskript]	*n.*	手稿	She lost her **manuscript** of history book.
marble	[ˈmɑːbəl]	*n.*	大理石	People usually use **marble** to build buildings.
march	[mɑːtʃ]	*v. n.*	行進;行軍	They **marched** 56 kilos today.
margin	[ˈmɑːdʒin]	*n.*	頁邊的空白	Someone had scribbled some notes in the **margin** of the book.
marginal	[ˈmɑːdʒinəl]	*a.*	少的;輕微的	Pay more attention to the **marginal** difference between the two words. 對這兩個詞的細微差別要特別注意。
marine	[məˈriːn]	*a.*	近海的;海中的	**Marine** plants are my favorite food.
marital	[ˈmæritl]	*a.*	婚姻的	We don't know his **marital** status.
maritime	[ˈmæritaim]	*a.*	海上的;航海的	America is a great **maritime** power.
mark	[mɑːk]	*n.*	斑;標記	The little boy made a red **mark** on the white wall.
market	[ˈmɑːkit]	*n.*	市場	This kind of computer is sold well in China **market**.
market-able	[ˈmɑːkitəbl]	*a.*	適合在市場出售的	This new kind of bike is **marketable** here.
marketing	[ˈmɑːkitiŋ]	*n.*	市場營銷	He is working in **Marketing** Department.
marry	[ˈmæri]	*v.*	嫁;娶;結婚	He will **marry** me if he has lots of money.
marsh	[mɑːʃ]	*n.*	沼澤	They crossed the **marsh** and reached the village.
martial	[ˈmɑːʃəl]	*a.*	戰爭的	Judo and karate are **martial** arts.
marvel	[ˈmɑːvəl]	*n.*	令人驚喜的事物	It was a **marvel** at that time to me.
mascot	[ˈmæskət]	*n.*	吉祥物	Peacock is a **mascot** in our country.

masculinity	[mæskju'liniti]	*n.*	男子氣概	He lacks **masculinity**. 他缺乏男子氣概。
mash	[mæʃ]	*n.*	糊狀物	Do you like the potato **mash**?
mask	[mɑːsk]	*n.*	面罩	In the bad weather we should wear **mask**.
masquerade	[ˌmæskə'reid]	*n.*	化裝舞會	A **masquerade** will be held next week.
massacre	['mæsəkə]	*n.*	大屠殺	The Japanese army made the **massacre** of thousands of people in Nanjing in 1936.
massage	['mæsɑːʒ]	*n.*	按摩	I need a relaxing **massage** after a bath.
massive	['mæsiv]	*a.*	巨大的	He can move the **massive** stone.
master	['mɑːstə]	*n.*	主人;行家;碩士	She had made herself the **master** of Chinese.
mastermind	['mɑːstəmaind]	*n.*	決策者	He is qualified to be the **mastermind** of this company.
masterpiece	['mɑːstəpiːs]	*n.*	傑作	Is this your **masterpiece**?
matriculate	[mə'trikjuleit]	*v.*	大學錄取	He was **matriculated** by Taiwan University.
matrimony	['mætriməni]	*n.*	婚姻生活	He had a bad **matrimony**.
matrix	['meitriks]	*n.*	模型;矩陣	We can use the **matrix** for the competition.
mattress	['mætris]	*n.*	床墊	Most old people need **mattress** in winter.
mature	[mə'tjuə]	*a.*	成熟的	She is very **mature** for her age.
maximize	['mæksimaiz]	*v.*	把……增加到最大限度	We must **maximize** our chances of success. 我們必須儘量提高成功的機會。
maximum	['mæksiməm]	*n.*	最大値	He smokes a **maximum** of ten cigarettes a day.
maze	[meiz]	*n.*	迷宮	Can you still find your way in the **maze**?
meagre	['miːgə]	*a.*	少量的;劣質的	a **meagre** meal of bread and cheese
mean	[miːn]	*a.*	小氣;刻薄	He is a **mean** man.
meander	[mi'ændə]	*v.*	徘徊	He **meandered** in the front of his office.
mechanic	[mi'kænik]	*n.*	技工	Our school needs a **mechanic** now.
mechanics	[mi'kæniks]	*n.*	力學;機械學	He enjoyed **mechanics**.
mechanism	['mekənizəm]	*n.*	機械結構	I know the mechanism of this **machine**.
medal	['medl]	*n.*	獎章;獎牌	He wanted to win a **medal** in the game.

meddle	['medl]	*v.*	管閒事;干預	Her parents **meddled** her marriage.
media	['mi:diə]	*n.*	傳播,媒介	TV can be a **media** for giving information and opinions.
mediate	['mi:dieit]	*v.*	調解;調停	He **mediated** the misunderstanding between them.
medication	[ˌmedi'keiʃən]	*n.*	藥劑	She is on **medication** for her heart.
medieval	[ˌmedi'i:vəl]	*a.*	中世紀的	He likes **medieval** knights literature.
mediocre	[ˌmi:di'əukə]	*a.*	平庸的	She just now told a **mediocre** story.
meditate	['mediteit]	*v.*	沈思	She **meditated** on maths problem.
meek	[mi:k]	*a.*	溫順的;馴服的	Sheep is a kind of **meek** animal.
megaton	['megətʌn]	*n.*	百萬噸級	They are researching a five-**megaton** atomic bomb. 他們正在研製五百萬噸級的原子彈。
melancholy	['melənkəli]	*a.*	悲哀的;令人沮喪的	After the test,he looked **melancholy**.
mellow	['meləu]	*a.*	熟透的	I want to eat the **mellow** grapes.
melodious	[mi'ləudiəs]	*a.*	悅耳的	They enjoyed the **melodious** music.
melodrama	['melədrɑ:mə]	*n.*	情節劇	They did a ridiculous **melodrama**.
melody	['melədi]	*n.*	旋律;歌曲	I love old Chinese **melody**.
membrane	['membrein]	*n.*	膜	A vibrating **membrane** in the ear helps to convey sounds to the brain. 耳膜的振動幫助聲音傳到大腦。
memento	[mi'mentəu]	*n.*	紀念品	I want a **memento** as a gift.
memoir	['memwɑ:]	*n.*	回憶錄	He is about to write the **memoirs** of his father.
memorandum	[ˌmemə'rændəm]	*n.*	備忘錄	She is writing the **memorandum** of the meeting.
memorial	[mi'mɔ:riəl]	*n.*	紀念碑;紀念物	This statue is a **memorial** to a leader.
memo	['meməu]	*n.*	備忘錄	Please take care of the **memo**.
menace	['menəs]	*n.*	威脅;恐嚇	The letter is a **menace** to his family.
menial	['mi:njəl]	*a.*	佣人的	It's **menial** work.
mental	['mentl]	*a.*	心智的	His problem is **mental**, not physical.
mention	['menʃən]	*v.*	提及	He is the above-**mentioned** person.

menu	[ˈmenjuː]	*n.*	菜單	Is fish on the **menu** today?
merchandise	[ˈməːtʃəndaiz]	*n.*	商品,貨品	The **merchandise** on display is cheap enough.
mercurial	[məːˈkjuəriəl]	*a.*	易變的	Her temper is **mercurial**. 她性情多變。
mere	[miə]	*a.*	僅僅	He is a **mere** boy.
merge	[məːdʒ]	*v.*	合併	The two countries **merged** together.
meridian	[məˈridiən]	*n.*	經線	Do you know the **meridian** of the earth?
meringue	[məˈræŋ]	*n.*	蛋白酥皮	I prefer **meringue** to anything else.
merit	[ˈmerit]	*n.*	優點;品質	I think he is of **merit**.
mesmerize	[ˈmezməraiz]	*v.*	吸引住	He is **mesmerized** by his lover's beauty.
messenger	[ˈmesəndʒə]	*n.*	送信者	He wants to meet the **messenger**.
messy	[ˈmesi]	*a.*	凌亂的	Look at his **messy** room!
metabolic	[metəˈbɔlik]	*a.*	新陳代謝的	The **metabolic** speed of the human being is faster.
metabolism	[miˈtæbəlizəm]	*n.*	新陳代謝	I studied **metabolism** at university.
metallurgy	[meˈtælədʒi]	*n.*	冶金學,冶金術	**Metallurgy** was a great progress in the course of society.
metaphor	[ˈmetəfə]	*n.*	隱喻	He likes to use **metaphor** in his article.
meteorologist	[ˌmiːtiəˈrɔlədʒist]	*n.*	氣象學家	His mother is a **meteorologist**.
meteorology	[ˌmiːtiəˈrɔlədʒi]	*n.*	氣象學	The college is known for its **meteorology**.
methodical	[miˈθɔdikəl]	*a.*	細心的	My father is a **methodical** person.
meticulously	[miˈtikjuləsli]	*ad.*	極精細地	We must do everything **meticulously**.
metric	[ˈmetrik]	*a.*	公制的	We adopted the **metric** system.
metro	[ˈmetrəu]	*n.*	地下鐵	Can you get there by **metro**?
metropolis	[miˈtrɔpəlis]	*n.*	大城市;都市	He doesn't like to live in the **metropolis**.
microbe	[ˈmaikrəub]	*n.*	微生物	**Microbe** cannot be seen without a microscope.

microwave	['maikrəuweiv]	*n.*	微波爐	**Microwave** can cook different food.
midst	[midst]	*n. prep.*	(在)中間	In the **midst** of all his troubles he managed to remain cheerful.
mien	[miːn]	*n.*	風度;態度	a thoughtful and solemn **mien**
migraine	['miːgrein]	*n.*	週期性偏頭痛	He got a bad **migraine**.
migrant	['maigrənt]	*n.*	候鳥	Summer **migrants** nest here.
migrate	['maigreit]	*v.*	移居	Some tribes **migrate** with their cattle in search of fresh grass. 有些部落爲了尋找新鮮的牧草而帶著他們的牲畜遷移。
mileage	['mailidʒ]	*n.*	里程	What's the **mileage** of that old car?
milestone	['mailstəun]	*n.*	里程碑	To go to school is a **milestone** of his life.
milieu	['miːljəː]	*n.*	社會環境	They come from different **milieus**.
military	['militəri]	*a.*	軍事的	In some countries every young man must do a year's **military** service.
millennium	[mi'leniəm]	*n.*	一千年	She had a baby at the coming of the new **millennium**.
mime	[maim]	*n.*	啞劇	I like to enjoy **mime**.
mimic	['mimik]	*a.*	假裝的;模擬的	The army will take part in the **mimic** warfare in the maneuver.
mince	[mins]	*n.*	絞肉	Jack likes eating **mince**.
mineral	['minərəl]	*n.*	礦物	**mineral** water
minor	['mainə]	*a.*	較小的	The operation is fairly **minor**, nothing to worry about.
minus	['mainəs]	*v.*	減去	Ten **minus** three leaves seven.
miracle	['mirəkəl]	*n.*	奇跡	According to the Bible, Christ worked many **miracles**. 據《聖經》所記,基督曾創造許多奇跡。
miscarriage	[ˌmis'kæridʒ]	*n.*	流產	Her **miscarriage** made her very weak.
miscellaneous	[ˌmisə'leiniəs]	*a.*	多方面的	Translation is **miscellaneous** knowledge.
misfortune	[mis'fɔːtʃən]	*n.*	厄運;不幸	He can overcome the **misfortune**.

mishap	['mishæp]	*n.*	(輕微的)事故	The long journey passed without **mishap**.
mitigate	['mitigeit]	*v.*	減輕;節制	The government is trying to **mitigate** the effects of inflation.
moan	[məun]	*v. n.*	呻吟	The patient **moaned** last night.
modem	['məudəm]	*n.*	數據機	We can use **modem** to transfer data at high speed.
moderate	['mɔdərət]	*a.*	中等的	The garden is of **moderate** size.
modest	['mɔdist]	*a.*	謙虛的;適度的	He is a **modest** man.
modify	['mɔdifai]	*v.*	修改	They hope to **modify** their views in the light of new evidence. 他們希望根據新的證據修改自己的看法。
modish	['məudiʃ]	*a.*	流行的	This is a **modish** action. 這是一種時尚的行爲。
modulate	['mɔdjuleit]	*v.*	調整	He **modulated** his coarse voice.
module	['mɔdjuːl]	*n.*	模數,標準尺寸	academic **module** test
moist	[mɔist]	*a.*	濕潤的	I like the **moist** weather.
mole	[məul]	*n.*	痣	A **mole** is a dark raised mark on people's skin.
molecule	['mɔlikjuːl]	*n.*	分子	The **molecule** is not the smallest unit.
molest	[mə'lest]	*v.*	招惹;傷害	Who **molested** her son?
molten	['məultən]	*a.*	熔解的	The volcano threw out **molten** lava.
momentary	['məuməntəri]	*a.*	短暫的	It was a **momentary** silence after the master came in.
momentous	[məu'mentəs]	*a.*	嚴重的	She can deal with such a **momentous** situation easily.
momentum	[məu'mentəm]	*n.*	動力;衝力	We can guess the **momentum** of the movement.
monitor	[mɔ'nitə]	*v.*	監控	This instrument **monitors** the patient's heartbeat. 這種設備是監控病人的心跳的。
monologue	['mɔnəlɔg]	*n.*	長篇談話;自言自語	His **monologue** made the boss angry.
monopoly	[mə'nɔpəli]	*n.*	壟斷;獨佔權	Who have the **monopoly** of this market?
monotonous	[mə'nɔtənəs]	*a.*	單調的	The **monotonous** working method made me tired.
monsoon	[mɔn'suːn]	*n.*	怪物;惡人	Jack doesn't want to be a **monsoon**.

monument	[ˈmɔnjumənt]	*n.*	紀念碑	That building is a **monument** of his capability.
moral	[ˈmɔrəl]	*n.*	道德,寓意	The **moral** of the story is that crime doesn't pay.
morale	[mɔˈrɑːl]	*n.*	士氣;精神狀態	The bad weather will reduce our **morale**.
morality	[məˈræləti]	*n.*	道德	He questioned the **morality** of her action.
moreover	[mɔːˈrəuvə]	*ad.*	而且	That is the basic argument. **Moreover**, there are some additions.
mortal	[ˈmɔːtl]	*a.*	不能永生的	All human beings are **mortal**.
mortgage	[ˈmɔːgidʒ]	*n.*	抵押	He used his house as a **mortgage**.
mosquito	[məˈskiːtəu]	*n.*	蚊子	She hated **mosquito**.
moss	[mɔs]	*n.*	苔蘚	We can find the **moss** in the wet place.
motif	[ˈməutiːf]	*n.*	圖案;主題	Do you like the **motif**?
motivate	[ˈməutiveit]	*v.*	給予(某人)動機	He was **motivated** by love, and expected nothing in return. 他的行動是出於愛,不期望任何回報。
mottled	[ˈmɔtld]	*a.*	雜色的	The **mottled** design is popular this year.
motto	[ˈmɔtəu]	*n.*	格言	He always does as his **motto**.
mould	[məuld]	*v.*	用模子做	His character has been much **moulded** by his experiences in life.
mouldy	[ˈməuldi]	*a.*	發霉的;過時的	The design of her clothes is **mouldy**.
mound	[maund]	*n.*	小丘;土墩	She picked up a watch on the **mound**.
mount	[maunt]	*v.*	增加,上升	Their debts continued to **mount**.
mountain-eering	[ˌmauntiˈniəriŋ]	*n.*	登山運動	Lucy likes **mountaineering**.
mountain-ous	[ˈmauntinəs]	*a.*	多山的	He lived in a **mountainous** village.
muddle	[ˈmʌdl]	*v.*	弄亂	He **muddled** all his old books but he still can't find the one he wanted.
muffle	[ˈmʌfəl]	*v.*	包裹或覆蓋	She **muffled** the money with some old paper and went out quickly.
multifari-ous	[ˌmʌltiˈfeəriəs]	*a.*	多種多樣的	He has **multifarious** business activities.

multiple	[ˈmʌltipəl]	*a.* 複合的,多樣的	The test is employed **multiple** choices.
multitude	[ˈmʌltitjuːd]	*n.* 大批,群眾	A large **multitude** crowded to listen to his speech. 大批的人來聽他的演講。
mumble	[ˈmʌmbəl]	*v.* 嘀咕	What are you **mumbling** about?
muster	[ˈmʌstə]	*v.* 集合	I **mustered** my courage and walked onto the stage.
mute	[mjuːt]	*a.* 沈默的;啞的	She kept **mute** when Lucy asked her some questions.
mutual	[ˈmjuːtʃuəl]	*a.* 彼此的	They have **mutual** interests. 他們有共同的利益。
mystify	[ˈmistifai]	*v.* 神祕化,使……難以理解	A strange case **mystified** the police.
mythical	[ˈmiθikəl]	*a.* 神話的	The little boy adores **mythical** heroes of ancient Greece very much.

naive	[nɑːˈiːv]	*a.* 幼稚的	The youngest boy was laughed at for his **naive** remarks. 最年幼的男孩因爲說話幼稚而遭到嘲笑。
nail	[neil]	*n.* 指甲	The boy cannot change his habit of biting his **nail**.
naked	[ˈneikid]	*a.* 赤裸的	The man was **naked** lying on the roadside.
namely	[ˈneimli]	*ad.* 即,就是	I want a need, **namely**, I need a person to help me.
nap	[næp]	*n.* 小睡,打盹	She took a **nap** at noon.
narcotic	[nɑːˈkɔtik]	*a.* 麻醉的	Mind the **narcotic** drink. 小心麻醉飲料。
narrate	[næˈreit]	*v.* 講述,描述	The teacher **narrated** the story of the accident.

narrow-minded	[ˈnærəuˈmaindid]	a.	小心眼的，度量小的	I don't like **narrow-minded** persons.
nasty	[ˈnɑːsti]	a.	令人不愉快的	What **nasty** weather!
nationality	[ˌnæʃəˈnæləti]	n.	國籍	She lives in France but has British **nationality**.
naughty	[ˈnɔːti]	a.	調皮的	My daughter is very **naughty**.
nautical	[ˈnɔːtikəl]	a.	船舶的；航海的	A **nautical** almanac gives information about the sun, moon, tides, etc. 航海年曆中有日、月、潮汐等訊息。
negative	[ˈnegətiv]	a.	否定的	He gave a **negative** answer to my question.
neglect	[niˈglekt]	v.	疏忽，忽略	I **neglected** the danger.
negotiate	[niˈgəuʃieit]	v.	協商	We are **negotiating** with the council to have this road closed to traffic.
nephew	[ˈnefjuː]	n.	姪兒；外甥	My **nephew** came to see me last week.
nestle	[ˈnesəl]	v.	安頓下來	The children are **nestled** in their rooms.
neurosis	[njuˈrəusis]	n.	神經病	She suffered a **neurosis**.
neurotic	[njuˈrɔtik]	a.	神經病的	She is **neurotic** about getting fat.
neutral	[ˈnjuːtrəl]	a.	中立的	Switzerland is a **neutral** country.
nevertheless	[ˌnevəðəˈles]	ad.	雖然如此；然而	I hate jogging, **nevertheless**, for the sake of health, I must insist on it.
newsletter	[ˈnjuːzˌletə]	n.	簡報	She is cutting the **newsletter**.
nibble	[ˈnibəl]	v.	輕咬	Mice have **nibbled** all the cheese away.
niche	[nitʃ]	n.	適當的位置	The man is put in a **niche** in the company.
nickel	[ˈnikəl]	n.	鎳	The coin is made of **nickel**.
nickname	[ˈnikneim]	n.	綽號；諢名	He got a **nickname** "Mickey Mouse".
nightclothes	[ˈnaitkləuðz]	n.	睡衣	Put on your **nightclothes** after a bath.
nightdress	[ˈnaitdres]	n.	(婦女或兒童用的)睡袍	The woman wore her **nightdress** and came to open the door.
nightmare	[ˈnaitmɛə]	n.	惡夢	The troubles like **nightmare** tortured him.
nimble	[ˈnimbəl]	a.	敏捷的	The old man is **nimble.**
nitrate	[ˈnaitreit]	n.	硝酸鹽	**Nitrate** can be used as fertilizer. 硝酸鹽可以做肥料。

nitrogen	[ˈnaitrədʒən]	*n.*	氮	The air contains over 70% **nitrogen**.
nomad	[ˈnəumæd]	*n.*	部落,遊牧民族	Xiongnu was a **nomad** of the Northern China. 匈奴是中國北部地區的一個遊牧民族。
nominate	[ˈnɔmineit]	*v.*	提名	The manager **nominated** the young man as the president candidate.
normalize	[ˈnɔːməlaiz]	*v.*	使正常化	The two countries are now trying to **normalize** relations with each other.
nostalgia	[nɔsˈtældʒiə]	*n.*	懷舊	The **nostalgia** swept me when I saw the old books.
nostril	[ˈnɔstril]	*n.*	鼻孔	We have two **nostrils**.
notably	[ˈnəutəbli]	*ad.*	特別地	The supermarket has **notably** higher sales.
notify	[ˈnəutifai]	*v.*	通知	Please **notify** all the staff to be here for a meeting tomorrow.
notion	[ˈnəuʃən]	*n.*	想法	I haven't the faintest **notion** (of) what you are talking about. 我一點都不懂你所講的話。
notional	[ˈnəuʃənəl]	*a.*	概念的	a **notional** price 估價
notoriety	[ˌnəutəˈraiəti]	*n.*	聲名狼藉	His fraud gave him **notoriety**. 他的詐欺罪使他惡名昭彰。
notwithstanding	[ˌnɔtwiθˈstændiŋ]	*prep.*	儘管;雖然	He tried to prevent the marriage, but it took place **notwithstanding**.
nourish	[ˈnʌriʃ]	*v.*	滋養	The water **nourished** the face during night.
nourishment	[ˈnʌriʃmənt]	*n.*	滋補品;食物	The child took no **nourishment** all day.
novelty	[ˈnɔvəlti]	*n.*	新穎	There is **novelty** in the article.
nozzle	[ˈnɔzəl]	*n.*	噴嘴	Point the **nozzle** of the fire extinguisher at the flame. 請把滅火器的噴嘴對準火焰。
nuance	[njuːˈɑːns]	*n.*	細微差別	The **nuances** of their tastes are hard to describe.
nuclear	[ˈnjuːkliə]	*a.*	核的;原子核的	The **nuclear** war is terrible.
nucleus	[ˈnjuːkliəs]	*n.*	中心;核心	These 100 books will form the **nucleus** of the new school library.
nuisance	[ˈnjuːsəns]	*n.*	討厭的人	What a **nuisance**! 多討厭的人!

numb	[nʌm]	*a.*	麻木的	She is **numb** to the surroundings.
numerous	[ˈnjuːmərəs]	*a.*	許多的	Reasons are too **numerous** to mention. 理由不勝枚舉。
nursery	[ˈnəːsəri]	*n.*	托兒所	The girl is sent to the **nursery**.
nurture	[ˈnəːtʃə]	*v.*	養育;教養	I **nurtured** all of my children.
nutrient	[ˈnjuːtriənt]	*n.*	養分	The **nutrient** in the apple is quite a lot.
nutrition	[njuːˈtriʃən]	*n.*	營養	Good **nutrition** is essential for good health.

oath	[əuθ]	*n.*	誓言	Repeat the **oath** after me! 請跟我宣誓!
oatmeal	[ˈəutmiːl]	*n.*	燕麥片	We had **oatmeal** for the breakfast yesterday.
obese	[əuˈbiːs]	*a.*	過度肥胖的	This man is **obese**.
obituary	[əˈbitʃuəri]	*n.*	訃聞	The man's **obituary** was published.
obligate	[ˈɔbligeit]	*v.*	使(人)負義務	He felt **obligated** to visit his parents.
obligation	[ˌɔbliˈgeiʃən]	*n.*	義務;責任	You should fulfill your **obligations** to your family.
oblige	[əˈblaidʒ]	*v.*	迫使	Falling profits **obliged** them to close the factory.
obliging	[əˈblaidʒiŋ]	*a.*	願意幫助的	She is **obliging** to help me.
oblique	[əˈbliːk]	*a.*	斜的;間接的	The surface is **oblique**.
oblivion	[əˈbliviən]	*n.*	遺忘	The **oblivion** of the past made her happy.
oblong	[ˈɔblɔŋ]	*n.*	長方形	The table is in **oblong** shape.
obnoxious	[əbˈnɔkʃəs]	*a.*	討厭的	He is an **obnoxious** man.
obscene	[əbˈsiːn]	*a.*	下流的	an **obscene** and wicked man
obscure	[əbˈskjuə]	*a.*	難理解的;不出名的	an **obscure** poet 名氣不大的詩人
observatory	[əbˈzəːvətəri]	*n.*	觀測所;天文台	The time ball was dropped at the naval **observatory**.

obsession	[əb'seʃən]	*n.*	着迷	The **obsession** of going home lingered on her mind.
obsolete	['ɔbsəliːt]	*a.*	已過時的	This word is **obsolete**.
obstacle	['ɔbstəkəl]	*n.*	障礙	There are many **obstacles** on the road.
obstinacy	['ɔbstinəsi]	*n.*	固執	His **obstinacy** made everyone angry.
obstinate	['ɔbstinit]	*a.*	固執的	What an **obstinate** man!
obstruct	[əb'strʌkt]	*v.*	阻礙	The nasty weather **obstructed** the performing of the plan.
obtain	[əb'tein]	*v.*	得到	Further information can be **obtained** from our head office.
obtrusive	[əb'truːsiv]	*a.*	顯著的	The article is published on the **obtrusive** place.
occasional	[ə'keiʒənəl]	*a.*	偶爾的	There are **occasional** showers today. 今天有時有陣雨。
occupational	[ˌɔkju'peiʃənəl]	*a.*	職業的	For professional footballers, injuries are an **occupational** hazard.
occur	[ə'kəː]	*v.*	發生	The attack **occurred** about one year ago.
octagon	['ɔktəgən]	*n.*	八邊形	The tower is **octagon**-shaped.
odd	[ɔd]	*a.*	奇怪的	It's very **odd** that he passed the exam.
odour	['əudə]	*n.*	氣味	A sweet **odour** spreads everywhere.
offshore	[ˌɔf'ʃɔː]	*a.*	近海的	He was carried slowly **offshore** by the current.
offspring	['ɔfˌspriŋ]	*n.*	子孫	They have several **offsprings**.
omelet	['ɔmlit]	*n.*	煎蛋捲	One can't make **omelet** without eggs.
ominous	['ɔminəs]	*a.*	不祥的	There was an **ominous** silence at the beginning of the meeting.
omit	[əu'mit]	*v.*	省略	I **omitted** the unnecessary details in this report.
onset	['ɔnset]	*n.*	突然開始	the **onset** of a fever
opinion	[ə'pinjən]	*n.*	看法	What's your **opinion** of this wine?
opponent	[ə'pəunənt]	*n.*	對手	You are my **opponent**, not enemy. 你是我的對手,可不是敵人。

oppose	[ə'pəuz]	*v.*	反對	The president **opposed** giving military aid to this country. 總統反對向該國提供軍事援助。
opt	[ɔpt]	*v.*	選擇(與 for 連用)	The voters **opted for** higher taxes rather than any reduction in services. 選民們寧願多交稅,也不願意看到服務業的削減。
optic	['ɔptik]	*a.*	視覺的	**optic** nerves 視覺神經
optical	['ɔptikəl]	*a.*	光學的;視力的	**optical** instruments 光學儀器
optics	['ɔptiks]	*n.*	光學	**Optics** is a science studying light.
optimal	['ɔptiməl]	*a.*	最佳的	This is the **optimal** chance.
optimism	['ɔptimizəm]	*n.*	樂觀主義	**Optimism** is essential for a man to keep in peaceful mind.
option	['ɔpʃən]	*n.*	選擇自由	You have to pay them, you have no **option**.
orbit	['ɔːbit]	*n.*	運行軌道	a satellite in **orbit** around the earth
orchard	['ɔːtʃəd]	*n.*	果園	I wandered in the **orchard** and enjoyed the serenity there.
orchestra	['ɔːkistrə]	*n.*	管絃樂隊	The **orchestra** will give us a play show soon.
ordeal	[ɔː'diːl]	*n.*	痛苦的經驗	The **ordeal** of Odysseus appealed to children.
ordinance	['ɔːdinəns]	*n.*	法令	The **ordinance** was put into effect.
ore	[ɔː]	*n.*	礦石	China is rich in copper **ore**.
organization	[ˌɔːgənai'zeiʃən]	*n.*	組織	They set up a charity **organization**. 他們設立了一個慈善機構。
organ	['ɔːgən]	*n.*	器官	The liver is a vital **organ**.
orientate	['ɔːrienteit]	*v.*	指出方向	This English course is **orientated** towards the needs of businessmen.
orientation	[ˌɔːrien'teiʃən]	*n.*	方向,方位	He found a new **orientation** in life.
origin	['ɔridʒin]	*n.*	起點	The **origin** of the business is a small scale.
ornament	['ɔːnəmənt]	*n.* / *v.*	裝飾品 / 裝飾	She is an **ornament** to her profession. 她是一個爲行業增光的人。
orthopedic	[ˌɔːθə'piːdik]	*a.*	整形外科的	His father is an **orthopedic** specialist.
oscillate	['ɔsileit]	*v.*	振動	an **oscillating** pendulum 擺動的鐘擺

outline	[ˈautlain]	*n.* 輪廓	She sketched a rough **outline** map of Britain.
outright	[autˈrait]	*ad.* 徹底地	She won **outright**.
overcast	[ˌəuvəˈkɑːst]	*a.* 陰天的	It is **overcast** today.
overdose	[ˈəuvədəus]	*n.* 藥量過多	He took a massive **overdose** of heroin and died. 他因服了過量的海洛因而死。
overlap	[ˌəuvəˈlæp]	*v.* 部分重疊	Roofs are often made with **overlapping** tiles. 屋頂一般都是用瓦片相互交搭而蓋成的。
overleaf	[ˌəuvəˈliːf]	*ad.* 在背面，在次頁	For particulars, please look **overleaf**.
overload	[ˌəuvəˈləud]	*v.* 超載	Don't **overload** the electrical system by using too many machines.
overseas	[ˌəuvəˈsiːz]	*a.* *ad.* 海外	They've gone to live **overseas**.
overtone	[ˈəuvətəun]	*n.* 前奏曲	The **overtone** is played by the orchestra.
overturn	[ˌəuvəˈtəːn]	*v.* 翻倒	The jug was **overturned** by the little boy.
overview	[ˈəuvəvjuː]	*n.* 概述	The **overview** tells us the general meaning of the passage.
over-weight	[ˌəuvəˈweit]	*a.* 超重的	He has two kilos **overweight**. 他超重兩公斤。
over-whelming	[ˌəuvəˈwelmiŋ]	*a.* 勢不可擋的	The flood was **overwhelming**.
oxidize	[ˈɔksidaiz]	*v.* 生銹	The knife **oxidized**.
oxygen	[ˈɔksidʒən]	*n.* 氧氣	Man cannot live without **oxygen**.
ozone	[ˈəuzəun]	*n.* 臭氧	**ozone** layer 臭氧層

paddle	[ˈpædl]	*v.*	涉淺水	The horse **paddled** the river.
pacify	[ˈpæsifai]	*v.*	撫慰	to **pacify** a crying baby 安撫正在哭的嬰兒
paddock	[ˈpædək]	*n.*	集中地,小牧場	They gathered on the **paddock**.
pagoda	[pəˈgəudə]	*n.*	寶塔,塔	The **pagoda** attracted many tourists.
painstaking	[ˈpeinzˌteikiŋ]	*a.*	辛勤的	Your parents are really **painstaking** to raise five children.
palpable	[ˈpælpəbəl]	*a.*	明顯的	The mistake in the composition is **palpable**.
pamphlet	[ˈpæmflit]	*n.*	小冊子	I was given a travel **pamphlet** before departure.
panacea	[ˌpænəˈsiə]	*n.*	萬靈藥	Higher public spending is not a **panacea** for all our social problems. 增加生活開支不是解決我們全部社會問題的萬全之策。
panda	[ˈpændə]	*n.*	貓熊	**Pandas** live in China.
panel	[ˈpænl]	*n.*	專門小組;控制板	a **panel** of experts / advisors 專家小組 / 顧問小組
panorama	[ˌpænəˈræmə]	*n.*	全景,綜述	This book gives a **panorama** of life in England 400 years ago.
paperback	[ˈpeipəbæk]	*n.*	平裝書	**Paperback** novels are cheaper and sell well.
paradise	[ˈpærədais]	*n.*	天堂	Suzhou and Hangzhou are compared to **Paradise** on the earth.
paradox	[ˈpærədɔks]	*n.*	似是而非的論點	It is a **paradox** that in such a rich country there should be so many poor people.
parakeet	[ˌpærəˈkiːt]	*n.*	長尾小鸚鵡	**Parakeet** lives in tropical countries.
parallel	[ˈpærəˌlel]	*a.*	平行的	Draw a line **parallel** to / with this one.
parenthesis	[pəˈrenθisis]	*n.*	圓括弧	The explanation is put in the **parenthesis**.

parish	[ˈpæriʃ]	*n.*	教區	The priest was in charge of his **parish**.
parliament	[ˈpɑːləmənt]	*n.*	議會	The **parliament** passed the bill.
parody	[ˈpærədi]	*n.*	(詼諧)模仿	The **parody** is employed in this article.
partial	[ˈpɑːʃəl]	*a.*	部分的;偏袒的	I only take on **partial** responsibility.
participant	[pɑːˈtisipənt]	*n.*	參與者	The **participants** in the experiment are from all walks of life.
particle	[ˈpɑːtikəl]	*n.*	微粒	There are many **particles** in the air.
partition	[pɑːˈtiʃən]	*n.*	劃分	The **partition** of the passage is not reasonable.
partner	[ˈpɑːtnə]	*n.*	夥伴	He is my business **partner**.
passion	[ˈpæʃən]	*n.*	激情	I have no **passion** for the affairs.
password	[ˈpɑːswəːd]	*n.*	口令;密碼	Input your **password** and then you can start your computer.
pasteurize	[ˈpæstʃəraiz]	*v.*	用巴氏消毒法	The milk is **pasteurized**.
pastoral	[ˈpɑːstərəl]	*a.*	鄉村生活的;田園式的	I like the **pastoral** life in the countryside.
pastry	[ˈpeistri]	*n.*	酥皮糕餅	The pie crust is made of **pastry**.
pasture	[ˈpɑːstʃə]	*n. v.*	牧場;放牧	He's **pasturing** his cattle on the top meadow.
patent	[ˈpeitnt]	*n.*	專利	I applied a **patent** for my invention.
patently	[ˈpeitəntli]	*ad.*	明顯地	He was **patently** lying.
paternal	[pəˈtəːnl]	*a.*	父親的	**paternal** love
pathetic	[pəˈθetik]	*a.*	引起憐憫的	The sick homeless is **pathetic**.
pathology	[pəˈθɔlədʒi]	*n.*	病理學	He studied **pathology** over the past decade.
patrol	[pəˈtrəul]	*v.*	巡邏	The policemen **patrolled** on the street.
patron	[ˈpeitrən]	*n.*	資助者	He was Beethoven's **patron**.
pavilion	[pəˈviljən]	*n.*	帳篷;亭子	The **pavilion** was built two years ago.
payroll	[ˈpeirəul]	*n.*	發薪名單	He's no longer on the **payroll**. 他被解雇了。
peak	[piːk]	*v.* *n.*	達到最高峰 山頂	Sales have now **peaked**, and we expect them to decrease soon.
peanut	[ˈpiːnʌt]	*n.*	花生	shelled **peanuts**
pearl	[pəːl]	*n.*	珍珠	Her teeth are like **pearls**.
pebble	[ˈpebl]	*n.*	卵石	There are many **pebbles** on the beach.
peck	[pek]	*v.*	啄	The hen **pecked** the worm.

peculiarity	[piˌkjuːliˈærəti]	*n.*	特色	The lack of a written constitution is a **peculiarity** of the British political system. 沒有一部成文憲法是英國政治制度的一大特點。
pedal	[ˈpedl]	*n.*	踏板	She put her feet on the bicycle's **pedals**.
pedestrian	[piˈdestriən]	*n.*	步行者	Please cross the **pedestrian** crossing.
pedigree	[ˈpedigriː]	*n.*	家系,血統	They bought a dog of well-known **pedigree**.
peek	[piːk]	*v.*	偷看;窺探	She **peeked** me through the hole on the door.
peel	[piːl]	*v.*	剝皮;削皮	She **peeled** the potatoes and cooked them.
peer	[piə]	*n.*	同輩	Children are very susceptible to **peer**-group pressure.
pellet	[ˈpelit]	*n.*	小球	The hens fed on **pellets** of food. 這些母雞以顆粒飼料爲食。
penalize	[ˈpiːnəlaiz]	*v.*	處罰	You will be **penalized** for your crime.
penalty	[ˈpenəlti]	*v.*	懲罰	The law imposes tough **penalty** on advertisers who do not tell the truth.
pendulum	[ˈpendjuləm]	*n.*	鐘擺	The **pendulum** is swinging regularly.
penetrate	[ˈpenitreit]	*n.*	穿透,穿過	The light **penetrated** the window and shone on the table.
penguin	[ˈpeŋgwin]	*n.*	企鵝	**Penguins** live in the Antarctic.
penicillin	[ˌpeniˈsilin]	*n.*	盤尼西林	**Penicillin** can kill the bacteria.
peninsula	[piˈninsjulə]	*n.*	半島	Italy is a **peninsula**.
pension	[ˈpenʃən]	*n.*	養老金;退休金	He lived on his **pension**.
penultimate	[piˈnʌltimit]	*a.*	倒數第二的	Friday is the **penultimate** day of a week.
perceive	[pəˈsiːv]	*v.*	察覺	He **perceived** a subtle change in her manner.
percentage	[pəˈsentidʒ]	*n.*	百分率	The numbers are small, in **percentage** terms, but significant. 按百分比來說,這些數字是小的,但意義卻重大。
perception	[pəˈsepʃən]	*n.*	洞察力	He is a man of great **perception**.
perch	[pəːtʃ]	*v.*	(鳥)停歇;棲息	The peacock **perched** on a tree at night.
percussion	[pəˈkʌʃən]	*n.*	撞擊	The drum is a **percussion** instrument. 鼓是一種打擊樂器。

perennial	[pəˈreniəl]	*a.* *n.*	長期的 多年生植物	This is a **perennial** problem. 這是一個長期存在的問題。
perform	[pəˈfɔːm]	*v.*	實行;做	The operation was **performed** by a physician.
perform-ance	[pəˈfɔːməns]	*n.*	執行,性能	The car's **performance** needs to be improved.
perfume	[ˈpəːfjuːm]	*n.*	香水	I bought her some **perfume** from France.
peril	[ˈperil]	*n.*	危險;危險的事物	The old man wanted to clean the potential **perils**.
periodical	[ˌpiəriˈɔdikəl]	*n.*	期刊	I subscribed several **periodicals**.
periphery	[pəˈrifəri]	*n.*	外圍	on the **periphery** of the town 在城市的外圍
perish	[ˈperiʃ]	*v.*	死;暴卒	The king **perished** because of overtiredness.
perk	[pəːk]	*n.*	津貼;額外補貼;獎金	The **perk** is also a factor for the job hunter to take into consideration.
perma-nent	[ˈpəːmənənt]	*a.*	永久的	This is my **permanent** address.
permeable	[ˈpəːmiəbəl]	*a.*	可滲透的	The land is **permeable**.
peroxide	[pəˈrɔksaid]	*n.*	過氧化物	The **peroxide** is used as preservative.
perpetu-ate	[pəˈpetjueit]	*v.*	使永存	They set up a statue to **perpetuate** her memory. 他們立了一座塑像來紀念她。
persecute	[ˈpəːsikjuːt]	*v.*	迫害	The prisoners were **persecuted** by the government.
persevere	[ˌpəːsiˈviə]	*v.*	不屈不撓	You should **persevere** your plan.
persist	[pəˈsist]	*v.*	堅持	I **persist** my original suggestion.
personali-ty	[ˌpəːsəˈnæliti]	*n.*	個性	The nurture plays an important role in one's **personality** development.
personnel	[ˌpəːsəˈnel]	*n.*	人員	We need new **personnel**.
persua-sive	[pəˈsweisiv]	*a.*	有說服力的	He offered us **persuasive** arguments.
pertain	[pəˈtein]	*v.*	關於(與 to 連用)	Any inquiries **pertaining to** the granting of planning permission should be addressed to the Town Hall. 一切有關發放計劃許可證的詢問應該向市政廳提出。

peruse	[pəˈruːz]	v.	細讀	It's good for us to **peruse** original novels.
pessimism	[ˈpesimizəm]	n.	悲觀主義	**Pessimism** is likely to cause failure.
pesticide	[ˈpestisaid]	n.	殺蟲劑	This **pesticide** is powerful to mosquitos.
petition	[piˈtiʃən]	v. n.	請求,祈求	We have **petitioned** for a new playground.
petroleum	[piˈtrəliəm]	n.	石油	**petroleum**-based products
petty	[ˈpeti]	a.	小的;不重要的	The problem is **petty**.
pharmaceutical	[ˌfɑːməˈsjuːtikəl]	a.	藥用的,製藥的	He runs a large **pharmaceutical** company.
pharmacist	[ˈfɑːməsist]	n.	藥劑師	His brother is a **pharmacist**.
pharmacy	[ˈfɑːməsi]	n.	製藥業,藥房	There is an all-night **pharmacy** in this street.
phenomenon	[fiˈnəminən]	n.	現象;奇跡	The thunder is a physical **phenomenon**.
philosophy	[fiˈləsəfi]	n.	哲學	Eat, drink, and be merry, that's his **philosophy**!
phobia	[ˈfəubjə]	n.	恐懼;憎惡	My little sister has a **phobia** about water and won't learn to swim.
phoenix	[ˈfiːniks]	n.	鳳凰	A **phoenix** is a kind of imaginary bird, believed to live for 500 years and then burn itself and be born again from the ashes.
phony	[ˈfəuni]	n. a.	僞造(的)	He gave the policeman a **phony** address.
phosphorus	[ˈfəsfərəs]	n.	磷	**Phosphorus** is an vital element to one's body.
pickpocket	[ˈpikˌpəkit]	n.	扒手	My purse was stolen by a **pickpocket**.
picturesque	[ˌpiktʃəˈresk]	a.	似畫的	The landscape in China is **picturesque**.
pier	[piə]	n.	碼頭	The worker gathered at the **pier**.
pierce	[piəs]	v.	刺入;刺穿	The needle **pierced** into the cloth.
piety	[ˈpaiəti]	n.	虔誠	His **piety** in God is stable.
pigment	[ˈpigmənt]	n.	顏料,色素	This food contains **pigments**.
pilchard	[ˈpiltʃəd]	n.	沙丁魚	**pilchard** can

pilot	['pailət]	*a.*	試驗性的	We are doing **pilot** survey on this product.
pitch	[pitʃ]	*v.*	安營,搭起帳篷	He **pitched** camp by the river.
pitfall	['pitfɔːl]	*n.*	意想不到的困難,易犯的錯誤	English spelling presents many **pitfalls** for foreign students.
pivot	['pivət]	*n.*	中點;支點	If I were given a **pivot**, I could lift the earth.
placid	['plæsid]	*a.*	平靜的	The village was **placid** again.
plagiarize	['pleidʒəraiz]	*v.*	抄襲	She **plagiarized** a lot from the book review.
plague	[pleig]	*n.*	瘟疫	The **plague** made European's population reduced nearly a half.
plantation	[plæn'teiʃən]	*n.*	園林	The **plantation** management is very important.
plasma	['plæzmə]	*n.*	血漿	pick some **plasma** 採血漿
plateau	['plætəu]	*n.*	高原;高地	There are many **plateaus** in Western China.
platypus	['plætipəs]	*n.*	鴨嘴獸	**Platypus** is an Australian animal like a duck.
plausible	['plɔːzibəl]	*a.*	似乎合理	His words sounded **plausible**.
plead	[pliːd]	*v.*	請求	She **pleaded** the man again and again to forgive her mistakes.
pledge	[pledʒ]	*n.*	保證;誓言	We **pledged** to finish the homework by ten o'clock.
plethora	['pleθərə]	*n.*	過量	a **plethora** of suggestions 一大堆建議
plight	[plait]	*n.*	苦境	We are all moved by the **plight** of these poor and homeless children.
plod	[plɔd]	*v.*	緩慢步行	The old man **plodded** toward me.
ploy	[plɔi]	*n.*	手法,花招	His usual **ploy** is to pretend to be ill, so that people will feel sorry for him.
pluck	[plʌk]	*v.*	拔除	The teeth were **plucked** out.
plume	[pluːm]	*n.*	羽毛;羽狀物	a **plume** of smoke 一縷輕煙
plump	[plʌmp]	*a.*	豐滿的	The baby's arms are **plump**.
plunder	['plʌndə]	*v.*	掠奪	The painting was **plundered** by the invaders.
plural	['pluərəl]	*n.*	複數	"Dogs" is the **plural** of "dog".
poker	['pəukə]	*n.*	撥火棒	Use the **poker** to make the fire better.

polar	[ˈpəulə]	*a.* 極地的,正好相反的	The two systems of government are **polar** opposites. 這兩種政體正好相反。
polarity	[pəuˈlærəti]	*n.* 性質截然相反的狀態	a growing **polarity** between the opinions of the government and those of the trade unions 政府和工會之間的日益增大的歧見
pole	[pəul]	*n.* 柱	The hut was made of **poles** covered with grass mats.
policy	[ˈpɔləsi]	*n.* 政策	The nationalization of industries is not government **policy**.
polish	[ˈpɔliʃ]	*v.* 磨光,改進 *n.* 鞋油	I need to **polish** my English if I am going to Australia.
pollinate	[ˈpɔləneit]	*v.* 給……授粉	Flowers are often **pollinated** by bees.
pollutant	[pəˈluːtənt]	*n.* 污染物	**Pollutants** are constantly being released into the atmosphere.
poll	[pəul]	*v.* 民意測驗 *n.* 投票結果	The latest **poll** gives the Republicans a 5% lead.
pompous	[ˈpɔmpəs]	*a.* 誇大的	The conclusion is unreliable and it is just **pompous**.
populous	[ˈpɔpjuləs]	*a.* 人口稠密的	The area is **populous**.
porcelain	[ˈpɔːsəlin]	*n.* 瓷;瓷器	The **porcelain** vase is fragile.
porous	[ˈpɔːrəs]	*a.* 可滲透的	This clay pot is **porous**.
porpoise	[ˈpɔːpəs]	*n.* 海豚	**Porpoise** lives in the sea.
portable	[ˈpɔːtəbəl]	*a.* 手提式的	I bought a **portable** recorder.
portfolio	[pɔːtˈfəuliəu]	*n.* 公事包	Please take your **portfolio** with you.
portion	[ˈpɔːʃən]	*n.* 部分	The computer factory represents only a small **portion** of the company's business.
portray	[pɔːˈtrei]	*v.* 描述	The writer **portrayed** life in a refugee camp very vividly.
positive	[ˈpɔzətiv]	*a.* 明確的,積極的	These fingerprints are **positive** proof that he used the gun.
postage	[ˈpəustidʒ]	*n.* 郵資	How much is the **postage** of the parcel?
postal	[ˈpəustl]	*a.* 郵政的;郵寄的	The service is **postal**.

postcode	[ˈpəustkəud]	*n.*	郵遞區號	Please tell me your **postcode**.
poster	[ˈpəustə]	*n.*	海報	The **poster** was put up on the bulletin board.
posterity	[pɔˈsteriti]	*n.*	後代;後世	Her **posterity** gained her a great reputation.
posthumous	[ˈpɔstjuməs]	*a.*	死後的	The poet gained a great **posthumous** fame.
postpone	[pəusˈpəun]	*v.*	延期;推遲	The meeting was **postponed** to next week.
posture	[ˈpɔstʃə]	*n.*	姿勢	She struck a **posture** for the picture.
potluck	[ˈpɔtlʌk]	*n.*	家常便飯	Come home with us and have supper, if you don't mind taking **potluck**.
poultry	[ˈpəultri]	*n.*	家禽	**Poultry** is cheaper than meat at the moment.
practitioner	[prækˈtiʃənə]	*n.*	開業者	medical **practitioners** 開業醫生
precarious	[priˈkεəriəs]	*a.*	不穩固的;不安全的	The surroundings are **precarious**.
precaution	[priˈkɔːʃən]	*n.*	小心;預防措施	Locking all the doors is a wise **precaution**.
precede	[priˈsiːd]	*v.*	先於……	The accident **preceded** the affair.
precedent	[ˈpresidənt]	*n.*	先例,慣例	This course of action is quite without **precedent**. 這種辦事程序是沒有先例的。
precinct	[ˈpriːsiŋkt]	*n.*	城鎮中用作特定用途的區域	The city has a new shopping **precinct**. 這座城市開闢了一個新商業區。
precipitate	[priˈsipiteit]	*a.* *n.* *v.*	倉促的;沈澱物;加速	She made a rather **precipitate** departure. 她相當倉促地離開了。
précis	[ˈpreisiː]	*n.*	摘要;概要	Please read the **précis** before learning it by heart.
precisely	[priˈsaisli]	*ad.*	精確地	The train leaves at ten o'clock **precisely**.
preclude	[priˈkluːd]	*v.*	妨礙;阻止	The disaster **precluded** the economy's development.
precursor	[priˈkəːsə]	*n.*	先驅;先兆	the **precursor** of human beings
predator	[ˈpredətə]	*n.*	食肉動物	These **predators** of the African grasslands live on mice and rabbits, etc.
predict	[priˈdikt]	*v.*	預言	The economists **predicted** an increase in the rate of inflation.
predominantly	[priˈdɔminəntli]	*ad.*	主要地,最顯著地	Jamaica's population is **predominantly** black. 牙買加人口中大多數是黑人。

prefabricate	[priːˈfæbrikeit]	*v.*	預製	Please **prefabricate** some parts for a new ship.
prefabricated	[priːˈfæbrikeitid]	*a.*	預製的	This is a **prefabricated** kitchen.
prefix	[ˈpriːfiks]	*v.*	在……前加上;加字首	She **prefixed** a few complimentary remarks to her speech. 她在演講之前說了幾句客套話。
pregnancy	[ˈpregnənsi]	*n.*	懷孕	You are advised not to smoke during **pregnancy**.
pregnant	[ˈpregnənt]	*a.*	懷孕的	She was **pregnant** with the second child.
prehistoric	[ˌpriːhiˈstɔrik]	*a.*	史前的	His ideas on morals are really **prehistoric**.
prejudice	[ˈpredʒudis]	*n.*	成見,偏見	He holds **prejudice** against me.
preliminary	[priˈliminəri]	*n.*	預備	There are a lot of **preliminaries** to be gone through before you can visit certain foreign countries.
prelude	[ˈpreljuːd]	*n.*	序幕;序曲	An incident may be a **prelude** to serious trouble.
premise	[ˈpremis]	*n.*	前提	British and American justice works on the **premise** that an accused person is innocent until he's proved guilty. 英國和美國司法的前提是被告在被證明有罪之前是清白的。
premises	[ˈpremisiz]	*n.*	房產;房屋	Keep off my **premises**.
premium	[ˈpriːmiəm]	*n.*	保險費	She paid the **premium** for the insurance company.
preparatory	[priˈpærətəri]	*a.*	預備的	**Preparatory** school is a private school.
prerequisite	[ˈpriːˈrekwizit]	*n.*	先決條件	A reasonable proficiency in English is a **prerequisite** of joining this advanced course.
prescription	[priˈskripʃən]	*n.*	藥方	What's your **prescription** for a happy marriage?
presence	[ˈprezəns]	*n.*	在場	His **presence** at the meeting made the members cheer.
presentation	[ˌprezənˈteiʃən]	*n.*	授予儀式;演出	I will give you my thesis **presentation**.

pressure	[ˈpreʃə]	*n.*	壓力	The government is coming under increasing **pressure** to change the law.
prestige	[preˈstiːʒ]	*n.*	威望;威信	His **prestige** was destroyed by his conceit.
presume	[priˈzjuːm]	*v.*	假定	I **presumed** he would come back for dinner.
pretence	[priˈtens]	*n.*	虛假	His **pretence** made him lose his fame.
pretext	[ˈpriːtekst]	*n.*	藉口;托辭	Don't find **pretext** for your absence.
prevail	[priˈveil]	*v.*	流行;普遍	The miniskirts don't **prevail** this year.
prevalent	[ˈprevələnt]	*a.*	盛行的;普及的	The kind of scarf is **prevalent** now.
preview	[ˈpriːvjuː]	*v.*	事先察看	**Preview** the site before building your factory there.
previous	[ˈpriːvjəs]	*a.*	先前的	I have some **previous** experience of this kind of work. 我以前做過這項工作。
prime	[praim]	*a.*	首要的;主要的	This is the **prime** mistake in your writing.
primeval	[praiˈmiːvəl]	*a.*	太古的;原始的	This May the **primeval** forests attracted a large number of tourists.
principle	[ˈprinsipəl]	*n.*	原則	She observed the **principles** thoroughly.
printout	[ˈprintaut]	*n.*	印出	Please examine the **printout** carefully.
prior	[ˈpraiə]	*a.*	前面的,優先的	All the arrangements should have been completed **prior** to our departure.
priority	[praiˈɔriti]	*n.*	優先權	We have a **priority** booking scheme for members of our supporter' club.
privilege	[ˈprivilidʒ]	*n.*	特權	He had his **privileges** withdrawn as a punishment. 作爲處罰,他被取消了各種特惠待遇。
probation	[prəˈbeiʃən]	*n.*	試用期	Her **probation** is one year.
probe	[prəub]	*v.* *n.*	探查 探針	The newspaper report **probed** into the activities of drug dealers.
problematic	[ˌprɔbləˈmætik]	*a.*	有疑問的	Putting this policy into effect could be very **problematic**. 這個政策實行起來會有很多問題。
procedure	[prəˈsiːdʒə]	*n.*	程序,手續	Writing a cheque is quite a simple **procedure**.
process	[ˈprəuses]	*v. n.*	加工;作用,方法	The workers are **processing** cheese.
productive	[prəˈdʌktiv]	*a.*	多產的	The writer is very **productive**.

proficient	[prəˈfiʃənt]	*a.*	熟練的	She is **proficient** at/in operating the computer.
profile	[ˈprəufail]	*n.*	側面,人物簡介	There is an exclusive **profile** of the new tennis champion in the magazine. 雜誌上有獨家刊登的新網球冠軍小傳。
profound	[prəˈfaund]	*a.*	深深的;深遠的	There was a **profound** meaning in this matter.
prohibit	[prəˈhibit]	*v.*	禁止	We are **prohibited** from drinking alcohol during working hours.
project	[prəˈdʒekt]	*v.*	凸出	This signpost **projects** from the wall.
proliferate	[prəˈlifəreit]	*v.*	繁殖;增殖	The plant **proliferated** quickly.
prolific	[prəˈlifik]	*a.*	多產的	The writer is **prolific**.
prologue	[ˈprəulɔg]	*n.*	開場白;序幕	The **prologue** of the performance is made by a young girl.
promote	[prəˈməut]	*v.*	提升	My daughter has just been **promoted** to a manager.
prompt	[prɔmpt]	*v.* *a.*	促使 敏捷的	The sight of the ships **prompted** thoughts of his distant home.
promulgate	[ˈprɔməlgeit]	*v.*	公佈;傳播	The news was **promulgated** quickly.
propagate	[ˈprɔpəgeit]	*v.*	繁殖	Most plants **propagate** by seed.
property	[ˈprɔpəti]	*n.*	財產,地產	Several **properties** in this street are for sale.
prophet	[ˈprɔfit]	*n.*	預言家	the **prophet** Isaiah 預言家以賽亞
proponent	[prəˈpəunənt]	*n.*	支持者	I got many supports from my **proponents**.
proportion	[prəˈpɔːʃən]	*n.*	比例;部分	The width and the length of the table are out of **proportion**.
proposal	[prəˈpəuzəl]	*n.*	建議	**Proposal** to close the hospital was rejected by majority. 關閉該醫院的提議遭到大多數人的拒絕。
proposition	[ˌprɔpəˈziʃən]	*n.*	觀點	Her **proposition** is publicized.
propriety	[prəˈpraiəti]	*n.*	得體	You should pay attention to the **propriety** of your language.
prosaic	[prəuˈzeiik]	*a.*	枯燥的,刻板的	He is too **prosaic** to think of sending me flowers.

prosecution	[ˌprɔsiˈkjuːʃən]	*n.*	起訴;控方	The **prosecution** is trying to show that he was seen near the scene of the crime.
prospect	[ˈprɔspekt]	*n.*	指望	I'm afraid there's not much **prospect** of this being finished before the weekend.
prospectus	[prəˈspektəs]	*n.*	計劃書;簡章	Hand in your **prospectus** before Friday.
prosper	[ˈprɔspə]	*v.*	成功;興旺	The business **prospered** last year.
prosperous	[ˈprɔspərəs]	*a.*	成功的;興旺的	I hope my country will be **prosperous** forever.
prostitute	[ˈprɔstitjuːt]	*n.*	妓女	**Prostitute** is society's evil.
prostrate	[ˈprɔstreit]	*a.*	俯臥的;意志消沈的	She was **prostrate** with grief. 她因悲痛而一蹶不振。
protagonist	[prəuˈtægənist]	*n.*	主角	Rochester is the **protagonist** in *Jane Eyre*.
protein	[ˈprəutiːn]	*n.*	蛋白質	Milk contains high **protein**.
prototype	[ˈprəutətaip]	*n.*	原型;模型	The hero's **prototype** is a farmer.
protrude	[prəˈtruːd]	*v.*	伸出;突出	The bay is **protruding** to the sea.
provision	[prəˈviʒən]	*n.*	供應	The company provides us food **provision**.
provoke	[prəˈvəuk]	*v.*	激怒	Don't **provoke** him by the evil words.
proximity	[prɔkˈsimiti]	*n.*	鄰近;接近	The number is in **proximity** to mine.
prudent	[ˈpruːdənt]	*a.*	審慎的	She was always **prudent** with her tasks.
psychiatrist	[saiˈkaiətrist]	*n.*	精神科醫生	She worked as a **psychiatrist**.
psychology	[saiˈkɔlədʒi]	*n.*	心理學	Her sister hates learning **psychology**.
publication	[ˌpʌbliˈkeiʃən]	*n.*	出版;發行;出版物	The **publication** can provide us information.
publicity	[pʌˈblisiti]	*n.*	聞名	Many famous scientists tend to avoid **publicity**.
pudding	[ˈpudiŋ]	*n.*	布丁	The **pudding** is a dessert.
pulp	[pʌlp]	*n.*	果肉;漿狀物	The mother scooped out the **pulp** to her baby.
punch	[pʌntʃ]	*n.*	一擊;一拳	The man gave me a **punch** and ran away.
punctual	[ˈpʌŋktʃuəl]	*a.*	按時的	The cat makes a **punctual** appearance at mealtimes.

punctuation	[ˌpʌŋktjuˈeiʃən]	*n.*	標點法	A piece of writing without any **punctuation** is difficult to understand.
puncture	[ˈpʌŋktʃə]	*n.*	(輪胎等)刺孔	There was a **puncture** in the tyre.
pungent	[ˈpʌndʒənt]	*a.*	刺鼻的	The smell is **pungent**.
puppet	[ˈpʌpit]	*n.*	木偶	I like **puppet** show.
purchase	[ˈpəːtʃəs]	*v.*	購買	She **purchased** a lot of food yesterday.
pursue	[pəˈsjuː]	*v.*	追逐;追捕	After marriage, she still **pursued** what she was interested in.
puzzle	[ˈpʌzəl]	*v.*	使迷惑	The riddle **puzzled** me and I cannot find its answer.
pygmy	[ˈpigmi]	*n.*	中非洲的矮小黑人	**Pygmy** lives in Africa.
pyjamas	[pəˈdʒɑːməz]	*n.*	睡衣褲	She put on her **pyjamas** quickly at the knock on the door.
pyramid	[ˈpirəmid]	*n.*	金字塔	The **pyramids** are the landmarks of Egypt.
pyre	[ˈpaiə]	*n.*	火葬用的柴堆	a funeral **pyre** 火葬柴堆

quagmire	[ˈkwægmaiə]	*n.*	泥沼	After the rain, the football pitch is a real **quagmire**.
qualify	[ˈkwɔlifai]	*v.*	具有資格	She **qualified** as a doctor this year.
quality	[ˈkwɔləti]	*n.*	質量,特性	She shows **qualities** of leadership.
quandary	[ˈkwɔndəri]	*n.*	猶豫不定	I was in a **quandary** about whether to go.
quantify	[ˈkwɔntifai]	*v.*	測定……的量	It's difficult to **quantify** the value of space exploration. 很難用數量來表示太空探測的價值。
quarantine	[ˈkwɔrəntiːn]	*n. v.*	檢疫期;對……進行檢疫隔離	Animals entering Britain from abroad are put in **quarantine** for six months.
quarry	[ˈkwɔri]	*n.*	採石場	He worked in a **quarry** to carry stone.

quartz	[kwɔːts]	*n.* 石英	I bought a **quartz** watch.
quash	[kwɔʃ]	*v.* 撤消	The high court judge **quashed** the decision of the lower court.
quay	[kiː]	*n.* 碼頭	There are many porters waiting in the **quay**.
queer	[kwiə]	*a.* 古怪的	The man's behaviour is really **queer**.
query	[ˈkwiəri]	*n.* 疑問	His plans met many **queries**.
quest	[kwest]	*n. v.* 尋求	He worked hard in **quest** of the truth.
question-naire	[ˌkwestʃəˈnɛə]	*n.* 調查表	I gave out **questionnaires** to know the mar-ket.
queue	[kjuː]	*n. v.* 行列，排隊	We **queued** up for the bus.
quirk	[kwəːk]	*n.* 奇事	By some **quirk** of fate the two of us were on the same train.
quiver	[ˈkwivə]	*v.* 顫抖	The boy **quivered** with cold.
quiz	[kwiz]	*n.* 小測驗	There will be a maths **quiz** on Friday.
quotation	[kwəuˈteiʃən]	*n.* 引用語	There is a **quotation** at the beginning of the article.
quote	[kwəut]	*v.* 引述	She **quoted** the report to support her point.

racial	[ˈreiʃəl]	*a.* 種族的	**Racial** feuds are the main factors of conflicts among countries.
racism	[ˈreisizəm]	*n.* 種族歧視	**Racism** is a fallacy.
rack	[ræk]	*n.* 架子	Wash the dishes and then put them in the plate **rack**.
radar	[ˈreidə]	*n.* 雷達	**Radar** is used to detect the information.
radiation	[ˌreidiˈeiʃən]	*n.* 放射；輻射	The **radiation** can bring on diseases.
radius	[ˈreidiəs]	*n.* 半徑	The **radius** of the ball is one meter.

raffle	[ˈræfəl]	n.	摸彩	He bought many **raffle** tickets.
rail	[reil]	v. n.	給……圍欄杆 欄杆	They have **railed** the garden.
rainfall	[ˈreinfɔːl]	n.	降雨量	The **rainfall** in the desert is nearly zero.
rainproof	[ˈreinpruːf]	a.	防雨的	The jacket is **rainproof**.
ramble	[ˈræmbəl]	v.	漫步	The couples were **rambling** in the dusk.
ramification	[ˌræmifiˈkeiʃən]	n.	分流	the **ramifications** of a business / of a railway system 商店的分號／鐵路網的支線
rampant	[ˈræmpənt]	a.	蔓延的	Violence is **rampant** in the area.
ramshackle	[ˈræmʃækəl]	a.	破爛不堪的	The house is **ramshackle** with ages.
random	[ˈrændəm]	a.	隨便的	a **random** sample of people / choice
range	[reindʒ]	v. n.	排列	The children's ages **range** from 5 to 15.
ranking	[ˈræŋkiŋ]	a.	上級的	Who's the **ranking** officer here?
ratify	[ˈrætifai]	v.	正式批准	The plan has been **ratified** by the headquarters.
ratio	[ˈreiʃiəu]	n.	比率	The **ratio** of nursing staff to doctors is 2:1.
ration	[ˈræʃən]	n.	定量;配給	During the World War I many countries conducted **rations** of food.
raucous	[ˈrɔːkəs]	a.	粗啞的	She gave a **raucous** shout.
ravage	[ˈrævidʒ]	v.	嚴重毀壞;搶劫	The earthquake **ravaged** the area badly.
raw	[rɔː]	a.	生的,天然的	Coal and oil are important **raw** materials for the manufacture of plastics.
react	[riˈækt]	v.	反應	She **reacted** angrily to these accusations.
ready-made	[ˈrediˌmeid]	a.	現成的	There are many **ready-made** clothes in the supermarket.
realistic	[ˌriəˈlistik]	a.	實事求是的	a **realistic** assessment of their prospects 對他們前景的客觀估計
reappraise	[ˌriːəˈpreiz]	v.	重新考慮	The time had come for them to **reappraise** their economic strategy.
rear	[riə]	n. a. v.	後面(的);養育	The old man sat at the **rear** seat of the car. He **reared** a large family.
reassure	[ˌriːəˈʃuə]	v.	使安心	She was **reassured** by our support.
rebuff	[riˈbʌf]	n.	冷落	The requirement met with a **rebuff**.

rebuke	[riˈbjuːk]	*n. v.*	非難	His books suffered great **rebukes**.
recall	[riˈkɔːl]	*v.*	回憶	She tried to **recall** the man's name.
recapture	[riːˈkæptʃə]	*v.*	再次捕獲，再現	This book **recaptures** perfectly the favour of the period. 這本書出色地再現了那個時期的情趣。
recess	[riˈses]	*n.*	休息期間	Parliament is in **recess** now.
recession	[riˈseʃən]	*n.*	蕭條	We survived the **recession**.
recipe	[ˈresipi]	*n.*	食譜	He didn't follow the **recipe** and the cake came out all wrong.
recipient	[riˈsipiənt]	*n.*	接受者	the **recipient** of the letter / of the news / of a grant 收信人 / 得到消息的人 / 接受津貼的人
reciprocal	[riˈsiprəkəl]	*a.*	相互的	The two nations arrived at a **reciprocal** trade agreement. 這兩個國家達成了互惠貿易政策。
reckless	[ˈreklis]	*a.*	魯莽的	It was **reckless** of him to leave his job before he had another one.
reckon	[ˈrekən]	*v.*	認爲	I **reckon** this is not my faults.
reclaim	[riˈkleim]	*v.*	要求歸還	The girl **reclaimed** her property from her uncle.
recognize	[ˈrekəgnaiz]	*v.*	識別	Dogs **recognize** people by their smell.
recoil	[riˈkɔil]	*v.*	後退	She **recoiled** at the sight of the snake.
recollect	[ˌrekəˈlekt]	*v.*	記起	As far as I **recollect**, her name is Jone.
recommend	[ˌrekəˈmend]	*v.*	讚許，推薦	They **recommended** her for the job.
reconcile	[ˈrekənsail]	*v.*	使和解	They quarreled, but now they are completely **reconciled**.
reconsider	[ˌriːkənˈsidə]	*v.*	再考慮	She was asked to **reconsider** the decision to resign.
recourse	[riˈkɔːs]	*n.*	求助	The sick man had **recourse** to drugs to lessen his pain.
recreation	[ˌrekriˈeiʃən]	*n.*	娛樂	His only **recreations** are drinking beer and working in the garden. **recreation** center / ground 康樂中心 / 遊樂場
recruit	[riˈkruːt]	*n.* / *v.*	新兵，新人 / 招募	We are having difficulties in **recruiting** well-qualified staff.

rectify	[ˈrektifai]	*v.*	糾正	I **rectified** the errors in my homework.
recuperate	[riˈkjuːpəreit]	*v.*	復原,恢復健康	You'll soon **recuperate** if you have a good holiday.
recur	[riˈkəː]	*v.*	再發生,回想	The memory of the accident often **recurs** to me.
redden	[ˈredn]	*v.*	變紅	The apples are **reddened** in the sunshine.
redeem	[riˈdiːm]	*v.*	贖回	**redeem** from sin
redistribute	[ˌriːdiˈstribjuːt]	*v.*	再分配	Please **redistribute** the profits. 請重新分配利潤。
redundancy	[riˈdʌndənsi]	*n.*	冗長,過剩	The closure of the export department led to a lot of **redundancy**. 關閉出口部門導致大量人員過剩。
reef	[riːf]	*n.*	暗礁	The ship was wrecked on a **reef**.
referee	[ˌrefəˈriː]	*n. v.*	裁判	Who's going to **referee** the football match?
refinement	[riˈfainmənt]	*n.*	精鍊,文雅	She was a woman of great **refinement**.
reflect	[riˈflekt]	*v.*	反射,仔細考慮	After **reflecting** for a time on the problem he decided not to go.
refresh	[riˈfreʃ]	*v.*	恢復精神	The meal **refreshed** him after a long journey.
refreshing	[riˈfreʃiŋ]	*a.*	令人精神爽快的	I slept a very **refreshing** sleep yesterday.
refrigerator	[riˈfridʒəreitə]	*n.*	電冰箱	**Refrigerators** are necessary for the working family in modern society.
refuge	[ˈrefjuːdʒ]	*n.*	庇護所;避難處	Many murders took this island as their **refuge**.
refund	[riːˈfʌnd]	*n.*	退款	If there is defect in the goods, you can ask the shop for **refund**.
refute	[riˈfjuːt]	*v.*	駁斥	I was able to **refute** his argument.
regardless	[riˈgɑːdlis]	*ad.*	不管怎樣	The girl went on her work **regardless** of the criticisms.
region	[ˈriːdʒən]	*n.*	地區	a tropical **region**
register	[ˈredʒistə]	*v. n.*	註冊;註冊簿	The car is **registered** in my name.
regulate	[ˈregjuleit]	*v.*	調整	There are strict rules **regulating** the use of chemicals in food.
rehearse	[riˈhəːs]	*v.*	預演,排演	She **rehearsed** the musicians.

reign	[rein]	*n.* 統治	Britain was at its best during the **reign** of Queen Victoria.
reimburse	[ˌriːimˈbəːs]	*v.* 報銷	Your tour expenses can be **reimbursed**.
reinforce	[ˌriːinˈfɔːs]	*v.* 增援;加強	Our army was **reinforced** by the air force.
reiterate	[riːˈitəreit]	*v.* 重申	Let me **reiterate** that we have absolutely no plans to increase taxation.
reject	[riˈdʒekt]	*v.* 拒絕	She **rejected** my suggestions.
rejoice	[riˈdʒɔis]	*v.* 歡喜	The children **rejoiced** at the good news.
relate	[riˈleit]	*v.* 講述	He **related** to us the story of his escape.
related	[riˈleitid]	*a.* 有關係的	The programme deals with drug addiction, juvenile crime, and **related** issues. 該計畫涉及吸毒、少年犯罪和有關的一些問題。
relative	[ˈrelətiv]	*n. a.* 親戚;比較的	My uncle is my closest living **relative**.
relay	[ˈriːlei]	*n.* 替換	A group of workers worked in **relay** to clear the snow on the street.
release	[riˈliːs]	*v.* 放走	The frog was **released** by the boy.
relevance	[ˈrelivəns]	*n.* 關連性;切題	What you said had no **relevance** to what we were talking about.
relevant	[ˈrelivənt]	*a.* 有關主題的	I don't think their remarks **relevant** to our discussion.
reliable	[riˈlaiəbl]	*a.* 可信賴的	I have it on **reliable** evidence that she will resign.
reliant	[riˈlaiənt]	*a.* 依靠的	We should not be so **reliant** on imported oil.
relieve	[riˈliːv]	*v.* 減輕;偷	Let me **relieve** you of some of the housework. 我來幫你做一些家務吧,以減輕你的負擔。 A thief **relieved** me of my watch. 一個小偷偷走了我的手錶。
reluctance	[riˈlʌktəns]	*n.* 勉強;不情願	He left with **reluctance**.
reluctant	[riˈlʌktənt]	*a.* 不願意的	He gave me a **reluctant** promise.
remainder	[riˈmeində]	*n.* 剩餘物	The **remainder** of the food will do for tomorrow.
remains	[riˈmeinz]	*n.* 遺址;廢墟	The **remains** of the old town attract more and more tourists to visit.

remarkable	[riˈmɑːkəbl]	a.	出眾的,值得注意的	Finland is **remarkable** for the large number of its lakes.
remedy	[ˈremidi]	n. v.	療法;補救	How can we **remedy** this loss?
remission	[riˈmiʃən]	n.	寬恕,免除,縮短刑期	The prisoner was given six-month **remission** for good behaviour.
remnant	[ˈremnənt]	n.	殘跡	to eat up the **remnant** of the feast
remorse	[riˈmɔːs]	n.	悔恨	He was filled with **remorse** for his evil deeds.
remote	[riˈməut]	a.	遙遠的	My family lived in a **remote** island.
removal	[riˈmuːvəl]	n.	移動	our **removal** to London
remunerate	[riˈmjuːnəreit]	v.	報酬,酬謝	How much will you be **remunerated** for what you did?
renaissance	[riˈneisəns]	n.	文藝復興時期	Shakespeare was one of the greatest dramatists in the **Renaissance**.
renew	[riˈnjuː]	v.	更新,續借,使恢復	I must **renew** these books.
renovate	[ˈrenəuveit]	v.	翻新,修復	The old house is being **renovated**.
rental	[ˈrentl]	n.	租金	Every month I had to pay the television **rental**.
repent	[riˈpent]	v.	懊悔	She **repented** her carelessness.
repertoire	[ˈrepətwɑː]	n.	全部節目	He scanned the **repertoire** list quickly.
repetition	[repiˈtiʃən]	n.	重複	This accident is a **repetition** of one that happened here three weeks ago.
represent	[ˌrepriˈzent]	v.	代表	She **represented** her father at the estate sale.
reptile	[ˈreptail]	n.	爬行動物	Crocodile is a **reptile**.
repudiate	[riˈpjuːdieit]	v.	拒絕接受	I **repudiate** emphatically any suggestion that I may have acted dishonorably.
reputable	[ˈrepjutəbl]	a.	名譽好的	He recommended us a **reputable** firm of builders.
require	[riˈkwaiə]	v.	需要	How many **required** courses do you take this year?

requisite	[ˈrekwizit]	*a.*	必不可少的	Sunshine is **requisite** for the plants to grow.
rescue	[ˈreskjuː]	*v.*	搭救	The man **rescued** several children in the floods.
resemble	[riˈzembl]	*v.*	像	She **resembles** her sister in appearance but not in character. 她的外表像她姊姊，但是性格不像。
resentment	[riˈzentmənt]	*n.*	怨恨	He was flushed with **resentment**.
reserve	[riˈzəːv]	*v.*	保留	These seats are **reserved** for old and sick people.
reservoir	[ˈrezəvwɑː]	*n.*	蓄水池	We must make use of our untapped **reservoirs** of talent. 我們必須利用我們尚未利用的人才。
reshuffle	[riːˈʃʌfl]	*v.*	改組	The prime minister **reshuffled** her cabinet.
residence	[ˈrezidəns]	*n.*	住所，宅邸	There are many trees around his **residence**.
residue	[ˈrezidjuː]	*n.*	剩餘物，殘渣	The **residue** of the estate goes to his daughter.
resign	[riˈzain]	*v.*	辭職	The secretary cannot bear her boss' blame and determined to **resign**.
resilient	[riˈziliənt]	*a.*	彈性的，能恢復活力的	It has been a terrible shock, but she's very **resilient** and will get over it. 這是一個很嚴重的打擊，但她的適應力強，很快就會恢復過來的。
resolution	[ˌrezəˈljuːʃən]	*n.*	堅決，決心	She lacks **resolution**.
resolve	[riˈzɔlv]	*v.*	決心	She **resolved** to work out the problem.
resonance	[ˈrezənəns]	*n.*	回音；共振	The **resonance** is one of physics phenomenon.
resort	[riˈzɔːt]	*v.*	求助於	I had no choice but to **resort** to the God.
resource	[riˈsɔːs]	*n.*	資源	**Resource** management is an important business skill. 資源管理是一項十分重要的經營技能。
respectively	[riˈspektivli]	*ad.*	各自地	Rooms for men and women are on the first and second floors **respectively**.
respiration	[respəˈreiʃən]	*n.*	呼吸	**Respiration** is difficult at great heights.
respiratory	[ˈrespərətəri]	*a.*	與呼吸有關的	the **respiratory** diseases / difficulties
respond	[riˈspɔnd]	*v.*	回答，做出反應	How did John **respond** to your suggestion?
restorative	[riˈstɔrətiv]	*n.*	滋補品	You need some **restoratives** to recover.

restore	[ri'stɔː]	*v.*	歸還原主;恢復	They tried their best to **restore** the old painting.
restrain	[ri'strein]	*v.*	抑制;遏制	Don't **restrain** your desires too much.
restrict	[ri'strikt]	*v.*	限制	We had to **restrict** the number of students on this course.
resultant	[ri'zʌltənt]	*a.*	作爲結果而發生的	He was arrested for drunkenness and the **resultant** publicity ruined his career. 他因酗酒而被拘留,由此傳開的壞名聲毀壞了他的前途。
resume	['rezju(ː)mei]	*n.*	提要;個人簡歷	The professor gave us a **resume** of the major points of his lecture.
retail	[riː'teil]	*v.*	零售	In this shop they **retail** tobacco and sweets.
retention	[ri'tenʃən]	*n.*	保留	They advocate the **retention** of our nuclear power plants.
retrial	[ri'trail]	*n.*	再審	Some members of the jury had been bribed, so the judge ordered a **retrial**.
retrieve	[ri'triːv]	*v.*	找回	This computer can **retrieve** stored information in a matter of seconds.
reunion	[ˌriː'juːnjən]	*n.*	重聚	After twenty years' separation, they came to **reunion** at last.
reveal	[ri'viːl]	*v.*	顯示,揭露	The investigation has **revealed** some serious faults in the system.
revenge	[ri'vendʒ]	*n.*	復仇,報仇	Don't take **revenge** on your foes.
revenue	['revinjuː]	*n.*	收入	How about your country's **revenue**?
reverse	[ri'vəːs]	*v.*	倒轉	The car **reversed** through the gate.
		a.	相反的	這輛汽車倒退著開出大門。
revert	[ri'vəːt]	*v.*	恢復(與 to 連用)	After the settlers left, the area soon **reverted to** desert.
revise	[ri'vaiz]	*v.*	校訂	He **revised** his manuscript of his book before sending it to the publisher.
revolve	[ri'vɔlv]	*v.*	旋轉	This is a **revolving** door.
rheumatic	[ruː'mætik]	*a.*	(患)風濕病的	The **rheumatic** old woman can't walk very fast.
rhyme	[raim]	*n.*	韻;押韻詩	She is singing nursery **rhymes** to the children.
rhythm	['riðəm]	*n.*	節奏	This music is written in a **rhythm** of three

			beats to a bar. 這段樂曲是以一小節三拍的節奏寫成的。
rickety	[ˈrikiti]	*a.* 連接處不牢的	**rickety** old stairs 快散架的舊樓梯
ridicule	[ˈridikjuːl]	*n.* 嘲弄;戲弄	His behaviours deserve **ridicule** rather than blame.
rift	[rift]	*n.* 縫隙	The sun appeared through a **rift** in the clouds.
righteous	[ˈraitʃəs]	*a.* 正直的;公正的	He is a **righteous** judge.
rigid	[ˈridʒid]	*a.* 堅硬的;不彎的	The material is very **rigid** and fit for the construction.
rigorous	[ˈrigərəs]	*a.* 嚴格的	The planes have to undergo **rigorous** safety checks.
rigour	[ˈrigə]	*n.* 嚴格;嚴厲	She deserves to be punished with the **rigour** of laws.
rinse	[rins]	*v.* 沖洗	I'll just **rinse** these shirts.
riot	[ˈraiət]	*n.* 暴亂	The government put down the **riots**.
rip	[rip]	*v. n.* 撕,裂口	Impatiently, he **ripped** the letter open.
ripen	[ˈraipən]	*v.* 使成熟	The sun **ripens** the corn.
ritual	[ˈritjuəl]	*n.* 儀式	Christian **rituals**
roam	[rəum]	*v.* 閒逛	The lovers **roamed** across the fields in complete forgetfulness of the time.
robot	[ˈrəubɔt]	*n.* 機器人	**Robots** are widely used in mining industry.
robust	[rəˈbʌst]	*a.* 身強力壯的;有活力的	The player is **robust** due to his exercises.
rocket	[ˈrɔkit]	*n. v.* 火箭;飛速上升	The **rocket** was launched last week.
rodent	[ˈrəudənt]	*n.* 囓齒動物	What aninmal belongs to **rodent**?
roster	[ˈrɔstə]	*n.* 名單	He is on the **roster** for tomorrow night.
rough	[rʌf]	*a.* 高低不平的	The road was **rough**.
route	[ruːt]	*n. v.* 路線;規定……的路線	What's the shortest **route** from London to Cambridge? 從倫敦到劍橋的最短路線是什麼?
routine	[ruːˈtiːn]	*n. a.* 常規(的)	It's just a **routine** medical examination, nothing to get worried about.
royal	[ˈrɔiəl]	*a.* 皇家的	The **royal** ceremony is held every year.

rubbish	[ˈrʌbiʃ]	*n.* 垃圾；廢物	The cleaners picked up the **rubbish** each day.
rudiments	[ˈruːdimənts]	*n.* 初步；基礎知識	This term we just learn some **rudiments** about computer.
ruffle	[ˈrʌfəl]	*v.* 弄皺	The shirt was **ruffled**.
rug	[rʌg]	*n.* 小地毯	a **rug** in front of the fire
rugged	[ˈrʌgid]	*a.* 崎嶇的	The hill path is **rugged**.
rumble	[ˈrʌmbəl]	*v.* 隆隆地響	The cart **rumbled** on the rough road.
rumour	[ˈruːmə]	*n.* 謠言	The whole article was based on **rumour**.
rupture	[ˈrʌptʃə]	*v. n.* 破裂	It is sad to see the **rupture** of friendly relations between our two countries.
rural	[ˈruərəl]	*a.* 鄉村的	He likes the **rural** life.
rust	[rʌst]	*v. n.*(生)銹	The iron will **rust** if exposed to the rain.
rustle	[ˈrʌsl]	*v.* 發出沙沙聲	In autumn, the yellow leaves **rustled** in the breeze.

sabotage	[ˈsæbətɑːʒ]	*n. v.* 破壞	The country was **sabotaged**.
sacred	[ˈseikrid]	*a.* 神聖的	Bulls are regarded as **sacred** animals in some religions.
sacrifice	[ˈsækrifais]	*n. v.* 犧牲	He **sacrificed** his life for the sake of his cause.
saga	[ˈsɑːgə]	*n.* 長篇故事；紀實	The writer wrote a **saga** about a rich family.
salad	[ˈsæləd]	*n.* 沙拉；涼拌菜	I can make various **salads**.
salient	[ˈseiliənt]	*a.* 顯著的；重要的	Please tell me the **salient** points of the speech.
saline	[ˈseilain]	*a.* 含鹽的	a **saline** solution 鹽溶液
sallow	[ˈsæləu]	*a.* 面黃肌瘦的	The child is **sallow** owing to lack of nutrition.

salmon	[ˈsæmən]	*n.*	鮭魚	tinned **salmon** 鮭魚罐頭
salon	[ˈsælɔn]	*n.*	(營業的)店;廳;院	There are many people standing in the **salon** of the building.
saloon	[səˈluːn]	*n.*	客廳;交誼廳	We often hold **saloon** of arts in our office.
salvage	[ˈsælvidʒ]	*v. n.*	搶救;營救	We have no time for the **salvage** of his goods from the fire.
sanatorium	[ˌsænəˈtɔːriəm]	*n.*	療養院	She is staying in a **sanatorium** to take a long recess.
sanction	[ˈsæŋkʃən]	*v.*	批准	The church would not **sanction** the King's second marriage. 教會不會批准國王第二次結婚。
sandstorm	[ˈsændstɔːm]	*n.*	沙塵暴	The **sandstorm** weather made people unable to work outside.
sane	[sein]	*a.*	神志正常的	He's been certified **sane**.
sanitary	[ˈsænitəri]	*a.*	衛生的;清潔的	The **sanitary** conditions are not paid much attention in this factory.
sapphire	[ˈsæfaiə]	*n.*	藍寶石	He bought a ring with a **sapphire** for his wife.
saturate	[ˈsætʃəreit]	*v.*	浸透	**Saturate** the material into the liquid.
sauce	[sɔːs]	*n.*	醬,調味汁	Put some **sauce** on the salad.
sauna	[ˈsaunə]	*n.*	三溫暖	**Sauna** can relax you after a hard work day.
saunter	[ˈsɔːntə]	*v. n.*	漫步;閒逛	We **sauntered** in the shopping mall with our children on weekends.
sausage	[ˈsɔsidʒ]	*n.*	香腸;臘腸	I don't like **sausage** for breakfast.
savage	[ˈsævidʒ]	*a.*	野性的;殘暴的	The **savage** tribe killed its enemies and then ate them.
savour	[ˈseivə]	*n.*	滋味	The meat had cooked too long and lost its **savour**.
scalpel	[ˈskælpəl]	*n.*	解剖刀	The physician held a **scalpel**.
scan	[skæn]	*v.*	瀏覽;掃描	I **scanned** the newspaper while I waited for the train.

scandal	[ˈskændəl]	*n.*	醜聞	The minister is at the centre of a recent **scandal** over revelations about his financial interests.
scarce	[skɛəs]	*a.*	稀少的;不足的	The flower is **scarce** in this region.
scarf	[skɑːf]	*n.*	圍巾	a lady wearing a **scarf**
scarlet	[ˈskɑːlit]	*a.*	鮮紅的	She wore a **scarlet** scarf that day.
scatter	[ˈskætə]	*v.*	散開;播撒	The flowers are **scattered** by the audience.
scenario	[siˈnɑːriəu]	*n.*	方案,腳本	He outlined several convincing **scenarios** for the outbreak of a nuclear war.
scene	[siːn]	*n.*	場景,發生地	These objects were found at the **scene** of the crime.
scenic	[ˈsiːnik]	*a.*	風景(優美)的	Let's take the **scenic** route along the coast.
schedule	[ˈʃedjuːl]	*n.*	時間表	a very full **schedule**
scheme	[skiːm]	*n. v.*	方案;策劃	Please submit your **scheme** before tomorrow.
scissors	[ˈsizəz]	*n.*	剪刀	My sister is making her toy's clothes with a pair of **scissors**.
scramble	[ˈskræmbəl]	*v. n.*	攀登;爬行	The baby **scrambled** on the floor.
scrape	[skreip]	*v.*	擦淨;擦傷	She **scraped** her leg when she fell to the ground.
scratch	[skrætʃ]	*v. n.*	刮;抓	He didn't know how to answer and **scratched** his head constantly.
screech	[skriːtʃ]	*v. n.*	尖叫	The lady **screeched** at the sight of the serpent.
scribble	[ˈskribəl]	*v. n.*	草草書寫;亂畫	He **scribbled** his name on the book's cover.
scrub	[skrʌb]	*v. n.*	刷洗	The old man was **scrubbing** the horse with a brush.
scrupulous	[ˈskruːpjuləs]	*a.*	一絲不苟的	The nurse treated the wound with the most **scrupulous** care.
scrutiny	[ˈskruːtini]	*n.*	認真徹底的審查	The tickets are through careful **scrutiny**.
sculpture	[ˈskʌlptʃə]	*n.*	雕刻藝術	She studied **sculpture** at art school.

scurry	[ˈskʌri]	*v.*	急匆匆地跑	The mouse **scurried** into its hole when the cat appeared.
secluded	[siˈkluːdid]	*a.*	隱蔽的	The old man lived in a **secluded** country house. 這位老人住在僻靜的鄉間別墅裡。
security	[siˈkjuəriti]	*n.*	安全	I need the **security** of a good home and loving family.
sediment	[ˈsedimənt]	*n.*	沈澱物	There is a brownish **sediment** in the bottom of the wine bottle.
seductive	[siˈdʌktiv]	*a.*	誘人的	a **seductive** offer of higher pay
segregate	[ˈsegrigeit]	*v.*	隔離	The sick girl was **segregated** by the school.
seismic	[ˈsaizmik]	*a.*	地震的	**seismic** disaster
self-catering	[ˌselfˈkeitəriŋ]	*a.*	可以自己開伙的	The University keeps many **self-catering** study bedrooms for students.
self-employed	[ˌselfˈimplɔid]	*a.*	個體戶的；獨立經營的	Her brother is a **self-employed** car dealer.
self-esteem	[ˌselfiˈstiːm]	*n.*	自尊	We should cultivate students' **self-esteem**.
self-indulgent	[ˌselfinˈdʌldʒənt]	*a.*	放縱自己的	His son is too **self-indulgent**.
self-reliant	[ˌselfriˈlaiənt]	*a.*	獨立的	He hopes his wife will be **self-reliant** some day.
self-respect	[ˌselfriˈspekt]	*n.*	自尊心	**Self-respect** cultivation is necessary in child's personal development.
semester	[siˈmestə]	*n.*	一學期	I will take four courses this **semester**.
seminar	[ˈseminɑː]	*n.*	研究小組	Many Chinese students are not used to the form of **seminar** when studying overseas.
seniority	[ˌsiːniˈɔriti]	*n.*	老資格	I sacrificed two years' **seniority** by taking the overseas posting.
sentiment	[ˈsentimənt]	*n.*	傷感	There is no place for **sentiment** in business affairs.
sequel	[ˈsiːkwəl]	*n.*	續篇；續集	I have no time reading the **sequel** of the novel.
sequence	[ˈsiːkwəns]	*n.*	連續；一連串	a **sequence** of historical plays by Shakespeare

serene	[si'riːn]	*a.* 寧靜的	He likes the **serene** village.
serial	['siəriəl]	*a.* 系列的;連續的 *n.* 連續劇	Watching TV **serial** took me too much time.
series	['siəriːz]	*n.* 連續,系列	This is the latest in a **series** of proposals on arms limitation.
serpent	['səːpənt]	*n.* 蛇	The **serpent** persuaded Eva into eating the fruit in the tree of knowledge.
session	['seʃən]	*n.* 開庭;學期;一段時間	Be seated! This court is now in **session.** 坐下!本法庭現在開庭。
severe	[si'viə]	*a.* 苛刻的,嚴重的	She had a **severe** look on her face.
sewage	['sjuːidʒ]	*n.* 污水	The city needs a new **sewage** disposal system.
sexual	['seksjuəl]	*a.* 性的	**sexual** harassment in the office
shackle	['ʃækl]	*n.* 手銬	The prisoners were kept in **shackles**.
sham	[ʃæm]	*v. n. a.* 假裝(的)	He isn't really ill; he's only **shamming**.
shampoo	[ʃæm'puː]	*n.* 洗髮精	The **shampoo** factory produced a new medicated **shampoo** for dandruff.
shape	[ʃeip]	*v.* 造成(某)形狀,塑造	Childhood's experience can **shape** a person's character. 童年的經歷會影響一個人的性格。
shatter	['ʃætə]	*v.* 粉碎,使破碎	Hopes of reaching an agreement were **shattered** today.
shed	[ʃed]	*n.* 棚	a tool **shed** / cattle **shed** / garden **shed**
shell	[ʃel]	*n.* 殼,骨架	His grief had left him a mere **shell** of a man. 他因憂傷瘦得只剩下一副骨架。
shelter	['ʃeltə]	*n. v.* 庇護	This place is the girl's **shelter**.
shelve	[ʃelv]	*v.* 將……擱置一邊	We have to **shelve** our holiday because of my losing job.
shepherd	['ʃepəd]	*n.* 牧羊人	The **shepherd** sent me some lamb.
shield	[ʃiːld]	*v.* 擋住;保護 *n.* 盾	He raised his arm to **shield** himself from the blow. 他抬起手臂擋住向他打來的一拳。
shiver	['ʃivə]	*v. n.* 顫抖;哆嗦	The old man **shivered** with anger.
shoplift	['ʃɔpˌlift]	*v.* 假意購物而行竊	She **shoplifted** several apples from the supermarket.
shopper	['ʃɔpə]	*n.* 購物者	The **shoppers** are the clients of shops.

shrimp	[ʃrimp]	*n.* 小蝦	I like **shrimps**.
shrink	[ʃriŋk]	*v.* 收縮	Washing wool in hot water will **shrink** it.
shrub	[ʃrʌb]	*n.* 灌木	The azalea is an attractive **shrub**.
shuttle	[ˈʃʌtl]	*n.* 梭子;穿梭班車或班機	The car is like a **shuttle** running on the street.
signature	[ˈsignitʃə]	*n.* 簽名	They returned her cheque because she hadn't put her **signature** on it.
significant	[sigˈnifikənt]	*a.* 有意義的	The report is **significant** to our experiment.
signpost	[sainˈpəust]	*n.* 路標	There is no **signpost** on the sea.
silicon	[ˈsilikən]	*n.* 矽	The **silicon** valley is situated in California.
silt	[silt]	*n.* 淤泥	He was trapped in the **silt**.
simulate	[ˈsimjuleit]	*v.* 假裝,模仿	A sheet of metal was shaken to **simulate** the noise of thunder.
simultaneous	[ˌsiməlˈteiniəs]	*a.* 同時發生的	There was a flash of lightning and a **simultaneous** crash of thunder. 一道閃電出現,同時響起了雷聲。
skeleton	[ˈskelitn]	*n.* 骨骼,框架	The steel **skeleton** of a new skyscraper sprang up in this area.
skew	[skjuː]	*v.* 歪曲,使偏向	A few inaccurate figures could **skew** the results of the survey.
sled	[sled]	*n. v.* (坐)雪橇	When it snows we go **sledding**.
sleeve	[sliːv]	*n.* 衣袖	What's hidden in his **sleeve**?
slight	[slait]	*a.* 微小的;輕微的	The rain was **slight** yesterday.
slim	[slim]	*a.* 纖細的	She wants to keep **slim** by regular exercises.
slippery	[ˈslipəri]	*a.* 光滑的	Drive very carefully; the roads are wet and **slippery**. 開車要特別小心,道路又濕又滑。
slum	[slʌm]	*n.* 貧民窟	living in the **slums** of London
sly	[slai]	*a.* 狡猾的;狡詐的	She gave me a **sly** look.
smart	[smɑːt]	*a.* 模樣帥;聰明	He looks very **smart** in white shirt.
smash	[smæʃ]	*v.* 粉碎	The seeds are **smashed** by the presser.
smear	[smiə]	*v. n.* 塗抹	She **smeared** some drugs on his wound.
smuggle	[ˈsmʌgəl]	*v.* 走私	The cars are **smuggled** to the country.

snag	[snæg]	*v.* 鈎上	She **snagged** her tights on the edge of the chair. 她的緊身衣褲被椅子邊緣鈎住了。
snap	[snæp]	*v.* 啪的一聲斷裂（打開、關閉）	The flower seed **snapped** when you touched it.
sneeze	[sniːz]	*v.* *n.*（打）噴嚏	She **sneezed** continuously because of cold.
snob	[snɔb]	*n.* 勢利小人	I don't like making friends with **snobs**.
snore	[snɔː]	*v.* *n.* 打鼾	Every night he **snored** loudly.
snout	[snaut]	*n.* 大鼻子	An elephant has a long **snout**.
snow-bound	[snəu'baund]	*a.* 被雪困阻的	**snowbound** traffic 被雪圍困的交通
sociology	[ˌsəusi'ɔlədʒi]	*n.* 社會學	The young man likes **sociology** very much.
socket	['sɔkit]	*n.* 凹槽	She put the electric plug into the **socket**.
sodium	['səudiəm]	*n.* 鈉	**Sodium** is a chemical element.
solely	['səulli]	*ad.* 唯一地	I am concerned **solely** for your welfare.
solemn	['sɔləm]	*a.* 肅穆的	The hall is **solemn**.
solicit	[sə'lisit]	*v.* 懇求	May I **solicit** your advice on a matter of some importance? 我有一件要事可以請教你嗎?
solitary	['sɔlitəri]	*a.* 孤獨的	*The **Solitary** Reaper* is written by Wordsworth.《孤獨的收割者》是華茲華斯的作品。
solo	['səuləu]	*n.* 單人表演	We watched a **solo** of violin.
soot	[sut]	*n.* 烟灰	The inside of a chimney soon gets covered in **soot**. 烟囱裡很快會覆蓋一層烟灰。
sophisti-cated	[sə'fistikeitid]	*a.* 講究的，世故的	The fashion magazines show what the **sophisticated** woman is wearing this year.
sordid	['sɔːdid]	*a.* 邋遢的	The man looks very **sordid** with long hair.
sorrow	['sɔrəu]	*n.* 悲傷	She felt **sorrow** for her bitter late life.
source	[sɔːs]	*n.* 來源	We'll have to find a new **source** of income.
souvenir	[ˌsuːvə'niə]	*n.* 紀念品	He bought a little model of the Eiffel Tower as a **souvenir** of his holiday in Paris. 他買了一尊艾菲爾鐵塔小模型作爲巴黎假期留念。
sovereign	['sɔvrin]	*a.* 至高無上的；有主權的	Don't lose your **sovereign** dignity.
spaghetti	[spə'geti]	*n.* 義大利麵條	The restaurant serves **spaghetti**.

span	[spæn]	*n. v.* 跨度:跨越	The **span** of the bridge is very large.
specialist	[ˈspeʃəlist]	*n.* 專家	He is a **specialist** in African history.
specialize	[ˈspeʃəlaiz]	*v.* 專攻	After she qualified as a lawyer, she decided to **specialize** in contract law.
species	[ˈspiːʃiːz]	*n.* 種類	This rare bird has become an endangered **species**. 這種稀有鳥已經瀕臨絕種。
specific	[spiˈsifik]	*a.* 特定的;確切的	The **specific** information was provided by the information department.
specifical-ly	[spiˈsifikli]	*ad.* 確切地;特別地	I like red, **specifically** the light red.
specify	[ˈspesifai]	*v.* 確切說明;詳述	He **specified** the process of the test.
specimen	[ˈspesimin]	*n.* 標本	The lab keeps many **specimen** of insects.
spectacle	[ˈspektəkl]	*n.* 大場面	Have you appeared in a **spectacle**?
spectacles	[ˈspektəklz]	*n.* 眼鏡	I want to find the girl with **spectacles**.
spectacu-lar	[ˈspekˈtækjulə]	*a.* 壯觀的;精彩的	The sunset is very **spectacular** in the desert.
spectator	[spekˈteitə]	*n.* 觀眾	The **spectators** cheered at the sight of him.
spectrum	[ˈspektrəm]	*n.* 光譜;聲譜;頻譜;範圍	The two extreme colors in the **spectrum** are red and violet.
speculate	[ˈspekjuleit]	*v.* 推測;投機	He **speculated** the result of the match.
specula-tive	[ˈspekjulətiv]	*a.* 推測出的;投機的	a **speculative** guess
speech	[spiːtʃ]	*n.* 發言;說話	His **speech** made no responses.
speech-less	[ˈspiːtʃlis]	*a.* 無話可說;啞口無言	The evidences made the murder **speechless**.
sphere	[sfiə]	*n.* 球體;球形;範圍	The teacher was giving a lesson about **sphere**.
spherical	[ˈsferikl]	*n.* 球形的;球體的;球面的	the **spherical** area
sphinx	[sfiŋks]	*n.* 獅身人面像	Have you seen **sphinx** ?
spice	[spais]	*n.* 香料;調味料	The ship was loaded with **spices**.

spicy	['spaisi]	*a.* 辣的	People in Sichuan like hot **spicy** food.
spider	['spaidə]	*n.* 蜘蛛	I feel disgusting at the hairy **spider**.
spike	[spaik]	*n.* 釘狀物	**spikes** along the top of a fence 柵欄上的尖頭
spill	[spil]	*v.* 溢出,灑出	The wine **spilled** out of the glass.
spine	[spain]	*n.* 脊柱;脊椎	There was a pain in his **spine**.
spiral	['spaiərəl]	*n. a.* 螺旋狀(的)	The stairs were **spiral**.
spirit	['spirit]	*n.* 精神;靈魂;烈酒	I don't like the **spirits**.
splash	[splæʃ]	*v. n.* 濺;潑	The spaceship **splashed** into the sea.
splendid	['splendid]	*a.* 華麗的;堂皇的	How **splendid** the church is!
splendour	['splendə]	*n.* 華麗;堂皇	The **splendour** of the building held me forward.
splint	[splint]	*n.* 夾板	There is a **splint** in the boy's broken leg. 這個男孩摔斷的腿上有一塊夾板。
split	[split]	*v. n.* 分開;劈開	The soft wood **splits** easily.
spoil	[spɔil]	*v.* 毀壞;寵壞	The child was **spoiled**.
spokesman	['spəuksmən]	*n.* 發言人	The **spokesman** told the reporters just "No comment".
sponge	[spʌndʒ]	*n.* 海綿;海綿狀物	The **sponge** can take in water easily.
sponsor	['spɔnsə]	*v. n.* 擔保(人);贊助(人);發起(人)	The competition was **sponsored** by a company.
spontaneous	[spɔn'teiniəs]	*a.* 自發的	Her successful jump brought a **spontaneous** cheer from the crowd.
sporadic	[spə'rædik]	*a.* 偶發的;罕見的	This is a **sporadic** disease.
spot	[spɔt]	*n. v.* 斑點;地點;找出	The murder was caught on the **spot**.
spouse	[spauz]	*n.* 配偶	**Spouse** can inherit property.
sprawl	[sprɔːl]	*v. n.* 伸開手腳;伸展四肢	The little boy **sprawled** on the lawn.
spray	[sprei]	*v. n.* 噴霧;飛沫	The gardener **sprayed** pesticide to the flowers.
spread	[spred]	*v.* 鋪開;塗抹	The cloth was **spread** on the table.
sprinkle	['spriŋkl]	*v.* 噴撒	The workers **sprinkled** sand along the path.
sprout	[spraut]	*v.* 發芽	Leaves are beginning to **sprout** from the trees.

spy	[spai]	n. v. 間諜;窺探	She was a **spy** twenty years ago.
squash	[skwɔʃ]	v. n. 壓扁,擠扁	The car was **squashed** flat by the lorry. 小轎車被卡車撞扁了。
squat	[skwɔt]	v. 蹲坐	He **squatted** down beside the footprints and examined them closely.
squeeze	[skwiːz]	v. 壓,榨,擠	He **squeezed** the tube hard and the last of the toothpaste came out.
squirt	[skwəːt]	v. 噴出	Water **squirted** from the punctured hose.
stability	[stəˈbiliti]	n. 穩定	His constant absences threaten the **stability** of his marriage. 他經常不在家,婚姻的穩固受到威脅。
stable	[ˈsteibl]	a. 穩定的	Her character is **stable**.
stack	[stæk]	v. n. 堆放;一堆	I have got a **stack** of work to do.
stadium	[ˈsteidiəm]	n. 體育場	a football **stadium**
staff	[stɑːf]	n. 全體職員	The school's **staff** are excellent.
stage	[steidʒ]	n. 舞台	The world is like a **stage**.
stagger	[ˈstægə]	v. 蹣跚	The drunken man **staggered** towards us.
stagnant	[ˈstægnənt]	a. 不流動的,不景氣的	Due to low investment, our industrial output has remained **stagnant**.
staid	[steid]	a. 穩重的	She took **staid** attitudes to criticise the book.
stain	[stein]	n. 污點 v. 玷污;染色	The shirt was **stained** with oil.
stammer	[ˈstæmə]	n. v. 口吃	She **stammered** when she feels nervous.
stamp	[stæmp]	n. 郵票;圖章 v. 蓋章	The envelope was **stamped**.
standard	[ˈstændəd]	n. a. 標準(的)	She just wants to know the marking **standard**.
standardization	[ˌstændədaiˈzeiʃən]	n. 標準化	The test employs the **standardization** method.
standpoint	[stændˈpɔint]	n. 立場;觀點	He got the conclusion from his own **standpoint**.
stare	[stεə]	v. n. 瞪;凝視	Don't **stare** at me.
starfish	[ˈstɑːfiʃ]	n. 海星	A **starfish** has five arms forming a star shape.

starvation	[stɑːˈveiʃn]	*n.*	挨餓;餓死	**Starvation** is a physical behaviour.
starve	[stɑːv]	*v.*	餓死	I'm **starved**! 我快餓死了。
state	[steit]	*v.*	陳述	He **stated** his reason of resignation.
		n.	國家;狀況	
statesman	[ˈsteitsmən]	*n.*	政治家	The **statesman** can play some tricks.
static	[ˈstætik]	*a.*	靜止的;靜態的	The world is not **static** and is changing all the time.
station	[ˈsteiʃn]	*n.*	站;所	the railway **station**
		v.	置於某處	
stationary	[ˈsteiʃənəri]	*a.*	靜止的	A **stationary** target is easiest to aim at.
stationer	[ˈsteiʃənə]	*n.*	文具商	I bought some pencils at the **stationer**'s.
statistician	[ˌstætisˈtiʃən]	*n.*	統計學家	Government **statisticians** predict a fall in unemployment by 2002.
statistics	[stəˈtistiks]	*n.*	統計數字	He backed up his assertions by quoting the latest **statistics**.
statuette	[stætʃuˈet]	*n.*	小塑像	She put a **statuette** of Jesus in her room.
statue	[ˈstætʃuː]	*n.*	塑像	The **statue** is made of bronze.
status	[ˈsteitəs]	*n.*	身份;地位	Money can change your social **status**.
steadfast	[ˈstedfɑːst]	*a.*	堅定的;不動搖的	She walked toward her destination with **steadfast** step.
steadily	[ˈstedili]	*ad.*	平穩地;逐漸地	The economy here developed **steadily**.
steady	[ˈstedi]	*a.*	穩定的;固定的	I hope I will have a **steady** residence.
steak	[steik]	*n.*	牛排,肉排	I'd like to take some rare **steaks**.
steal	[stiːl]	*v.*	偷竊	Her purse was **stolen** on the bus.
steam	[stiːm]	*n.* *v.*	(釋放)蒸氣	The **steam** came out of the house.
steep	[stiːp]	*a.*	陡峭的	The tree grows in the **steep** hill.
steer	[stiə]	*v.*	操縱方向;駕駛	I can **steer** the car very well.
stem	[stem]	*n.* *v.*	莖,幹;源自	His disease **stemmed** from his unhappy childhood.
step	[step]	*n.* *v.*	步子;走	At the bad news he **stepped** away.
stereo	[ˈsteriəu]	*n.*	立體聲,音響設備	The music blasted from the **stereo**.
stereotype	[ˈsteriəutaip]	*n.*	老一套,陳辭濫調	The characters in the film are just **stereotypes** with no individuality.

stern	[stəːn]	*a.* 嚴厲的	She is a **stern** mother.
steward	[ˈstjuəd]	*n.* 服務員	the chief **steward**
steward-ess	[ˌstjuəˈdes]	*n.* (客機、客輪、火車上的)女服務員	The **stewardess** can provide satisfactory services.
steward-ship	[ˈstjuədʃip]	*n.* 管理員的職位和職責	He has faithfully exercised the **stewardship** of his post.
stick	[stik]	*n.* 棒狀物 *v.* 刺入;黏	He **stuck** to his original decision.
sticker	[ˈstikə]	*n.* 貼紙,標貼	He bought some **stickers** for his daughter.
sticky	[ˈstiki]	*a.* 黏的;棘手的	The smelted sugar is **sticky**.
stiff	[stif]	*a.* 僵硬的,不易變化的	They gave me a **stiff** smile.
stigma	[ˈstigmə]	*n.* 恥辱	There should be no **stigma** attached to being poor.
still	[stil]	*a. ad.* 靜止的;仍然	**Still** water runs deep.
stimulate	[ˈstimjuleit]	*v.* 刺激,激勵	An inspiring conductor can **stimulate** the singers to excel. 一個具有感染力的指揮可以促使歌手表演得更爲出色。
stingy	[ˈstindʒi]	*a.* 小氣的,吝嗇的	The man is very **stingy**.
stipulate	[ˈstipjuleit]	*v.* 規定	The regulations were **stipulated** at the meeting.
stir	[stəː]	*v.* 攪和,移動	A light breeze **stirred** the surface of the lake.
stitch	[stitʃ]	*n. v.* (縫級、針綉、編織等的)一針;縫合	A **stitch** in time saves nine.
stock	[stɔk]	*v. n.* 貯存	The national library is an excellently **stocked** library.
stockings	[ˈstɔkiŋs]	*n.* 長統襪	The boy hung his **stockings** in the Xmas tree.
stomach	[ˈstʌmək]	*n.* 胃;腹部	I have a pain in the **stomach**.

stone	[stəun]	n.	石頭	The bridge is made of **stones**.
store	[stɔː]	n. v.	貯存	The squirrel **stored** some food for the winter.
storey	[ˈstɔːri]	n.	樓層	I don't like the building of higher **storeys**.
stout	[staut]	a.	粗壯的,結實的	The old man is **stout** and looks very funny.
straight	[streit]	a.	直的	The path is very **straight**.
straighten	[ˈstreitn]	v.	使變直	He **straightened** the wire.
straight-forward	[ˌstreitˈfɔːwəd]	a.	誠實的;簡單的	I like **straightforward** men to be my friends.
strain	[strein]	v. n.	拉緊,綳緊 精神壓力	His nerves **strained** these days for the difficult job.
strait	[streit]	n.	海峽	He crossed the **strait** in a rough crossing.
strange	[streindʒ]	a.	奇怪的;陌生的	The environment is **strange** to me.
strap	[stræp]	n. v.	帶子 用帶子紮	I **strapped** my gifts with red tapes.
strategy	[ˈstrætidʒi]	n.	兵法,策略	I think we have worked out a **strategy** for dealing with this situation.
straw	[strɔː]	n.	稻草,麥稈,飲料吸管	Here is the **straw** hole.
strawberry	[ˈstrɔːbəri]	n.	草莓	I like **strawberry** milk.
stream	[striːm]	n. v.	小河;流動	The boat was floating in the **stream**.
strengthen	[ˈstreŋθn]	v.	使更強	You should **strengthen** your defense.
strenuous	[ˈstrenjuəs]	a.	努力的;精力充沛的;累人的	The job was really **strenuous**.
stress	[stres]	v. n.	強調;壓力	He **stressed** the necessity of being punctual.
stretch	[stretʃ]	v. n.	拉長;撐大	The bag was **stretched** with the books.
strew	[struː]	v.	散播	There were papers **strewn** all over the floor.
strict	[strikt]	a.	嚴格的	My father is always **strict** with me.
stride	[straid]	v. n.	大步走;進展	He **strode** across the stream.
strike	[straik]	v. n.	敲打;罷工	The workers went on **strike** last month.
string	[striŋ]	n.	繩子,弦	She plays **string** musical instrument very well.
strip	[strip]	v. n.	剝光;脫衣	The boy was **stripped** by his grandmother before being put to the bed.

stroke	[strəuk]	*v.* *n.*	擊打;撫摸 中風	A sudden **stroke** attacked her last night.
stroll	[strəul]	*v. n.*	閒逛;漫步	The man **strolled** in the field all day long.
studious	[ˈstjuːdiəs]	*a.*	好學的	My brother is a serious and **studious** young man.
stuff	[stʌf]	*n. v.*	材料;塡充	I was **stuffed**.
stupid	[ˈstjuːpid]	*a.*	愚笨的	How **stupid** you are!
stutter	[ˈstʌtə]	*v.*	口吃	The girl **stuttered** when she was worried.
subject	[ˈsʌbdʒekt]	*n.*	主題;對象;臣民	Be kind to your **subject**; or you will be overthrown.
subliminal	[səbˈliminəl]	*a.*	下意識的	**Subliminal** advertising on television has been banned.
submarine	[ˌsʌbməˈriːn]	*n.*	潛水艇	nuclear **submarine**
submission	[səbˈmiʃən]	*n.*	屈服	He battered his opponent into **submission**.
submit	[səbˈmit]	*v.*	屈服	He was losing in the fight but he would not **submit**.
subscribe	[səbˈskraib]	*v.*	訂閱	They **subscribed** this magazine each year.
subsequent	[ˈsʌbsikwənt]	*a.*	後來的	She lost her consciousness and didn't remember the **subsequent** details.
subsidize	[ˈsʌbsidaiz]	*v.*	資助	Farming is partly **subsidized** by the government.
substance	[ˈsʌbstəns]	*n.*	物質;實物	Salt is a useful **substance**.
substantial	[səbˈstænʃəl]	*a.*	牢固的,重要的	They made **substantial** changes in the arrangements. 他們在安排上作了重大變動。
substantiate	[səbˈstænʃieit]	*v.*	證實	Can you **substantiate** your claim in a court of law?
substitute	[ˈsʌbstitjuːt]	*n. v.*	替代者;代替	This is the only genuine sort; accept no **substitutes**. 這是唯一可用的眞品,別採用代用品。 He **substituted** the worker who was ill.

subtitle	[ˌsʌb'taitl]	n. v.	副標題;小標題;電影字幕	The **subtitle** of the article is obscure.
subtle	['sʌtl]	a.	微妙的	His attempt to offer us a bribe was not exactly **subtle**.
subtropical	[ˌsʌb'trɔpikl]	a.	亞熱帶的	Oranges are grown in **subtropical** region.
suburb	['sʌbəːb]	n.	郊區	Blackheath is a **suburb** of London.
succeed	[sək'siːd]	v.	成功	She **succeeded** in her experiment.
success	[sək'ses]	n.	成功	May you **success**!
successful	[sək'sesfl]	a.	成功的	His **successful** lifting laid the foundation of the title.
successfully	[sək'sesfuli]	ad.	成功地	The satellite was **successfully** launched.
succession	[sək'seʃn]	n.	接連	His words came out in quick **succession**.
successive	[sək'sesiv]	a.	連續不斷的	Two visits on **successive** days.
successor	[sək'sesə]	n.	繼承人;接替者	Who will be the king's **successor**?
succinct	[sək'siŋkt]	a.	簡潔的	She made a **succinct** summary about the report.
succumb	[sə'kʌm]	v.	屈從;死於	She **succumbed** to the illness.
sue	[sjuː]	v.	指控;提起訴訟	You will be **sued** if you kill a man.
suffer	['sʌfə]	v.	遭受,蒙受	She **suffered** multiple injures in the car accident.
sufficient	[sə'fiʃənt]	a.	足夠的	There were **sufficient** supplies to feed everybody.
suffix	['sʌfiks]	n.	字尾	Can you add a **suffix** to this word?
suffocate	['sʌfəkeit]	v.	窒息	The stuffy room made me **suffocated**.
sugar	['ʃugə]	n.	糖	**Sugar** can provide you energy.
suicide	['sjuːisaid]	n.	自殺	She committed **suicide** at the dead night.
suit	[sjuːt]	n.	套服;套裝	She looks graceful in her **suit**.
suitable	['sjuːtəbl]	a.	合適的	Is she **suitable** for the job?

suitcase	[ˈsjuːtkeis]	*n.*	衣箱;手提箱	The man hurried away with a **suitcase** in his hand.
sulfur	[ˈsʌlfə]	*n.*	硫磺	**Sulfur** is a kind of yellow powder.
summa-rize	[ˈsʌməraiz]	*v.*	總結;概括	I will **summarize** the meeting.
summary	[ˈsʌməri]	*a.*	立即的	**summary** justice 即席裁判
		n.	摘要	Write me a one-page **summary** of this re-port. 替我寫一分有關這項報告的一頁紙摘要。
summit	[ˈsʌmit]	*n.*	山頂;峰會	She reached her career **summit** at 40.
summon	[ˈsʌmən]	*v.*	召喚;傳喚	We were **summoned** to the meeting.
sundial	[ˈsʌnˈdail]	*n.*	日晷	Ancient Chinese employed **sundial** to keep time.
sunrise	[ˈsʌnraiz]	*n.*	日出	The **sunrise** on the sea is spectacular.
sunset	[ˈsʌnset]	*n.*	日落	The **sunset** cannot be seen in rainy days.
sunshine	[ˈsʌnʃain]	*n.*	陽光	She has brought some **sunshine** into my life.
superb	[sjuˈpəːb]	*a.*	極好的	The performance was **superb.**
superficial	[ˌsuːpəˈfiʃl]	*a.*	表面的;淺薄的	The **superficial** factors cannot hinder our exploration.
superior	[sjuːˈpiəriə]	*a.*	地位高的,上等的	Of the two books, I think this one is **superi-or** to that.
supermar-ket	[ˈsuːpəmɑːkit]	*n.*	超市	I like shopping in **supermarkets**.
supersede	[ˌsuːpəˈsiːd]	*v.*	取代	The old method has been **superseded**.
superson-ic	[ˌsjuːpəˈsɔnik]	*a.*	超音速的	a **supersonic** aircraft
supersti-tion	[ˌsuːpəˈstiʃn]	*n.*	迷信	The **superstition** confused the old man.
supersti-tious	[ˌsuːpəˈstiʃəs]	*a.*	迷信的	Don't believe in **superstitious** words.
supervise	[ˈsjuːpəvaiz]	*v.*	監督	She **supervised** the work.
supervi-sion	[ˌsuːpəˈviʒn]	*n.*	監督;指導	The construction is under her **supervision**.

supervisor	[ˈsuːpəˈvaizə]	*n.*	管理人;指導教師	He is my thesis **supervisor**.
supplant	[səˈplɑːnt]	*v.*	排擠,取代	She's been **supplanted** in her aunt's affections by her brother.
supplement	[ˈsʌplimənt]	*v.* *n.*	補充 增刊	Do you read the Sunday colour **supplements**?
supply	[səˈplai]	*v. n.*	供應;提供	The food was **supplied** by the restaurant.
support	[səˈpɔːt]	*v.*	撐住,供養	She needs a high income to **support** such a large family.
suppose	[səˈpəuz]	*v.*	猜想;假設	You are **supposed** to take no notice of the background music.
suppress	[səˈpres]	*v.*	鎮壓,抑制	You shouldn't try to **suppress** your feelings of anger.
surface	[ˈsəːfis]	*n.*	表面	The **surface** of the earth is rough.
surge	[səːdʒ]	*v.*	洶湧向前,感情湧起	The crowd **surged** through the gates.
surgeon	[ˈsəːdʒən]	*n.*	外科醫生	The **surgeon** performed the operation.
surly	[ˈsəːli]	*a.*	乖戾的;脾氣壞的	The driver is a **surly** man.
surname	[ˈsəːneim]	*n.*	姓氏	What's your **surname**?
surpass	[səˈpɑːs]	*v.*	超過	The results **surpassed** all our expectations. 結果超過了我們的一切預料。
surpass	[səːˈpɑːs]	*v.*	優於;超越	The latter **surpassed** the former.
surplus	[ˈsəːpləs]	*n. a.*	剩餘;盈餘的	There are **surplus** books in the store.
surprise	[səˈpraiz]	*v. n.*	(使)吃驚	This news **surprised** me.
surrender	[səˈrendə]	*v. n.*	投降	The general **surrendered** to the marshal.
surround	[səˈraund]	*v.*	包圍;環繞	The village is **surrounded** by a river.
surrounding	[səˈraundiŋ]	*a.*	周圍的	The **surrounding** environment is pleasing.
surroundings	[səˈraundiŋz]	*n.*	周邊環境	The **surroundings** benefit the development of our country.
survey	[səˈvei]	*v.* *n.*	仔細觀察 概述;測量	I **surveyed** the book.

survival	[səˈvaivəl]	*n.*	幸存者,生存	**survival** of the fittest 適者生存
survive	[səːˈvaiv]	*v.*	倖存;存活	She **survived** in the earthquake.
suscepti-ble	[səˈseptəbl]	*a.*	易受影響的	He is very **susceptible** to persuasion.
suspect	[səsˈpekt]	*v.*	懷疑	
	[ˈsʌspekt]	*n.*	嫌疑人	The **suspect** was called to the police station.
suspend	[səˈspend]	*v.*	懸掛;延緩	He **suspended** the lamp from the ceiling.
suspicious	[səˈspiʃəs]	*a.*	不信任的	His strange behaviour made the police **suspicious**.
sustain	[səˈstein]	*v.*	維持體力	A light meal won't **sustain** us through the day.
swallow	[ˈswɔləu]	*v. n.*	吞嚥	The snake **swallowed** a frog.
swan	[swɔn]	*n.*	天鵝	The **swan** flew to the south.
swap	[swɔp]	*v. n.*	交換	We **swapped** our coats.
swarm	[swɔːm]	*n.* / *v.*	大群 / 成群移動	There are a **swarm** of bees flying toward us.
sway	[swei]	*v.*	擺動	The trees were **swaying** gently in the wind.
swear	[sweə]	*v.*	咒罵;發誓	The rude man **swore** us.
sweat	[swet]	*n. v.*	汗;出汗	**Sweat** appeared on his forehead.
sweep	[swiːp]	*v. n.*	掃;打掃	She **swept** the flower pedals on the steps.
sweet	[swiːt]	*a.*	甜的;優美的	The flowers smell **sweet**.
swell	[swel]	*v.*	腫脹	Her leg **swelled** to a lump.
swift	[swift]	*a.*	迅速的	They have been **swift** to deny these rumours.
swim	[swim]	*v. n.*	游泳	I like **swimming**.
swing	[swiŋ]	*v. n.*	搖擺;縱身一躍;轉向	The leaf is **swinging** in the wind.
switch	[switʃ]	*n.* / *v.*	開關 / 轉變	The wind has **switched** round from north to east.
syllable	[ˈsiləbl]	*n.*	音節	There're two **syllables** in "window".
syllabus	[ˈsiləbəs]	*n.*	教學大綱	drafting the **syllabus**
symbol	[ˈsimbl]	*n.*	符號;象徵	I cannot understand the meaning of the **symbols**.

sympathetic	[ˌsimpəˈθetik]	*a.*	同情的	She was very **sympathetic** when his mother died. 她對他母親的去世深表同情。
symphony	[ˈsimfəni]	*n.*	交響樂	There is a **symphony** concert this week.
symptom	[ˈsimptəm]	*n.*	症狀	The **symptoms** don't appear until a few days after you're infected.
synopsis	[siˈnɔpsis]	*n.*	概要	I scanned the **synopsis** of this play.
synthesis	[ˈsinθisis]	*n.*	合成,綜合體	Their beliefs are a **synthesis** of Eastern and Western religions. 他們的信仰是東西方宗教的綜合體。
synthesize	[ˈsinθisaiz]	*v.*	合成	to **synthesize** a drug
synthetic	[sinˈθetik]	*a.*	合成的	This coat is made of **synthetic** fibres.
systematic	[ˌsistəˈmætik]	*a.*	徹底的	The way he works isn't very **systematic**.

table	[ˈteibl]	*n.*	桌子;表格	Please survey the time **table**.
tablet	[ˈtæblit]	*n.*	藥片	Put the **tablet** out of the children's reach.
taboo	[təˈbuː]	*a.* *n.*	禁忌的 禁忌的事物	There are certain rude words that are **taboo** in ordinary conversation.
tackle	[ˈtækl]	*v.*	(足球)阻擋;處理	What's the best way to **tackle** this problem? 處理這一問題的最好辦法是什麼?
tact	[tækt]	*n.*	機敏;乖巧	The diplomat is full of **tacts**.
tactic	[ˈtæktik]	*n.*	策略	The general planned his **tactics** for the battle.
tag	[tæg]	*n.*	標籤	Put the **tag** on the goods.
tail	[teil]	*n.*	尾巴	I like feeling the cat's hairy **tail**.
tailor	[ˈteilə]	*n.*	裁縫	The **tailor** is good at making children's clothes.
talcum powder	[ˈtælkəm ˌpaudə]	*n.*	爽身粉	I bought a tin of **talcum powder** for the baby.

tale	[teil]	*n.* 故事	The man told me a **tale**.
talent	['tælənt]	*n.* 天才,才能;才幹	He was regarded as **talent** since his childhood.
tally	['tæli]	*n. v.* 符契;符合	Your figures don't **tally** with mine.
tame	[teim]	*v. a.* 馴服(的)	*The **Taming** of the Shrewd* is a novel by Shakespeare.
tangible	['tændʒibl]	*a.* 可觸摸的	Sculpture is a **tangible** art form.
tank	[tæŋk]	*n.* 容器	The **tank** in my car holds 40 litres of petrol.
tantalize	['tæntəlaiz]	*v.* 挑逗	While we were shut up in the classroom, the **tantalizing** smell of cooking wafted up from downstairs.
tap	[tæp]	*n. v.* (開)龍頭;輕拍	She **tapped** the desk.
tape	[teip]	*v. n.* (錄製)磁帶;帶子	She bound her pigtail with red **tapes**.
target	['tɑːgit]	*n. v.* 靶子;目標	The **target** language is the language you want to learn.
tariff	['tærif]	*n.* 酒店價目表;關稅	Please go over the **tariff** of the inn.
task	[tɑːsk]	*n.* 任務	Finish your **tasks** as soon as possible.
taste	[teist]	*n. v.* 嘗	The food **tastes** good.
taxation	[tæk'seiʃən]	*n.* 徵稅	The government obtains revenue through direct **taxation** and indirect **taxation**.
team	[tiːm]	*n. v.* 隊;合作	The **team** defeated the foreign one.
tear	[tɛə]	*v.* 撕開	I **tore** the paper into pieces.
tease	[tiːz]	*v.* 取笑	At school the other children always **teased** me because I was fat.
technical	['teknikəl]	*a.* 技術性的	**Technical** words or phrases are marked tech in this dictionary.
technique	[tek'niːk]	*n.* 技術	I suggested you study Raphael's **technique**.
technology	[tek'nɔlədʒi]	*n.* 技術	**technology** innovations
teddy bear	['tedi ˌbɛə]	*n.* 玩具熊(泰迪熊)	I received a **teddy bear** at Christmas as a gift from my mother.

tedious	[ˈtiːdiəs]	*a.*	冗長乏味的	His speech is **tedious** and boring me to death.
teenager	[ˈtiːneidʒə]	*n.*	青少年	The music is popular among **teenager**.
telecommunication	[teliˌkəˈmjuːniˈkeiʃn]	*n.*	電信	**Telecommunication** business is facing challenges.
telescope	[ˈteliskəup]	*n.*	望遠鏡	I bought a **telescope** for watching the match.
telex	[ˈteleks]	*n.*	電傳	The letter is sent by **telex**.
teller	[ˈtelə]	*n.*	(銀行)出納員	The **teller** will tell you how to open an account.
temper	[ˈtempə]	*n.*	脾氣	She is in good **temper** at the good news.
temperate	[ˈtempərət]	*a.*	溫和的	You should wash your wound in **temperate** water.
temporary	[ˈtempərəri]	*a.*	短暫的	Students often find **temporary** jobs during their summer holidays.
tempt	[tempt]	*v.*	引誘	I think these enticing displays of goods in shops only **tempt** people into stealing.
tenant	[ˈtenənt]	*n.*	房客	The **tenant** will pay their rent in advance.
tend	[tend]	*v.*	傾向於	It **tends** to rain here a lot in the spring.
tendency	[ˈtendənsi]	*n.*	趨勢	I cannot figure out the **tendency** of the economy.
tennis	[ˈtenis]	*n.*	網球	I like playing **tennis**.
tension	[ˈtenʃən]	*n.*	緊張,緊張局勢	The border dispute has been a continuing source of **tension**.
tent	[tent]	*n.*	帳篷	They slept in a **tent** last night.
tentative	[ˈtentətiv]	*a.*	試探性的	This is just a **tentative** decision.
term	[təːm]	*n.*	學期;術語	This **term** I will take five courses.
terminal	[ˈtəːminl]	*n. a.*	終點(的);晚期的	The train came to its **terminal** at last.

terrace	[ˈterəs]	*n.* 台階;聯排屋	She lived in a **terrace**.
terrain	[teˈrein]	*n.* 地形	The man wanted to know the **terrain** characteristic of this region.
terrestrial	[tiˈrestriəl]	*a.* 領地的,屬地的	Most of Britain's former **terrestrial** possessions are now independent.
terrible	[ˈterəbl]	*a.* 糟糕的	The idea is **terrible**.
terror	[ˈterə]	*n.* 恐怖	She recoiled in **terror**.
tertiary	[ˈtəːʃəri]	*a.* 第三的	The **tertiary** industry developed quickly in this country.
testify	[ˈtestifai]	*v.* 證明	I will **testify** what you said.
testimony	[ˈtestiməni]	*n.* 證明	The **testimony** shows nothing.
textile	[ˈtekstail]	*n.* 紡織	**textile** industry
texture	[ˈtekstʃə]	*n.* 質地	Can you tell something about the **texture** of this kind of silk? 你能告訴我這種絲綢的質地怎麼樣嗎?
thatch	[θætʃ]	*v.* 用茅草作屋頂	The roof of the house is **thatched** with grass.
thaw	[θɔː]	*v.* 解凍	The frozen meat is **thawed** in the hot water.
theatre	[ˈθiətə]	*n.* 劇場	There are a lot of **theatres** in my hometown.
theme	[θiːm]	*n.* 主題	The **theme** of the film is love and war.
theory	[ˈθiəri]	*n.* 理論	I can understand it in **theory**.
therapy	[ˈθerəpi]	*n.* (用特定療法)治療	The girl is under spa **therapy**.
thereafter	[ðeərˈɑːftə]	*ad.* 之後	We departed in a rainy day and **thereafter** never met each other.
thereby	[ðeəˈbai]	*ad.* 因此	I failed my maths exam, **thereby** I must take a make-up exam.
thermal	[ˈθəːməl]	*a.* 產生熱的,溫熱的	We had a bath in the **thermal** spring.
thermometer	[θəˈmɔmitə]	*n.* 溫度計	Take your temperature with this **thermometer.**
thermostat	[ˈθəːməstæt]	*n.* 恆溫器	It's necessary for a greenhouse to keep a **thermostat**.

thesis	[ˈθiːsis]	*n.* 論點,論文	I'm writing my **thesis** on Shakespeare's use of metaphor.
thick	[θik]	*a.* 厚的	The snow covering on the street is **thick**.
thief	[θiːf]	*n.* 賊	The **thief** was caught by the police.
thigh	[θai]	*n.* 大腿	There is a scar in his **thigh**.
thinner	[ˈθinə]	*n.* 稀釋劑	Please add some **thinner** into the paint.
thirst	[θəːst]	*n.* 渴;渴望	I had a **thirst** after running.
thorough	[ˈθʌrə]	*a.* 全面的	I will made a **thorough** examination.
though	[ðəu]	*ad.* 雖然	I must go there; **though** I don't like there at all.
thread	[θred]	*n.* 線	She sat there pulling a **thread** over the needle.
threat	[θret]	*n.* 威脅	The polluted air is a **threat** to our health.
thrill	[θril]	*v. n.* (使)緊張	The murder story **thrilled** us.
thrive	[θraiv]	*v.* 繁榮,繁盛	Few plants or animals **thrive** in the desert.
throat	[θrəut]	*n.* 喉嚨,咽喉	I had a sore in the **throat**.
throne	[θrəun]	*n.* 君權	She came to the **throne** at ten years old.
throng	[θrɔŋ]	*n.* 人群	She shouldered her way through the **throng**.
throughout	[θruːˈaut]	*prep.* 貫穿 *ad.* 從頭至尾	The house is painted **throughout**.
thrust	[θrʌst]	*v.* 推;強迫	We **thrust** our way through the crowd.
thumb	[θʌm]	*v.* 請求免費搭乘 *n.* 拇指	I **thumbed** a lift to London. 我豎起拇指向路過的車要求免費乘便車去倫敦。
thunder	[ˈθʌndə]	*n. v.* 打雷	**Thunder** follows lightning.
thus	[ðʌs]	*ad.* 因此	We hope the new machine will run faster; **thus** reducing the cost.
thyroid	[ˈθairɔid]	*n.* 甲狀腺	There is something wrong with her **thyroid**.
ticket	[ˈtikit]	*n.* 票;入場券	Show me the **ticket**.
tide	[taid]	*n.* 潮流;潮汐	The changes of **tide** are concerned with moon.
tidy	[ˈtaidi]	*a.* 整齊的	Make your room **tidy**.
tie	[tai]	*v.* 捆綁	I **tie** my books with a rope.

tight	[tait]	*a.*	緊的	The room is **tight** and I feel stuffy in it.
tile	[tail]	*n.*	瓦片;瓷磚	the **tiled** bathroom
tilt	[tilt]	*v.*	(使)傾斜	The stick **tilted** the table.
timber	[ˈtimbə]	*n.*	木材	They are processing **timber**.
time	[taim]	*v.*	安排時間	I will **time** my scheme.
timid	[ˈtimid]	*a.*	膽怯的	Deer is a **timid** animal.
tin	[tin]	*n.*	錫	The kettle is made of **tin**.
tinge	[tindʒ]	*v. n.*	着色;色調	The west sky is **tinged** red.
tinker	[ˈtiŋkə]	*n. v.*	馬虎地修理	He's been **tinkering** with that engine for hours, but it still doesn't go. 他已經修理這台發電機幾個小時了,但是它還是不運轉。
tired	[ˈtaiəd]	*a.*	累的	I was very **tired** after a day's work.
tissue	[ˈtiʃuː, ˈtisjuː]	*n.*	紙巾;組織	She bought a box of **tissue** in that supermarket.
toad	[təud]	*n.*	蟾蜍	**Toads** are disgusting.
toast	[təust]	*v. n.*	烤;烤麵包片	Beijing **Toasted** Duck
tobacco	[təˈbækəu]	*n.*	菸草	American Indian grows **tobaccos**.
toddler	[ˈtɔdlə]	*n.*	剛學走路的小孩	The **toddler** staggered.
toil	[tɔil]	*v. n.*	辛勞	They **toiled** in the land.
toilet	[ˈtɔilit]	*n.*	洗手間	The **toilet** may be a yardstick of services.
token	[ˈtəukən]	*n.*	象徵;代用品	love **token**
toll	[təul]	*n.* *v.*	鳴鐘 路、橋通行費	The boy **tolled** the bell.
tone	[təun]	*n.*	音調	**Tone** is part of music.
tongue	[tʌŋ]	*n.*	舌頭;語言	mother **tongue**
tool	[tuːl]	*n.*	工具	Language is a communication **tool**.
topic	[ˈtɔpik]	*n.*	題目	The **topic** of the unit is love.
topography	[təˈpɔgrəfi]	*n.*	地形	Who can describe the characteristics of Australian **topography**?
topple	[ˈtɔpl]	*v.*	使倒塌,搖搖欲墜	The pile of bricks **toppled** over.
topsoil	[ˈtɔpsɔil]	*n.*	表層土	The **topsoil** was washed away by the flood.

torch	[tɔːtʃ]	*n.*	手電筒	I held a **torch** in a dark night.
torment	[ˈtɔːment]	*v. n.*	折磨	I was **tormented** by the thoughts.
tornado	[tɔːˈneidəu]	*n.*	龍捲風	The **tornado** swept the area.
torture	[ˈtɔːtʃə]	*v. n.*	拷打;折磨	The disease **tortured** her for many years.
toss	[tɔs]	*v.*	拋	**Tossing** the coin is a way of deciding.
total	[ˈtəutl]	*n. a.*	全部(的)	I gave my **total** money to her.
touch	[tʌtʃ]	*v.*	觸摸	Don't **touch** the goods displayed in the shop.
tow	[təu]	*v.*	拖;拉	We **towed** the car to the nearest garage.
towards	[təˈwɔːdz]	*prep.*	朝;向	She came **towards** us.
towel	[ˈtəuəl]	*n.*	毛巾	She cleaned her sweat with a **towel**.
tower	[ˈtauə]	*n.*	塔;塔樓	There are many ravens living on the **Tower** (of London).
toxic	[ˈtɔksik]	*a.*	有毒的	The factory had been sending out **toxic** fumes.
trace	[treis]	*n. v.*	蹤跡;跟蹤	I followed the **trace** of the dog.
tradition	[trəˈdiʃən]	*n.*	傳統	This decision represents a complete break with **tradition**.
traffic	[ˈtræfik]	*n.*	交通	The **traffic** is heavy in rush hour.
tragedy	[ˈtrædʒədi]	*n.*	悲劇	I like reading **tragedies**.
trail	[treil]	*n.*	足跡	the **trail** of the sparrow on the snow
trainee	[treiˈniː]	*n.*	受訓者,實習生	The girl worked as a **trainee** reporter.
traitor	[ˈtreitə]	*n.*	叛徒;賣國者	We hate a **traitor**.
tramp	[træmp]	*v. n.*	沈重地行走	He **tramped** along the street after work.
tranquil	[ˈtræŋkwil]	*a.*	平靜的,安謐的	There was a **tranquil** smile on her face.
tranquilizer	[ˈtræŋkwilaizə]	*n.*	鎮靜劑	She's been on **tranquilizers** since the accident.
transaction	[trænˈzækʃən]	*n.*	辦理	The bank charges a fixed rate for each **transaction**.
transcript	[ˈtrænskript]	*n.*	抄本,副本	A **transcript** was presented as evidence in court.

transfer	[træns'fəː]	*v. n.* 轉移;換車,調動	Please **transfer** the phone to me.
transform	[træns'fɔːm]	*v.* 轉換	The magician **transformed** a man into a rabbit.
transitive	['trænsitiv]	*a.* 及物的	A **transitive** verb must be followed by an object.
translate	[træns'leit]	*v.* 翻譯	Please **translate** the following into English.
translator	[træns'leitə]	*n.* 譯者	He worked as a **translator** years ago.
transmit	[trænz'mit]	*v.* 傳送;傳播	The message was **transmitted** by broadcast.
transparent	[træns'pærənt]	*a.* 透明的	The liquid is **transparent**.
transplant	[træns'plɑːnt]	*v. n.* 移植	The physician will perform a heart **transplanting** operation on this patient.
transport	['trænspɔːt]	*v. n.* 運輸	I will **transport** the goods to the seaport.
trap	[træp]	*n. v.* 陷阱	The animals fell into the hunter's **trap**.
travel	['trævl]	*v.* 旅行	I **travelled** and collected some information for my thesis.
tray	[trei]	*n.* 托盤	Tap your smoke ash into the **tray**.
tread	[tred]	*v.* 踩;踐踏	The road was **trodden** by animals.
treasure	['treʒə]	*n.* 財寶,寶藏	the **treasure** island
treat	[triːt]	*v.* 對待	You should **treat** your child kindly.
treaty	['triːti]	*n.* 條約	They signed a **treaty**.
tremble	['trembl]	*v. n.* 顫抖	The man **trembled** with anger.
tremendous	[tri'mendəs]	*a.* 巨大的	We heard a **tremendous** explosion.
tremendously	[tri'mendəsli]	*ad.* 極大地	The area is **tremendously** developed.
tremor	['tremə]	*n.* 大地的輕微震動	an earth **tremor**

trend	[trend]	v. 趨勢 n. 傾向	The rise in violent crime is a disturbing new **trend**.
trial	['traiəl]	n. 審判	The case was sent for **trial** at the crown court. 該案交由地方刑事法庭審理。
tribe	[traib]	n. 部落	The **tribe** still lead a primitive life.
tributary	['tribjutri]	a. 支流	The **tributaries** of the river meet here.
trick	[trik]	n. v. 詭計;欺詐	I saw through your **tricks**.
tricky	['triki]	a. 難於處理的	The question is **tricky**.
trifle	['traifl]	n. 瑣事	There are many **trifles** disturbing him.
trigger	['trigə]	v. 引發,激發 n. 扳機	Large price increases could **trigger** inflation. 物價大幅度增長會引發通貨膨脹。
trim	[trim]	a. v. n.(使)整齊的;修剪	Please **trim** the bush.
trip	[trip]	n. 旅行	the world **trip**
triple	['tripl]	a. n. v. 三倍	The output was **tripled** this year.
trite	[trait]	a. 老一套的	All the messages of condolence in these cards sound really **trite**.
triumph	['traiʌmf]	n. 勝利	They won a **triumph** after hard work.
trivial	['triviəl]	a. 不重要的	Why do you get angry over such **trivial** matters?
trophy	['trəufi]	n. 獎品	She awarded the **trophy** to the winning team.
tropic	['trɔpik]	n. 回歸線;熱帶	The animal lives in **tropic**.
trouble	['trʌbl]	n. v. 麻煩	Don't **trouble** me.
trousers	['trauzəz]	n. 褲子	I bought a pair of **trousers**.
trunk	[trʌŋk]	n. 樹幹;大衣箱	The man took his **trunk** and left without a word.
trust	[trʌst]	n. v. 信任	I **trust** my father.
truth	[tru:θ]	n. 實情	To tell the **truth**, I cannot handle this tricky problem. 說實話,我處理不了這麼棘手的問題。
tub	[tʌb]	n. 浴缸	She took a bath in the **tub**.
tube	[tju:b]	n. 管子;地鐵	I came here by **tube**.

tuberculosis	[tjuˌbəːkjuˈləusis]	*n.* 肺結核	A lot of people died of **tuberculosis**.
tuition	[tjuːˈiʃn]	*n.* 學費;教學	I paid my **tuition** by doing part-time job.
tumble	[ˈtʌmbl]	*v.* *n.* 摔倒	The little boy tripped and **tumbled** down the stairs. 小男孩絆了一下,從樓梯上摔了下去。
tunnel	[ˈtʌnl]	*n.* 隧道	The **tunnel** is very dark at day.
turbine	[ˈtəːbain]	*n.* 渦輪機	**Turbine** is a kind of motor.
turbot	[ˈtəːbət]	*n.* 一種比目魚	A **turbot** is a large European fish.
turbulent	[ˈtəːbjulənt]	*a.* 動盪的;洶湧的	The river is **turbulent** all the time.
turmoil	[ˈtəːmɔil]	*n.* 騷動;混亂	The **turmoil** caused the country's economy standstill.
tutor	[ˈtjuːtə]	*n.* 家庭教師,導師	His father invited a piano **tutor** for him.
tutorial	[tjuːˈtɔːriəl]	*n.* 個別指導課 *a.* 導師職責的	I got a **tutorial** at 2:00 pm.
twin	[twin]	*n.* 雙胞胎	The **twins** were separated since their birth.
twist	[twist]	*v.* 搓,擰,盤旋	The little girl **twisted** the wire into the shape of a star.
type	[taip]	*v.* 打字	I can **type** very fast.
		n. 種類	I don't like this **type** of book.
typical	[ˈtipikl]	*a.* 典型的	It is a **typical** characteristic of my fellowmen.
tyre	[ˈtaiə]	*n.* 輪胎	a flat **tyre**

U

ubiquitous	[juː'bikwitəs]	*a.*	無處不在的	We were plagued throughout our travels by the **ubiquitous** mosquitos.
ultimate	['ʌltimit]	*a.*	基本的;最終的	This is our **ultimate** ideal.
ultrasonic	[ˌʌltrə'sɔnik]	*a.*	超音波的	**ultrasonic** technique
ultraviolet	[ˌʌltrə'vaiəlit]	*a.*	紫外線的	**ultraviolet** rays / lamps 紫外線 / 紫外線燈
undeniable	[ˌʌndi'naiəbl]	*a.*	無可爭論的	Her ability is **undeniable**.
undergraduate	[ˌʌndə'grædjuit]	*n.*	大學生	She is an **undergraduate** and is anticipated to gain her BS the next year.
underlie	[ˌʌndə'lai]	*v.*	構成基礎的	What's the **underlying** meaning in the passage?
underneath	[ˌʌndə'niːθ]	*prep.*	在……下面	The letter was pushed **underneath** the office door.
undernourished	[ˌʌndə'nʌriʃt]	*a.*	營養不良的	The boy is **undernourished**.
underpass	['ʌndəpɑːs]	*n.*	地下便道	Cross the street through the **underpass**.
underplay	['ʌndəplei]	*v.*	輕描淡寫	She **underplayed** her suffering.
understatement	['ʌndəsteitmənt]	*n.*	含蓄的說法	**Understatement** is a figurative device.
undertake	[ˌʌndə'teik]	*v.*	擔任	I **undertook** the chair of the meeting.
undesirable	[ˌʌndi'zaiərəbl]	*a.*	令人不悅的	The incident could have **undesirable** consequences for the government.
undo	[ʌn'duː]	*v.*	取消	The order was **undone**.
undulate	['ʌndjuleit]	*v.*	波動	**undulating** hills / the **undulations** of the English landscape 起伏的山巒 / 英國起伏平緩的地形

unduly	[ˌʌn'djuːli]	*ad.* 過分地	We are not **unduly** worried.
uneasy	[ʌn'iːzi]	*a.* 不安的	The girl is **uneasy** the whole day long.
uneven	[ˌʌn'iːvən]	*a.* 凹凸不平的	The road surface is very **uneven** here.
unfold	[ʌn'fəuld]	*v.* 展開;顯現	He **unfolded** the picture.
unicorn	['juːnikɔːn]	*n.* 獨角獸	**Unicorn** is an imaginary animal.
uniformity	[ˌjuːni'fɔːməti]	*n.* 一致	Their clothes are kept in **uniformity**.
unify	['juːnifai]	*v.* 統一	The king **unified** the kingdom.
unilateral	[ˌjuːni'lætrəl]	*a.* 單方面的	This is a **unilateral** suggestion, so we can not accept it.
uninviting	[ˌʌn'invaitiŋ]	*a.* 無吸引力的;討厭的	The project is **uninviting** to us.
unique	[juː'niːk]	*a.* 唯一的,獨特的	The town is fairly **unique** in the wide range of leisure facilities it offers. 該城市在提供廣泛的閒暇活動設施方面是獨特的。
universe	['juːnivəːs]	*n.* 宇宙	How did the **universe** come into being?
unofficial	[ˌʌnə'fiʃəl]	*a.* 非官方的	They held an **unofficial** meeting to discuss this dispute.
unortho-dox	[ˌʌn'ɔːθədɔks]	*a.* 非正統的	He is not an **unorthodox** man.
unpack	[ˌʌn'pæk]	*v.* 打開包裹	I **unpacked** my box and took out my gift.
unwell	[ʌn'wel]	*a.* 不舒服的	I am feeling **unwell**.
upbringing	['ʌpbriŋiŋ]	*n.* 撫育	The **upbringing** of a child refers the family's efforts.
up-country	[ˌʌp'kʌntri]	*a.* 內地的	This is an **up-country** girl.
update	[ˌʌp'deit]	*v.* 更新	I will **update** my ideas frequently.
upgrade	['ʌpgreid]	*v.* 升級	He's hoping to get his job **upgraded**. 他希望能做更高級一些的工作。
upheaval	[ˌʌp'hiːvl]	*n.* 劇變	There was an **upheaval** in that country.
up-market	[ˌʌp'mɑːkit]	*a.* 高檔的	She bought **up-market** clothes for her mother.
uppermost	['ʌpəməust]	*a.* 最主要的	This is the **uppermost** factor causing the trouble.
upright	['ʌprait]	*a.* 正直的	He is an **upright** man.
uproar	['ʌprɔː]	*n.* 喧囂	I cannot bear the **uproar**.

upside-down	[ˌʌpsaidˈdaun]	*a.*	顛倒的	Everything is **upside-down** in the house.
up-to-date	[ˈʌp tə deit]	*a.*	最新的	The news is **up-to-date**.
urban	[ˈəːbən]	*a.*	城市的	The man is not accustomed to **urban** life.
urge	[əːdʒ]	*v.*	促進	I **urged** the man to change his mind.
urgency	[ˈəːdʒənsi]	*n.*	緊急	The news shows no **urgency**.
urgent	[ˈəːdʒənt]	*a.*	急迫的	The need is **urgent**.
urgently	[ˈəːdʒəntli]	*ad.*	急切地	I **urgently** need your help.
usage	[ˈjuːsidʒ]	*n.*	用法	The **usage** of a new word is very important.
usher	[ˈʌʃə]	*n.*	引座員	The **usher** took us to our reserved table.
usurp	[juːˈzəːp]	*v.*	篡奪	They **usurped** the throne.
utensil	[juːˈtensəl]	*n.*	器具	The **utensils** are put in order on the shelf.
utilitarian	[juːˌtiliˈteəriən]	*a.*	實用的	The methods are **utilitarian**.
utilize	[ˈjuːtilaiz]	*v.*	利用	Her talents will be better **utilized** than before in her new job.
utmost	[ˈʌtməust]	*n.*	極限；最大可能	I will make my **utmost** to win the match.
utter	[ˈʌtə]	*a.*	完全的	What you said is an **utter** mistake.
utterance	[ˈʌtərəns]	*n.*	語調；發音	The speed of his **utterance** is too fast.

vacant	[ˈveikənt]	*a.*	空着的	The job was advertised in the "Situation **Vacant**" column in the newspaper.
vacate	[veiˈkeit]	*v.*	搬出	The family **vacated** out of the house.
vacation	[vəˈkeiʃn]	*n.*	假期	What are you going to do during your **vacation**?
vaccine	[ˈvæksiːn]	*n.*	疫苗	smallpox **vaccine** 天花疫苗
vacuum	[ˈvækjuəm]	*n.*	眞空，空虛	Her death left a **vacuum** in his life. 她的去世使他的生活變得空虛。

vague	[veig]	*a.*	模糊的	I only have a **vague** idea about my future life.
vain	[vein]	*a.*	徒然的	She tried in **vain** to knit.
valentine	[ˈvæləntain]	*n.*	情人節裏的情人	Who was your **valentine** this year?
valid	[ˈvælid]	*a.*	站得住腳的，有效的	I think it is a **valid** assumption.
validation	[ˌvæliˈdeiʃn]	*n.*	確認;確定	**validation** of a theory
validity	[vəˈliditi]	*n.*	有效性	The **validity** of the test is doubtful.
value	[ˈvæljuː]	*n.*	重要性	The government sets a higher **value** on defence than on education.
valve	[vælv]	*n.*	活門，瓣膜	The **valves** of the heart and blood vessels allow the blood to pass in one direction only.
vandal	[ˈvændl]	*n.*	故意破壞者	The **vandals** of the ancient tomb were sentenced to five-year imprisonment.
vanguard	[ˈvængaːd]	*n.*	前鋒	The young man is the **vanguard** of the team.
vanish	[ˈvæniʃ]	*v.*	消失	The man **vanished** in the dark.
vanity	[ˈvænəti]	*n.*	虛榮	Her **vanity** destroyed her.
vapor	[ˈveipə]	*n.*	蒸氣	Strange **vapor** rose from the dark lake.
variable	[ˈvɛəriəbl]	*a.* *n.*	不穩定的;變量	The winds today will be light and **variable**.
variance	[ˈvɛəriəns]	*n.*	分歧	There is no **variance** on the agreement.
variant	[ˈvɛəriənt]	*n.*	變體	I cannot distinguish the **variants** of the sound.
variation	[vɛəriˈeiʃən]	*n.*	變化	There are wide regional **variations** for the average price of new houses.
varied	[ˈvɛərid]	*a.*	各式各樣的	I took **varied** food in that local inn.
variegated	[ˈvɛərigeitid]	*a.*	雜色的	The flowers are **variegated**.
variety	[vəˈraiəti]	*n.*	變化，豐富多彩	The shirt is available in a **variety** of colours. 這種襯衫有各種各樣顏色可供選擇。
various	[ˈvɛəriəs]	*a.*	各種各樣的	For **various** reasons I'd prefer not to meet him.
vary	[ˈvɛəri]	*v.*	變化	Opinions on this matter **vary**. 對這件事的看法有很多不同的意見。

vast	[vɑːst]	*a.* 遼闊的	The **vast** plains stretch for hundreds of miles. 這個遼闊的大平原綿延幾百里。
vat	[væt]	*n.* 大桶	a **vat** of wine 一大桶酒
vegetarian	[ˌvedʒiˈtɛəriən]	*n.* 素食者 *a.* 素食的	They often go to the new **vegetarian** restaurant for dinner.
vegetation	[ˌvedʒiˈteiʃən]	*n.* 植物,草木	the colourful **vegetation** of a tropical forest
vein	[vein]	*n.* 性情	He was not in a **vein** to tell us jokes.
velocity	[viˈlɔsəti]	*n.* 速度	The **velocity** of the wind can be tested.
velvet	[ˈvelvit]	*n.* 天鵝絨	I like **velvet** curtain.
vending	[ˈvendiŋ]	*n.* 自動販賣機	Put a coin into the **vending** and then you can get your drink.
venerable	[ˈvenərəbl]	*a.* 德高望重的,神聖莊嚴的	the **venerable** walls of the cathedral 神聖莊嚴的大教堂圍牆
vengeance	[ˈvendʒəns]	*n.* 復仇	She took her **vengeance** on her husband.
vent	[vent]	*n.* 通風口	The **vent** in the tunnel doesn't work well.
ventilation	[ˌventiˈleiʃən]	*n.* 通風(設備)	The room lacks **ventilation.**
venture	[ˈventʃə]	*v.* 冒險 *n.* 風險投資	The two companies have embarked on a joint **venture** to produce cars in America. 這兩家公司已經在美國建立起一個生產轎車的合資企業。
venue	[ˈvenjuː]	*n.* 地點	The match **venue** is near my house.
verbal	[ˈvəːbəl]	*a.* 口頭的	He just gave me a **verbal** description of the story.
verdict	[ˈvəːdikt]	*n.* 裁決	I am waiting for my **verdict**.
verge	[vəːdʒ]	*v.* 瀕臨	The factory is **verging** the bankruptcy.
verify	[ˈverifai]	*v.* 證實	The prisoner's statement was **verified** by several witnesses.
vernacular	[vəˈnækjulə]	*n.* 本國語,方言	When he talked to the local people he lapsed into the **vernacular**.
versatile	[ˈvəːsətail]	*a.* 多才多藝的	He was a **versatile** writer.
verse	[vəːs]	*n.* 詩節	I can recite the **verse**.
version	[ˈvəːʃn]	*n.* 版本	There are several **versions** of the novel.

versus	[ˈvəːsəs]	*prep.* 對……，與……對比	It's going to be Mexico **versus** Holland in the final. 墨西哥隊將與荷蘭隊進行決賽。
vertebrate	[ˈvəːtibreit]	*n.* 脊椎動物	Man is a **vertebrate**.
vertical	[ˈvəːtikl]	*a.* 垂直的	The **vertical** line is three meters.
vessel	[ˈvesl]	*n.* 船	The **vessel** wrecked to the rocks.
veteran	[ˈvetərən]	*n.* 富有經驗的人	She got some useful messages from a **veteran**.
veterinary	[ˈvetərinəri]	*a.* 獸醫的	**veterinary** science 獸醫學
veto	[ˈviːtəu]	*n.* 否決	I have no **veto** about this.
vex	[veks]	*v.* 惱怒	I was **vexed** by his rude words.
via	[ˈvaiə]	*prep.* 經過	We flew to Athens **via** Paris.
viable	[ˈvaiəbl]	*a.* 可行的	The scheme is **viable**.
vibrant	[ˈvaibrənt]	*a.* 震動的	The string of the instrument is **vibrant**.
vibration	[ˈvaibreiʃn]	*n.* 震動	I can feel the **vibration** of the road after the train's passing.
vice versa	[ˌvais ˈvəːsə]	*ad.* 反之亦然	I love my mother, **vice versa**.
vicinity	[viˈsiniti]	*n.* 附近	Are there any shops in the **vicinity**?
vicious	[ˈviʃəs]	*a.* 惡毒的,危險的	a **vicious** attack 惡毒的攻擊
victim	[ˈviktim]	*n.* 受害人	There are six **victims** in the aircrash.
vigour	[ˈvigə]	*n.* 活力	He is full of **vigour**.
villa	[ˈvilə]	*n.* 別墅	I bought a **villa** near the sea.
villain	[ˈvilən]	*n.* 壞人	Don't be kind to the **villain**.
vine	[vain]	*n.* 藤蔓植物	The **vine** is up to the roof of my house.
vinegar	[ˈvinigə]	*n.* 醋	**Vinegar** is a good seasoning.
vineyard	[ˈvinjəd]	*n.* 葡萄園	I hope there will be a **vineyard** around my house.
violate	[ˈvaiəleit]	*v.* 違反	A country isn't respected if it **violates** an international agreement. 違反國際協定的國家是不受人尊敬的。
violet	[ˈvaiələt]	*n.* 紫羅蘭	I like **violet**.

violin	[ˌvaiəˈlin]	*n.*	小提琴	She excels at playing **violin**.
virtual	[ˈvəːtjuəl]	*a.*	事實上的	The president was so much under the influence of his wife that she was the **virtual** ruler of the country. 總統受他妻子的影響如此巨大，以致她成了這個國家的實際統治者。
virtuous	[ˈvəːtjuəs]	*a.*	善良的	She is a **virtuous** girl.
virus	[ˈvaiərəs]	*n.*	病毒	computer **virus**
visa	[ˈviːzə]	*n.*	簽證	Show your **visa** to me.
visible	[ˈvizəbl]	*a.*	看得見的	The ship is **visible** in the distance.
visitation	[ˌviziˈteiʃn]	*n.*	正式的拜訪	I paid a **visitation** to my teacher.
visual	[ˈvizjuəl]	*a.*	看見的;視覺的	The **visual** arts are painting, dancing, etc., as opposed to music and literature.
visualize	[ˈvizjuəlaiz]	*v.*	在心中形象化	Try to **visualize** yourself sailing through the sky on a cloud. 想像一下你駕雲飛過天空的情景吧。
vital	[ˈvaitl]	*a.*	緊要的	It is **vital** that we should act at once.
vitamin	[ˈvitəmin]	*n.*	維他命	**Vitamin** is necessary for man.
vivid	[ˈvivid]	*a.*	生動的；鮮明的(色彩等)	I like the **vivid** pictures.
vocabulary	[vəˈkæbjuləri]	*n.*	字彙	It's necessary for you to extend your **vocabulary** in order to pass the test.
vocational	[vəuˈkeiʃənl]	*a.*	職業上的	She wants to be a **vocational** guidance counselor. 她想成爲就業指導顧問。
vogue	[vəug]	*n.*	時髦;流行	There seems to be a **vogue** for Chinese food at present.
voice	[vɔis]	*v.*	表達	The chairman encouraged us all to **voice** our opinions.
volatile	[ˈvɔlətail]	*a.*	反覆無常的，善變的	The situation in the streets is highly **volatile**, and the army is being called in.

volume	[ˈvɔljum]	*n.*	音量	Please turn the **volume** down!
voluntary	[ˈvɔləntəri]	*a.*	自願的	She took **voluntary** redundancy.
vortex	[ˈvɔːteks]	*n.*	漩渦	Against their will they were drawn into the **vortex** of war.
vow	[vau]	*v.*	發誓	He **vowed** to kill his wife's lover.
vulgar	[ˈvʌlgə]	*a.*	粗俗的	The old man's words are too **vulgar**.
vulnerable	[ˈvʌlnərəbl]	*a.*	脆弱的	She is **vulnerable**.

wade	[weid]	*v.*	涉水	I **waded** the stream to find my friend.
wallaby	[ˈwɔləbi]	*n.*	沙袋鼠	A **wallaby** is also an Australian animal.
wallet	[ˈwɔlit]	*n.*	皮夾	I lost my **wallet** yesterday on the bus.
wander	[ˈwɔndə]	*v.*	遊蕩	The lion is **wandering** for prayers.
ward	[wɔːd]	*n.*	病房，選區	Which **ward** does she represent on the local council?
warrior	[ˈwɔriə]	*n.*	武士	a noble **warrior**
wash	[wɔʃ]	*v.*	洗	**Wash** your hands before eating.
washer	[ˈwɔʃə]	*n.*	洗衣機	I bought a new **washer** and it worked nicely.
wasp	[wɔsp]	*n.*	黃蜂	A **wasp** can sting you. 黃蜂會螫人的。
waste	[weist]	*v. n.*	浪費	Don't **waste** your time reading the vulgar novels.
wasteland	[ˈweistlænd]	*n.*	荒地	The village was originally a **wasteland**.
waterfall	[ˈwɔːtəfɔːl]	*n.*	瀑布	The **waterfall** scene is magnificent.
waterproof	[ˈwɔːtəpruːf]	*a.*	防水的	The cloth is **waterproof**.
weaken	[ˈwiːkn]	*v.*	衰弱；動搖	Your words cannot **weaken** my determination.
weakling	[ˈwiːkliŋ]	*n.*	弱者	I am not a **weakling**.
weakness	[ˈwiːknis]	*n.*	軟弱；弱點	Don't expose your **weakness** to your rivals.

wealth	[welθ]	*n.*	財富	His **wealth** made him very conceited.
wean	[wiːn]	*v.*	使……放棄	She tried to **wean** him from taking drugs.
weapon	[ˈwepən]	*n.*	武器	A hammer is a lethal **weapon**.
weather-man	[ˈweðəmæn]	*n.*	天氣預報員	The **weatherman** broadcasts the weather.
weather-proof	[weðəˈpruːf]	*a.*	耐風雨的	The coat is **weatherproof**.
weave	[wiːv]	*v.*	編織	The woman **wove** the material for the king.
web	[web]	*n.*	網	The spider can weave a **web**.
website	[ˈwebsait]	*n.*	網站,資訊站	Tell me your **website**'s name.
wedding	[ˈwediŋ]	*n.*	婚禮	I will attend your **wedding**.
weed	[wiːd]	*n.*	雜草	The **weed** was pulled away from the garden.
weekday	[ˈwiːkdei]	*n.*	一週中的工作日	My **weekdays** are five.
weekly	[ˈwiːkli]	*a. n.*	每週的;週刊	I subscribbed a sports **weekly**.
weightlift-ing	[weiˈliftiŋ]	*n.*	舉重	He won the title in the light **weightlifting**.
welfare	[ˈwelfɛə]	*n.*	幸福	In making this decision, the court's main concern is for the **welfare** of the children. 法庭作出這一裁決的主要原因是考慮到孩子們的幸福。
whale	[weil]	*n.*	鯨魚	**Whale** is not a fish.
whaling	[ˈweiliŋ]	*n.*	捕鯨	The **whaling** makes whales nearly to the edge of extinction.
whatever	[wɔtˈevə]	*pron.*	任何	**Whatever** you said is right.
wheel-chair	[wiːlˈtʃeə]	*n.*	輪椅	The old man sat in his **wheelchair** reading newspaper.
whence	[wens]	*ad.*	從何處	They returned to the land from **whence** they came.
whenever	[wenˈevə]	*conj.*	無論何時	**Whenever** you come is OK.
whereas	[wɛərˈæz]	*conj.*	但是	They want a house, **whereas** we would rather live in a flat.
wherever	[weəˈevə]	*conj.*	任何地方	**Wherever** you go I will follow you.
whichever	[witʃˈevə]	*pron.*	無論哪個	**Whichever** apple looks nice.

whip	[wip]	*v. n.* 鞭打	The horseman **whipped** the horse.
whirl	[wəːl]	*v.* (使)旋轉	I **whirled** on the floor at the news.
whirlwind	['wəːlwind]	*n.* 旋風	The school was seriously damaged by a **whirlwind**.
whisky	['wiski]	*n.* 威士忌酒	**Whisky** is originally produced in Scotland.
whisper	['wispə]	*v. n.* 耳語	Don't **whisper** to me.
whistle	['wisl]	*v. n.* 哨聲;汽笛	The **whistle** was heard and followed the train.
whitewash	[wait'wɔʃ]	*n. v.* 石灰水;粉刷	The house was **whitewashed**.
whiting	['waitiŋ]	*n.* 小鱈魚	Is a **whiting** editable? Yes, of course.
wholesale	['həulseil]	*n. a. ad.* 批發	He buys the materials **wholesale**.
wicked	['wikid]	*a.* 邪惡的	The woman is very **wicked**.
wide-spread	[waid'spred]	*a.* 四處漫延的	The vine is **widespread**.
widow	['widəu]	*n.* 寡婦	The **widow** made a living by washing.
widower	['widəuə]	*n.* 鰥夫	The **widower** lived with a dog.
wiggle	['wigl]	*v.* 擺動	He **wiggled** his toes.
wild	[waild]	*a.* 野生的	The cat is **wild** and cannot be tamed.
wilderness	['wildənis]	*n.* 荒地;雜草叢生之地	The **wilderness** looks very terrible.
windmill	['windmil]	*n.* 風車	The **windmill** is the landmark of Holland.
wind-screen	[wind'skriːn]	*n.* 擋風玻璃	Thee **windscreens** are installed to the car.
wink	[wink]	*v. n.* 眨眼;閃爍	He **winked** at me.
wise	[waiz]	*a.* 聰明的	She is a **wise** woman.
wish	[wiʃ]	*v. n.* 願望	I have a secret **wish** in my mind.
witch	[witʃ]	*n.* 女巫	The **witch** is riding on her broom.
withdraw	[wið'drɔː]	*v.* 收回	I will **withdraw** my money from this project.
wither	['wiðə]	*v.* 枯萎	The flowers **withered** because of lack of water.
witness	['winis]	*n.* 目擊者	Police have appealed for **witnesses** to come forward.

womb	[wuːm]	n.	子宮	**Womb** was worshipped in the ancient times by some tribes.
wonder	[ˈwʌndə]	v. n.	好奇；驚訝；想知道	I **wonder** what your plan is.
wool	[wul]	n.	羊毛	The sweater is made of **wool**.
workaholic	[ˌwəːkəˈhɔlik]	n.	工作狂	His boss is a **workaholic**.
workforce	[ˈwəːkfɔːs]	n.	雇員	She hired some **workforce**.
workload	[ˈwəːkləud]	n.	工作量	Please figure out your **workload**.
workplace	[ˈwəːkpleis]	n.	工作場所	No smoking in the **workplace**.
workstation	[ˈwəːksteiʃən]	n.	工作站電腦	I worked at a **workstation**.
worm	[wɔːm]	n.	蠕蟲	The **worm** crawled on the ground.
worry	[ˈwʌri]	v. n.	擔心	Don't **worry** about me.
worship	[ˈwəːʃip]	v. n.	崇拜	I **worship** the God sometimes.
worth	[wəːθ]	a.	有某種價值的	I was **worth** making friends.
worthwhile	[wəːθˈwail]	a.	值得的	The book is **worthwhile** to read.
wound	[wuːnd]	v. n.	傷害	I **wounded** the boy unconsciously.
wrap	[ræp]	v. n.	包裝	I **wrapped** my gift with a red paper.
wreck	[rek]	v. n.	嚴重毀壞	The ship **wrecked** to the rocks.
wrestle	[ˈresl]	v.	摔跤	The two boys **wrestled** on the playground.
wrestling	[ˈresliŋ]	n.	摔跤	I like watching **wrestling**.
wretched	[ˈretʃid]	a.	悲慘的	Her early life is **wretched**.
wring	[riŋ]	v.	擰乾	Please **wring** the shirt and then hang it up to the drying line.
wrinkle	[ˈriŋkl]	v. n.	皺紋	There are many **wrinkles** on my father's forehead.
wrist	[rist]	n.	手腕	I wear a watch around my **wrist**.

yawn	[jɔːn]	*v.*	打哈欠，張開	The hole **yawned** before him. 他面前有個很大的洞。
yearbook	[ˈjiəːbuk]	*n.*	年鑑	I looked up the event in the **yearbook**.
yearn	[jəːn]	*v.*	想念，渴望	He **yearned** for her return. 他盼望她回來。
yeast	[jiːst]	*n.*	酵母；發酵粉	There is some **yeast** in the food.
yell	[jel]	*v.*	大叫；呼喊	She **yelled** at the stranger and ordered him to go away.
yelp	[jelp]	*v.*	喊叫	The dog **yelped** and ran off.
yield	[jiːld]	*v. n.*	生產；產量	These trees **yielded** plenty of fruit. These trees gave a high **yield** of fruit. 這些果樹獲得了大豐收。
yoga	[ˈjəugə]	*n.*	瑜珈術	She practices **yoga** every morning.
yogurt	[ˈjɔgət]	*n.*	優酪乳	I like **yogurt** better than fresh milk.
yoke	[jəuk]	*n.*	牛軛；束縛	They were under the **yoke** of marriage.
yolk	[jəuk]	*n.*	蛋黃	The cake is made of **yolk** and flour.
yuppie	[ˈjuːpi]	*n.*	雅皮士；富有的城市青年專業人員	**Yuppie**'s odd behaviours puzzled me.

zeal	[ziːl]	*n.*	熱心,熱情	religious **zeal** 宗教狂熱
zebra crossing	['ziːbrə 'krɔsiŋ]	*n.*	斑馬線;行人穿越道	Be careful when crossing the **zebra crossing**.
zenith	['zeniθ]	*n.*	最高點;巔峰	Our spirits rose to their **zenith** after the victory.
zest	[zest]	*n.*	興趣,樂趣,熱情	The danger of being caught gave a certain **zest** to the affair. 做這種事情有被捉住的危險,但這倒增加了刺激性。
zigzag	['zigzæg]	*n.*	鋸齒形	She took a **zigzag** path to the mountain top.
zinc	[ziŋk]	*n.*	鋅	**Zinc** is a necessary element for the body.
zoology	[zəu'ɔlədʒi]	*n.*	動物學	The old man is an expert of **zoology**.
zoom	[zuːm]	*v.*	快速或突然地移動	The plane was **zooming** over my head.
zoom lens	['zuːm lens]	*n.*	變焦鏡頭	There is a **zoom lens** in my camera.

CHAPTER II

高分核心分類字彙

VOCABULARY

學習指導

這一部分字彙按不同的學科分類，首先分爲聽説讀寫四個方面，然後在每一大類之下又按學科或領域劃分。這一部分字彙必須掌握字義和發音。對於片語要掌握其字義。

一、口語

1. 家庭

abortion [əˈbɔrʃən] *n.* 流產
apartment [əˈpɑrtmənt] *n.* 公寓
balcony [ˈbælkəni] *n.* 陽台
bedroom [ˈbedˈrum] *n.* 臥室
blind [blaind] *n.* 百葉窗
bonsai [ˈbɔnsai] *n.* 盆景
bookcase [ˈbukˌkeis] *n.* 書櫥
building [ˈbildiŋ] *n.* 大樓
bungalow [ˈbʌŋgəˌlo] *n.* 平房
ceiling [ˈsiːliŋ] *n.* 天花板
depopulation [diˌpɔpjuˈleiʃən] *n.* 人口減少
detergent [diˈtəːdʒənt] *n.* 洗滌劑
drainage [ˈdrenidʒ] *n.* 下水道
fertility [fəˈtiləti] *n.* 多產
fountain [ˈfəuntn] *n.* 噴泉
garage [gəˈrɑʒ] *n.* 車庫
kin [kin] *n.* 家屬
landlord [ˈlændˌlɔrd] *n.* 房東
lawn [lɔːn] *n.* 草坪
lease [liːs] *n.* 租約
mansion [ˈmænʃən] *n.* 大廈
mortgage [ˈmɔːgidʒ] *n.* 抵押貸款
rent [rent] *n.* 租金
residence [ˈrezidens] *n.* 住宅
rockery [ˈrɔkəri] *n.* 假山
shed [ʃed] *n.* 棚
slum [slʌm] *n.* 貧民窟
study [ˈstʌdi] *n.* 書房
suburb [ˈsʌbəb] *n.* 郊區
tenant [ˈtenənt] *n.* 房客
terrace [ˈteris] *n.* 平台
wardrobe [ˈwɔːdrəub] *n.* 衣櫥

片語

accumulation fund 公積金
be separated 分離
be single 單身

bed-ridden 臥床不起
birth control 控制生育
birth peak 出生高峰
bring up 撫養
broken family 破碎的家庭
clean the room with a vacuum cleaner 用吸塵器打掃房間
commodity house 商品房
conjugal relation 夫妻關係
contraceptive method 避孕方法
dining hall 餐廳
divorce rate 離婚率
do the dishes 洗碗
do the laundry 洗衣
do the washing 洗衣
economy house 經濟房
entrance hall 門廳
extended family 大家庭
fall in love with... at the first sight 一見鍾情
filial piety 孝道
flower bed 花壇
French window 落地窗
generation gap 代溝
house agent 房屋經紀人
household chores 家務
impact on children 對孩子的影響
interracial marriage 不同種族間的婚姻
lease term 租期
live on pension 靠養老金生活
living room 客廳
marriage boom 結婚高峰
martial breakdown 婚姻破裂
martial status 婚姻狀況
match maker 媒人
matrimonial advertisement 徵婚廣告
mobile house 可移動房屋
nuclear family 核心家庭
one child, single child, only child 獨生子女
pay court to sb. 求婚
population balance 人口平衡
population composition 人口結構
population density 人口密度
population distribution 人口分佈
population explosion 人口爆炸
property management 物業管理
raise sons to support one in one's old age 養兒防老
real estate investor 房地產開發商
rent house 租屋
residential district 住宅區
satellite town 衛星城市
shopping district 購物區
single-parent family 單親家庭
smoke exhaust 抽油煙機
social welfare 社會福利
sparsely-populated 人口稀少
stereo cabinet 音響櫥
table-ware cabinet 餐具櫥

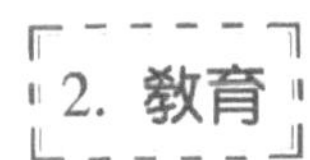

2. 教育

accommodation [əˌkɔməˈdeiʃən] *n.* 住宿
anthropology [ˌænθrəˈpɔlədʒi] *n.* 人類學
coach [kəutʃ] *v.* & *n.* 輔導

creativity[ˌkriːei'tiviti] *n.* 創造性
curriculum[kə'rikjuləm] *n.* 課程
department[di'pɑːtmənt] *n.* (大專院校的)系
diploma[di'pləumə] *n.* 文憑
examinee[igˌzæmi'niː] *n.* 考生
freshman['freʃmən] *n.* 大一學生
imagination[iˌmædʒi'neiʃən] *n.* 想像力
invigoration[in'vigəreiʃən] *n.* 監考
observation[ˌɔːbzə'veiʃən] *n.* 觀察
postdoctorate['pəust'dɔktərit] *n.* 博士後
postgraduate['pəust'grædjuit] *n.* 研究生
preview['priːvjuː] *n.* 預習
review[ri'vjuː] *n.* 復習
scan[skæn] *v.* 瀏覽
sophomore['sɔfəmɔː] *n.* 大二學生
specialty['speʃəlti] *n.* 專業
tutor['tjuːtə] *v.* 輔導
undergraduate['ʌndə'grædjuit] *n.* 本科生

片 語

absent minded 心不在焉
be enthusiastic about 對……熱衷
be lost in thinking 陷入思考中
begin school 開始上學
bilingual education 雙語教育
brain work 腦力勞動
chief examiner 主考官
class discussion 課堂討論
computer-aided teaching 電腦輔助教學
cramming teaching 補習教學
creative work 創造性工作
develop reading speed 提高閱讀速度
difficult point 難點
doctoral student 博士生
educational effect 教學效果
educational expenditure 教育開支
educational fund 教育基金
elective/ optional course 選修課
examination hall 考場
exhaustion of human resources 人才枯竭
expository teaching 灌輸式教學
extensive reading 泛讀
fail an examination 考試沒有通過
family education 家庭教育
feel bored 感到厭煩
find specific information 找出特定訊息
foreign teacher 外教
further study 深造
general revision 總復習
graduate from 畢業於
have a desire to learn 有學習的慾望
heuristic teaching 啟發式教學
higher education 高等教育
hundred-mark system 百分制
individual education 個別輔導
infant school education 幼兒教育
input in education 教育投入
intensive listening practice 精聽練習
intensive reading 精讀
internet education 網路教學
junior student 大三學生
learn by heart 記住
leave school 離校
major in 主修
manual work 體力勞動

minor in 輔修
multiple-choice question 多重選擇題
nine-grade marking system 九分制
objective question 客觀題
oral test 口試
order of the admission card for examination 准考證號碼
out of class 課後
pass an examination 及格
play an active part in 積極參與
preschool education 學前教育
pre-discussion questions 討論前的問題
pre-listening activities 聽前活動
purposeful listening 有目的的聽講
quality education 素質教育
reform in education 教育改革
required / compulsory course 必修課
resolve difficulties 解決難題
school report, report card, transcript 成績單
self-supporting student 自費生
senior student 大四學生
skim through 瀏覽
specialized course 專業課
student supported by the state 公費生
subjective question 主觀題
take a break 休息
take a course 選課
teaching materials 教材
teaching methods 教學方法
teaching patterns 教學模式
teaching principles 教學原則
the credit system 學分制
to confer a degree on sb. 授予某人學位
true-false question 是非題
work in groups 小組活動
work in pairs 兩人活動
work out an outline 制定出大綱

3. 愛好、娛樂

acrobatic [ˌækrəˈbætik] *n.* 雜技
attraction [əˈtrækʃən] *n.* 吸引力
calligrapher [kəˈligrəfə] *n.* 書法家
calligraphy [kəˈligrəfi] *n.* 書法
cartoon [kɑːˈtuːn] *n.* 卡通片
cinema [ˈsinimə] *n.* 電影院
comedian [kəˈmiːdjən] *n.* 喜劇演員
composer [kəmˈpəuzə] *n.* 作曲家
crossword [ˈkrɔswəːd] *n.* 填字遊戲
entertainment [ˌentəˈteinmənt] *n.* 娛樂
gardening [ˈgɑːdəniŋ] *n.* 園藝
hero [ˈhiərəu] *n.* 男主角
heroine [ˈherəuin] *n.* 女主角
magic [ˈmædʒik] *n.* 魔術表演
magician [məˈdʒiʃən] *n.* 魔術師
musician [mjuːˈziʃən] *n.* 音樂家
nightclub [ˈnaitklʌb] *n.* 夜總會
opera [ˈɔpərə] *n.* 歌劇
philatelist [fiˈlætəlist] *n.* 集郵愛好者
postmark [ˈpəustmɑːk] *n.* 郵戳
relaxation [ˌriːlækˈseiʃən] *n.* 放鬆
sculpture [ˈskʌlptʃə] *n.* 雕刻
serenade [ˌseriˈneid] *n.* 小夜曲
sketch [sketʃ] *n.* 素描
tango [ˈtæŋgəu] *n.* 探戈舞

verse[vəːs] *n.* 歌詞
vulgar['vʌlgə] *a.* 粗俗的

片語

a landscape painting 風景畫
a roll of film 一捲菲林
a set of stamps 一套郵票
a time killer 消磨時間者
an amateur photographer 業餘攝影愛好者
an oil painting 一幅油畫
artistic photo 藝術照
board games 棋類運動
break-dancing 霹靂舞
bumper car 碰碰車
cancelled stamp 蓋銷郵票
child star 童星
classical music 古典音樂
commemorative stamp 紀念郵票
computer games 電腦遊戲
country song 鄉村音樂
dance band /dance orchestra 樂隊
detective film 偵探電影
digital camera 數碼相機
documentary film 紀錄片
face value, domination 面值
feature film 故事片
folk music 民間音樂
go fishing/outing/hunting/mountaineering/swimming/skiing/skating 去釣魚、郊遊、打獵、登山、游泳、滑雪、溜冰
guess riddles 猜謎
have a keen interest in 熱衷於……
have a lot of hobbies 興趣廣泛
have wide interests 興趣廣泛
indulge in 沈浸於
keep pet/ birds /cats /dogs /goldfish 養寵物/養鳥/養貓/養狗/養金魚
kill time 消磨時間
leading role 主要角色
live an easy and comfortable life 過舒適的生活
lyric song 抒情歌曲
make a kite 做風箏
movie king 影帝
movie queen 影后
musical instrument 樂器
Peking opera 京劇
photo album 相冊,影集
play a kite 放風箏
play bridge 打橋牌
play cards 打樸克
play chess 下棋
play mahjong 打麻將
record collecting 收集唱片
rock and roll 搖滾樂
rope skipping 跳繩
science-fiction film 科幻片
shoot picture 攝影
social dance 交際舞
special stamp 特種郵票
stamp album 集郵冊
stamp collecting 集郵
supporting role 配角
take a picture 攝影,照相
take a stroll 散步
take one's mind away 吸引某人

take pleasure in 在……中得到樂趣
theme song 主題曲
thriller film 恐怖片
traditional Chinese painting 中國傳統繪畫
violence film 暴力片
watch VCDs 看影碟
water color painting 水彩畫
wood cut 木雕
wushu film 武打片

4. 體育

archery [ˈɑːtʃəri] *n.* 射箭
athlete [ˈæθliːt] *n.* 運動員
autocross [ˈautəˌkrɔs] *n.* 汽車越野賽
backboard [ˈbækbɔːd] *n.* 籃板
badminton [ˈbædmintən] *n.* 羽毛球
baseball [ˈbeisbɔːl] *n.* 棒球
billiards [ˈbiljədz] *n.* 撞球
blocking [ˈblɔkiŋ] *n.* 攔網
boxing [ˈbɔksiŋ] *n.* 拳擊
catcher [ˈkætʃə] *n.* 捕手
championship [ˈtʃæmpjənʃip] *n.* 錦標賽
chop [tʃɔp] *n.* 削球
coach [kəutʃ] *n.* 教練
cricket [ˈkrikit] *n.* 板球
cup [kʌp] *n.* 獎杯
cycling [ˈsaikliŋ] *n.* 自行車賽
darts [dɑːts] *n.* 飛鏢
defence [diˈfens] *n.* 防衛
diving [ˈdaiviŋ] *n.* 跳水
doubles [ˈdʌblz] *n.* 雙打
event [iˈvent] *n.* 比賽項目
field [fiːld] *n.* 場地
goal [gəul] *v.* & *n.* 得分
goalkeeper [ˈgəulˌkiːpə] *n.* 守門員
golf [gɔlf] *n.* 高爾夫球
golfer [ˈgɔlfə] *n.* 打高爾夫球者
gym [dʒim] *n.* 體育館
lane [lein] *n.* 泳道
match [mætʃ] *n.* 比賽
parachuting [ˈpærəʃuːtiŋ] *n.* 跳傘
pitcher [ˈpitʃə] *n.* 投手
racket [ˈrækit] *n.* 球拍
referee [ˌrefəˈriː] *n.* 裁判員
rowing [ˈrəuiŋ] *n.* 划船
rugby [ˈrʌgbi] *n.* 橄欖球
rules [ruːlz] *n.* 比賽規則
shooting [ˈʃuːtiŋ] *n.* 投球
singles [ˈsiŋglz] *n.* 單打比賽
sleigh [slei] *n.* 雪橇
surfing [ˈsəːfiŋ] *n.* 沖浪運動
swing [swiŋ] *n.* 鞦韆
tournament [ˈtuənəmənt] *n.* 錦標賽
tryout [ˈtraiaut] *n.* 選拔賽
venue [ˈvenjuː] *n.* 比賽地點
wrestling [ˈresliŋ] *n.* 摔跤
yacht [jɔt] *n.* 帆船
yoga [ˈjəugə] *n.* 瑜珈

片語

a gold / silver /bronze medallist
金牌/銀牌/銅牌獲得者
a tie/ play even 打成平手
a vegetarian diet 素食菜譜
all-round champion 全能冠軍

an early riser / an early bird 早起的人
away ground 客場
balance beam 平衡木
basket court 籃球場
be in good health 身體好
be on a diet 節食
board diving 跳水板
breast stroke 蛙式
chalk up new record 打破世界紀錄
change of player 換人
change of position 換位置
change of service 換發球
change round 交換場地
change the baton 交接力棒
cheer team 啦啦隊
closing ceremony 閉幕式
corner ball 角球
crawl/ free style 自由式
dark horse 冷門,黑馬
defending champion 衛冕冠軍
discus throwing 擲鐵餅
division line 中線
do jogging 慢跑
do morning / physical exercises 做早操
dolphin stroke 海豚式
double foul 雙犯規
drill ground 操場
drug-testing centre 藥物檢測中心
dual meet 對抗賽
eighth-finals 半準決賽
electric scoreboard 電子記分板
equal a world record 平了世界紀錄
fast attack 快攻
field events 田賽
first base 第一壘
first half 上半場
flag of the games 會旗
foul out 被罰出場
fourth-finals 四分之一決賽
free kick 發任意球
free throw 罰球
free throw zone / foul lane 罰球區/禁區
halfway line 中線
hand ball 手球
heavy weight 重量級
high jump 跳高
high-low bar 高低槓
home ground 主場
home team 地主隊
horizontal bar 單槓
horse racing 賽馬
ice hockey 冰球
improve a record 刷新紀錄
indoor stadium 室內運動場
invitational match 邀請賽
jumping pit 沙坑
keep a record 保持紀錄
keep fit 保持身體健康
kick a goal 踢進一球
lawn tennis 草地網球
league group A A 組聯賽
league match 聯賽
life belt 救生圈
life expectancy 平均壽命
lift the ball 托球
light weight 輕量級

long distance running /race 長跑
long jump 跳遠
make a basket 投籃
make a final dash 衝刺
Marathon race 馬拉松比賽
martial art 武術
mat exercise 墊上運動
100-metre dash 100 米短跑
400-metre race 400 米賽跑
mixed doubles 混合雙打
motor cycling 摩托車賽
mountaineering 登山運動
national team 國家代表隊
one man block 單人封網
open competition 公開賽
opening ceremony 開幕式
overtime game 加時賽
parallel bar 雙槓
pass the ball 帶球
placing, ranking, standing 排名
play Chinese chess 下中國象棋
play ground 操場
playing arena 比賽場地
pole jump 撐竿跳
pommel horse 鞍馬
powerful smash 大力扣殺
record holder 紀錄保持者
regular and balanced diet 平衡有序的飲食
relay race 接力賽
right of service 發球權
rock climbing 攀岩
roller skating 輪式溜冰
rope skipping 跳繩
round robin 循環賽
second half 下半場
seeded player 種子選手
semi-finals 準決賽
service area 發球區
sharp shooter 神投手
shooting average 命中率
shuttlecock 羽毛球
soft ball 壘球
sports meet 運動會
sports power 體育大國
stadium 運動場
stands 觀衆看臺
state of health 健康狀況
step on the line / to touch the line 踩線
stretch out 舒展身體
suffer in health 身體不好
sweep all the titles on offer 囊括所有冠軍
table tennis 桌球
take a walk 散步
team champion 團體冠軍
team competition 團體賽
tennis court 網球場
the Asian games 亞運會
the Olympic Games 奧運會
the score is 2 to 5 比分爲 2 比 5
time out 暫停
top spin 上旋球
track events 田徑賽
trial, preliminary competition 初賽
triple jump 三級跳
tug of war 拔河
under spin 下旋球

uneven bar 高低槓
vaulting horse 跳馬
visiting team 客隊
volleyball 排球
water polo 水球
water skiing 滑水
weight lifting 舉重
winner's stand 領獎台
world championship 世界冠軍
world cup 世界杯
world titles 世界冠軍

5. 政治生活

autonomy [ɔːˈtɔnəmi] *n.* 自治
cabinet [ˈkæbinit] *n.* 內閣
candidate [ˈkændidit] *n.* 候選人
congress [ˈkɔŋgres] *n.* 國會
constituency [kənˈstitjuənsi] *n.* 選區
constitution [ˌkɔnstiˈtjuːʃən] *n.* 憲法
corruption [kəˈrʌpʃən] *n.* 腐敗
court [kɔːt] *n.* 宮廷
democracy [diˈmɔkrəsi] *n.* 民主
dictator [dikˈteitə] *n.* 獨裁者,專制者
disturbance [disˈtəːbəns] *n.* 動亂
federation [ˌfedəˈreiʃən] *n.* 聯邦
governor [ˈgʌvənə] *n.* 總督
imperial [imˈpiəriəl] *a.* 帝國的
legislature [ˈledʒisleitʃə] *n.* 立法機關
majority [məˈdʒɔriti] *n.* 大多數
mayor [ˈmɛə] *n.* 市長
monarchy [ˈmɔnəki] *n.* 獨裁
nationality [ˌnæʃəˈnæliti] *n.* 國籍
parliament [ˈpɑːləmənt] *n.* 議會,國會
power [ˈpauə] *n.* 大國
realm [relm] *n.* 王國
rebellion [riˈbeljən] *n.* 叛亂
regency [ˈriːdʒənsi] *n.* 攝政
revolution [ˌrevəˈluːʃən] *n.* 革命
riot [ˈraiət] *n.* 暴亂
royalist [ˈrɔiəlist] *n.* 保皇主義者
sovereign [ˈsɔvrin] *n.* 君王,統治者
turmoil [ˈtəːmɔil] *n.* 動亂
voter [ˈvəutə] *n.* 投票人

片 語

Christian country 基督教國家
crown prince 王儲
diplomatic policy 對外政策
domestic policy 對內政策
government officials 政府官員
governor of a province 省長
head of government 政府首腦
head of state 國家首腦
kinds of political parties 政黨種類
member of parliament 議員
Moslem country 回教國家
national anthem 國歌
national defence 國防
national emblem 國徽
national flag 國旗
national power 國力
neutral state 中立國
nuclear country 核子大國
opening-up 對外開放
Orient country 東方國家

political party 政黨
prime minister 首相
public servant, civil servant 公務員
state affairs 國務
system of life-long tenure 終身制
the Lower House 下議院
the Upper House 上議院
vice-president 副總統
welfare nation 福利國家
Western country 西方國家

6. 經濟

accountant [əˈkauntənt] *n.* 會計師
advertising [ˈædvətaiziŋ] *n.* 廣告
appreciate [əˈpriːʃieit] *v.* 增值,漲價
arrears [əˈriəz] *n.* 欠款
asset [ˈæset] *n.* 資產,財產
bargain [ˈbɑːgin] *n.* 便宜貨,廉價品
beggar [ˈbegə] *v.* 使貧窮,變窮
broker [ˈbrəukə] *n.* 經紀人
commerce [ˈkɔməːs] *n.* 商業
currency [ˈkʌrənsi] *n.* 貨幣,通貨
debit [ˈdebit] *v.* 記入借方
deposit [diˈpɔzit] *n.* 訂金,押金
depreciate [diˈpriːʃieit] *v.* 貶值,跌價
depression [diˈpreʃən] *n.* 商業蕭條
deprived [diˈpraivd] *a.* 貧窮的
devaluation [diːˌvæljuˈeiʃən] *n.* 貶值
dividend [ˈdividənd] *n.* 紅利
due [djuː] *a.* 欠款的,應給的
encase [inˈkeis] *v.* 兌現
fare [fɛə] *n.* 費
farming [ˈfɑːmiŋ] *n.* 農業
finance [faiˈnæns] *n.* 財政學,財務
forestry [ˈfɔristri] *n.* 林業
fund [fʌnd] *n.* 基金,專款
gain [gein] *n.* 獲利
import [imˈpɔːt] *v.* & *n.* 進口,輸入
indebted [inˈdetid] *a.* 感激的,蒙恩的
indemnity [inˈdemniti] *n.* 賠款,賠償物
inflate [inˈfleit] *v.* 膨脹,抬高
insolvent [inˈsɔlvənt] *a.* 無償債能力
insurance [inˈʃuərəns] *n.* 保險
interest [ˈintrist] *n.* 利息
invest [inˈvest] *v.* 投資
lend [lend] *v.* 供銷,借出
loan [ləun] *n.* 借出的錢,貸款
loss [lɔs] *n.* 虧損,損耗
macroeconomy [ˌmækrəuiːkəˈnɔmi] *n.* 宏觀經濟
microeconomy [ˌmaikrəuiːkəˈnɔmi] *n.* 微觀經濟
monopoly [məˈnɔpəli] *n.* 壟斷權,專利權
order [ˈɔːdə] *n.* 訂單
outstanding [autˈstændiŋ] *a.* 未付款的
overdraft [ˌəuvəˈdrɑːft] *v.* & *n.* 透支
owe [əu] *v.* 欠債
packing [ˈpækiŋ] *n.* 包裝
pawn [pɔːn] *v.* 抵押
penury [ˈpenjuri] *n.* 赤貧,貧窮
premium [ˈpriːmjəm] *n.* 獎金
repay [riːˈpei] *v.* 償還,還錢
salesman [ˈseilzmən] *n.* 推銷員
securities [siˈkjuəritiz] *n.* 證券
share [ʃɛə] *n.* 股票

stake[steik] *n.* 股本,利害關係
statement[ˈsteitmənt] *n.* 報告書,結算表
stockholder[ˈstɔkhəuldə] *n.* 股東
strongbox[ˌstrɔŋˈbɔks] *n.* 保險箱
supermarket[ˈsjuːpəˌmaːkit] *n.* 超級市場
thrift[θrift] *n.* 節儉
treasure[ˈtreʒə] *n.* 金銀財寶
treasury[ˈtreʒəri] *n.* 金庫
withdraw[wiðˈdrɔː] *v.* 提取,收回

片 語

automated teller machine 自動櫃員機
bar code 條形碼
cash desk 收銀處
chain shop 連鎖店
commodity economy 商品經濟
compound interest 福利
deposit account 存款賬戶
duty-free goods 免稅商品
economic community 經濟共同體
economic stability 經濟穩定
exchange rate 兌換率,匯兌率
flea market 跳蚤市場
GNP (gross national product) 國民生產總值
home / domestic market 國內市場
national income 國民收入
option market 期貨市場
per-capita income 人均收入
primary industry 第一產業
sales promoting advertisement 促銷廣告
secondary industry 第二產業
spot market 現貨市場
tertiary industry 第三產業
wholesale market 批發市場

7. 婦女

childbearing[ˈtʃaildˌbɛəriŋ] *n.* 撫養孩子
feminism[ˈfeminizəm] *n.* 女權主義者
homemaker[ˈhəumˌmeikə] *n.* 家庭主婦
menopause[ˈmenəpɔːz] *n.* 更年期
physiological[ˌfiziəˈlɔdʒikəl] *a.* 生理的

片 語

be financially independent 經濟獨立
be independent 獨立
be male dominated 男性爲主
be overloaded 負擔過重
be promoted to a higher position 升職
be treated equally 平等對待
bear a child 撫養孩子
career woman 職業婦女
do the chores 做家務
economic basis for equality 平等的經濟基礎
enjoy equal rights 享受平等權利
equality between the sexes 男女平等
favorable policy 優惠政策
female role 女性角色
go out of their homes 走出家庭
have difficulty in 在……有困難
have equal rights with 與……有同等權利
household responsibilities 家庭責任
job assignment 工作分配
latchkey children 鑰匙兒童

male chauvinism 大男人主義
male-dominated 由男性支配的
maternity leave 產假
menstrual period 月經期
mother and children care 婦幼保健
nursing period 哺乳期
oppressed sex 受壓迫的性別
overt(covert)discrimination 公開歧視
personal fulfillment 個人滿足感
receive equal treatment 受到平等對待
right of inheritance 繼承權
role of the mother(father) 母親/父親角色
self-supporting skills 自謀生計的本領
sense of fulfillment 成就感
sex discrimination 性別歧視
share the burden (housework) 分擔家務
special care 特別照顧
stand up to the challenge 迎接挑戰
take up a career 開始一項事業
virtuous wife and good mother 賢妻良母
women's liberation movement 婦女運動

8. 宗教

angel['eindʒəl] n. 天使
archbishop['ɑːtʃbiʃəp] n. 大主教
atheism['eiθiizəm] n. 無神論
atheist['eiθiist] n. 無神論者
baptism['bæptizəm] n. 洗禮
Bible['baibl] n. 聖經
Bishop['biʃəp] n. 主教
Buddhism['budizəm] n. 佛教
Buddhist['budist] n. 佛教徒
Cardinal['kɑːdinl] n. 紅衣主教
Catholic['kæθəlik] n. 天主教教徒
Catholicism[ˌkæθəli'sizəm] n. 天主教的教義組織
chant[tʃænt] v. 唱讚美詩,唸經
clergyman['kləːdʒimən] n. 神職人員
convent['kɔnvənt] n. 修道院
deist['diːist] n. 自然神論者
denomination[di'nɔmi'neiʃən] n. 宗派
devil['devəl] n. 魔鬼
disciple[di'saipl] n. 門徒
doctrine['dɔktrin] n. 教條
endow[in'dau] n. 賦予
faith[feiθ] n. 信仰
Judaism['dʒuːdeiizəm] n. 猶太教
missionary['miʃənəri] n. 傳教士
monastery['mɔnəstri] n. (男子的)修道院
monk[mɔnk] n. 和尚
monotheism['mɔnəuθiːizəm] n. 一神教
Moslem['mɔsləm] n. 回教教徒
nun[nʌn] n. 尼姑,修女
nunnery['nʌnəri] n. 尼姑庵,女修道院
oath[əuθ] n. 誓言
Pilgrim['pilgrim] n. 朝聖,朝聖者
polytheism[ˌpɔli'θeiizəm] n. 多神教
pope[pəup] n. 教皇(通常用 the Pope)
preach[priːtʃ] v. 傳教,傳道
priest[priːst] n. 和尚,僧侶
protestant['prɔtistənt] n. 新教徒
puritan['pjuəritən] n. 清教徒
rabbi['ræbi] n. 猶太教導師

revival [riˈvaivəl] *n.* 復興,再生
sacrifice [ˈsækrifais] *v.* & *n.* 犧牲,獻祭;祭品,犧牲品
Satan [ˈseitən] *n.* 撒旦
secular [ˈsekjulə] *a.* 世俗的
sin [sin] *n.* 罪過
swindler [ˈswindlə] *n.* 騙子
temple [ˈtempl] *n.* 廟宇
tenet [ˈtiːnet] *n.* 宗旨,原則
theism [ˈθiːizəm] *n.* 有神論
theology [θiˈɔlədʒi] *n.* 神學
trickster [ˈtrikstə] *n.* 騙子
Vatican [ˈvætikən] *n.* 梵諦岡

片 語

birthday of Jesus Christ 聖誕
Buddhist scriptures 佛經
Christianity church 天主教堂
church service 做禮拜
Protestant church 新教教堂
Roman catholic church 羅馬天主教堂
state religion 國教
Sunday-school, Sabbath-school 主日學校
the Father 聖父
the Holy Land 聖地
the Holy Spirit 聖靈
the Son of God 聖子
the Virgin Mother 聖母

9. 藝術

abstractionism [əbˈstrækʃənizəm] *n.* 抽象派
background [ˈbækgraund] *n.* 背景
canvas [ˈkænvəs] *n.* 畫布,油畫
caricature [ˈkærikətʃə] *n.* 諷刺畫
carving [ˈkɑːviŋ] *n.* 雕刻
ceramics [ˌsəˈræmiks] *n.* 陶瓷
charcoal [ˈtʃɑːˈkəul] *n.* 木炭畫
craft [krɑːft] *n.* 工藝
crochet [ˈkrəuʃei] *n.* 鈎針
cubism [ˈkjuːbizəm] *n.* 立體派
depict [diˈpikt] *v.* 描繪
easel [ˈiːzəl] *n.* 畫架
embroider [imˈbrɔidə] *v.* 刺綉
engrave [inˈgreiv] *v.* 銘刻
fauvism [ˈfauvizəm] *n.* 野獸派
figurine [figjəˈriːn] *n.* 小塑像
foreground [ˈfɔːgraund] *n.* 前景
fresco [ˈfreskəu] *n.* 壁畫
gallery [ˈgæləri] *n.* 藝術館
naturalism [ˈnætʃərəlizəm] *n.* 自然派
palette [ˈpælit] *n.* 調色板
plait [plæt] *v.* 編織
pottery [ˈpɔtəri] *n.* 陶器
romanticism [rəuˈmæntisizəm] *n.* 浪漫主義
sculpture [ˈskʌlptʃə] *n.* 雕塑
sew [sjuː] *n.* 縫級
silhouette [ˌsiluˈet] *n.* 剪影
sketch [sketʃ] *n.* 素描
statue [ˈstætʃuː] *n.* 塑像
statuette [ˌstætʃuˈet] *n.* 小塑像
tapestry [ˈtæpistri] *n.* 掛毯, 織毯
watercolour [ˈwɔːtəˌkʌlə] *n.* 水彩
weave [wiːv] *n.* 編織

片　語

art articles 藝術品
cartridge paper 糊牆紙
fake drawing 贗品
fine arts 美術
genuine painting 眞品
impressionistic school 印象派
landscape painting 風景畫
modernistic school 現代派
paper-cutting 剪紙
school of art 藝術流派

10. 生物

aggressive [əˈgresiv] *a.* 進攻性
almonds [ˈɑːməndz] *n.* 杏仁
ant [ænt] *n.* 螞蟻
butterfly [ˈbʌtəflai] *n.* 蝴蝶
cactus [ˈkæktəs] *n.* 仙人掌
caterpillar [ˈkætəˌpilə] *n.* 毛毛蟲
cell [sel] *n.* 細胞
chromosome [ˈkrəuməsəum] *n.* 染色體
clone [kləun] *v.* 複製
cockroach [ˈkɔkrəutʃ] *n.* 蟑螂
coconut [ˈkəukənʌt] *n.* 椰子
crocodile [ˈkrɔkədail] *n.* 鱷魚
cypress [ˈsaipris] *n.* 柏樹
dandelion [ˈdændilaiən] *n.* 蒲公英
date [deit] *n.* 椰棗
dolphin [ˈdɔlfin] *n.* 海豚
dragonfly [ˈdrægənflai] *n.* 蜻蜓
evolution [iːvəˈluːʃən] *n.* 進化
fig [fig] *n.* 無花果
gene [dʒiːn] *n.* 基因
grape [greip] *n.* 葡萄
groundnut [ˈgraundnʌt] *n.* 花生
habitat [ˈhæbitæt] *n.* 棲息地
housefly [ˈhausflai] *n.* 蒼蠅
instinct [ˈinstiŋkt] *n.* 本能
kangaroo [ˌkæŋgəˈruː] *n.* 袋鼠
lemon [ˈlɛmən] *n.* 檸檬
mango [ˈmæŋgəu] *n.* 芒果
mosquito [ˌməsˈkitəu] *n.* 蚊子
olives [ˈɔlivz] *n.* 橄欖
organ [ˈɔrgən] *n.* 器官
palm [pɑːm] *n.* 棕櫚
papaya [pəˈpaiə] *n.* 木瓜
parrot [ˈpærət] *n.* 鸚鵡
peach [piːtʃ] *n.* 桃
pear [pɛə] *n.* 梨
pepper [ˈpepə] *n.* 胡椒
pet [pet] *n.* 寵物
pine [pain] *n.* 松樹
pomegranate [ˈpɔmˌgrænit] *n.* 石榴
preserves [priˈzəːvz] *n.* 禁獵區
protein [ˈprəutiːn] *n.* 蛋白質
pumpkin [ˈpʌmpkin] *n.* 南瓜
silkworm [ˈsilkwəːm] *n.* 蠶
snail [sneil] *n.* 蝸牛
species [ˈspiːʃiːz] *n.* 物種
spider [ˈspaidə] *n.* 蜘蛛
squirrel [ˈskwirəl] *n.* 松鼠
strawberry [ˈstrɔˌbəri] *n.* 草莓
survive [səˈvaiv] *v.* 生存
system [ˈsistəm] *n.* 系統

tissue[ˈtiʃuː] *n.* 組織
turtle[ˈtəːtl] *n.* 龜
violet[ˈvaiəlit] *n.* 紫羅蘭
zebra[ˈziːbrə] *n.* 斑馬
zoologist[zəuːˈɔlədʒist] *n.* 動物學家

片 語

ecological environment 生態環境
endangered species 瀕臨絕種的生物
pistachio nut 開心果
theory of evolution 進化論
wild animal, wildlife 野生動物
wild plant 野生植物

11. 氣候

autumn[ˈɔːtəm] *n.* 秋季
avalanche[ˈævəlɑːnʃ] *n.* 雪崩
blizzard[ˈblizəd] *n.* 大風雪
Celsius[ˈselsjəs] *n.* 攝氏
drizzle[ˈdrizl] *n.* 細雨
equatorial[ˌekwəˈtɔriəl] *a.* 赤道的
extreme[iksˈtriːm] *a.* 非常的
Fahrenheit[ˈfærenhait] *n.* 華氏
frost[frɔst] *n.* 霜
hailstorm[ˈheilstɔːm] *n.* 冰雹
humid[ˈhjuːmid] *a.* 潮濕的
mild[maild] *a.* 溫和的
mist[mist] *n.* 霧
misty[ˈmisti] *a.* 有霧的
moderate[ˈmɔdərit] *a.* 溫和的
monsoon[ˌmɔnˈsuːn] *n.* 季風
overcast[ˌəuvəˈkɑːst] *a.* 陰
rainbow[ˈreinbəu] *n.* 虹
shower[ˈʃauə] *n.* 陣雨
sleet[sliːt] *n.* 霰
snowfall[ˌsnəuˈfɔːl] *n.* 降雪
snowflake[ˈsnəufleik] *n.* 雪花
snowstorm[ˈsnəuˌstɔːm] *n.* 雪暴
sticky[ˈstiki] *a.* 濕熱的
storm[stɔːm] *n.* 暴風雨
stuffy[ˈstʌfi] *a.* 悶熱的
subtropical[ˌsʌbˈtrɔpikəl] *a.* 亞熱帶的
thunder[ˈθʌndə] *n.* 雷
thunderstorm[ˈθʌndəˌstɔːm] *n.* 雷雨
tropical[ˈtrɔːpikəl] *a.* 熱帶的

片 語

air quality 空氣品質
maximum temperature 最高溫度
minimum temperature 最低溫度
torrential rain 大暴雨

12. 犯罪

accuser[əˈkjuːzə] *n.* 控告人
acquit[əˈkwit] *v.* 赦免
appeal[əˈpiːl] *v.* 控告
arson[ˈɑːsən] *v.* 縱火
assassination[əˌsæsiˈneiʃən] *n.* 謀殺,行刺
assault[əˈsɔːlt] *v.* 毆打
bigamy[ˈbigəmi] *n.* 重婚罪
booty[ˈbuːti] *n.* 戰利品
conviction[kənˈvikʃən] *n.* 定罪
corruption[kəˈrʌpʃən] *n.* 貪污,受賄,敗壞

court [kɔːt] v. 起訴
criminal [ˈkriminəl] n. 罪犯
custody [ˈkʌstədi] n. 監護
defendant [diˈfendənt] n. 被告
detention [diˈtenʃən] n. 拘留
embezzlement [imˈbezlmənt] n. 貪污
espionage [ˌespiəˈnɑːʒ] n. 間諜活動
evidence [ˈevidəns] n. 證據
fingerprint [ˈfiŋgəprint] n. 指紋
hijacking [haiˈdʒækiŋ] n. 攔路搶劫
infringement [ˈinfrindʒmənt] n. 侵犯
kidnapping [ˈkidnæpiŋ] n. 綁架
lawsuit [ˈlɔːˈsjuːt] n. 訴訟案件
manslaughter [ˈmænslɔːtə] n. 大屠殺
mugging [ˈmʌgiŋ] n. 行兇搶劫
murder [ˈməːdə] v. n. 謀殺
pilfer [ˈpilfə] n. 小偷
poison [ˈpɔizn] v. n. 下毒;毒藥
rape [reip] n. 強姦
shoplifting [ˈʃɔpliftiŋ] n. 順手牽羊
suspect [ˈsʌspekt] n. 嫌疑犯

片　語

a narrow escape 九死一生
acquire a bad habit 染上壞習慣
be caught on the spot 被當場抓住
be guilty of 有罪
bring sb. to justice 依法懲處
by fair means or foul 不擇手段的
chase after 追逐
civil case 民事案件
commit a crime 犯罪
confess a crime / an offence 認罪
death sentence / capital punishment 死刑
hold a court 開庭
juvenile delinquents 少年罪犯
lead sb. astray 把人引入歧途
prevent sth. from happening 防止某事發生
proof of one's crime 罪證
school drop-outs 輟學
tax evasion 逃漏稅

13. 吸煙

laryngitis [ˌlærinˈdʒitis] n. 喉炎
nicotine [ˈnikətiːn] n. 尼古丁
snuff [snʌf] n. 鼻煙
tobacconist [təˈbækəunist] n. 煙草商

片　語

a carton of cigarettes 一條香煙
a non-smoker 不吸煙者
a smoke free world 無煙世界
be addicted to 養成習慣
bronchial troubles 氣管炎
filter-tipped cigarette 過濾嘴香煙
form bad habits 養成壞習慣
get into the habit of 養成習慣
have difficulty in doing sth. 做……有困難
lung cancer 肺癌
No smoking! 禁止吸煙
No Tobacco Day 無煙日
sore throat 喉嚨痛
tobacco company 煙草公司

tobacco industry 煙草工業

14. 節假日

Christmas ['krisməs] *n.* 聖誕節
Easter ['iːstə] *n.* 復活節
Halloween [ˌhæləu'iːn] *n.* 萬聖節
Passover ['pɑːsəuvə] *n.* 踰越節
Ramadan ['ræmədæn] *n.* 齋戒月
Sabbath ['sæbəθ] *n.* 安息日

片 語

April Fool's Day 愚人節
Bank Holiday 公假日
Children's Day 兒童節
Chinese New Year's Eve 除夕
Chinese New Year 新年
Columbus Day 哥倫布日
Dragon Boat Festival 端午節
Easter Monday 復活節後的星期一
Election Day 選舉日
Father's Day 父親節
Fireworks Festival 煙火節
Good Friday 受難節，耶穌受難日
Guy Fauwkes's Day 焰火節
Holy Week 聖周
Lady Day 天使報喜節
Lantern Festival 元宵節
May Day 國際勞動節
Memorial Day 陣亡將士日
Mid-autumn Day 中秋節
Mother's Day 母親節
Saint Valentine's Day 情人節
Spring Festival 春節
Thanksgiving Day 感恩節
Tomb Sweeping Day 清明節
Torch Festival 火把節
Trinity Sunday 聖三主日
United Nations Day 聯合國節
Veterans Day 退伍軍人節

15. 旅遊

altar ['ɔːltə] *n.* 壇
cave [keiv] *n.* 洞穴
checkroom ['tʃekruːm] *n.* 行李寄存處
clock-tower ['klɔktauə] *n.* 鐘樓
ecotourism [ˌekə'tuərizəm] *n.* 生態旅遊
excursion [eks'kəːʃən] *n.* 遠足
gallery ['gæləri] *n.* 美術館
grotto ['grəutəu] *n.* 石窟
guide [gaid] *n.* 導遊
iceberg ['aisbəːg] *n.* 冰山
jungle ['dʒʌŋgl] *n.* 叢林
junket ['dʒʌŋkit] *n.* 公費旅遊
mountaineering [ˌmaunti'niəriŋ] *n.* 登山
pagoda [pə'gəudə] *n.* 塔
pavilion [pə'viliən] *n.* 亭閣
relics ['reliks] *n.* 古跡
resort [ˌri'sɔːt] *n.* 名勝
rockery ['rɔkəri] *n.* 假山
scenery ['siːnəri] *n.* 風景
sightseer ['saitˌsiə] *n.* 觀光者
souvenir ['suːvənə] *n.* 紀念品
stadium ['steidiəm] *n.* 體育場
statue ['stætjuː] *n.* 雕像

temple ['templ] *n.* 廟宇
tourist ['tuərist] *n.* 旅遊者
volcano [vɔl'keinəu] *n.* 火山
waterfall ['wɔtəˌfɔːl] *n.* 瀑布

片　語

booking office 售票處
botanic garden 植物園
drum-tower 鼓樓
holiday resort 度假勝地
hot spring 溫泉
interesting places 名勝
one-day tour 一日遊
opera house 劇院
party travel 團體旅遊
round-the-world tour 環球旅行
scenic spot 風景區
sightseeing tour 觀光旅遊
stone forest 石林
tourist industry 旅遊業
travel agency 旅行社
travelling expenses 旅遊費用
water-eroded cave 水蝕洞

16. 工業

assembler [ə'semblə] *n.* 裝配員
automation [ˌɔːtə'meiʃən] *n.* 自動化
bonus ['bɔnəs] *n.* 獎金
by-product ['baiˌprɔdəkt] *n.* 副產品
carpenter ['kaːpintə] *n.* 木工
complex ['kɔmpleks] *n.* 聯合企業
crew [kruː] *n.* 同事，全體船員
cutter ['kʌtə] *n.* 切削工
distillery [dis'tiləri] *n.* 釀酒廠
docker ['dɔkə] *n.* 碼頭工人
driller ['drilə] *n.* 鑽探工
dustproof ['dʌstpruːf] *a.* 防塵的
efficiency [i'fiʃənsi] *n.* 效率
electrician [iˌlek'triʃən] *n.* 電工
electrification [ilekˌtrifi'keiʃən] *n.* 電氣化
fireproof ['faiəpruːʃ] *a.* 防火的
fitter ['fitə] *n.* 裝配工
forger ['fɔːdʒə] *n.* 鐵匠
founder ['faundə] *n.* 鑄造工
gasworks ['gæswəːks] *n.* 煤氣廠
grinder ['grində] *n.* 研磨工
industry ['indəstri] *n.* 工業
loader ['ləudə] *n.* 裝卸工
lumberman ['lʌmbəmən] *n.* 伐木工
manager ['mænədʒə] *n.* 經理
manufacturing ['mænjufæktʃəriŋ] *n.* 製造業
man-hour ['mænauə] *n.* 工時
master ['maːstə] *n.* 主人，上司
mechanic [mi'kænik] *n.* 機械工人
mechanization [ˌmekənai'zeiʃən] *n.* 機械化
mill [mil] *n.* 磨坊，工場
miller ['milə] *n.* 製粉業者
miner ['mainə] *n.* 礦工
moulder ['məuldə] *n.* 製模工
operator ['ɔpəreitə] *n.* 操作人員
output ['autput] *n.* 產量
painter ['peintə] *n.* 油漆工
pension ['penʃən] *n.* 退休金

planer ['plænə] *n.* 刨工
plant [plɑːnt] *n.* 工廠,生產設備
plasterer ['plɑːstərə] *n.* 泥水匠
plumber ['plʌmə] *n.* 修理水管、煤氣管等的鉛管工人
pollutant [pə'ljuːtənt] *n.* 污染物
porter ['pɔːtə] *n.* 搬運工
potter ['pɔtə] *n.* 陶瓷工
productivity [ˌprɔdʌk'tiviti] *n.* 生產率
quota ['kwəutə] *n.* 定額
recovery [ri'kʌvəri] *n.* 回收
repairman [ri'pɛəmən] *n.* 修理工
riveter ['rivətə] *n.* 鉚工
scaffolder ['skæfəldə] *n.* 搭鷹架工人
specifications [ˌspesifi'keiʃəns] *n.* 規格
tanner ['tænə] *n.* 製革工人
target ['tɑːgit] *n.* 指標
technician [tek'niʃən] *n.* 技術員
tiler ['tailə] *n.* 磚瓦匠
trainee [ˌtrei'niː] *n.* 實習生
turner ['təːnə] *n.* 車床工人
variety [və'raiəti] *n.* 種類
wages ['weidʒiz] *n.* 工資
weaver ['wiːvə] *n.* 織布工
weldor ['weldə] *n.* 銲工
wireman ['waiəmən] *n.* 線路工

片語

aircraft industry 飛機製造工業
architecture industry 建築工業
assembly line 裝配線
assembly line method 裝配作業
automobile industry 汽車工業
batch process 批量生產
boiler man 鍋爐工
building material industry 建築材料工業
business accounting 商業會計
business management level 工商管理水準
clothing industry 服裝工業
consumer goods 消費品
conveyor belt, band carrier, line belt 輸送帶
cost accounting 成本核算
design of product 產品設計
disposal of industrial waste 工業廢物處理
distribution of industry 工業分佈
dust collector 集塵器
electric industry 電氣工業
electronics industry 電子工業
extra allowance for housing 房屋補助
finished goods 成品
foundry worker 翻砂工
fuel industry 燃料工業
heavy industry 重工業
high technique industry 高科技工業
industrial base 工業基地
industrial management system 工業管理體系
iron and steel industry 鋼鐵工業
labor concentrated industry 勞力密集工業
length of service, seniority 工作年資
light industry 輕工業
machine-building industry 機械製造工業
maintenance worker 保養工
metallurgical industry 冶金工業
mining industry 採礦工業

occupational disease 職業病
overtime pay 加班費
paper-making industry 造紙工業
petrochemical industry 石化工業
petroleum industry 石油工業
pharmacy industry 製藥工業
plastics industry 塑膠工業
processing industry 加工業
quality index 品質指標
raw material industry 原材料工業
recovery tower 回收塔
reject rate 瑕疵品比率
remote control 遙控
safety helmet 安全帽
safety measures 安全措施
semi-finished goods 半成品
semi-mechanization 半機械化
sewage treatment farm 污水處理場
ship-building industry 造船工業
steel worker 煉鋼工
supplementary wages 附加工資
technical appraisement 技術評估,技術鑑定
technical assistance 技術援助
technical data 技術資料,技術數據
technical exchange 技術交流
technical force 技術力量
technical innovation 技術革新
technique-concentrated industry 技術密集工業
technological cooperation 技術合作
technological process 技術流程
test run, trial run 試車
textile industry 紡織工業
tobacco industry 煙草工業
total output value 總產值
trial-product 試製品
utilization ratio of energy resources 能源利用率
utilization ratio of facilities 設備利用率
ventilation facilities 通風設備
wine-making industry 釀酒工業

17. 工作

accountant [əˈkauntənt] *n.* 會計
astronaut [ˈæstrənɔːt] *n.* 太空人
astronomer [əˈstrɔnəmə] *n.* 天文學家
athlete [ˈæθliːt] *n.* 運動員
baby-sitter [ˈbeibiˌsitə] *n.* 保姆
biologist [baiˈɔlədʒist] *n.* 生物學家
bookkeeper [ˈbukˌkiːpə] *n.* 簿記員
buyer [ˈbaiə] *n.* 買主,買方
cashier [ˈkæʃiə] *n.* 出納員
chef [ʃef] *n.* 廚師
coach [kəutʃ] *n.* 教練
conductor [kənˈdʌktə] *n.* 樂隊指揮
consumer [kənˈsjuːmə] *n.* 消費者
dean [diːn] *n.* 系主任
dentist [ˈdentist] *n.* 牙科醫生
designer [diˈzainə] *n.* 設計師
dietician [daiəˈtiʃən] *n.* 營養學家
economist [iˈkɔnəmist] *n.* 經濟學家,經濟學者
editor-in-chief [ˈeditəintʃiːf] *n.* 主編
full-time [ˈfultaim] *a.* 全職
geneticist [dʒiˈnetisist] *n.* 遺傳學家

grocer [ˈgrəusə] *n.* 雜貨店老闆
headmaster [ˈhedmɑːstə] *n.* 小學校長
host [həust] *n.* 主人,主持人
hostess [ˈhəustis] *n.* 女主人
intern [ˈintəːn] *n.* 實習生
interviewer [ˈintəːvjuə] *n.* 採訪者
landscaper [ˈlændˌskeipə] *n.* 園林學家,庭院設計師
lecturer [ˈlektʃərə] *n.* 講師
lifeguard [ˈlaifgɑːd] *n.* 救生員
marshal [ˈmɑːʃəl] *n.* 元帥
part-time [ˌpɑːtˈtaim] *a.* 兼職
photographer [fəˈtɔgrəfə] *n.* 攝影家
physician [fiˈziʃən] *n.* 外科醫生
physicist [ˈfizisist] *n.* 物理學家
pilot [ˈpailət] *n.* 飛行員
principal [ˈprinsipəl] *n.* 中小學校長
professional [prəˈfeʃənl] *n.* 專業人員
psychologist [saiˈkɔlədʒist] *n.* 心理學家
receptionist [riˈsepʃənist] *n.* 接待人員
repairman [riˈpaiəmən] *n.* 修理工
retailer [riˈteilə] *n.* 零售商
sailor [ˈseilə] *n.* 水手,船員
sculptor [ˈskʌlptə] *n.* 雕塑家
sociologist [ˌsəuʃiˈɔlədʒist] *n.* 社會學家
statistician [ˌstætisˈtiʃən] *n.* 統計學家
stenographer [ˌstəˈnɔgrəfə] *n.* 速記員
steward [ˈstjuəd] *n.* 總務人員
surgeon [ˈsəːdʒən] *n.* 外科醫生
tailor [ˈteilə] *n.* 裁縫
temporary [ˈtempərəri] *a.* 臨時的
treasurer [ˈtreʒərə] *n.* 出納員

片　語

a rewarding job 値得做的工作
air hostess 空中小姐
bank teller 銀行出納員
be concerned about material gains 關心物質得失
be satisfied with 對……滿意
be successful in one's career 事業成功
build a career 創造一番事業
choose a career 選擇職業
civil engineer 土木工程師
computer programmer 電腦程式設計員
develop oneself 個人發展
electrical engineer 電力工程師
environmentalist 環保人員
estate agent 房地產商
fashion merchandiser 時裝推銷商
financial analyst 金融分析家
flight attendant 飛機服務人員
get established in society 在社會上確立地位
make a career 出人頭地
make a fortune 發財致富
make a living by 靠……謀生
make contribution to society 爲社會做貢獻
mechanical engineer 機械工程師
public relations director 公關部主任
public worker 社會工作者
research worker 研究人員,科研人員
sales representative 推銷員
stock and bond broker 證券經紀人

18. 交通

(1) 航空 (aviation)

aircoach [ˈɛəkəutʃ] *n.* 普通客機
airline [ˈɛəlain] *n.* 航線
airliner [ˈɛəlainə] *n.* 大客機，班機
airlines [ˈɛəlainz] *n.* 航空公司
airport [ˈɛəpɔːt] *n.* 機場
airsickness [ˈɛəsiknis] *n.* 暈機
airstairs [ˈɛəstɛəz] *n.* 登機梯
air-crash [ˈɛəkræʃ] *n.* 空難
altitude [ˈæltitjuːd] *n.* 高度
bridge [bridʒ] *n.* 空橋
carousel [ˌkærəˈsel] *n.* 行李輸送帶
carrier [ˈkæriə] *n.* 行李搬運車
circling [ˈsəːkˈliŋ] *n.* 盤旋
crash [kræʃ] *n.* 墜落
crewman [ˈkruːmən] *n.* 機組人員
elevator [iˈlevətə] *n.* 升降機
flashlight [ˈflæʃlait] *n.* 閃光信號燈
glider [ˈglaidə] *n.* 滑翔機
helicopter [ˈhelikɔptə] *n.* 直升機
landing [ˈlændiŋ] *n.* 着陸
navigator [ˈnævigeitə] *n.* 領航員
nose [nəus] *n.* 機鼻
parachute [ˈpærətʃuːt] *n.* 降落傘
passenger [ˈpæsindʒə] *n.* 乘客
rock [rɔk] *n.* 顛簸
runway [ˈrʌnwei] *n.* 跑道
seatmate [ˈsiːtmeit] *n.* 同座乘客
skycap [ˈskaikæp] *n.* 機場搬運工
speed [spiːd] *n.* 速度
steward [ˈstjuəd] *n.* 服務員
traffic [ˈtræfik] *n.* 交通
wing [wiŋ] *n.* 機翼

片　語

air crew 空勤人員
air jacket 救生衣
air piracy 劫機
air terminal 航空站
airport beacon 機場燈標
airport lounge 候機廳
board a plane 上飛機
boarding card，boarding check 登機證
boarding gate 登機門
cabin service 空中服務
cargo compartment 貨艙
check-in counter 驗票台
civil aviation 民用航空
control tower 塔台
co-pilot，second pilot 副駕駛
emergency landing 緊急降落
first class seating 頭等艙
flight engineer 飛行技師
flight irregularity 航班不正常
flight regularity 航班正常
forced landing 迫降
ground crew 地勤人員
international airport 國際機場
jet plane 噴射機
luggage compartment 行李艙
main airport building，terminal building 機場主航站

midair collision 空中相撞
passenger cabin 客艙
passenger plane 客機
pilot's cockpit 駕駛艙
seat belt 安全帶
survival parachute 救生傘
take off 起飛
taxi along 滑行
tourist class seating 經濟艙
transit lounge 轉乘候機廳
transport plane 運輸機

(2) 鐵路（railway, railroad）

bunk[bʌŋk] *n.* 臥鋪
callboard['kɔːlbəd] *n.* 車站佈告牌
captain['kæptin] *n.* 列車長
coach[kəutʃ] *n.* 客車
conductor[kən'dʌktə] *n.* （火車的）隨車服務員
depart[di'pɑːt] *n.* 發車
destination[ˌdesti'neiʃən] *n.* 目的地
guard[gɑːd] *n.* 列車員
junction['dʒʌŋkʃən] *n.* 換車的車站
locomotive['ləukəˌməutiv] *n.* 火車頭
railman['reilmən] *n.* 鐵路職工
roadway['rəudwei] *n.* 鐵路車道
section['sekʃən] *n.* 路段
terminal['təːminl] *n.* 終點站
timetable['taimteibl] *n.* 時刻表
van[væn] *n.* 貨車

片語

baggage room, checkroom 行李寄存處
berth ticket 臥鋪票
bullet train 子彈列車
consign the luggage 行李托運
dining car, diner 餐車
double-deck passenger train, double-decker 雙層列車
elevated railway, overhead railway 高架鐵路
express train, express 快車
get into the train, board the train 上車
get off the train 下車
goods station 貨運站
goods train, freight train 貨車
hard sleeper 硬臥
information desk 服務台
international train 國際列車
late, behind schedule 誤點
limited express train 特快列車
lost and found office 失物招領處
lower berth 下鋪
luggage barrow 行李搬運車
luggage compartment 行李車
mail train 郵車
main line of a railway, arterial railway 鐵路幹線
military train 軍用列車
miss a train 沒搭上車
on schedule 準點
one-way ticket, single ticket 單程票
ordinary seat 硬座

platform ticket 月台票
platform wicket 驗票門
public transit train 公交列車
railway curve 鐵路彎道
railway platform, station platform 月台
railway tunnel 鐵路隧道
round-trip ticket, return ticket 來回票
season ticket, commuter's ticket 月票
signal light 信號燈
signal man 信號員
sleeping car, sleeper 臥車
slow train, way train 慢車
soft seat 軟席
soft sleeper 軟臥
special train 專車
station master 站長
station staff 車站全體員工
through train 直達列車
ticket inspector 查票員
ticket machine, automat 自動售票機
ticket office, booking office 售票處
track bed 路基
trackwalker, trackman 鐵路護路工
train indicator 車站指示牌
train set 列車組
train sickness 暈車
upper berth 上鋪
urban railway 市區鐵路

(3) 市内交通(urban traffic)

accelerator [ək'seləreitə] *n.* 油門
alley ['æli] *n.* 巷,弄
avenue ['ævinjuː] *n.* 大道
brake [breik] *n.* 煞車
carsick ['kɑːsik] *n.* 暈車
chauffeur ['ʃəufə] *n.* 汽車司機
clamper ['klæmpə] *n.* 票夾
collision [kə'liʒən] *n.* 撞車
commuter [kə'mjuːtə] *n.* 月票乘客
conductress [kən'dʌktris] *n.* 女售票員
dashboard ['dæʃbɔːd] *n.* 儀表板
delinquent [di'linkwənt] *n.* 肇事者
fork [fɔːk] *n.* 岔口
headlight ['hedlait] *n.* 前燈
horn [hɔːn] *n.* 喇叭
jumper ['dʒʌmpə] *n.* 流動查票員
lane [lein] *n.* 巷
moped ['məuped] *n.* 機器腳踏車
motorcade ['məutəkeid] *n.* 汽車隊
pavement ['peivmənt] *n.* 人行道
pedicab ['pedikæb] *n.* 三輪車
shelter ['ʃeltə] *n.* 候車亭
shortcut ['ʃɔːtkʌt] *n.* 捷徑
speedometer [spi'dɔmitə] *n.* 速度表
standee [ˌstæn'diː] *n.* 站客
straphanger ['stræpˌhæŋə] *n.* 買站票的人
taximeter ['tæksiˌmiːtə] *n.* 的士計費表
thoroughfare ['θʌrəfɛə] *n.* 要道
trailer ['treilə] *n.* 拖車
tram [træm] *n.* 電車
trunk [trʌŋk] *n.* 行李箱
walkway ['wɔːkwei] *n.* 走道
wind-screen ['windˌskriːn] *n.* 擋風玻璃
wing [wiŋ] *n.* 擋泥板

arrival area 下客處
automatic transmission 自動變速器
bicycle lane 自行車道
bread down 拋錨
car wash 洗車設備
checkup man 檢票員
cigar-lighter 點煙器
compulsory stop 固定車站
conductor's working table 售票台
crossing line 斑馬線
cross-town bus 市內巴士
dial-a-ride 電話叫車
double-deck bus 雙層巴士
driving over the speed limit 超速行駛
driving when intoxicated (DWI), driving under the influence (of alcohol) (DUI) 酒後駕駛
engine trouble 機器故障
exhaust pipe 排氣管
fare box 收費箱
fast traffic lane 快車道
first bus 頭班車
flat fare 固定車費
full up 客滿
gas gauge 油量表
gas tank ,petrol tank 油箱
glove compartment 置物盒
have a flat tyre 爆胎
hit the brakes 緊急煞車
inter-city bus, long-distance bus 長途公共汽車
jump seat 可折式座位
jump the bus 逃票
last bus 末班車
lay-by 路邊停車
licence plate, number plate 汽車牌照
main highway, trunk 幹道
make a U-turn 回轉
monthly ticket, commutation ticket 月票
mountain bike 山地車
night bus 通宵車
offer one's seat to 讓座
one-man bus 無人售票車
one-way traffic (street) 單行道
overtake another car 超車
parking lot 停車場
parking meter 停車計時(費)器
parking, park the car 停車
passenger car 小汽車
peak traffic 交通尖峰
pedestrian's crossing 行人穿越道
public transport company 公交公司
rear-view mirror 後視鏡
request stop 招呼站
roof beacon 計程車頂燈
rush hour 尖峰時間
rush-hour bus 高峰車
safety island 安全島
scheduled rush bus 定時班車
shift gears 換擋
shock absorber 避震器
sidelight, parking light 側燈
slow down (the car) 減速
slow traffic lane 慢車道

spare tyre 備用輪胎
speed up (the car) 加速
start the engine 發動引擎
steering wheel 方向盤
step on the accelerator 踩油門
step on the brake 踩煞車
stop line 停車線
taillight, rear-lamp 尾燈
the engine stalls 熄火
three-wheeled motor car 三輪摩托車
tram stop 電車站
trolley bus 無軌電車
turn signal 方向燈
window roller 車窗搖把
windshield wiper, windscreen wiper 自動雨刷

(4) 交通標誌 (traffic sign)

danger signal 危險信號
Do Not Overtake 勿超車
Drive At Moderate Speed 中速行使
Left-turn signal 左轉彎信號
No Parking Here 此處禁止停車
No Thoroughfare 禁止通行
No Tooting 禁鳴喇叭
One Way Traffic 單行道
Open to traffic 車輛可通行
Right-turn signal 右轉彎信號
signpost, fingerpost 路標
Slow Down, Look Around, And Cross 停車再開
Speed Limit :20km/h 時速限制:20公里/小時
Turn To The Left 向左轉
Turn To The Right 向右轉
warning signal 警告信號

(5) 橋樑 (bridge)

arch [ɑːtʃ] *n.* 拱橋
bridgehead [ˈbridʒhed] *n.* 橋頭堡
flyover [ˈflaiəuvə] *n.* 立交橋
span [spæn] *n.* 跨距
viaduct [ˈvaiədʌkt] *n.* 陸橋

片語

approach bridge 引橋
arched stone bridge 石拱橋
bridge building 橋樑建築
bridge door 橋門
bridge foundation 橋基
bridge height 橋高
bridge pier 橋墩
bridge pile 橋樁
bridge railing 橋欄杆
bridge seat support 橋座
bridge trestle 橋架
bridge-gang 橋樑工程隊
cable-stayed bridge 索拉橋
coffer dam 圍堰
combined bridge 鐵公路兩用橋
concrete bridge 混凝土橋
draw bridge 吊橋

floating bridge, pontoon bridge 浮橋
foot bridge 人行陸橋
highway bridge 公路橋
iron bridge 鐵橋
level bridge 平橋
open caisson 沈井(開口沈箱)
overpass, cross-over bridge 天橋
pile driving 打樁
piledriver, pile engine 打樁機
railway bridge 鐵路橋
road of bridge, bridge floor 橋面
single log bridge 獨木橋
slab bridge 板橋
steel cable bridge 鐵索橋
stone bridge 石橋
suspension bridge 懸索橋
temporary bridge, makeshift bridge 便橋
wooden bridge 木橋

19. 飾品、美容

aesthetician[ˌiːsθəˈtiʃən] *n.* 美容師
agate[ˈægət] *n.* 瑪瑙
amber[ˈæmbə] *n.* 琥珀
bangle[ˈbæŋgl] *n.* 手鐲
beryl[ˈberil] *n.* 綠寶石
bob[bɔb] *n.* 短髮
bracelet[ˈbreislit] *n.* 手鐲
brooch[brəutʃ] *n.* 胸針
cameo[ˈkæmiəu] *n.* 寶石
clippers[ˈklipəs] *n.* 理髮剪,指甲刀
comb[kəum] *n.* 梳子
coral[ˈkɔrəl] *n.* 珊瑚
crystal[ˈkristl] *n.* 水晶
curl[kəːl] *n.* 卷髮
diamond[ˈdaiəmənd] *n.* 鑽石
eardrop[ˈiədrɔp] *n.* 耳墜
errings[ˈiəriŋz] *n.* 耳環
foundation[ˌfaunˈdeiʃən] *n.* 粉底
glycerine[ˈglisərin] *n.* 甘油
hairbrush[ˈhɛəbrʌʃ] *n.* 髮刷
hairclip[ˈhɛəklip] *n.* 髮夾
hairdye[ˈhɛədai] *n.* 染髮劑
ivory[ˈaivəri] *n.* 象牙
jade[dʒeid] *n.* 玉
jasper[ˈdʒæspə] *n.* 碧玉
jewel[ˈdʒuːəl] *n.* 珠寶
massage[ˈmæsɑːʒ] *n.* 按摩
necklace[ˈneklis] *n.* 項鍊
rouge[ruːʒ] *n.* 口紅
ruby[ˈrʌbi] *n.* 紅寶石
sapphire[ˈsæfaiə] *n.* 藍寶石

片語

air clasp 簪(子)
cheek development 豐頰
clam oil 蛤蜊油
cold cream 冷霜
cream shampoo 洗髮膏
electric razor 電動刮鬍刀
emerald hairpin 碧玉簪
eye enlargement 眼擴大
eyebrow brush 眉刷
eyebrow pen 眉筆
face-lifting 除皺
gold leaf 鍍金

hair cut, hair dressing, hairdo 理髮
hair grower 生髮水
hair net 髮網
hair tonic 生髮油
pluck eyebrows 拔眉
powder case 粉盒
powder puff 粉撲
productive mammaplasty 隆乳
shave, dehair face 修面
silver plate 鍍銀
skin graft 植皮

二、閱讀

1. 語言文學

accent ['æksənt] *n.* 口音,重音符號
accentuation [əkˌsentʃu'eiʃən] *n.* 重讀,強調
active ['æktiv] *a. n.* 主動語態的,主動句
affirmative [ə'fɜːmətiv] *a. n.* 肯定的,肯定詞
alias ['eiliəs] *n.* 別名,化名
allegorize ['æligəraiz] *v.* 打比喻說
allegory ['æligəri] *n.* 諷喻,語言
antonym ['æntənim] *n.* 反義詞
articulate [ɑː'tikjulit] *a. v.* 表達力強的;清楚地表達
aspect ['æspekt] *n.* 方面,觀點
attributive [ə'tribjutiv] *n.* 修飾語
axiom ['æksiəm] *n.* 公理,定理
circumlocution [ˌsɜːkəmlə'kjuːʃən] *n.* 迂迴的說法
coherent [kəu'hiərənt] *a.* 有條理的
coinage ['kɔinidʒ] *n.* 新詞的創造
collocate ['kɔləkeit] *v.* 搭配,連用
collocation [ˌkɔlə'keiʃən] *n.* 搭配
colloquialism [kə'ləukwiəlizəm] *n.* 口語,俗語
comparative [kəm'pærətiv] *a.* 比較的
conditional [kən'diʃənl] *a.* 有條件的
demonstrative [di'mɔnstrətiv] *n.* 指示詞
diction ['dikʃən] *n.* 吐字,措辭
dictum ['diktəm] *n.* 名言,格言
enunciate [i'nʌnsieit] *v.* 清晰地發音
expression [ik'spreʃən] *n.* 表達法,詞語
figurative ['figjurətiv] *a.* 比喻的
grammar ['græmə] *n.* 文法
homonym ['hɔmənim] *n.* 同音同形異義詞
idiom ['idiəm] *n.* 慣用語,慣用法
imperative [im'perətiv] *n.* 祈使句
indicative [in'dikətiv] *n.* 直說法

infinitive[in'finitiv] *n.* 不定詞
interpret[in'təːprit] *v.* 口譯
interrogative[ˌintə'rɔgətiv] *a.* 疑問語氣的
irony['aiərəni] *n.* 反話,有諷刺意味的事
issue['iʃjuː] *n.* 問題,爭論點
jargon['dʒɑːgən] *n.* 行話,術語
lexicon['leksikən] *n.* 全部字彙
linguistics[liŋ'gwistiks] *n.* 語言學
lucid['luːsid] *a.* 易懂的,明白的
matter['mætə] *n.* 事情,問題
maxim['mæksim] *n.* 格言
metaphor['metəfə] *n.* 暗喻
metonymy[mi'tɔnimi] *n.* 轉喻
motto['mɔtəu] *n.* 座右銘
negative['negətiv] *a. n.* 否定的,否定詞
neologism[niː'ɔlədʒizəm] *n.* 創造新詞法
nomenclature[nəu'menklətʃə] *n.* 命名法
oral['ɔːrəl] *a.* 口頭的
passive['pæsiv] *a.* 被動語態的
philology[fi'lɔlədʒi] *n.* 語文學,文字學
phonology[fə'nɔlədʒi] *n.* 語音學,音韻學
phrase[freiz] *n.* 一組詞,詞組,片語
positive['pɔzətiv] *a.* 原級的
predicative[pri'dikətiv] *a.* 述語的
rhetoric['retərik] *n.* 修辭學
sarcasm['sɑːkæzəm] *n.* 諷刺,挖苦
sarcastic[sɑː'kæstik] *a.* 挖苦的,諷刺的
saying['seiiŋ] *n.* 諺語,俗語
semantics[si'mæntiks] *n.* 語義學
slang[slæŋ] *n.* 俚語
statement['steitmənt] *n.* 陳述,聲明,敘述
stress[stres] *n.* 重讀,重音
subjunctive[səb'dʒʌŋktiv] *a.* 虛擬的
superlative[suː'pəːlətiv] *a.* 最高級的
synecdoche[si'nekdəki] *n.* 提喻法
synonym['sinənim] *n.* 同義詞
syntax['sintæks] *n.* 句法
tense[tens] *n.* 時態
verbal['vəːbəl] *a.* 口頭的,逐字的
vocabulary[və'kæbjuləri] *n.* 字彙,字彙量
voice[vɔis] *n.* 語態

2. 武器

ammunition[ˌæmju'niʃən] *n.* 彈藥
armament['ɑːməmənt] *n.* 武器,軍備
armour['ɑːmə] *n.* 裝甲,裝甲鋼板
arsenal['ɑːsənəl] *n.* 兵工廠,軍火庫
automatic[ˌɔːtə'mætik] *n.* 自動武器
ball[bɔːl] *n.* 砲彈,彈丸
barrel['bærəl] *n.* 槍管
battery['bætəri] *n.* 砲兵連
battleship['bætlˌʃip] *n.* 主力艦
bow[bau] *n.* 弓
bullet['bulit] *n.* 槍彈,子彈
burst[bəːst] *n.* 爆炸,一陣射擊
cannon['kænən] *n.* 大砲
chamber['tʃeimbə] *n.* 彈膛,藥室
clip[klip] *n.* 彈夾
club[klʌb] *n.* 棍棒
cruiser['kruːzə] *n.* 巡洋艦,巡航艦
destroyer[di'strɔiə] *n.* 驅逐艦
discharge[dis'tʃɑːdʒ] *n.* 開火,開槍,射箭
interceptor[ˌintə'septə] *n.* 攔截機
javelin['dʒævəlin] *n.* 標槍

lance [lɑːns] *n.* 長矛,魚叉
lead [liːd] *n.* 子彈
machinegun [məˈʃiːngʌn] *n.* 機關槍
magazine [mægəˈziːn] *n.* 軍火庫,彈藥倉
mine [main] *n.* 地雷
minefield [ˈmainfiːld] *n.* 布雷區
missile [ˈmisail] *n.* 飛彈,導彈
pistol [ˈpistl] *n.* 手槍
plug [plʌg] *n.* 槍擊
projectile [prəˈdʒektail] *n.* 拋射物,發射體
revolver [riˈvɔlvə] *n.* 左輪手槍
rifle [ˈraifəl] *n.* 步槍
rocket [ˈrɔkit] *n.* 火箭
shield [ʃiːld] *n.* 盾
sling [sliŋ] *n.* 投石器
spear [spiə] *n.* 矛
spent [spent] *a.* 用過的,失去效用的
stick [stik] *n.* 棍,棒,杖
submarine [ˈsʌbməriːn] *n.* 潛水艇
sword [sɔːd] *n.* 劍
torpedo [tɔːˈpiːdəu] *n.* 魚雷
volley [ˈvɔli] *n.* 齊發,齊射,群射
warhead [ˈwɔːhed] *n.* 彈頭,飛彈彈頭
weapon [ˈwepən] *n.* 武器

片語

aircraft carrier 航空母艦
ballistic missile 彈道飛彈
booby trap 詭雷
depth charge 深水炸彈
guided missile 導彈,導向飛彈
half track 半履帶車
landing craft 登陸艇
small arms 槍支,輕武器

3. 服裝

apron [ˈeiprən] *n.* 圍裙
blouse [blauz] *n.* 緊身女衫
bowtie [ˌbəuˈtai] *n.* 蝶形領結
briefs [briːfs] *n.* 短內褲
buskin [ˈbʌskin] *n.* 高統靴
buttonhole [ˈbʌtnhəul] *n.* 鈕扣孔
cape [keip] *n.* 披風
cardigan [ˈkɑːdigən] *n.* 開襟毛衣
casual [ˈkæʒuəl] *n.* 便鞋
cuff [kʌf] *n.* 袖口
diaper [ˈdaiəpə] *n.* 尿布
dot [dɔt] *n.* 圓點花
flatty [ˈflæti] *n.* 平底鞋
furs [fəːz] *n.* 皮衣
garment [ˈgɑːmənt] *n.* 外衣
gown [gaun] *n.* 禮袍
headdress [ˈheddres] *n.* 頭飾
hood [hud] *n.* 頭巾,兜帽
linen [ˈlinin] *n.* 麻
loafer [ˈləufə] *n.* 平底便鞋
mantle [ˈmæntl] *n.* 斗篷
miniskirt [ˈminiskəːt] *n.* 迷你裙
moccasin [ˈmɔkəsin] *n.* 軟底鞋,鹿皮鞋
nightshirt [ˈnaitʃəːt] *n.* 男式晚禮服
overalls [ˈəuvərɔːlz] *n.* 工裝褲
overcoat [ˈəuvəkəut] *n.* 外套
overshoes [ˈəuvəʃuːz] *n.* 套鞋
panties [ˈpæntiz] *n.* 女短內褲
pantihose [ˈpæntihəuz] *n.* 連褲襪

pattern['pætən] *n.* 花樣
pyjamas[pə'dʒɑːməz] *n.* 睡衣褲（美語:pajamas）
raincoat['reinkəut] *n.* 雨衣
robe[rəub] *n.* 長袍
sandal['sændl] *n.* 涼鞋
scarf[skɑːf] *n.* 圍巾
shawl[ʃɔːl] *n.* 大披巾
shoelace['ʃuːleis] *n.* 鞋帶
shorts[ʃɔːts] *n.* 短褲
skate[skeit] *n.* 冰鞋
slacks[slæks] *n.* 運動褲
slip[slip] *n.* 襯裙
slippers['slipəs] *n.* 便鞋
sneaker['sniːkə] *n.* 輕便運動鞋
sole[səul] *n.* 鞋底
stockings['stɔkiŋz] *n.* 長襪
stripe[straip] *n.* 條紋
suit[sjuːt] *n.* 男外衣
sweater['swetə] *n.* 毛衣
tailcoat[teil'kəut] *n.* 大禮服
tights[taits] *n.* 緊身衣褲
uniform['juːnifɔːm] *n.* 制服
upper['ʌpə] *n.* 鞋面
vamp[væmp] *n.* 鞋面
veil[veil] *n.* 面紗
vest[vest] *n.* 汗衫
wardrobe['wɔːdrəub] *n.* 服裝

片　語

bathing cap 游泳帽
bathing trunks 游泳褲
between seasons wear 春秋衫
bowler hat 圓頂硬禮帽
broad-brimmed straw hat 寬邊草帽
canvas shoes, rope soled shoes 帆布鞋
cape coat 風衣
casual clothes 便服
cotton padded shoes 棉鞋
detachable collar 假領,活領
dinner jacket 無尾禮服（美語:tuxedo）
divided skirt, split skirt 裙褲
double-breasted suit 雙排扣外衣
down garment 羽絨服
everyday clothes 便服
felt hat 禮帽
flower pattern 花紋花樣
formal dress 禮服
frock coat 雙排扣長禮服
full dress uniform 禮服制服
fur stole 毛皮長圍巾
head scarf 頭巾
high-heeled shoes 高跟鞋
knitted shawl 頭巾,編織的頭巾
maternity wear 孕婦裝
middy blouse 水手服
one-piece garment 連衣褲
outing shirt 旅遊衫
peaked cap 尖頂帽
plus fours 高爾夫球褲,半長褲
polo shirt 球衣
riding boots 馬靴
roll-neck sweater 高翻領運動衫
round-neck sweater 圓領運動衫
sanitary pants 衛生褲
short-sleeved sweater 短袖運動衫

suspender skirt 吊帶裙
swallow tail 燕尾服
synthetic fabric 混合纖維
tailored suit 女式西服
three-piece suit 三件套
town clothes 外衣
track shoes 田徑鞋

4. 顏色

amber [ˈæmbə] *n.* 琥珀色
camel [ˈkæməl] *n.* 駝色
chocolate [ˈtʃɔklit] *n.* 紅褐色，赭石色
ivory [ˈaivəri] *n.* 象牙色
lilac [ˈlailək] *n.* 淺紫色
maroon [məˈruːn] *n.* 褐紅色
pansy [ˈpænzi] *n.* 紫羅蘭色
scarlet [ˈskɑːlit] *n.* 緋紅，猩紅

片語

antique violet 古紫色
aquamarine blue 藍綠色
baby pink 淺粉紅色
charcoal gray 炭灰色
cobalt blue 鈷藍色，艷藍色
emerald green 鮮綠色
misty gray 霧灰色
moss green 苔綠色
navy blue 藏青色，深藍色，天藍色
off-white 灰白色
olive green 橄欖綠
oyster white 乳白色
salmon pink 橙紅色
sandy beige 淺褐色
shocking pink 鮮粉紅色
smoky gray 煙灰色
snowy white 雪白色
turquoise blue 土耳其玉色
wine red 葡萄酒紅

5. 商業

client [ˈklaiənt] *n.* 顧客，客戶
commerce [ˈkɔməːs] *n.* 貿易
competition [ˌkɔmpiˈtiʃən] *n.* 競爭
competitive [kəmˈpetitiv] *a.* 競爭的
competitor [kəmˈpetitə] *n.* 競爭者
consumer [kənˈsjuːmə] *n.* 消費者，用戶
customs [ˈkʌstəmz] *n.* 海關
dealer [ˈdiːlə] *n.* 經銷商
item [ˈaitəm] *n.* 項目，細目
manufacturer [ˌmænjuˈfæktʃərə] *n.* 製造商，製造廠
middleman [ˈmidlmæn] *n.* 中盤商，經紀人
purchase [ˈpəːtʃis] *n.* 購買，進貨
quota [ˈkwəutə] *n.* 配額，限額
retailer [riːˈteilə] *n.* 零售商
stocks [stɔks] *n.* 存貨，庫存量
trademark [ˈtreidmɑːk] *n.* 商標
tradesman [ˈtreidzmən] *n.* 零售商
wholesale [ˈhəulseil] *n.* 批發
wholesaler [ˈhəulˌseilə] *n.* 批發商

片語

bulk sale 整批銷售
commercial channels 商業渠道

commercial transaction 買賣,交易
customs duty 關稅
dumping profit margin 傾銷差價,傾銷幅度
foreign trade, external trade 對外貿易
free-trade area 自由貿易區
hire purchase 分期付款購買
(美語:installment plan)
registered office, head office
總公司,總店,總部
registered trademark 註冊商標
retail trade 零售業
terms of trade 貿易條件
unfair competition 不合理競爭

6. 會議

assembly[əˈsembli] *n.* 大會
banquet[ˈbæŋkwit] *n.* 酒宴
congress[ˈkɔŋgres] *n.* 代表大會
convention[kənˈvenʃən] *n.* 會議
seminar[ˈseminɑː] *n.* 講習會,學習討論會
session[ˈseʃən] *n.* 會期
sitting[ˈsitiŋ] *n.* 開會(美語:session)
subcommittee[ˈsʌbˌkəˈmiti] *n.* 附屬委員會,小組委員會
symposium[simˈpəuzjəm] *n.* 討論會

片語

board of directors 董事會
box supper 慈善餐會
budget committee 預算委員會
buffet party 自助宴會
cocktail party 雞尾酒會
commemorative party 紀念宴會
committee of experts 專家委員會
drafting committee 起草委員會
executive council, executive board 執行委員會
fancy ball 化妝舞會
fancy fair 義賣場
farewell party 惜別會
final sitting 閉幕式
fishing party 釣魚會
garden party 遊園會
general committee, general officers, general bureau 總務委員會
governing body 主管團體
luncheon party 午餐會
meeting in camera 祕密會議(美語:executive session)
new year's banquet 新年宴會
opening sitting 開幕式
pajama party 睡衣派對
pink tea 午後茶會
plenary meeting 全會
reading party 讀書會
round table 圓桌
sketching party 觀劇會
standing body 常設機構
wedding dinner, a wedding reception 結婚宴會
year-end dinner party 忘年餐會

7. 建築

arch[ɑːtʃ] *n.* 拱

architecture [ˈɑːkitektʃə] *n.* 建築學
cathedral [kəˈθiːdrəl] *n.* 大教堂
column [ˈkɔləm] *n.* 柱
elevation [ˌeliˈveiʃən] *n.* 建築物的正視圖
excavation [ˌekskəˈveiʃən] *n.* 挖土，掘土
greenbelt [griːnbelt] *n.* 綠地
scaffold [ˈskæfəld] *n.* 鷹架
scale [skeil] *n.* 比例尺
skyscraper [ˈskaiˌskreipə] *n.* 摩天大樓
tower [ˈtauə] *n.* 塔，塔樓

8. 貨幣

afghani [ˈæfgæni] *n.* 阿富汗尼（阿富汗）
baht [bɑːt] *n.* 銖（泰國）
dalasi [ˈdɑːləsi] *n.* 達拉西（岡比亞）
dinar [ˈdiːnɑː] *n.* 第納爾（部分阿拉伯國家、南斯拉夫等）
dollar [ˈdɔlə] *n.* 元（美國、澳大利亞、加拿大、紐西蘭等）
florin [ˈflɔrin] *n.* 盾（荷蘭）
forint [ˈfɔːrint] *n.* 福林（匈牙利）
franc [fræŋk] *n.* 法郎（法國、比利時、瑞士等）
gulden [ˈguldən] *n.* 盾（荷蘭）
kina [ˈkina] *n.* 基那（巴布亞新幾內亞）
kip [kip] *n.* 基普（老撾）
lek [lek] *n.* 列克（阿爾巴尼亞）
leone [ˈliəun] *n.* 利昂（塞拉利昂）
leu [liu] *n.* 列伊（羅馬尼亞）
lev [lev] *n.* 列弗（保加利亞）
lilangeni [ˈlilɑːŋdʒeni] *n.* 里蘭吉尼（斯威士蘭）
lira [ˈliərə] *n.* 里拉（義大利等）
loti [ˈlɔti] *n.* 洛蒂（萊索托）
mark [mɑːk] *n.* 馬克（德國）
metical [ˈmetikl] *n.* 梅蒂爾卡（莫三比克）
peso [ˈpeisəu] *n.* 比索（阿根廷、智利等）
pound [paund] *n.* 鎊（英國、愛爾蘭等）
pula [ˈpulə] *n.* 普拉（博茨瓦納）
rand [rænd] *n.* 蘭特（南非）
riyal [riˈɑːl] *n.* 里亞爾（沙烏地阿拉伯等）
rouble [ˈruːbəl] *n.* 盧布（俄羅斯等）
rupee [ruːˈpiː] *n.* 盧比（印度、巴基斯坦等）
shilling [ˈʃiliŋ] *n.* 先令（坦桑尼亞等）
yen [jen] *n.* 元（日本）
yuan [juːˈɑːn] *n.* 元（中國）

9. 家畜

billy [ˈbili] *n.* 公山羊
bitch [bitʃ] *n.* 母狗
buffalo [ˈbʌfələu] *n.* 水牛
bull [bul] *n.* 公牛
calf (pl. calves) [kɑːf] *n.* 牛犢
flock [flɔk] *n.* 綿羊的統稱
gander [ˈgændə] *n.* 公鵝
goose [guːs] *n.* 母鵝
herd [həːd] *n.* 牛的統稱
kid [kid] *n.* 年幼的山羊
lamb [læm] *n.* 年幼的綿羊
mare [meə] *n.* 母馬
mule [mjuːl] *n.* 騾
mutton [ˈmʌtn] *n.* 羊肉
ram [ræm] *n.* 公綿羊
sow [səu] *n.* 母豬

turkey[ˈtɜːki] *n.* 火雞
yak[jæk] *n.* 犛牛

10. 疾病

anemia[əˈniːmiə] *n.* 貧血
appendicitis[əˌpendiˈsaitis] *n.* 闌尾炎
arthritis[ɑːˈθraitis] *n.* 關節炎
bronchitis[brɔŋˈkaitis] *n.* 支氣管炎
catarrh[kəˈtɑː] *n.* 加答兒，黏膜炎
cholera[ˈkɔlərə] *n.* 霍亂
indigestion[ˌindiˈdʒestʃən] *n.* 消化不良
influenza[ˌinfluˈenzə] *n.* 流行性感冒
insanity[inˈsæniti] *n.* 精神病
malaria[məˈleəriə] *n.* 瘧疾
malnutrition[ˌmælnjuˈtriʃən] *n.* 營養不良
measles[ˈmiːzəlz] *n.* 麻疹
migraine[ˈmiːgrein] *n.* 偏頭痛
mumps[mʌmps] *n.* 流行性腮腺炎
paralysis[pəˈrælisis] *n.* 麻痹
pharyngitis[ˌfærinˈdʒaitis] *n.* 咽炎
pneumonia[njuːˈməuniə] *n.* 肺炎
rabies[ˈreibiːz] *n.* 狂犬病
smallpox[ˈsmɔːlpɔks] *n.* 天花
syncope[ˈsiŋkəpi] *n.* 暈厥
tetanus[ˈtetənəs] *n.* 破傷風
tuberculosis[tjuːˌbəːkjuˈləusis] *n.* 結核病
tumour[ˈtjuːmə] *n.* 瘤
typhus[ˈtaifəs] *n.* 斑疹傷寒

片語

angina pectoris 心絞痛
chicken pox 水痘
German measles, rubella 風疹
myocardial infarction 心肌梗塞
scarlet fever 猩紅熱
swamp fever 沼地熱
torticollis, stiff neck 斜頸
whooping cough 百日咳
yellow fever 黃熱病

11. 經濟

infrastructure[ˈinfrəˌstrʌktʃə] *n.* 基本建設
protectionism[prəˈtekʃənizəm] *n.* 保護主義

片語

economic balance 經濟平衡
economic channels 經濟渠道
economic depression 經濟衰退
economic fluctuation 經濟波動
economic recovery 經濟復甦
economic situation 經濟形勢
economic stability 經濟穩定
economic trend 經濟趨勢
holding company 控股公司
liberal economy 自由經濟
mixed economy 混合經濟
planned economy 計劃經濟
primary sector 初級成分
private sector 私營成分，私營部門
public sector 公共部門，公共成分
rate of growth 成長率
rural economics 農村經濟

socialist economy 社會主義經濟

12. 家電

bulb[bʌlb] n. 電燈泡
flashlight['flæʃlait] n. 手電筒
microphone['maikrəʃəun] n. 麥克風
refrigerator[ri'fridʒəreitə] n. 冰箱
tap[tæp] n. 分接頭
tube[tjuːb] n. 真空管

片語

air conditioner 空調
dry cell 乾電池
electric calculator 電子計算器
electric cooker 電鍋
electric foot warmer 暖腳器
electric heater 電暖器
electric vacuum cleaner 吸塵器
electronic oven 電烤箱
microwave oven 微波爐

13. 花卉

cactus['kæktəs] n. 仙人掌
camellia[kə'miːliə] n. 山茶花
carnation[kɑː'neiʃən] n. 康乃馨
chrysanthemum[kri'sænθəməm] n. 菊花
dahlia['deiliə] n. 大麗花
daisy['deizi] n. 雛菊
jasmine['dʒæzmin] n. 茉莉
lilac['lailək] n. 丁香
lily['lili] n. 百合
narcissus[nɑː'sisəs] n. 水仙花
orchid['ɔːkid] n. 蘭花
peony['piːəni] n. 牡丹
tulip['tjuːlip] n. 鬱金香

片語

Chinese enkianthus 燈籠花
Chinese flowering crab-apple 海棠花
fringed iris 蝴蝶花
India canna 美人蕉
morning glory 牽牛花(喇叭花)
setose asparagus 文竹
water hyacinth 鳳眼蘭

14. 水果

almond['ɑːmənd] n. 杏
apricot['eiprikɔt] n. 杏
avocado[ˌævə'kɑːdəu] n. 酪梨
bilberry['bilbəri] n. 覆盆子
black currant[blæk'kʌrənt] n. 黑醋栗
blackberry['blækbəri] n. 黑莓
cherry['tʃeri] n. 櫻桃(車厘子)
chestnut['tʃesnʌt] n. 栗
date[deit] n. 棗
fig[fig] n. 無花果
hazelnut['heizlnʌt] n. 榛子
lemon['lemən] n. 檸檬
mango['mæŋgəu] n. 芒果
medlar['medlə] n. 枇杷,歐查果
mulberry['mʌlbəri] n. 桑椹
nectarine['nektεərin] n. 油桃
pineapple['painæpəl] n. 鳳梨(菠蘿)
plum[plʌm] n. 李子

pomegranate [ˈpɔmigrænit] *n.* 石榴
strawberry [ˈstrɔːbəri] *n.* 草莓
tangerine [ˌtændʒəˈriːn] *n.* 柑橘
walnut [ˈwɔːlnʌt] *n.* 胡桃

15. 地理

archipelago [ˌɑːkiˈpeləgəu] *n.* 群島
cosmology [kɔzˈmɔlədʒi] *n.* 宇宙論
dune [djuːn] *n.* 沙丘
ethnography [eθˈnɔgrəfi] *n.* 人種誌
geology [dʒiˈɔlədʒi] *n.* 地理學
geopolitics [ˌdʒiːəuˈpɔlitiks] *n.* 地緣政治學
globe [gləub] *n.* 地球儀
lagoon [ləˈguːn] *n.* 鹹水湖
marsh [mɑːʃ] *n.* 沼澤
meadow [ˈmedəu] *n.* (小)草原
meteorology [ˌmiːtiəˈrɔlədʒi] *n.* 氣象學
oasis [əuˈeisis] *n.* 綠洲
oceanography [ˌəuʃənˈɔgrəfi] *n.* 海洋學
orography [ˈɔrɔgrəfi] *n.* 山嶽學
peninsula [piˈninsjulə] *n.* 半島
pond [pɔnd] *n.* 池塘
prairie [ˈprεəri] *n.* (大)草原
relief [riˈliːf] *n.* 地形,地貌
steppe [step] *n.* 大草原
toponymy [təˈpɔnimi] *n.* 地名學
vegetation [ˌvedʒiˈteiʃən] *n.* 植被

16. 醫院

anaesthetist [æˈnisθitist] *n.* 麻醉師
clinic [ˈklinik] *n.* 診療所
dentist [ˈdentist] *n.* 牙科醫生
dermatologist [ˌdəːməˈtɔlədʒist] *n.* 皮膚科醫生
dietician [ˌdaiəˈtiʃən] *n.* 營養醫師
internist [inˈtəːnist] *n.* 內科醫生
laboratory [ləˈbɔrətri] *n.* 化驗室
oculist [ˈɔkjulist] *n.* 眼科醫生
paediatrician [ˌpiːdiəˈtriʃən] *n.* 小兒科醫生
pharmacist [ˈfɑːməsist] *n.* 藥劑師
pharmacy [ˈfɑːməsi] *n.* 藥房
polyclinic [ˌpɔliˈklinik] *n.* 聯合診療所
sanatorium [ˌsænəˈtɔːriəm] *n.* 療養院
surgeon [ˈsɜːdʒən] *n.* 外科醫生
ward [wɔːd] *n.* 病房

片 語

admitting office 住院處
anaesthesiology department 麻醉科
blood bank 血庫
cardiology department 心臟病科
consulting room 診察室
department of cerebral surger 胸外科
dermatology department,
skin department 皮膚科
ear-nose-throat doctor 耳鼻喉科醫生
emergency room 急診室
first-aid station 急救站
general hospital, polyclinic 綜合醫院
head nurse 護士長
head of out-patient department
門診部主任
head of the nursing department
護理部主任
head of the surgical department 外科主任

heart disease patient 心臟病病人
heart specialist 心臟病專家
in-patient 住院病人
in-patient department 住院部
isolation ward 隔離病房
laboratory technician 化驗員
maternity hospital, lying-in hospital 產科醫院
maternity ward 產科病房
medical patient 內科病人
medical ward 內科病房
mental hospital, mental home 精神病院
neurologist, nerve specialist 神經科專家
neurology department 神經科
neurosurgery department 神經外科
nursing department 護理部
observation ward 觀察室
obstetrical patient 產科病人
obstetrics and gynecology hospital 婦產科醫院
ophthalmology department 眼科
orthopedic surgery department 整形外科
orthopedics department 骨科
otorhinolaryngological department 耳鼻喉科
out-patient 門診病人
paediatrics department 兒科
pathology department 病理科
physician in charge, surgeon in charge 主治醫生
plastic surgery 整形外科
plastic surgery hospital 整形外科醫院
psychiatry department 精神病科
quarantine station 防疫站(檢疫所)
radiographer 放射科技師
radiologist 放射科醫師
registration office 掛號處
resident physician 住院醫生
rest home 休養所
stomatological hospital 口腔醫院
surgical department 外科
surgical patient 外科病人
surgical ward 外科病房
thoracic surgery department 胸外科
traumatology department 創傷外科
tuberculosis hospital 結核病醫院
tumour hospital 腫瘤醫院
urology department 泌尿科
X-ray department 放射科

17. 保險

claim[kleim] *n.* 索賠
coverage[ˈkʌvəridʒ] *n.* 保險總額
indemnity[inˈdemniti] *n.* 損害賠償
insured[inˈʃuəd] *n.* 被保險人
insurer[inˈʃuərə] *n.* 保險人;保險商
reinsurance[ˌriːinˈʃuərəns] *n.* 分保
survey[ˈsəːvei] *n.* 查勘

片語

branch of insurance 保險類別
cargo damage survey 貨損檢驗
cargo insurance 貨物保險
compulsory insurance 強制保險
deposit premium 預付保險費

expiration of policy 保險單到期
fire insurance 火險
general average 共同海損
general policy condition 保險單一般規定
in-full premium 全部保險費
initial premium 初期保險費
insurance company 保險公司
insurance policy 保險單
insurance premium 保險費
life insurance 人壽保險
loss ratio 賠付率
marine insurance 海損保險
maritime transportation insurance 海洋運輸保險
natural calamities 自然災害
natural losses 自然損耗
notice of loss 損害通知書
null and void 宣告無效
obligation of compensation for loss 賠償的義務
particular average 單獨海損
sum insured 保險金額
termination of risk 保險責任終止
time hull insurance 船舶定期保險
time limit for filing claims 索賠時限

18. 電影

adaptation[ˌædæpˈteiʃən] *n.* 改編
boom[buːm] *n.* (麥克風的)支臂
cinematograph[ˌsiniˈmætəgrɑːf] *n.* 電影攝影機，電影放映機
direction[diˈrekʃən] *n.* 導演
dissolve[diˈzɔlv] *n.* 漸隱,化入,化出
distributor[diˈstribjutə] *n.* 發行人
dolly[ˈdɔli] *n.* 移動式攝影小車
dubbing[ˈdʌbiŋ] *n.* 配音
editing[ˈeditiŋ] *n.* 剪接
exterior[ikˈstiəriə] *n.* 外景
fade-in[ˈfeidin] *n.* 淡入
fade-out[ˈfeidaut] *n.* 淡出
lighting[ˈlaitiŋ] *n.* 燈光
microphone[ˈmaikrəfəun] *n.* 麥克風,話筒
mix[miks] *n.* 混錄
production[prəˈdʌkʃən] *n.* 製片
properties[ˈprɔpətiz] *n.* 道具
release[riˈlis] *v.* 准予上映
scenario[siˈnɑːriəu] *n.* 編劇
scene[siːn] *n.* 場景
scenery[ˈsiːnəri] *n.* 布景
set[set] *n.* 場地
shoot[ʃuːt] *v.* 拍攝
spotlight[ˈspɔtlait] *n.* 聚光燈
studio[ˈstjuːdiəu] *n.* 製片廠,攝影棚

片語

art theatre 藝術影院
banned film 禁映影片
Board of Censors 審查署
censor's certificate 審查級別
clapper boards 拍板
continuous performance cinema 循環場電影院
film studio 電影製片廠
first-run cinema 首輪電影院
postsynchronization 後期錄音合成

shooting schedule 攝製計劃
slow motion 慢鏡頭
sound effects 音響效果
special effects 特技

19. 法律術語

abolish [ə'bɔliʃ] v. 廢止,取消
annulment [ə'nʌlmənt] n. 撤消(遺囑)
attainder [ə'teində] n. 公民權利的剝奪
cancellation [ˌkænsə'leiʃən] n. (支票)作廢
clause [klɔːz] n. 條款
decree [di'kriː] n. 法令
disability [ˌdisə'biliti] n. 無資格
draft [drɑːft] n. 法案,草案
immunity [i'mjuːniti] n. 豁免,豁免權
jurist ['dʒuərist] n. 法學家
legal ['liːgl] n. 合法的,依法的
legality [liː'gæliti] n. 法制,合法
legislation [ˌledʒis'leiʃən] n. 立法
legislator ['ledʒisleitə] n. 立法者
legitimation [liˌdʒiti'meiʃn] n. 合法化
offender [ə'fendə] n. 罪犯
outlaw ['autlɔː] n. 罪犯
prescription [pris'kripʃn] n. 時效
ratification [ˌrætifi'keiʃn] n. 批准
repeal [ri'piːl] v. 廢除(法律)
report [ri'pɔːt] n. 判例彙編
revocation [ˌrevə'keiʃn] n. 撤消
royalties ['rɔiəltiz] n. 版稅

片語

administrative law 行政法
canon law 教會法規
civil law 民法
civil rights 民事權利,公民權利
civil Suit Law 民事訴訟法
code of mercantile law 商法典
codification 法律彙編
come into force 生效
commercial law 商法
common law 不成文法
Conscript Law 兵役法
constitutional law 憲法
contravene a law 違法
Copyright Law 著作權法
criminal Suit Law 刑事訴訟法
customs duties 關稅
death duty 遺產稅
fiscal law 財政法
government bill 政府議案
human rights 人權
international law 國際法
jurisprudence 法學
labour laws 勞工法
law enforcement 法律的實施
law of nations 萬國公法,國際法
natural law 自然法
nonretroactive character 不溯及既往性
penal code 刑法典
repeal rescission 撤消(判決)
right of asylum 避難權
to enact a law, to promulgate a law 頒佈法律
to pass a bill, to carry a bill 通過議案

20. 城市

barracks[ˈbærəks] *n.* 兵營
bazaar[bəˈzɑː] *n.* 市場
cemetery[ˈsemitri] *n.* 墓地,公墓
chapel[ˈtʃæpl] *n.* 小禮拜堂
Chinatown[ˈtʃainəˌtaun] *n.* 唐人街
district[ˈdistrikt] *n.* 區
extension[iksˈtenʃn] *n.* 範圍,擴展
fairground[feəˈgraund] *n.* 遊樂園
grave[greiv] *n.* 墳,墓
hamlet[ˈhæmlit] *n.* 小村
hole[həul] *n.* 狹小破舊的住房
locality[ləuˈkæliti] *n.* 所在地
metropolis[miˈtrɔpəlis] *n.* 大都市
municipal[mjuːˈnisipl] *a.* 市的,市政的
outskirts[ˈautskəːts] *n.* 郊區
slums[slʌmz] *n.* 貧民窟,貧民區
urban[ˈəːbən] *a.* 市區的

片　語

botanical garden 植物園
Commodity Exchange 商品交易所
junk shop 舊貨店
public lavatory 公共廁所
residential area 居民區,住宅區
Stock Exchange 股票交易所

21. 紡織品

embroidery[imˈbrɔidəri] *n.* 刺繡品
flax[flæks] *n.* 亞麻
gloss[glɔs] *n.* 光澤
hosiery[ˈhəuziəri] *n.* 針織物
jute[dʒuːt] *n.* 黃麻
knitting[ˈnitiŋ] *n.* 針織
knitwear[ˈnitwɛə] *n.* 針織品
linen[ˈlinin] *n.* 麻織物
plain[plein] *n.* 素色
textile[ˈtekstail] *n.* 紡織品

片　語

acetate fibre 醋酯纖維
adhesive-bonded fabric 無紡織物
applique embroidery 貼花刺繡
artificial fibre 人造纖維
braided fabric 編織物
chemical fibre 化學纖維
cotton fabrics 棉織物(品)
cotton textiles 棉紡織品
cotton velvet 棉絨
crewel work 絨線刺繡
damp proof 防潮
embroidered fabric 繡花織物
fast colours 不褪色;色澤牢固
figured silk 提花絲織物
linen cambric 手帕亞麻紗
linen yarn 亞麻紗
mesh fabric 網眼織物
mixture fabric 混紡織物
mulberry silk 桑蠶絲, 家蠶絲
punch work 抽繡
rayon fabric 人造絲織物
silk fabric 絲織物
silk spinning 絲紡
spun silk 絹絲

synthetic fibre 合成纖維
textile fabric 織物
tussah silk 柞蠶絲
viscose acetal fibre 黏膠纖維
woolen fabric 毛織物(品)
woven fabric 機織織物

22. 河流

branches [ˈbrɑːntʃiz] *n.* 分支
canyon [ˈkænjən] *n.* 峽谷
creek [kriːk] *n.* 小河
delta [ˈdeltə] *n.* 三角洲
dike [daik] *n.* 堤（美語:dyke）
distributaries [diˈstribjuːtəris] *n.* 分流
downstream [daunˈstriːm] *ad.* 順流而下
gorge [gɔːdʒ] *n.* 峽谷
island [ˈailənd] *n.* 島
rapid [ˈræpid] *n.* 急流
rivulet [ˈrivjulit] *n.* 小溪
swamp [swɔmp] *n.* 沼澤
tributary [ˈtribjuːtəri] *n.* 支流
upstream [ˈʌpstriːm] *ad.* 逆流而上

片 語

alluvial fan 沖積扇
cross section of river 河流斷面
flood land 河灘地
main channel 主水道
natural levee 天然堤岸
north fork 北叉
oxbow lake 牛軛湖
river channel 河道
sand bar 沙洲
source lake 河源湖
south fork 南叉
synclinal valley 老年谷
U-shaped valley 壯年谷
V-shaped valley 幼年谷
widened V-shaped valley 青年谷

23. 廣播和電視

aerial [ˈeəriəl] *n.* 天線
backlighting [bækˈlaitiŋ] *n.* 逆光
duplicate [ˈdjuːplikit] *n.* 拷貝,副本
earphone [ˈiəˈfəun] *n.* 耳機
exposure [ikˈspəuʒə] *n.* 曝光
focus [ˈfəukəs] *n.* 焦點
framing [ˈfreimiŋ] *n.* 取景
interference [ˌintəˈfiərəns] *n.* 干擾
kilocycle [kiləˈsaikl] *n.* 千周
load [ləud] *v.* 裝菲林
microfilm [ˈmaikrəufilm] *n.* 微型菲林
microphone [ˈmaikrəufəun] *n.* 麥克風,話筒
network [netˈwəːk] *n.* 廣播網,電視廣播網
overexposure [ˌəuvəˈikspəuʒə] *n.* 曝光過度
photo [ˈfəutəu] *n.* 照片,相片
photocopier [ˌfəutəuˈkɔpiə] *n.* 影印機
photocopy [ˌfəutəuˈkɔpi] *n.* 影印
photogenic [ˌfəutəuˈdʒenik] *a.* 易上鏡頭的
photographer [fəˈtɔgrəfə] *n.* 攝影師
projector [prəˈdʒektə] *n.* 放映機
rebroadcast [riːˈbrɔːdkɑːst] *n.* 重播

reproduction [riˈprədʌkʃn] *n.* 複製
slide [slaid] *n.* 幻燈片，透明片
snapshot [ˈsnæpʃɔt] *n.* 快照
track [træk] *n.* 軌跡，聲道

片 語

automatic exposure 自動曝光
backlighting photography 逆光照
broadcast, broadcasting 播送，播放，廣播
broadcasting station 電台
depth of field 景深
echo chamber 回響室
erasing head 消音磁頭
frequency modulation 調頻
high fidelity 高保真
indoor aerial 室內天線
live broadcast 直播
long wave 長波
medium wave 中波
playback head 放音磁頭
recorded broadcast 錄音後廣播
recording head 錄音磁頭
recording studio 錄音間
short wave 短波
sound recording 錄音
sound technician 錄音師
tape recorder 磁帶錄音機
time of exposure 曝光時間
tone control 音調控制
tuner knob 調頻鈕
wave length 波長

24. 出版

advertisement [ədˈvəːtismənt] *n.* 廣告
annual [ˈænjuəl] *n.* 年刊
anthology [ænˈθɔlədʒi] *n.* 文集，文選
bimonthly [baiˈmʌnθli] *n.* 雙月刊
booklet [ˈbuklit] *n.* 小冊子，小書
circulation [səːkjuˈleiʃn] *n.* 發行量
commentator [ˈkɔmənteitə] *n.* 評論員
copyright [ˈkɔpiˌrait] *n.* 版權
daily [ˈdeili] *n.* 日報
document [ˈdɔkjumənt] *n.* 公文
editor [ˈeditə] *n.* 編輯
editorial [ˌediˈtɔːriəl] *n.* 社論
encyclopaedia [inˌsaikləuˈpiːdjə] *n.* 百科全書
feature [ˈfiːtʃə] *n.* 特寫
folio [ˈfəuliəu] *n.* 對開本
fortnightly [ˈfɔːtnaitli] *n.* 半月刊
headline [ˈhedlain] *n.* 標題
index [ˈindeks] *n.* 索引
magazine [ˌmægəˈziːn] *n.* 雜誌
manual [ˈmænjuəl] *n.* 手冊
monthly [ˈmʌnθli] *n.* 月刊
octavo [ɔkˈteivəu] *n.* 八開本
paperback [ˈpeipəbæk] *n.* 平裝本
periodical [ˌpiəriˈɔdikl] *n.* 期刊
pre-dated [priˈdeitid] *a.* 提前出版的
printing [ˈprintiŋ] *n.* 印刷
publication [ˌpʌbliˈkeiʃn] *n.* 出版
publisher [ˈpʌbliʃə] *n.* 發行者
quarterly [ˈkwɔːtəli] *n.* 季刊

quarto [ˈkwɔːtəu] *n.* 四開本
reader [ˈriːdə] *n.* 讀本
reporter [riˈpɔːtə] *n.* 記者
reprint [riːˈprint] *v.* 再版,重印, 翻印
royalty [ˈrɔiəlti] *n.* 版稅
serial [ˈsiəriəl] *n.* 連載
textbook [ˈtekstbuk] *n.* 教科書
track [træk] *n.* 軌跡,聲道
turntable [təːnˈteibl] *n.* 唱機轉盤
valve [vælv] *n.* 電子管(美語:tube)

片　語

back number 過期雜誌
banner headline 通欄標題
best seller 暢銷書
cheap edition 廉價本
complete works 全集
deluxe edition 精裝本
editor's note 編者按
evening paper 晚報
extra issue (報紙)號外
home news 國內新聞
memorial volume 紀念刊
new edition 新版
news agency 新聞社
original edition 原版(書)
pictorial magazine 畫報
pocket edition 袖珍本
popular edition 普及版
press communique 新聞公報
press conference 記者招待會
printing machine 印刷機
publishing house 出版社
reference book 參考書
resident correspondent 常駐記者
revised edition 修訂版
scientific literature 科學文獻
selected works 選集
serial story 小說連載
special correspondent 特派記者
special issue 特刊

25. 音樂

band [bænd] *n.* 管樂隊
bass [beis] *n.* 低音
baton [ˈbætən] *n.* 樂隊指揮棒
choir [ˈkwaiə] *n.* 合奏,合唱
chord [kɔːd] *n.* 和弦,諧音
conductor [kənˈdʌktə] *n.* 樂隊指揮
counterpoint [ˈkauntəpɔint] *n.* 多聲部音樂
duet [djuːˈet] *n.* 二重奏,二重唱
flat [flæt] *n.* 降半音符號
lyrics [ˈliriks] *n.* 歌詞
orchestra [ˈɔːkistrə] *n.* 樂隊
pause [pɔːz] *n.* 休止
pitch [pitʃ] *n.* 音
rest [rest] *n.* 休止符
rhythm [ˈriðəm] *n.* 節奏
scale [skeil] *n.* 音階
score [skɔː] *n.* 總譜,樂譜
semibreve [ˈsemibriːv] *n.* 全音符(美語:whole note)
semiquaver [ˈsemiˌkweivə] *n.* 十六分音符(美語:sixteenth note)
semitone [ˈsemitəun] *n.* 半音

sharp[ʃɑːp] *n.* 高半音符號,升號
solo[ˈsəuləu] *n.* 獨奏,獨唱
soprano[səˈprɑːnəu] *n.* 女高音
staff[stɑːf] *n.* 五線譜
syncope[ˈsiŋkəpi] *n.* 切分音
time[taim] *n.* 拍子
tone[təun] *n.* 全音程
trio[ˈtriːəu] *n.* 三重奏,三重唱

片 語

major key 大調
minor key 小調
tuning fork 音叉

26. 親屬關係

affinity[əˈfiniti] *n.* 姻親關係,嫡戚關係
ancestor[ˈænsistə] *n.* 祖先
ancestry[ˈænsistri] *n.* 祖先,先輩
branch[brɑːntʃ] *n.* 支,系
caste[kɑːst] *n.* 社會地位
clan[klæn] *n.* 氏族
descendants[diˈsendənts] *n.* 後代,晚輩
descent[diˈsent] *n.* 出身
extraction[iksˈtrækʃn] *n.* 家世
generation[ˌdʒenəˈreiʃn] *n.* 代
lineage[ˈliniidʒ] *n.* 宗族,世系
origin[ˈɔridʒin] *n.* 出身
race[reis] *n.* 種族
stock[stɔk] *n.* 門第,血統
succession[səkˈseʃən] *n.* 繼承
tribe[traib] *n.* 部族,部落

片 語

family life 家庭生活
family tree 家譜
kinsmen by affinity 姻親
kinsmen by blood 血親
next of kin 近親
of humble birth 平民出身
of noble birth 貴族出身

27. 礦業

alloy[əˈlɔi] *n.* 合金
alumina[əˈljuːminə] *n.* 氧化鋁,礬土
amalgamation[əˌmælgəˈmeiʃən] *n.* 汞齊化
annealing[əˈniːliŋ] *n.* 退火
auger[ˈɔːgə] *n.* 鑽
bauxite[ˈbɔːksait] *n.* 鋁釩土
bed[bed] *n.* 底座
belly[ˈbeli] *n.* 爐腰
boring[ˈbɔːriŋ] *n.* 鑽探
burner[ˈbəːnə] *n.* 燒嘴
calcination[ˌkælsiˈneiʃn] *n.* 煅燒
cast[kɑːst] *n.* 鑄件
casting[ˈkɑːstiŋ] *n.* 鑄件
cementation[siːmenˈteiʃn] *n.* 滲碳
cementite[siˈmentait] *n.* 滲碳體,碳化鐵
charger[ˈtʃɑːdʒə] *n.* 裝料機
charging[ˈtʃɑːdʒiŋ] *n.* 裝料,爐料
coke[kəuk] *n.* 焦炭
coking[ˈkəukiŋ] *n.* 煉焦
compressor[kəmˈpresə] *n.* 壓縮機

converter [kən'vəːtə] n. 轉爐
cooling ['kuliŋ] n. 冷
die [dai] n. 沖模
drawbench [drɔː'bentʃ] n. 拔管機,拉絲機
drawing ['drɔːiŋ] n. 拉拔
excavation [ˌekskə'veiʃən] n. 發掘
extrusion [eks'truːʒən] n. 擠壓
fault [fɔːlt] n. 斷層
ferrite ['ferait] n. 鐵氧體,鐵醇鹽
ferronickel [ˌferəu'nikl] n. 鎳鐵
floor [flɔː] n. 平台
flux [flʌks] n. 熔劑
forge [fɔːdʒ] n. 鍛造
forging ['fɔːdʒiŋ] n. 鍛造
foundry ['faundri] n. 鑄造車間
fusion ['fjuːʒən] n. 熔煉
hardening ['hɑːdniŋ] n. 脈石
hearth [hɑːθ] n. 爐底
heating ['hiːtiŋ] n. 加熱
hoist [hɔist] n. 起重機
hopper ['hɔpə] n. 料斗
ironworks ['aiənwəːks] n. 鐵工廠
ladle ['leidl] n. 鐵水包,鋼水包
machining [mə'ʃiːniŋ] n. 加工
milling ['miliŋ] n. 銑削
mine [main] n. 礦
miner ['mainə] n. 礦工
mould [məuld] n. 鑄模（美語:mold）
moulding ['məuldiŋ] n. 成型（美語:molding）
mouth [mauθ] n. 爐口
muffle ['mʌfl] n. 馬弗爐
pan [pæn] n. 淘金盤
pearlite ['pəːlait] n. 珠光體
plate [pleit] n. 薄板
pocket ['pɔːkit] n. 礦穴
preheating ['priː'hiːtiŋ] n. 預熱
press [pres] n. 壓鍛
prospecting [prəs'pektiŋ] n. 探礦
prospector [prəs'pektə] n. 探礦者
puddling ['pʌdliŋ] n. 攪煉
quarry ['kwɔri] n. 露天採石場
quarrying ['kwɔriŋ] n. 採石
reduction [ri'dʌkʃn] n. 還原
refining [ri'fainiŋ] n. 精煉
regenerator [ri'dʒenəreitə] n. 蓄熱室
remelting [ri'meltiŋ] n. 再熔化,重熔
reservoir ['rezəvwɑː] n. 儲藏
retort [ri'tɔːt] n. 反應罐
roller ['rəulə] n. 捲軸
rolling ['rəuliŋ] n. 軋製
roof [ruːf] n. 爐頂
shape [ʃeip] n. 型鋼
shavings ['ʃeiviŋs] n. 刨花
skip [skip] n. 料車
slag [slæg] n. 爐渣
slagging ['slægiŋ] v. 造渣
stack [stæk] n. 爐身
stamping ['stæmpiŋ] n. 沖壓
steelworks [stiːl'wəːks] n. 鋼鐵廠
stonecutter [stəun'kʌtə] n. 切石機
stratum ['strɑːtəm] n. 礦層
taphole ['tæphəul] n. 出鐵口,出渣口
tapping ['tæpiŋ] n. 出渣,出鋼,出鐵
temper ['tempə] v. 回火
tempering ['tempəriŋ] n. 回火

tinplate [ˈtinpleit] *n.* 馬口鐵
trimming [ˈtrimiŋ] *n.* 清理焊縫
trough [trɔːf] *n.* 鐵水溝,排渣溝
vein [vein] *n.* 礦脈
washer [ˈwɔʃə] *n.* 洗滌塔
wire [ˈwaiə] *n.* 線材

片 語

alloy steel 合金鋼
angle iron 角鐵
arc welding 電弧焊
autogenous welding 氧炔焊
blast furnace 鼓風爐
blooming mill 初軋機
case hardening 表面硬化
cast iron 鑄鐵
cast iron ingot 鑄鐵錠
cast steel 坩堝鋼,鑄鋼
clay pit 黏土礦坑
coiled sheet 帶狀薄板
coking plant 煉焦廠
corrugated iron 浪形鐵皮
crude steel 粗鋼
die casting 拉模鑄造
drop hammer 落錘
dust catcher 除塵器
electric steel 電工鋼,電爐鋼
ferrous products 鐵製品
finished product 成品,產品
firebrick lining 耐火磚襯
gas purifier 煤氣淨化器
gold nugget 塊金
gold reef 金礦礦脈
hard steel 硬鋼
hearth furnace 床式反射爐
heat exchanger 熱交換器
high-speed steel 高速鋼
ingot mould 錠模
iron and steel industry 鋼鐵工業
iron ingot 鐵錠
iron ore 鐵礦石
limestone flux 石灰石溶劑
metal strip 鐵帶,鋼帶
mild steel 軟鋼,低碳鋼
mining engineer 採礦工程師
moulded steel 鑄鋼
peat bog 泥炭沼
pig bed 鑄床
pig iron 生鐵
pile hammer 打樁錘
powder metallurgy 粉末冶金學
profiled bar 異型鋼材
puddled iron 攪煉熟鐵
refining furnace 精煉爐
refractory steel 熱強鋼,耐熱鋼
reverberatory furnace 反射爐
rolling mill 軋機,軋鋼機
rolling-mill housing 軋機機架
round iron 圓鐵
scrap iron 廢鐵
semifinished product 半成品,中間產品
shaft furnace 豎爐
soft iron 軟鐵
stainless steel 不銹鋼
tilting mixer 可傾式混鐵爐
water table 潛水面,地下水面

wrought iron 熟鐵

28. 藝術

author [ˈɔːθə] *n.* 作者
baroque [bəˈrauk] *a.* 巴洛克式的
Byzantine [baiˈzæntain] *a.* 拜占庭式的
classicism [ˈklæsisizəm] *n.* 古典主義,古典風格
collection [kəˈlekʃn] *n.* 收藏
existentialism [ˌegzisˈtenʃəlizəm] *n.* 存在主義
expressionism [iksˈpreʃənizəm] *n.* 表現主義
futurism [ˈfjuːtʃərizəm] *n.* 未來主義
Gothic [ˈgɔθik] *n.* 哥特式
impressionism [imˈpreʃənizəm] *n.* 印象主義
inspiration [ˌinspəˈreiʃn] *n.* 靈感,啓發
masterpiece [ˈmɑːstəˈpiːs] *n.* 傑作
muse [mjuːz] *n.* 靈感
naturalism [ˈnætʃərəlizəm] *n.* 自然主義
neoclassicism [ˈniːəuˈklæsisizəm] *n.* 新古典主義
purism [ˈpjuərizəm] *n.* 純正主義
realism [ˈriəlizəm] *n.* 現實主義
romanticism [rəuˈmæntisizəm] *n.* 浪漫主義
salon [ˈsælɔːŋ] *n.* 沙龍
style [stail] *n.* 風格
work [wəːk] *n.* 作品

片　語

art gallery 畫廊,美術館
Fine Arts 美術
graphic arts 形象藝術
plastic arts 造型藝術
work of art 藝術作品

29. 化學實驗室設備

apparatus [æpəˈreitəs] *n.* 設備
filter [ˈfiltə] *n.* 濾管
flask [flaːsk] *n.* 燒瓶
graduate [ˈgrædjuit] *n.* 量筒,量杯
reagent [riːˈeidʒənt] *n.* 試劑
retort [riˈtɔːt] *n.* 蒸餾器,曲頸瓶
still [stil] *n.* 蒸餾器

片　語

crucible pot 坩堝
litmus paper 石蕊試紙
PH indicator PH 值指示劑,氫離子(濃度的)負指數指示劑
stirring rod 攪拌棒
test tube 試管

30. 民用航空

airbus [ˈɛəbʌs] *n.* 空中巴士
airliner [ˈɛəˈlainə] *n.* 班機
amphibian [æmˈfibiən] *n.* 水陸兩用飛機
Boeing [ˈbəuiŋ] *n.* 波音
Concord [ˈkɔnkɔːd] *n.* 協和
glider [ˈglaidə] *n.* 滑翔機

hypersonic [ˌhaipəˈsɔnik] *a.* 高超音速的
jet（aircraft）[dʒet] *n.* 噴射機
monoplane [ˈmɔnəplein] *n.* 單翼飛機
seaplane [ˈsiːplein] *n.* 水上飛機
subsonic [sʌbˈsɔnik] *a.* 亞音速的
supersonic [ˌsjuːpəˈsɔnik] *a.* 超音速的
transonic [trænˈsɔnik] *a.* 接近音速的

片　語

passenger plane 客機
propeller-driven aircraft 螺旋槳飛機
trainer aircraft 教練機
transport plane 運輸機
turbofan jet 渦輪風扇飛機

31. 農作物

barley [ˈbɑːlei] *n.* 大麥
bran [bræn] *n.* 麩；糠
buckwheat [ˈbʌkwiːt] *n.* 蕎麥
cassava [ˈkɑːsəvə] *n.* 樹薯
cereals [ˈsiəriːlz] *n.* 穀物
clover [ˈkləuvə] *n.* 三葉草
coca [ˈkɔkə] *n.* 古柯
cacao [kəˈkɑːəu] *n.* 可可樹
coffee [ˈkɔfi] *n.* 咖啡
lentil [ˈlentil] *n.* 扁豆
lucerne [ˈljuːsəːn] *n.* 苜蓿（美語：alfalfa）
maize [meiz] *n.* 玉米（美語：corn）
millet [ˈmilit] *n.* 粟，黍
oats [əuts] *n.* 燕麥
olive [ˈɔliv] *n.* 油橄欖
pea [piː] *n.* 豌豆
pulses [ˈpʌlsis] *n.* 豆類植物
rye [rai] *n.* 黑麥
sisal [ˈsaisl] *n.* 劍麻；西沙爾麻
tobacco [təˈbækəu] *n.* 煙草
turnip [ˈtəːnip] *n.* 蕪菁，大頭菜
yam [jæm] *n.* 絲蘭

片　語

castor oil plant 蓖麻
coarse grain 穀粒
fodder grain 飼用穀物
forage plants 飼料作物
oil plants 油料植物
rape seed 油菜籽
resin plant 樹脂植物
rubber tree 橡膠樹
spring wheat 春小麥
sugar beet 糖用甜菜
sugar cane 甘蔗
sweet potato 甘薯
textile plants 纖維植物
tuber crops 塊莖作物

32. 教育

assistant [əˈsistənt] *n.* 助教
auditor [ˈɔːditə] *n.* 旁聽生
curriculum [kəˈrikjuːləm] *n.* 課程
dean [diːn] *n.* 教務長
discipline [ˈdisiplin] *n.* 紀律
doctorate [ˈdɔktəreit] *n.* 博士學位
enroll [inˈrəul] *v.* 予以註冊
examiner [igˈzæminə] *n.* 考官

failure ['feiljə] *n.* 失敗
graduate ['grædjuit] *n. v.* 畢業生;畢業
grant [grɑːnt] *n.* 獎學金
headmaster ['hedmɑːstə] *n.* 校長(女性爲:headmistress)
instruction [in'strʌkʃən] *n.* 教育
matriculation [məˌtrikju'leiʃən] *n.* 註冊
pedagogue ['pedəgɔg] *n.* 文學教師(蔑稱)
project ['prɔdʒekt] *n.* 畢業論文
revise [ri'vaiz] *v.* 復習
schooling ['skuːliŋ] *n.* 教授,授課
semester [si'mestə] *n.* 學期
subject ['sʌbdʒekt] *n.* 學科
swot [swɔt] *n.* 用功的學生
timetable [ˌtaim'teibl] *n.* 課程表

片 語

beginning of term 開學
board of examiners 考試團
competitive examination 答辯考試
convocation notice 考試通知
course of study 學業
fall an examination 未通過考試
games master 體育教師
holder of a grant 獎學金獲得者
laboratory assistant 實驗員
learn by heart 記住,掌握
lecturer 大學老師
play truant 逃學,曠課
repeat a year 留級
school age 學齡
student body 學生(總稱)
teaching staff 教育工作者(總稱)
the three R's 讀、寫、算
written/oral examination 筆試/口試

33. 圖書館

accessioning [æk'seʃəniŋ] *n.* 圖書驗收與登記
brief [briːf] *n.* 內容提要
cataloguer ['kætəlɔgə] *n.* 編目員
classifying ['klɑːsifaiiŋ] *n.* 分類
clerk [klɑːk] *n.* 管理員
contents ['kɔntents] *n.* 目次
copier ['kɔpiə] *n.* 影印機
description [dis'kripʃən] *n.* 描述,種類
descriptor [dis'kriptə] *n.* 主題詞
gift [gift] *n.* 贈本
index ['indeks] *n.* 索引
label ['leibl] *n.* 書標
librarian [lai'brɛəriən] *n.* 館員
microfiche ['maikrəufiːʃ] *n.* 縮微膠片
microfilm ['maikrəufilm] *n.* 縮微菲林
microprint ['maikrəprint] *n.* 縮微印刷品
network ['netwəːk] *n.* 網路
renewal [ri'njuəl] *n.* 續借
retrieval [ri'triːvl] *n.* 檢索
shelving ['ʃelviŋ] *n.* 排架
terminal ['təːminl] *n.* 終端

片 語

accession number 登錄號
acquisition department 採訪部
alphabetical index 字母索引
annual circulation (圖書)流通率

associate librarian 副館長
audiovisual studio 視聽室
audio-visual book 視聽圖書(指附有錄音帶、唱片、錄影帶、電影等的圖書)
author card 作者卡
author catalogue 作者目錄
author index 作者索引
back cover 封底
back issue 過期雜誌
book card 書卡
book carrier 運書車
book case 書櫥
book lift 圖書升降機
book pocket 書袋
book reservation 典藏
bound volume 合訂本
call number 索書號
call slip 索書單
card catalogue 卡片目錄
card catalogue cabinet 卡片目錄櫃
cassette tape recorder 盒式磁帶錄音機
catalogue card 目錄卡片
catalogue room 目錄室
cataloguing department 編目部
chief librarian 圖書館長
circulation department 流通部
circulation desk 出納台
classified card 分類卡
classified catalogue 分類目錄
classified index 分類索引
closed shelves 閉架式
copyright page 版權頁
daily periodical card 報紙登記卡
date slip 期限表
disinfection of books 圖書消毒
double-sided book shelves 雙面書架
exhibit rack 展覽架
exhibition room 展覽室
front cover 封面
guide card 指引卡
in circulation 借出
information material 情報資料
information retrieval 情報檢索
information science 情報學
information storage 情報貯存
international loan 國際互借
inter-library loan 館際互借
ledger catalogue 書本式目錄
library stamp 圖書館館章
loose-leaf catalogue 活頁目錄
magazine binder 雜誌夾
microfilm reader 縮微閱讀機
miniature edition 微型本
municipal library 市圖書館
national library 國家圖書館
newspaper clipping 剪報
newspaper rack 報架
newspaper reading room 報紙閱覽室
not for circulation 不外借
open shelves 開架式
opening hours 開放時間
overdue notice 催還通知
pamphlet 小冊子
periodical index 期刊索引
periodical rack 雜誌架
periodical reading room 期刊閱覽室

periodical record card 期刊登記卡
punched card 穿孔卡
rare book 善本
re-cataloguing 目錄改編
roller shelf 滑動書架
sample copy 樣本
scroll rack 卷軸架
slide projector 幻燈機
stack room 書庫
subject card 主題卡
subject catalogue 主題目錄
subject index 主題索引
supplementary issue 增刊
terminal user 終端設備用戶
title card 書名卡
title catalogue 書名目錄
title index 書名索引
title page 書名頁
turnover of books 圖書周轉
unique copy 孤本
Universal Copyright Convention 國際版權公約

34. 宇宙

aerolite [ˈeərəlait] *n.* 隕石
apogee [ˈæpədʒiː] *n.* 遠地點
apsis [ˈæpsis] *n.* 拱點
asteroid [ˈæstərɔid] *n.* 小行星
aureole [ˈɔːriəul] *n.* 光環
chromosphere [ˈkrəuməsfiə] *n.* 色球
comet [ˈkɔmit] *n.* 彗星
constellation [kɔnstəˈleiʃən] *n.* 星座
cosmography [ˌkɔsməˈgrɑːfi] *n.* 宇宙結構學
cosmology [kɔsˈmɔlədʒi] *n.* 宇宙論
cosmos [ˈkɔzmɔs] *n.* 宇宙
dawn [dɔːn] *n.* 黎明
eclipse [iˈklips] *n.* (日、月)蝕
equator [iˈkweitə] *n.* 赤道
equinox [ˌekwiˈnɔks] *n.* 二分點
galaxy [ˈgæləksi] *n.* 銀河
Gemini [ˈdʒemini] *n.* 雙子宮,雙子(星)座
interplanetary [ˌintəˈplænitəri] *a.* 星際間的
Leo [ˈliəu] *n.* 獅子宮,獅子(星)座
Libra [ˈlaibrə] *n.* 天秤宮,天秤(星)座
limb [lim] *n.* 邊緣
node [nəud] *n.* 交點
orb [ɔːb] *n.* 星球,天體
orbit [ˈɔːbit] *n.* 軌道
phase [feiz] *n.* 月相
planetary [ˈplænitəri] *a.* 行星的
polestar [ˈpəuləstɑː] *n.* 北極星
sphere [sfiə] *n.* 天體,球面
tail [teil] *n.* 彗尾
zenith [ˈzeniθ] *n.* 天頂

片　語

cusp of the moon 月牙的尖角
evening star 昏星
first quarter moon 半月,上弦月
full moon 滿月
Great Bear 大熊(星)座
Greater Dog 大犬(星)座
heavenly body 天體

last quarter moon 半月,下弦月
Lesser Dog 小犬(星)座
Little Bear 小熊(星)座
Milky Way 銀河
morning star 晨星
ring of Saturn 土星環
shooting star 流星
signs of the zodiac 黃道十二宮
solar corona 日冕
solar system 太陽系
summer solstice 夏至
vault of heaven 天穹
waning moon 虧月
waxing moon 盈月
winter solstice 冬至

35. 動物

antilope [ˈæntiləup] *n.* 羚羊
armadillo [ˌɑːməˈdiləu] *n.* 犰狳
beaver [ˈbiːvə] *n.* 河狸
bison [ˈbaisn] *n.* 美洲野牛
boar [bɔː] *n.* 野豬
buffalo [ˈbʌfələu] *n.* 水牛
bullock [ˈbulək] *n.* 小閹牛
calf [kɑːf] *n.* 小牛, 牛犢
chimpanzee [ˌtʃimpənˈziː] *n.* 黑猩猩
colt [kəult] *n.* 馬駒,小馬
dolphin [ˈdɔlfin] *n.* 海豚
duckbill [ˈdʌkbil] *n.* 鴨嘴獸
gazelle [gəˈzel] *n.* 瞪羚
gibbon [ˈgibən] *n.* 長臂猿
gilt [gilt] *n.* 小母豬
giraffe [dʒiˈrɑːf] *n.* 長頸鹿
gopher [ˈgəufə] *n.* 金花鼠
gorilla [gəˈrilə] *n.* 大猩猩
hedgehog [ˈhedʒhɔg] *n.* 刺猬
heifer [ˈhefə] *n.* 小母牛
hippopotamus [ˌhipəˈpɔtəməs] *n.* 河馬
hog [hɔg] *n.* 閹豬, 肥豬
kangaroo [ˌkæŋgəˈruː] *n.* 袋鼠
kitten [ˈkitn] *n.* 小貓
lamb [læm] *n.* 羔羊
leopard [ˈlepəd] *n.* 豹
lynx [links] *n.* 山貓
mare [mɛə] *n.* 母馬
marmot [ˈmɑːmət] *n.* 土撥鼠
mole [məul] *n.* 鼹鼠
mule [mjuːl] *n.* 騾
otter [ˈɔtə] *n.* 水獺
panther [ˈpænθə] *n.* 美洲豹
piglet [ˈpiglit] *n.* 小豬
pony [ˈpəuni] *n.* 矮馬;小馬
reindeer [ˈreindiə] *n.* 馴鹿
seal [siːl] *n.* 海豹
sloth [sləuθ] *n.* 樹懶
squirrel [ˈskwirəl] *n.* 松鼠
tabby [ˈtæbi] *n.* 雌貓
walrus [ˈwɔːlrəs] *n.* 海象
weasel [ˈwiːzl] *n.* 鼬,黃鼠狼
whale [weil] *n.* 鯨
yak [jæk] *n.* 犛牛
zebra [ˈziːbrə] *n.* 斑馬

36. 人體

abdomen [ˈæbdəmən] *n.* 腹部
anus [ˈeinəs] *n.* 肛門
artery [ˈɑːtəri] *n.* 動脈
backbone [ˈbækbəun] *n.* 脊骨，脊柱
breastbone [ˈbrestbəun] *n.* 胸骨
buttock [ˈbʌtək] *n.* 下臀部
capillary [kəˈpiləri] *n.* 毛細血管
discharge [disˈtʃɑːdʒ] *n.* 排泄
exhale [eksˈheil] *v.* 呼出
gullet [ˈgʌlit] *n.* 食道
hip [hip] *n.* 臀部
inhale [inˈheil] *v.* 吸入
joint [dʒɔint] *n.* 關節
kidney [ˈkidni] *n.* 腎臟
liver [ˈlivə] *n.* 肝臟
nipple [ˈnipl] *n.* 乳頭
ovary [ˈəuvəri] *n.* 卵巢
pancreas [ˈpæŋkriəs] *n.* 胰腺
penis [ˈpiːnis] *n.* 陰莖
pit [pit] *n.* 胸口
rectum [ˈrektəm] *n.* 直腸
respiration [ˌrespəˈreiʃn] *n.* 呼吸
rib [rib] *n.* 肋骨
scrotum [ˈskrəutəm] *n.* 陰囊
shoulder [ˈʃəudə] *n.* 肩
skeleton [ˈskelitn] *n.* 骨骼
skull [skʌl] *n.* 顱骨，頭蓋骨
spleen [spliːn] *n.* 脾
thigh [θai] *n.* 大腿
vein [vein] *n.* 靜脈
womb [wuːm] *n.* 子宮

片 語

armpit hair 腋毛
blind gut 盲腸
blood vessel 血管
elbow joint 肘關節
gall bladder 膽囊
internal organs 內臟
large intestine 大腸
private parts 陰部
shoulder blade 肩胛骨
shoulder joint 肩關節
small intestine 小腸
spinal marrow 脊髓
vermiform appendix 闌尾

37. 報紙

circulation [ˌsəːkjuˈleiʃn] *n.* 發行分數
columnist [ˈkɔləmnist] *n.* 專欄記者
contributor [kənˈtribjutə] *n.* 投稿者
correspondent [ˌkɔrisˈpɔndənt] *n.* 通訊員
criticism [ˈkritisizəm] *n.* 評論
cut [kʌt] *n.* 插圖
distribution [ˌdistriˈbjuːʃn] *n.* 發行
editor [ˈeditə] *n.* 編輯，主筆
editorial [ediˈtɔriəl] *n.* 社論
extra [ˈekstrə] *n.* 號外
headline [ˈhedlain] *n.* 標題
letters [ˈletəz] *n.* 讀者投書欄
newsbeat [ˈnjuːzbiːt] *n.* 記者採訪地區
newsboy [ˈnjuːzbɔi] *n.* 報童

newsman [ˈnjuːzmən] *n.* 新聞記者
newsprint [ˈnjuːzprint] *n.* 新聞用紙
proprietor [prəˈpraiətə] *n.* 社長
publisher [ˈpʌbliʃə] *n.* 發行人
review [riˈvjuː] *n.* 時評
scoop [skuːp] *n.* 特訊

片　語

banner headline 頭號大標題
big news 頭條新聞
book review 書評
bulldog edition 晨版,晨報的第一版
bureau chief 總編輯
city news 社會新聞
cub reporter 初任記者
evening edition 晚報
evening paper 晚報
exclusive news 獨家新聞
flash-news 大新聞
Fleet Street 艦隊街
free-lancer writer 自由撰稿人
general news column 一般消息欄
government organ 官報
hot news 最新新聞
informed sources 消息來源
International Press Association 國際新聞協會
literary criticism 文藝評論
morning edition 晨報
news blackout 新聞管制
news conference 記者招待會
news source 新聞來源
newspaper agency 報紙代售處
newspaper campaign 新聞戰
Newsweek 新聞週刊
obituary notice 訃聞
part organ 黨報
popular paper 大衆報紙
press ban 禁止刊行
press box 記者席
public notice 公告
quality paper 高級報紙
serial story 新聞小說
special correspondent 特派員
star reporter 大牌記者
Sunday features 週日特刊
the front page 頭版,第一版
the sports page 運動欄
trade paper 商界報紙
vernacular paper 本國報紙
war correspondent 戰地記者
weather forecast 天氣預報
yellow sheet 低俗新聞

38. 電訊

address [əˈdres] *n.* 地址
addressee [əˈdresiː] *n.* 收信人
collection [kəˈlekʃən] *n.* 收信
consignee [kənˈsainiː] *n.* (包裹)收件人
delivery [diˈlivəri] *n.* 遞送
franking [ˈfræŋkiŋ] *n.* 郵資
postmark [ˈpəustmaːk] *n.* 郵戳
postscript [ˈpəustskript] *n.* 附筆,又及(P. S.)
register [ˈredʒistə] *v.* *n.* 掛號

sender [ˈsendə] *n.* 發信人

acknowledgement of receipt 回執
by return of post 立即回信
cash on delivery 貨到付款
covering letter 附信
date stamp (加蓋的)日期郵戳
deal with the mail 發信
diplomatic pouch 外交郵袋
exemption from postal charges 郵資免付
express delivery letter 快遞信件
extra postage 附加郵資
mail sorter 信件分類裝置
money order 匯票,匯單
please forward 請轉發
postage paid 郵資已付
postal district 郵區
poste restante 留局待取(美語:General Delivery)
sorting office 信件分揀室
sorting table 分揀臺
sub-post office 郵政支局(美語:branch post office)
telegraphic money order 電匯匯單

39. 旅遊

customs [ˈkʌstəmz] *n.* 海關
embarkation [ˌimbɑːˈkeiʃən] *n.* 乘船,上船
excursion [eksˈkəːʃən] *n.* 遠足
excursionist [eksˈkəːʃənist] *n.* 旅行者
expedition [ˌekspiˈdiʃən] *n.* 遠征,探險
hitchhiking [ˌhitʃˈhaikiŋ] *n.* 搭乘
itinerary [aiˈtinərəri] *n.* 旅行指南
passage [ˈpæsidʒ] *n.* 票,票價
pleasure trip [ˈpleʒəˈtrip] *n.* 遊覽,漫遊
stage [steidʒ] *n.* 停歇點,中間站
stopover [ˈstɔpˌəuvə] *n.* 中途下車暫停

片 語

business trip 商務旅行
circular tour 環程旅行
commercial traveller 旅行推銷員(美語:traveling salesman)
departure at 10 a. m. 上午 10 時出發
half-price ticket 半票
identity card 身份證
organized tour 組團旅遊
outward journey 單程旅行
package tour 包辦旅行
return journey 往返旅行
return ticket 來回票,雙程票(美語:round-trip ticket)
safe-conduct 安全通行證
single ticket 單程票
travel agency 旅行社
traveller's cheque 旅行支票

40. 蔬菜

beet [biːt] *n.* 甜菜
broccoli [ˈbrɔkəli] *n.* 綠花椰菜
cabbage [ˈkæbidʒ] *n.* 椰菜
carrot [ˈkærət] *n.* 胡蘿蔔
cauliflower [ˈkɔliflauə] *n.* 白花椰菜

chilli [ˈtʃili] *n.* 辣椒
chive [tʃaiv] *n.* 葱
cress [kres] *n.* 水芹
cucumber [kjuˈkʌmbə] *n.* 青瓜
cumin [ˈkʌmin] *n.* 小茴香
dandelion [ˈdændəlaiən] *n.* 蒲公英
garlic [ˈgɑːlik] *n.* 蒜
leek [liːk] *n.* 韭菜
lentil [ˈlentil] *n.* 扁豆
lettuce [ˈletis] *n.* 萵苣
marrow [ˈmærəu] *n.* 食用葫蘆
melon [ˈmelən] *n.* 香瓜,甜瓜
mushroom [ˈmʌʃruːm] *n.* 洋菇
onion [ˈʌniən] *n.* 洋葱
parsley [ˈpɑːsli] *n.* 香菜,芫荽
parsnip [ˈpɑːsnip] *n.* 防風草
pea [piː] *n.* 豌豆
pepper [ˈpepə] *n.* 胡椒
pimento [piˈmentəu] *n.* 甜椒
potato [pəˈteitəu] *n.* 馬鈴薯
pumpkin [ˈpʌmkin] *n.* 南瓜
radish [ˈrædiʃ] *n.* 蘿蔔
truffle [ˈtrʌfl] *n.* 松露
turnip [ˈtəːnip] *n.* 蕪菁,大頭菜

41. 購物

bracelet [ˈbreislit] *n.* 鐲子
briefcase [ˈbriːfkeis] *n.* 公事包
brooch [brəutʃ] *n.* 胸針
bulb [bʌlb] *n.* 燈泡
cap [kæp] *n.* 熱水瓶瓶蓋
cleanser [ˈkliːnzə] *n.* 清潔劑
compact [kəmˈpækt] *n.* 粉盒
cosmetics [kɔzˈmetiks] *n.* 化妝品
counter [ˈkauntə] *n.* 櫃枱
cradle [ˈkrædl] *n.* 搖籃
detergent [diːˈtəːdʒənt] *n.* 洗衣粉
diaper [ˈdaiəpə] *n.* 尿布
discount [ˈdiskaunt] *n.* 折扣
fabrics [ˈfæbriks] *n.* 紡織品
fake [feik] *a.* 假的
genuine [ˈdʒenjuin] *a.* 眞的
haberdashery [ˈhæbədæʃəri] *n.* 男子服飾用品
imitation [ˌimiˈteiʃən] *n.* 仿製品
knapsack [ˈnæpsæk] *n.* 背包
lighter [ˈlaitə] *n.* 打火機
ornaments [ˈɔːnəmənts] *n.* 裝飾品
pendant [ˈpendənt] *n.* 墜子
pomade [pəˈmɑːd] *n.* 髮油
razor [ˈreizə] *n.* 剃刀
torch [tɔːtʃ] *n.* 手電筒
towel [ˈtauəl] *n.* 毛巾
underwear [ˈʌndəˌwɛə] *n.* 內衣褲
zipper [ˈzipə] *n.* 拉鏈

片語

alarm clock 鬧鐘
antique shop 古玩店
baby's cot 嬰兒床
be sold out 售罄
cash desk 收銀處
chain bracelet 手鍊
child's tricycle 兒童三輪車
clothes peg 曬衣夾

coat hanger 掛衣架
electric clippers 電推子
enamel ware 搪瓷器皿
feeding bottle 奶瓶
fixed price 訂價
free of charge 不收費
glassware counter 玻璃器皿部
jewel case 首飾盒
laundry soap 洗衣皂
medicated soap 藥皂
nail clipper 指甲刀
nail file 指甲銼
nail scissors 指甲剪
nail varnish 指甲油
perfume spray 香水噴霧器
powder puff 粉撲
price tag 標價簽
razor blade 刀片
ready-made clothes 成衣
rocking-horse 搖木馬
safety razor 保險刮鬍刀
safety-pin 別針
shaving brush 修面刷
shaving cream 刮鬍膏
show case 玻璃櫃檯
show window 櫥窗
signet ring 印章戒指
silver jeweleries 銀飾
smoking set 煙具
soap flakes 皂片
string bag 網兜
thermos bottle 熱水瓶
vanishing cream 雪花膏
watch band 錶帶
watch chain 錶鍊

42. 飲食

appetite [ˈæpitait] *n.* 胃口
banquet [ˈbæŋkwit] *n.* 宴會
greed [griːd] *n.* 貪嘴
maintain [meinˈtein] *v.* 贍養
nourish [ˈnʌriʃ] *v.* 養育
nutrition [njuˈtriʃən] *n.* 食物
overfeeding [ˈəuvəˈfiːdiŋ] *n.* 吃得過多,過量食物
thirst [θəːst] *n.* 口渴

43. 娛樂

acrobat [ˈækrəbæt] *n.* 雜技演員
balancer [ˈbælənsə] *n.* 表演平衡技巧的人
cage [keidʒ] *n.* 籠子
clown [klaun] *n.* 小丑
equitation [ˌekwiˈteiʃən] *n.* 馬術
flier [flaiə] *n.* 空中飛人(美語:aerialist)
giant [ˈdʒaiənt] *n.* 巨人
juggler [ˈdʒʌglə] *n.* 耍把戲者
parade [pəˈreid] *n.* 列隊行進
ring [riŋ] *n.* 場地
tent [tent] *n.* 帳篷
tier [taiə] *n.* 看台
tights [taits] *n.* 緊身衣
trampoline [ˈtræmpəliːn] *n.* 蹦床
trapeze [trəˈpiːz] *n.* 鞦韆
tumble [ˈtʌmbl] *n.* 觔斗
whip [wip] *n.* 鞭子

balancing pole 平衡杆
circus act 馬戲節目
circus wagon (馬戲團的)大篷車
double somersault 翻雙觔斗
horse trainer 馴馬師
human pyramid 疊羅漢
lion tamer 馴獅者
master of ceremonies 節目主持人,司儀
performing animal 馴服的動物
safety net 安全網
snake charmer 耍蛇者
sword swallower 吞劍者
trapeze artist 盪鞦韆演員
travelling circus 巡迴馬戲團
trick rider 馬戲演員
wild animal trainer 馴獸師
wire-walking 走鋼絲

44. 船

barge [bɑːdʒ] *n.* 駁船
battleship [ˈbætlʃip] *n.* 主力艦
canoe [kəˈnuː] *n.* 小船,獨木舟
coaster [ˈkəustə] *n.* 近海貿易貨船
cruiser [ˈkruːzə] *n.* 巡洋艦
destroyer [diˈstrɔiə] *n.* 驅逐艦
dugout [ˈdʌgaut] *n.* 獨木舟
ferry [ˈferi] *n.* 渡船,渡輪
freighter [ˈfreitə] *n.* 貨船
galley [ˈgæli] *n.* 大划槳船
gunboat [ˈgʌnbəut] *n.* 炮艦
hovercraft [ˈhɔvəˌkrɑːft] *n.* 氣墊船
icebreaker [ˈaisˌbreikə] *n.* 破冰船
lifeboat [ˈlaifbəut] *n.* 救生艇
lighter [ˈlaitə] *n.* 駁船
liner [ˈlainə] *n.* 遠洋班輪
merchant ship [ˈməːtʃənt ˈʃip] *n.* 商船
outboard [ˈautbɔːd] *n.* 尾部裝有馬達的小艇
raft [rɑːft] *n.* 木筏
schooner [ˈskuːnə] *n.* 縱帆船
skiff [skif] *n.* 小艇
steamer [ˈstiːmə] *n.* 汽輪
submarine [ˈsʌbməriːn] *n.* 潛水艇
tanker [ˈtænkə] *n.* 油輪
tug [tʌg] *n.* 拖輪
vessel [ˈvesl] *n.* 船
whaler [ˈweilə] *n.* 捕鯨船
yacht [jɔt] *n.* 遊艇
yawl [jɔːl] *n.* 船載小艇

片　語

aircraft carrier 航空母艦
cargo boat 貨船
coastguard cutter 巡邏艇,緝私艇
cod-fishing boat 捕鱈魚船
paddle steamer 明輪船
patrol boat 巡邏艇
revenue cutter 緝私船
rowing boat 划艇(美語:rowboat)
sailing boat 帆船
torpedo boat 魚雷艇
whale mother ship 捕鯨母船

45. 浴室

bathtub [ˈbɑːθtʌb] *n.* 浴缸
faucet [ˈfɔːsit] *n.* 龍頭
shower [ˈʃauə] *n.* 淋浴
tank [tænk] *n.* 儲水箱
tiles [tailz] *n.* 瓷磚
trap [træp] *n.* 存水彎

片語

ball-cock assembly 浮球閥
bath towel 浴巾
bathroom cabinet 浴室鏡箱
float ball 浮球
inlet tube 進水管
shaver outlet 刮鬍刀插座
shower curtain 浴簾
sink drain 下水管
soap dish 浴皂盒
tank lid 水箱蓋
toilet cover 馬桶蓋
toilet paper holder 衛生紙架
towel rack 毛巾架
wash basin 臉盆

46. 農業

arboriculture [ˈɑːbərikʌltʃə] *n.* 樹藝學
farming [ˈfɑːmiŋ] *n.* 農業
foodstuffs [ˈfuːdstʌfs] *n.* 食品
grassland [ˈgrɑːslænd] *n.* 草地
holding [ˈhəuldiŋ] *n.* 田產
humus [ˈhjuːməs] *n.* 腐殖質
latifundium [ˌlætiˈfʌndiəm] *n.* 大農場,大莊園
livestock [ˈlivstɔk] *n.* 牲畜
meadow [ˈmedəu] *n.* 草地
plot [plɔt] *n.* 小塊土地
ploughman [ˈplaumən] *n.* 農夫,犁田者
prairie [ˈprɛəri] *n.* 大草原
producer [prəˈdjuːsə] *n.* 農業工人
ranch [ræntʃ] *n.* 大農場,牧場
rancher [ˈræntʃə] *n.* 牧場主人
sharecropper [ˈʃɛəˈkrɔpə] *n.* 佃農
shepherd [ˈʃepəd] *n.* 牧人
straw [strɔː] *n.* 麥稈
tenant [ˈtenənt] *n.* 佃農
vinegrower [ˈvainˌgrəuə] *n.* 葡萄栽植者
vintager [ˈvintidʒə] *n.* 採葡萄者
wasteland [ˈweistlænd] *n.* 荒地

片語

absentee landlord 外居地主
agricultural products 農產品
animal husbandry 畜牧業
arable land 耕地
cattle farm 乳牛場
cattle farmer 牧場工人
collective farm 集體農場
cooperative farm 合作農場
crop year 農事年
dairy farming 乳品業,乳牛業
dairy industry 乳品加工業
dry soil 旱田
farm hand 農場短工
fertile soil 沃土,肥沃的土壤

fruit grower 果農
fruit growing 果樹栽培
irrigable land 水澆地
lean soil 貧瘠土壤
lie fallow 休閒
market gardening 商品蔬菜種植業
mechanization of farming 農業機械化
mechanized farming 機械化耕作
olive growing 油橄欖栽培
pasture land 牧場
rural exodus 農村遷徙
rural population 農村人口
tenant farmer 土地租用人

47. 旅館、飯店

barman[ˈbɑːmən] *n.* 酒吧服務生
bartender[ˈbɑːˌtendə] *n.* 酒吧調酒師
beautician[ˌbjuːˈtiʃən] *n.* 美容師
cashier[ˈkæʃiə] *n.* 外幣兌換員，出納員
hostel[ˈhɔstl] *n.* 旅店
motel[ˈməutel] *n.* 汽車旅館
patroller[pəˈtrəulə] *n.* 巡邏員
tavern[ˈtævən] *n.* 小旅館

片語

apartment hotel 公寓飯店
beach hotel 海濱飯店
boarding house 家庭式飯店
bungalow hotel 平房旅館
caravan park 大篷車旅館
deluxe hotel 豪華飯店
foreign tourist hotel 涉外旅遊飯店
highway hotel 公路飯店
hospital hotel 醫療飯店
hot spring hotel 溫泉飯店
hotel on wheels 流動飯店
resort hotel 旅遊勝地飯店
tatami hotel 日式飯店
year round hotel 全年營業飯店
youth hotel 青年旅館

48. 生物學

cell [sel] *n.* 細胞
clone [kləun] *n. v.* 複製
degeneration [diˌdʒenəˈreiʃən] *n.* 退化
evolution [ˌivəˈluːʃən] *n.* 演化，進化
gene [dʒiːn] *n.* 基因
genotype [ˈdʒenəuˌtaip] *n.* 基因型
heredity [hiˈrediti] *n.* 遺傳
ingestion [inˈdʒestʃən] *n.* 攝食
insulin [ˈinsjulin] *n.* 胰島素
metabolism [miˈtæbəlizəm] *n.* 新陳代謝
nucleus [ˈnjuːkliəs] *n.* 細胞核
propagation [ˌprɔpəˈgeiʃən] *n.* 繁殖
protein [ˈprəutiːn] *n.* 蛋白質
respiration [ˌrispaiəˈreiʃən] *n.* 呼吸
species [ˈspiːʃiːz] *n.* 物種
speciology [ˌspiːʃiˈɔlədʒi] *n.* 物種學
substitution [ˌsʌbstiˈtjuːʃən] *n.* 替代
tissue [ˈtisju] *n.* 組織

片語

aging gene 衰老基因
amino acid 氨基酸

bacterial enzyme 細菌酶
cell membrane 細胞膜
cell wall 細胞壁
chemical energy 化學能
digestive enzyme 消化酶
gene mutation 基因突變
genetic code 遺傳密碼
genetic composition 遺傳組合
genetic engineering 遺傳工程
genetic factor 遺傳因子
hybrid species 雜交物種
hybrid vigour 雜交優勢
mutation of species 物種變異
nucleic aid 核酸
recombination of genes 基因重新組合
sex chromosome 性染色體
species transformation 物種轉化
theory of evolution 進化論
theory of gene 基因學說
vegetative propagation 無性生殖

49. 環境科學

decongestion [diˌkənˈdʒestʃən] *n.* 減少擁擠
landscaping [ˌlændˈskeipiŋ] *n.* 環境美化
smog [smɔg] *n.* 煙塵

片 語

air monitoring 空氣檢驗
dust and sand in the air 沙塵
environment science 環境科學
environmental health 環境衛生
environmental pollution 環境污染
floating dust 浮塵
natural cycle 自然環境
pesticide pollution 農藥污染
population density 人口密度
population size 人口規模
powder-like waste 粉塵
radioactive contamination 放射性污染
reforming of cities 城市改造
sewage pollution 污水污染
sewage purification 污水處理
sound insulation 隔音
thermal pollution 熱污染
traffic noises 交通噪音
urban construction 城市建設
vibration damping 減震
waste disposal 廢物處理
waste heat 廢熱
waste liquid 廢液
waste residue 廢渣
water contamination 水污染

50. 電腦科學

accumulator [əˈkjuːmjuleitə] *n.* 累加器
adder [ˈædə] *n.* 加法器
assembling [əˈsembliŋ] *n.* 彙編程序
block [blɔk] *n.* 字塊
buffer [ˈbʌfə] *n.* 緩衝器
bus [bʌs] *n.* 總線，母線
byte [bait] *n.* 字節
channel [ˈtʃænəl] *n.* 通道
chip [tʃip] *n.* 芯片

click [klik] *n. v.* 點擊
coding [ˈkəudiŋ] *n.* 編碼
compiler [kəmˈpailə] *n.* 編譯程式
copy [ˈkɔpi] *n. v.* 複製,拷貝
core [kɔː] *n.* 磁芯
counter [ˈkauntə] *n.* 計數器
cursor [ˈkəːsə] *n.* 游標
data [ˈdeitə] *n.* 數據
differentiator [ˌdifəˈrenʃieitə] *n.* 微分器
diskette [ˈdisket] *n.* 磁碟
divider [diˈvaidə] *n.* 除數器
drive [draiv] *n.* 驅動器
erasing [iˈreiziŋ] *n.* 擦除
facsimile [ˌfækˈsimili] *n.* 傳眞
field [fiːld] *n.* 字段
form [fɔːm] *n.* 格式
hardware [ˈhɑːdwɛə] *n.* 硬體
index [ˈindeks] *n.* 索引;指數
integrator [ˈintigreitə] *n.* 積分器
keyword [ˈkiːwəːd] *n.* 關鍵詞
label [ˈleibl] *n.* 標號
locate [ləuˈkeit] *v.* 定位
locking [ˈlɔkiŋ] *n.* 鎖住
memory [ˈmeməri] *n.* 存儲器
menu [ˈmenjuː] *n.* 菜單
metalanguage [ˌmetəˈlæŋgwidʒ] *n.* 元語言
modem [ˈmɔdəm] *n.* 數據機
mouse [maus] *n.* 滑鼠
multiplier [ˈmʌltiplaiə] *n.* 乘數器
overlay [ˈəuvəˌlei] *n.* 覆蓋
paralleled [ˈpærəleld] *a.* 匹配的
parameter [ˈpærəˌmiːtə] *n.* 參量
pointer [ˈpɔintə] *n.* 指示器
printer [ˈprintə] *n.* 印表機
procedure [ˌprəˈsiːdʒə] *n.* 過程
reader [ˈriːdə] *n.* 閱讀器
recognition [ˌrekəgˈniʃən] *n.* 識別
refreshing [riˈfreʃiŋ] *n.* 刷新
register [ˈredʒistə] *n.* 寄存器
remark [riˈmɑːk] *n.* 評語
reset [riˈset] *v.* 復位
return [riˈtəːn] *n.* 回車
serial [ˈsiəriəl] *n.* 串行
skip [skip] *n.* 跳躍
sort [sɔːt] *n.* 排序
stop [stɔp] *n.* 停機
subroutine [sʌbˈruːtin] *n.* 子程式
trace [treis] *n.* 追踪
virus [ˈvairəs] *n.* 病毒

片　語

application routine 應用程式
arithmetic unit 運算器
automatic drafting machine 自動繪圖儀
card punch 卡片打孔機
card reader 卡片閱讀機
central processing unit 中央處理器
chain printer 鍊式的硬體設備
character string 字符串
compatible hardware 兼容的硬體設備
component density 元件密度
computer internal device 電腦內部器件
console typewriter 控制台印表機
control panel 控制板
data base 數據庫

data line 數據線
diagnostic routine 診斷程式
digit circuit 數字電路
digital computer 數字電腦
display capacity 顯示器適配卡
document reader 文件閱讀機
dual system 雙機系統
dummy argument 啞變量
dynamic memory 動態存儲器
executive system 執行系統
external device 外部設備
fault-tolerant computer 容錯電腦
floppy disk drive 磁片驅動器
functional unit 功能部件
gate circuit 門電路
general-purpose computer 通用電腦
graphic plotter 繪圖儀
hair trigger 板機
head label 首標
impact printer 擊打式印表機
information storing device 資訊存儲器
ink-jet printer 噴墨印表機
instruction set 指令系統
intelligent terminals 智能終端
interface module 接口模塊
internal storage 內存儲器
keyboard entry 鍵盤輸入
large scale computer 大型電腦
laser printer 雷射印表機
light disk drive 光盤驅動器
macro assemble 宏彙編
magnetic core storage 磁芯存儲器
main board 主板
master control 主控制器
matrix printer 點陣式印表機
mechanical computer 機械電腦
operation console 控制台
operation system 操作系統
optical computer 光學電腦
optical mark reader 游標閱讀機
optical storage 光學存儲器
paper tape reader 紙帶閱讀機
phase shifter 相移器
plotting board 繪圖板
simultaneous computer 同時操作電腦
single board computer 單板機
software engineering 軟體系統
source programme 源程式
special-purpose computer 專業電腦
superconductivity memory 超導存儲器
switch matrix 開關矩陣
symbolic language 符號語言
system generation 系統生成
system programme 系統程式
system software 系統軟體
temporary register 暫存器
terminal equipment 終端設備
time-sharing system 分時系統
translating programme 翻譯程式
voice operated device 聲控裝置
word length 字長

51. 物理學

acceleration [əkˌseləˈreiʃən] *n.* 加速度
accelerator [əkˈseləˌreitə] *n.* 加速器

acoustics [əˈkuːstiks] *n.* 聲學
action [ˈækʃən] *n.* 作用
ampere [ˈæmpɛə] *n.* 安培
amplitude [ˈæmplitjuːd] *n.* 振幅
antiparticle [ˌæntiˈpɑːtikl] *n.* 反粒子
antiproton [ˌæntiˈprəutən] *n.* 反質子
armature [ˈɑːmətʃə] *n.* 電樞
calorie [ˈkæləri] *n.* 卡路里
calorimeter [ˈkæləriˈmiːtə] *n.* 熱量計
capacitor [kəˈpæsitə] *n.* 電容器
capacity [kəˈpæsiti] *n.* 電容
cathode [ˈkæθəud] *n.* 負極
charge [tʃɑːdʒ] *n.* 電荷
combustion [kəmˈbʌstʃən] *n.* 燃燒
compression [kəmˈpreʃən] *n.* 壓縮
conduction [kənˈdʌkʃən] *n.* 傳導
conductor [kənˈdʌktə] *n.* 導體
convection [kənˈvekʃən] *n.* 對流
converter [kənˈvəːtə] *n.* 換流器
cycle [ˈsaikl] *n.* 週期
decay [diˈkei] *n.* 衰變
deceleration [diːˌseləˈreiʃən] *n.* 減速度
density [ˈdensiti] *n.* 密度
dielectric [ˌdaiəˈlektrik] *n.* 介電質
discharge [disˈtʃɑːdʒ] *n.* 放電
disintegration [disˌintiˈgreiʃən] *n.* 蛻變
dispersion [disˈpəːʃən] *n.* 色散
distillation [ˌdistiˈleiʃən] *n.* 蒸餾
dynamics [daiˈnæmiks] *n.* 動力學
electricity [iˈlektrisiti] *n.* 電學
electrode [iˈlektrəud] *n.* 電極
electron [iˈlektrən] *n.* 電子
ether [ˈiːθə] *n.* 以太

excitation [ˌeksiˈteiʃən] *n.* 激發
fission [ˈfiʃən] *n.* 裂變
fluidics [ˈfluidiks] *n.* 射流
force [fɔːs] *n.* 力
freezing [ˈfriːziŋ] *n.* 凍結
frequency [ˈfrikwensi] *n.* 頻率
friction [ˈfrikʃən] *n.* 摩擦
fusion [ˈfjuːʒən] *n.* 聚變;熔解
gasification [ˌgæsifiˈkeiʃən] *n.* 氣化
gravity [ˈgræviti] *n.* 重力
horsepower [ˈhɔːspauə] *n.* 馬力
hyperon [ˈhaipərɔn] *n.* 超子
illumination [iˌljuːmiˈneiʃən] *n.* 照明
inertia [iˈnəːʃiə] *n.* 慣性
insulation [ˌinsjuˈleiʃən] *n.* 絕緣
insulator [ˈinsjuˌleitə] *n.* 絕緣體
intensity [inˈtensiti] *n.* 強度
isotope [ˈaisətəup] *n.* 同位素
joule [dʒuːl] *n.* 焦耳
laser [ˈleizə] *n.* 雷射
lever [ˈlevə] *n.* 槓桿
liquid [ˈlikwid] *n.* 液體
luminosity [ˌljuːmiˈnɔsiti] *n.* 光度
magnet [ˈmægnit] *n.* 磁鐵
magnetism [ˈmægnitizəm] *n.* 磁學
mechanics [miˈkæniks] *n.* 力學
micron [ˈmaikrɔn] *n.* 微米
moderator [ˈmɔdəˌreitə] *n.* 減速劑
momentum [məuˈmentəm] *n.* 動量
neutron [ˈnjutrɔn] *n.* 中子
nucleon [ˈnjukliɔn] *n.* 核子
nucleus [ˈnjuːkliəs] *n.* 原子核
opaque [əuˈpeik] *n.* 不透明

overtone [ˈəuvəˌtəun] *n.* 泛音
parity [ˈpæriti] *n.* (力量)同等
particle [ˈpɑːtikl] *n.* 粒子
penumbra [piˈnʌmbrə] *n.* 半影
permeability [ˌpəːmiəˈbiliti] *n.* 磁導率
phase [feiz] *n.* 相位
photometry [fəuˈtɔmitri] *n.* 光度學
photon [ˈfəutɔn] *n.* 光子
pitch [pitʃ] *n.* 音調
plasma [ˈplæzmə] *n.* 等離子體
plate [pleit] *n.* 極板
pole [pəul] *n.* 磁極
timbre [ˈtimbə] *n.* 音色
transformer [ˌtrænsˈfɔːmə] *n.* 變壓器
transparent [trænsˈpærənt] *n.* 透明
trough [trɔf] *n.* 波谷
vacuum [ˈvækjum] *n.* 真空
vaporization [ˌveipəraiˈzeiʃən] *n.* 汽化
vibration [ˌvaiˈbreiʃən] *n.* 振動
volatilization [vɔˌlætilaiˈzeiʃən] *n.* 揮發
volume [ˈvɔljuːm] *n.* 音量
watt [wɔt] *n.* 瓦特
weight [weit] *n.* 重量
work [wəːk] *n.* 功

片 語

artificial magnet 人造磁鐵
atomic energy 原子能
atomic physics 原子物理學
atomic power plant 原子能發電廠
attraction force 引力
axial force 軸向力
binding post 接線柱
buoyant force 浮力
center of gravity 重心
centripetal force 離心力
chain reaction 連鎖反應
coherent light 同調光
cohesive force 內聚力
component force 分力
composite force 合力
concave lens 凹透鏡
conducting wire 導線
conservation of energy 能量不滅
conservation of mass and energy 質能不滅
conservation of matter 物質不滅
convex lens 凸透鏡
current carrying capacity 載流量
current electricity 電流
diamagnetic body 反磁體
diffraction grating 衍射光柵
distribution board 配電板
double connection 雙聯
elastic force 彈力
electric cell 電池
electric circuit 電路
electric current 電流
electric source 電源
electromagnet 電磁鐵
electromagnetic flow 電磁流
electromagnetic induction 電磁感應
electromagnetic wave 電磁波
electromotive force 電動勢
electron cloud 電子雲
Fahrenheit thermometer 華氏溫度計

falling body 落體
ferromagnetic body 鐵磁體
fluid mechanics 流體力學
freezing point 冰點
fundamental particle 基本粒子
geomagnetic observation 地磁觀測
heat conductivity 導熱性
heat of fusion 熔解熱
heat of solidification 凝固熱
heat of vaporization 汽化熱
heat transfer 傳熱
heavy water 重水
high energy particle 高能粒子
horseshoe magnet 馬蹄形磁鐵
in parallel 並聯
in series 串聯
inclined plane 斜面
indicating lamp 指示燈
infrared microscope 紅外線顯微鏡
infrared ray 紅外線
isogonic line 等磁偏線
kinetic energy 動能
knife switch 閘刀開關
law of free falling body 自由落體定律
like poles 同性極
magnetic conductivity 磁導能力
magnetic declination 磁偏角
magnetic dip 磁傾角
magnetic equator 地磁赤道
magnetic field 磁場
magnetic flux 磁通量
magnetic lines of force 磁力線
magnetic storm 磁暴
magnetizing current 激磁電流
magnetomotive force 磁動勢
microscopic particle 微觀粒子
polarization of light 光的偏振
potential difference 位差
potential energy 位能
press button 按鈕
primary sound 原聲
production of sound 發聲
propagation of sound 傳聲
quantum mechanics 量子力學
relativity theory 相對論
resisting force 阻力
short circuit 短路
single connection 單聯
solar radiation 太陽輻射
solidifying point 凝固點
sound wave 聲波
source of sound 聲源
static electricity 靜電
superconductivity 超導性
superconductor 超導體
sympathetic vibration 合振
terrestrial magnetism 地磁
the South Pole 南極
thermal efficiency 熱效率
thermal expansion 熱膨脹
thermal flow 熱流
thermal power 熱功率
thermo-nuclear reaction 熱核反應
torsional force 扭力
tractive force 拉力
transverse wave 橫波

tuning fork 音叉
ultraviolet ray 紫外線
universal meter 萬用電錶
unlike poles 異性極
variable capacitor 可變電容器

52. 天文學

apogee [ˈæpədʒiː] *n.* 遠地點
asteroid [ˈæstərɔid] *n.* 小行星
astronaut [ˈæstrənɔːt] *n.* 太空人
astronomy [əsˈtrɔnəmi] *n.* 天文學
calendar [ˈkælində] *n.* 日曆
comet [ˈkɔmit] *n.* 彗星
corona [kəˈrəunə] *n.* 日冕
ecliptic [iˈkliptik] *n.* 黃道
Jupiter [ˈdʒjuːpitə] *n.* 木星
Mars [mɑːz] *n.* 火星
Mercury [ˈməːkjuːri] *n.* 水星
meridian [məˈridiən] *n.* 子午線
meteor [ˈmiːtiə] *n.* 流星
meteorite [ˈmiːtiərait] *n.* 隕星
Neptune [ˈneptjuːn] *n.* 海王星
orbit [ˈɔːbit] *n.* 軌道
parallax [ˈpærəlæks] *n.* 視差
partial eclipse [ˈpɑːʃəlikˈlips] *n.* 偏食
revolution [ˌrevəˈljuːʃən] *n.* 公轉
rotation [rəuˈteiʃən] *n.* 自轉
satellite [ˈsætəlait] *n.* 衛星
sunspot [ˈsʌnspɔt] *n.* 太陽黑子
umbra [ˈʌmbrə] *n.* 本影
universe [ˈjuːnivəːs] *n.* 宇宙
zenith [ˈzeniθ] *n.* 天頂

片語

an earth satellite's line of flight 地球衛星運行軌道
annular eclipse 環蝕
artificial satellite 人造衛星
aurora borealis 北極光
autumnal equinox 秋分
celestial axis 天軸
celestial body 天體
celestial pole 天極
celestial sphere 天球
cosmic rays 宇宙射線
cosmic space 宇宙空間
cosmic speed 宇宙速度
ecliptic pole 黃極
extragalactic system 河外星系
first quarter of the moon 上弦月
fixed star 恆星
full moon 滿月
galaxy, Milky Way 銀河
interplanetary travel 星際旅行
interstellar space 星際空間
last quarter of the moon 下弦月
leap year 閏年
light intensity, luminosity 光度
light year 光年
lunar calendar 陰曆
lunar eclipse 月蝕
manned spaceship 載人太空船
neutron star 中子星
new moon 新月
primordial nebula 原始星雲

procession of the equinoxes 歲差
reconnaissance satellite 偵察衛星
red giant 紅巨星
red shift 紅移
satellite for interplanetary probes 星際探測衛星
satellite for lunar probes 月球探測衛星
satellite for Mars probes 火星探測衛星
solar calendar 陽曆
solar eclipse 日蝕
solar system 太陽系
space programme 太空計畫
space rocket 太空火箭
space station 太空站
space travel 太空旅行
star cluster 星團
summer solstice 夏至
total eclipse 全蝕
traditional Chinese calendar 農曆
variable star 變星
vault of heaven 天穹
vernal equinox 春分
white dwarf 白矮星

53. 數學

add [æd] *n.* 加
addition [əˈdiʃən] *n.* 加法
algebra [ælˈdʒibrə] *n.* 代數
altitude [ˈæltitjuːd] *n.* (三角形的)高
angle [ˈæŋgl] *n.* 角
arc [ɑːk] *n.* 弧
arithmetic [əˈriθmetik] *a.* 算術的
base [beis] *n.* (三角形的)底邊
calculus [ˈkælkjuləs] *n.* 微積分
circle [ˈsəːkl] *n.* 圓
cone [kəun] *n.* 圓錐體
conversion [kənˈvəːʃən] *n.* 換算
coordinate [kəuˈɔːdineit] *n.* 坐標
cube [kjuːb] *n.* 立方體
curve [kəːv] *n.* 曲線
cylinder [ˈsailində] *n.* 圓柱體
decimal [ˈdesiml] *n.* 小數
denominator [diˈnɔmineitə] *n.* 分母
derivative [diˈraivətiv] *n.* 導數
determinant [diˈtəːminənt] *n.* 行列式
diagonal [ˈdaiəgənl] *n.* 對角線
diameter [ˈdaiəmiːtə] *n.* 直徑
difference [ˈdifərəns] *n.* 差
divide [diˈvaid] *v.* 除
dividend [ˈdividend] *n.* 被除數
division [diˈviʒən] *n.* 除法
divisor [diˈvaizə] *n.* 除數
ellipse [iˈlips] *n.* 橢圓
equation [iˈkweiʃən] *n.* 方程
error [ˈerə] *n.* 誤差
formula [ˈfɔːmjulə] *n.* 公式
fraction [ˈfrækʃən] *n.* 分數
function [ˈfunkʃən] *n.* 函數
geometry [dʒiˈɔmitri] *n.* 幾何
inequality [inˈikwɔliti] *n.* 不等式
integration [ˌintiˈgreiʃən] *n.* 積分法
locus [ˈləukəs] *n.* 軌跡
monomial [məˈnɔːmiəl] *n.* 單項式
multiple [ˈmʌltipl] *n.* 倍數
multiplier [ˈmʌltiplaiə] *n.* 乘數

multiply ['mʌltiplai] *v.* 乘
number ['nʌmbə] *n.* 數
ordinate ['ɔːdineit] *n.* 縱坐標
origin ['ɔridʒin] *n.* 原點
plane [plein] *n.* 平面
point ['pɔint] *n.* 點
power ['pauə] *n.* 冪
product ['prɔdəkt] *n.* 積
proportion [prə'pɔːʃən] *n.* 比例
quadrant ['kwɔːdrənt] *n.* 象限
quadrilateral [ˌkwɔdri'lætərəl] *n.* 四邊形
quotient ['kwəuʃənt] *n.* 商
radius ['reidjəs] *n.* 半徑
ratio ['reiʃiəu] *n.* 比(比率)
reciprocal [ri'siprəkəl] *n.* 倒數
rectangle [rek'tæŋgl] *n.* 長方形
remainder [ri'meində] *n.* 餘數
segment ['segmənt] *n.* 弓形
side [said] *n.* (三角形的)邊
solution [sə'luːʃən] *n.* 解
square [skwɛə] *n.* 平方;正方形
subtraction [sʌb'trækʃən] *n.* 減去
sum [sʌm] *n.* 和
triangle [ˌtrai'æŋgl] *n.* 三角形
variable ['vɛərəbl] *n.* 變數
vertex ['vəːteks] *n.* (三角形的)頂點

片 語

acute angle 銳角
algebraic sign 代數符號
approximately equal 近似
arithmetic series 算術級數(等級差數)
axis of abscissae 橫軸
axis of ordinates 縱軸
basic operations 基本運算
cardinal number 基數
center of a circle 圓心
central angle 圓心角
circumference 圓周
circumscribed circle 外接圓
complex number 複數
concentric circles 同心圓
corresponding angles 同位角
decimal system 十進位
definite integral 定積分
differential equation 微分方程
differentiation 微分(法)
direct ratio 正比
division sign 除號
equal sign 等號
equilateral triangle 等邊三角形
even number 偶數
exterior angle 外角
four foundamental operations 四則運算
geometric series 幾何級數
horizontal line 水平線
indefinite integral 不定積分
inscribed circle 內接圓
integral equation 積分方程
interior angle 內角
inverse ratio 反比
irrational number 無理數
isosceles triangle 等腰三角形
linear equation 一次方程
manual computation 筆算
mental computation 心算

minus sign 減號
multiplication sign 乘號
negative number 負數
obtuse angle 鈍角
odd number 奇數
operation on the abacus 珠算
opposite angle 對角
ordinal number 序數
plus sign 加號
point of contact 切點
positive number 正數
quadratic equation 二次方程
rational number 有理數
right angle 直角
right-angled triangle 直角三角形
scalene triangle 不等邊三角形
sign of inequality 不等號
tangent plane 切面
vertical line 垂直線

54. 化學

balance [ˈbæləns] *n.* 天平
biochemistry [baiəuˈkemistri] *n.* 生物化學
catalysis [kəˈtælisis] *n.* 催化
chemistry [ˈkemistri] *n.* 化學
combustion [ˌkəmˈbʌstʃən] *n.* 燃燒
composition [ˌkɔmpəˈziʃən] *n.* 組成
compound [ˈkɔmpaund] *n.* 化合物
decomposition [diːˌkɔmpəˈziʃən] *n.* 分解
dilution [daiˈljuːʃən] *n.* 稀釋
distillation [ˌdistiˈleiʃən] *n.* 蒸餾
electrochemistry [iˌlektrəuˈkemistri] *n.* 電化學
element [ˈelimənt] *n.* 元素
hardness [ˈhɑːdnis] *n.* 硬度
macromolecule [ˌmækrəuˈmɔlikjuːl] *n.* 高分子
metal [ˈmetl] *n.* 金屬
mixture [ˈmikstʃə] *n.* 混合物
molecule [ˈmɔlikjuːl] *n.* 分子
odour [ˈəudə] *n.* 氣味
properties [ˈprɔpətiz] *n.* 性質
reagent [riːˈeidʒənt] *n.* 試劑
reduction [riˈdʌkʃən] *n.* 還原
solubility [ˌsɔljuˈbiliti] *n.* 溶解度
solution [səˈluːʃən] *n.* 溶液
solvent [ˈsɔlvənt] *n.* 溶劑
suspension [səsˈpenʃən] *n.* 懸浮體
synthesis [sinˈθisis] *n.* 合成
taste [teist] *n.* 滋味
valency [ˈveilənsi] *n.* 價
volatilization [vɔˌlætilaiˈzeiʃən] *n.* 揮發

片語

acetylene burner 乙炔燈
acid reaction 酸性反應
alcohol lamp 酒精燈
alkali reaction 鹼性反應
atomic valence 原子價
atomic weight 原子量
catalytic reaction 催化反應
chemical combination 化合
chemical equation 化學方程式
chemical formula 化學公式
chemical reaction 化學反應
chemical symbol 化學符號
endothermic reaction 吸熱反應

exothermic reaction 放熱反應
inorganic chemistry 無機化學
molecular formula 分子式
molecular weight 分子量
neutral reaction 中性反應
organic chemistry 有機化學
periodic law 週期律
photosynthesis 光合反應
physical chemistry 物理化學
qualitative analysis 定性分析
quantitative analysis 定量分析
rare element 稀有元素
reagent paper 試紙
replacement reaction 置換反應
reversible reaction 可逆反應
test tube 試管

55. 氣象學

avalanche [ˈævəlænʃ] *n.* 雪崩
blizzard [ˈblizəd] *n.* 大風雪
bright [brait] *a.* 晴
centigrade [ˈsentigreid] *n.* 攝氏
climate [ˈklaimit] *n.* 氣候
climatology [ˌklaiməˈtɔlədʒi] *n.* 氣候學
convection [kənˈvekʃən] *n.* 對流
drizzle [ˈdrizl] *n.* 細雨(毛毛雨)
frost [frɔst] *n.* 霜
humidity [hjuːˈmiditi] *n.* 濕度
hurricane [ˈhʌrikein] *n.* 十二級風(颶風)
meteorology [ˌmiːtjəˈrɔlədʒi] *n.* 氣象學
mist [mist] *n.* 霧
overcast [ˈəuvəˌkɑːst] *n.* 陰天
precipitation [priˌsipiˈteiʃən] *n.* 雨量
shower [ˈʃauə] *n.* 陣雨
sleet [sliːt] *n.* 霰
snowfall [ˈsnəufɔːl] *n.* 降雪
snowflake [ˈsnəufleik] *n.* 雪花
snowstorm [ˈsnəustɔːm] *n.* 雪暴
sticky [ˈstiki] *a.* 濕熱的
stratus [ˈstreitəs] *n.* 層雲
sultry [ˈsʌltri] *a.* 悶熱的
thaw [θɔː] *n.* 融雪
thunder [ˈθʌndə] *n.* 雷
thunderstorm [ˈθʌndəˌstɔːm] *n.* 雷雨
tornado [tɔːˈneidəu] *n.* 龍捲風
weatherman [ˈweðəmən] *n.* 天氣預報員

片語

after summer 秋老虎
air current 氣流
air quality 空氣品質
average temperature 平均溫度
barometric pressure 氣壓
cloud layer 雲層
cloud mass 雲塊
cloud sheet 雲片
coastal climate 海岸氣候
cold front 冷鋒
cold wave 寒流
equatorial climate 赤道氣候
fleecy cloud 卷毛雲
gentle breeze 三級風(微風)
maritime climate 海洋性氣候
maximum temperature 最高溫度
meteorological observatory 氣象臺

minimum temperature 最低溫度
strong gale 九級風(烈風)
torrential rain 大暴雨
warm front 暖鋒
wave cloud 波狀雲
weather chart 天氣圖
weather conditions 氣候狀態
weather forecast 天氣預報
weather lore(proverbs) 天氣諺語
weather station 氣象站
whole gale 十級風(狂風)
wind direction 風向

56. 二十四節氣

Autumn Equinox 秋分
Cold Dew 寒露
Frost's Descent 霜降
Grain Full 小滿
Grain in Ear 芒種
Grain Rain 穀雨
Great Cold 大寒
Great Heat 大暑
Great Snow 大雪
Pure Brightness 淸明
Rain Water 雨水
Slight Cold 小寒
Slight Heat 小暑
Slight Snow 小雪
Summer Solstice 夏至
the Beginning of Autumn 立秋
the Beginning of Spring 立春
the Beginning of Summer 立夏
the Beginning of Winter 立冬
the Limit of Heat 處暑
the Waking of Insects 驚蟄
Vernal Equinox,Spring Equinox 春分
White Dew 白露
Winter Solstice 冬至

三、聽力

1. 數字訓練

1 one
2 two
3 three
4 four
5 five
6 six
7 seven
8 eight
9 nine
10 ten
11 eleven
12 twelve
13 thirteen
14 fourteen
15 fifteen
16 sixteen
17 seventeen
18 eighteen
19 nineteen
20 twenty
30 thirty
40 forty
50 fifty
60 sixty
70 seventy
80 eighty
90 ninety
100 one hundred
1,000 one thousand
1,000,000 one million
1,050,000,000 one billion and fifty million

2. 課外研究

assessment [əˈsesmənt] *n.* 測試
assumption [əˈsʌmpʃən] *n.* 假設
bilingual [baiˈliŋguəl] *n.* 雙語的
category [ˈkætigəri] *n.* 分類
conclusion [kənˈkluːʒən] *n.* 結論
data [ˈdeitə] *n.* 數據
deadline [ˈdedlain] *n.* 最後期限
dissertation [ˌdisəˈteiʃən] *n.* (學位)論文,專題,論述,學術演講
dissimilarity [diˌsimiˈlæriti] *n.* 相異性
hypothesis [haiˈpɔθisis] *n.* 假設
identify [aiˈdentifai] *v.* 識別,確定
informal [inˈfɔːməl] *a.* 不正式,不拘禮節的
interview [ˌintəˈvjuː] *n. v.* 訪談,面試
investigation [investiˈgeiʃən] *n.* 調查

milestone[ˈmailstəun] *n.* 里程碑，里程標，重要事件，轉捩點
outline[ˈautˌlain] *n.* 大綱，輪廓，略圖，外形，要點，概要
poll[pəul] *n.* (民意)調查
qualitative[ˈkwɔlitətiv] *a.* 定性的
quantitative[ˈkwɔntitətiv] *a.* 定量的，數量的
query[ˈkwɛəri] *n.* 質問，詢問，懷疑，疑問
requirement[riˈkwaiəmənt] *n.* 要求
research[riˈsəːtʃ] *n.* 研究
similarity[ˌsimiˈlæriti] *n.* 相似性
statistics[stəˈtistiks] *n.* 統計
supervisor[ˈsjuːpəvaizə] *n.* 導師
survey[ˈsəːvei] *n. v.* 調查，報告
term paper[ˈtəːm ˈpeipə] *n.* 學期報告
thesis[ˈθiːsis] *n.* 論題，論文
workload[ˈwəːkləud] *n.* 工作量

3. 校內生活

accounting[əˈkauntiŋ] *n.* 會計學
architecture[ˌɑːkiˈtektʃə] *n.* 建築學
biochemistry[ˌbaiəuˈkemistri] *n.* 生物化學
biology[baiˈɔlədʒi] *n.* 生物學
chemistry[ˈkemistri] *n.* 化學
communication[kəmjuːniˈkeiʃən] *n.* 傳播學
curriculum[kəˈrikjuləm] *n.* 課程
finance[faiˈnæns] *n.* 金融學
geology[dʒiˈɔlədʒi] *n.* 地理學
history[ˈhistəri] *n.* 歷史學
humanities[hjuːˈmænitiz] *n.* 人文學
journalism[ˈdʒəːnəlizəm] *n.* 新聞學
law[lɔː] *n.* 法學
liberal studies[ˈlibərəl ˈstʌdiz] *n.* 文科
marketing[ˈmɑːkitiŋ] *n.* 市場營銷學
mathematics[ˌmæθiˈmætiks] *n.* 數學
nursing[ˈnəːsiŋ] *n.* 護理學
philosophy[fiˈlɔːsəfi] *n.* 哲學
physics[ˈfiziks] *n.* 物理學
psychology[saiˈkɔlədʒi] *n.* 心理學
sociology[ˌsəusiˈɔlədʒi] *n.* 社會學
tutorial[tjuˈtɔːriəl] *n.* 助教的輔導

片語

certificate course 發給結業證的課程
class schedule 課程時間表
class timetable 課程時間表
compulsory course 必修課
course arrangement 課程安排
diploma course 學位課程
elective course 選修課
nutritional science 營養學
optional course 選修課
political science 政治學
radio broadcasting 播音學
religious studies 宗教研究
required course 必修課
selective course 選修課
teaching assistant 助教
theatre arts 表演藝術學

4. 自然及地理課

abundance[əˈbʌndəns] *n.* 豐富，充裕

agriculture [ˈægriˌkʌltʃə] *n.* 農業，農藝，農學
aridity [əˈriditi] *n.* 乾旱，乏味
basin [ˈbeisin] *n.* 盆，盆地，水池
continent [ˈkɔntinənt] *n.* 大陸，陸地
dam [dæm] *n.* 水壩，障礙
dryness [ˈdrainis] *n.* 乾燥
elevation [eliˈveiʃən] *n.* 正視圖，海拔
fertile [ˈfəːtail] *a.* 肥沃的，能繁殖的
hilly [ˈhili] *a.* 多小山的，多坡的，陡的
moisture [ˈmɔistʃə] *n.* 潮溼，溼氣
pasture [ˈpɑːstʃə] *n.* 牧地，草原，牧場
penetrate [ˈpenitreit] *v.* 穿透，滲透，洞察
plain [plein] *n.* 平原，草原
plateau [ˈplætəu] *n.* 高地，高原（上升後的）穩定水平（或時期、狀態）
puddle [ˈpʌdl] *n.* 水坑，污水坑
rainfall [ˈreinfɔːl] *n.* 降雨，降雨量
reservoir [ˈrezəvwɑː] *n.* 水庫，蓄水池
seep [siːp] *v.* 滲出，滲漏

片 語

hot sunshine 炙熱的日照
precious resource 珍貴資源
rich soil 富饒的土壤
sandy soil 砂質土壤
thin soil 貧瘠的土壤
underground lake 地下湖

5. 健康知識、體育的課程

arthritis [ɑːθˈritis] *n.* 關節炎
insomnia [inˈsɔmniə] *n.* 失眠症
intake [inˈteik] *n.* 入口，通風口
pressure [ˈpreʃə] *n.* 壓力
stimulate [ˈstimjuleit] *v.* 刺激，激勵
symptoms [ˈsimptəmz] *n.* ［醫］癥狀，徵兆
vitamin [ˈvaitəmin] *n.* 維他命

片 語

a variety of foods 多種多樣的食物
adequate diet 足夠的飲食
balanced diet 平衡的飲食
body temperature 體溫
eat in moderation 適度飲食
fat soluble vitamins 脂溶性維他命
Healthy Diet Pyramid 呈金字塔狀的健康飲食
lack vitamins 缺乏維他命
sleeping disorders 睡眠紊亂
sleeping pill 安眠藥片
take some medicine 服藥
vitamin pills 補充維他命的藥片
water soluble vitamins 水溶性維他命

6. 經濟課程

commodity [kəˈmɔuditi] *n.* 日用品
percentage [ˈpəːsentidʒ] *n.* 百分比
rationale [ræʃiəˈnɑːli] *n.* 基本原理
workforce [ˈwəːkfɔːs] *n.* 勞動力；工人總數

片 語

perishable goods 易腐敗的食品
sales target 銷售目標

7. 租房及房屋與物品保險

corridor[ˈkɔːridɔː] *n.* 走廊
flat[flæt] *n.* 平面，平地，套房
lease[liːs] *n.* 租借，租約，租賃物，租期，延續的一段時間
property[ˈprɔpəːti] *n.* 財產，所有物，所有權，性質，特性，(小)道具

handicapped toilet 殘疾人使用的洗手間
information leaflet 印有訊息的紙單
sliding door 拉門，滑門

四、寫 作

1. 引言段開頭

A proverb says："…"
As the proverb says："…"
Generally speaking："…"
It goes without saying that
It is often said that
It is quite clear that … because
Many people often ask this question "…"?

2. 第一個推展句開頭

Everybody knows that
I am of the opinion that
It can be easily proved that
It is true that
No one can deny that
Now that we know that
One thing which is equally important to
The above mentioned is
The chief reason why
There is no doubt that
Therefore we should realize that
This can be expressed as follows
To take for an example
We have reasons to believe that
We must recognize that
What is more serious is that

3. 第二個推展句開頭

Another special consideration in this case is that
Besides, we should not neglect that
But it is a pity that
But the problem is not so simple, therefore
However
On the other hand
Others may find this to be true, but I do not, I believe that
Perhaps you will question why
So long as you regard this as reasonable, you may
There is a certain amount of truth in this, but we still have a problem
Though we are in basic agreement with
What seems to be the trouble is
Yet difference will be found, that's why I feel that

4. 結論的開頭

From this point of view
In a word
In conclusion
On account of this we can find that
The result is dependent on
Therefore, these findings reveal the following information
Thus, this is the reason why we must
To sum up

5. 作文啓承常用語句(段落)

(1) 有關"啓"的常用字詞:
at present
currently
first
first of all
firstly
generally speaking
in the beginning
in the first place
it goes without saying that
lately
now
presently
recently
to begin with

(2) 有關"承"的常用字詞:
after a few days
after a while
also
at any time
besides
by this time
certainly
consequently
for example
for instance
for this purpose
from now on
furthermore
in addition

in addition to
in fact
in other words
in particular
in the same manner
incidentally
indeed
meanwhile
moreover
no doubt
obviously
of course
particularly second (secondly)
similarly
so
soon
still
then
third
thirdly
truly
unlike
what is more

(3) 有關"轉"的常用字詞：

after all
anyway
at the same time
but
by this time
conversely
despite
especially
fortunately
however
in other words
in particular
in spite of
in the same way
likewise
luckily
nevertheless
no doubt
notwithstanding
on the contrary
on the other hand
otherwise
unlike
whereas
yet

(4) 有關"合"的常用字詞：

above all
accordingly
as a result
as has been noted
as I have said
at last
at length
briefly
by and large
by doing so
consequently
eventually
finally

hence
in brief
in conclusion
in short
in sum
in summary
on the whole
therefore

CHAPTER III

常考近義字彙

VOCABULARY

學習指導

近義字彙的掌握對任意一個準備考 IELTS 的人來講都至關重要,因爲在 IELTS 的四個方面考試中都牽涉到近義詞,聽力中的選擇題、問答題和判斷題都在考察考生對近義詞的掌握情況。閱讀中的摘要題、選擇題和搭配題以及標題題都在考考生對近義詞和近義詞片語的熟練程度。爲了提供考生捷徑,我們根據多年 IELTS 教學及考試題的積累,歸納出頻率較高的如下字彙,背熟這些字彙就是最佳的捷徑。

1. agreeable — pleasant

前者指氣質、性質、感情方面令人愉快;後者指人心滿意足的狀態。

2. be acquainted with — be familiar with

這兩個片語的意義基本相同,都作"相與交往"講,只是後者要比前者密切得多。

3. comprise — compose — consist of — include

e. g. The UK **consists of** /is **composed** of /**comprises** England, Wales, Scotland, and the Northern Ireland. 聯合王國由英格蘭、威爾士、蘇格蘭和北愛爾蘭組成。(=these are all the parts that together form it)

England, Wales, Scotland, and the Northern Ireland constitute/**comprise** (=together form) the UK. 英格蘭、威爾士、蘇格蘭和北愛爾蘭組成了聯合王國。

The UK **includes** England, Wales. (=these are two of the parts that together form the UK, but there are others)聯合王國中包括英格蘭和威爾士。

4. be about to — be ready to

這兩個複合助動詞都作"樂意"講,但有區別:前者總是用於肯定結構,而後者既可以用於肯定結構,又可以用於否定結構。

5. in advance of — in front of

這兩個片語都是"在……面前",但前者是對人而言,是動態的;後者是對物而言,是靜態的。

6. over and over — again and again

這兩個複合副詞都作"一而再、再而三"講,只是遇到有"re-"字首的動詞,就得使用 over and

over，不能使用 again and again。

7. **agree to** —— **agree with**

這兩個片語都有"同意"之意，但 agree to 作"同意"講時，不一定出於主觀願望；agree with 作"同意"、"贊成"講時，總是出於主觀願望，而且多用於否定和疑問結構。

8. **bring to one's aid** —— **come to one's aid**

這兩個片語動詞同義，都作"出力相助"講，只是 bring to one's aid 含有"帶動"的意思，而 come to one's aid 則往往出於自覺。

9. **be alive with** —— **be rich in**

這兩個片語同義，都作"充滿"、"富於"講，但不能通用，be alive with 指活的或會動的東西，而 be rich in 則用於死的或不會動的東西。

10. **apart from** —— **in addition to**

apart from 這個介系詞片語兼有"除外"和"包括"的雙重意義，可用於肯定與否定結構中，而 in addition to 這個介系詞片語只作"包括"講，沒有"除外"的含義，並多用於肯定結構。

11. **as. . .as** —— **no less. . . than**

這兩個複合連接詞都作"跟……一樣"講，前者是從正面來比較，語氣較強；後者是從反面來比較，語氣較弱。

12. **be ashamed of** —— **be shy of**

這兩個片語都有"害羞"之意。be ashamed of 是對本人而言感到羞愧；be shy of 是對別人而言感到害羞。

13. **at last** —— **in the end**

這兩個片語的意義比較接近，但不能通用：at last 作"終於"或"最後"講，語氣較重；in the end 則是"到末了"的意思，語氣較輕。

14. **of no avail** —— **to no avail**

這兩個片語同義，都作"一無所成"或"一無所有"講，但前者作述語使用，而後者則作修飾語使用。

15. **because of** —— **due to**

這兩個複合介系詞幾乎同義，都作"由於"講，只是兩者在句中的位置不一樣：because of 既可放在句首，又可放在句尾；due to 則只能放在句尾。

16. **go to bed** —— **retire to bed**

這兩個片語動詞同義，都作"去睡"或"就寢"講，只是 go to bed 既可用於正式的場合，又可用於非正式的場合,而 retire to bed 多用於正式的場合。

17. be bound to do sth. —— be sure to do sth.

這兩個片語都表示"一定",但 be bound to do sth. 既可以用於肯定結構,又可以用於否定結構,而 be sure to do sth. 只能用於肯定結構。

18. bring sth. on sb. —— bring sth. to sb.

這兩個片語動詞的唯一區別在於 bring sth. on sb. 要用作貶義,而 bring sth. to sb. 則要用作褒義。

19. call at —— call on

這兩個片語動詞同義,都作"訪問"講,區別在於:call at 指場所;call on 指人。

20. with certainty —— without fail

這兩個片語意義比較接近,但不能通用:前者作"有把握地"講;後者作"一定"講,強調肯定。

e. g. I can't say **with certainty** where she has gone. 我說不準她去哪裏了。
I will come **without fail**. 我一定來。

21. continue to do sth. —— keep on doing sth.

這兩個片語都有"繼續做"的意思,但 continue to do sth. 是作"一直繼續做下去"講,中間沒有中斷,而 keep on doing sth. 則是"做了又做"的意思。

22. cope with —— deal with

這兩個片語動詞的意義基本相同,都作"對付"或"應付"講,只是 cope with 含有"成功"的意思,而 deal with 則沒有這一含義。

23. beyong doubt —— without doubt

這兩個片語幾乎同義,都作"無可懷疑"講,只是在用法上稍有區別:beyond doubt 往往用作述語,而 without doubt 則可用作插入語。

24. due to —— owing to

due to 這個複合介系詞中的 due 是個述語形容詞,owing to 這個複合介系詞則作修飾語使用,相當於 because of 的用法。

25. bring to a halt —— bring to a standstill

這兩個片語都含有"停止"之意。bring to a halt 這個片語動詞作"停止"講,是指車輛;bring to a standstill 這個片語動詞則是"停頓"的意思,多半指工作和生產。

26. come into the hands of —— fall into the hands of

這兩個片語動詞同義，都作"落在……手中"講，只是 fall into the hands of 含有情態色彩，而 come into the hands of 則沒有這種含義。

27. hold/keep at bay —— keep/hold at check

這兩個片語動詞的意義比較接近，往往容易相混：
hold/keep at bay 作"煞住"講，keep/hold at check 則是"控制住"或"阻止住"的意思。

28. know better —— know any better

這兩個片語同義，都作"更聰明些"講，相當於 be wiser 的意思；只是 know better 只能用於肯定句，而 know any better 則要用於否定句和疑問句。

29. go to pieces —— fall to pieces

這兩個片語動詞同義，都作"粉碎"或"瓦解"講，但 go to pieces 多指組織、健康、道德等，而 fall to pieces 多半指具體的東西。

30. in reality —— in truth

這兩個片語都作"事實上"或"實際上"講，只是使用前者較爲通俗，而後者多半用於文學作品。

31. ability —— capacity —— capability

ability 常指天生的能力或後天獲得的能力；capacity 常指承受力、容納力、寬容力；capability 指某一特殊功能。

32. address —— speech

兩個字都作"演講"，但 address 比 speech 更正式，且 address 強調的是活動，而 speech 強調的是演講的行爲、動作。

33. affect —— influence

affect 指對某人感情上的影響；influence 指導致行爲、思想、性格的變化。

e.g. This may **affect** your admiration of her. 這可能影響她對你的魅力。
The judge was never **influenced** in his decisions by his sympathies. 法官的決定從不受同情心的影響。

34. amaze —— astonish —— surprise

amaze 指造成心理上的混亂或恐慌；astonish 指因爲不可解釋的事而吃驚；surprise 指由於突然或由於意外而吃驚。

35. announce —— declare —— publish

announce 指預告性的宣布；declare 指當衆發表，使人明白；publish 指公布打印好的內容。

36. avoid — **evade**

avoid 避開,消極用語;evade 避開,指用聰明和巧妙的方法避免。

e. g. They **avoided** meeting him. 他們避開不見他。

They **evaded** an attack. 他們躲避攻擊。

37. bake — **roast** — **toast**

bake 烘烤,指在密閉的器皿中或在熱的表面上慢慢地烘焙,不與火直接接觸; roast 烤,直接在火上烤,或在鍋中燒,尤指燒肉; toast 烘,指烘成褐色,尤指烘麵包、熏肉。

38. behaviour — **conduct**

behaviour 行爲,指在他人面前或特殊場合的行爲,尤指交際上的細節;
conduct 行爲、品行,指關於道德的行爲。

39. break — **crush** — **smash**

break 打破,一般用語;crush 壓碎;smash 擊碎。

40. celebrate — **congratulate**

celebrate 慶祝,指舉行儀式、慶典等的慶祝,指對事而言;congratulate 慶祝,一般是對人而言。

41. change — **alter**

change 改變,是一般用語;alter 改變,比 change 的語意弱,指部分地改變。

42. cite — **quote**

cite 指引用一個作家或書中的一段,作爲證據或權威引證的時候,並不一定要用相同的字眼;
quote 指把他人所說的話在引號中重述一遍,所用字詞與原來的完全相同。

43. defect — **fault**

defect 爲消極用語,用於性格時,指在完美中有缺陷處;fault 爲積極的用語,指道德上的過失,又指關於人的性格或習慣上的弱點或缺點。

44. merit — **advantage**

前者爲性格或特質上的長處;後者爲優勢、好處。

45. discern — **distinguish**

discern 辨別,古用語;distinguish 區別,是最普通的用語,如在人群中區別友人,在虛僞中區別眞實。

46. disclose — **reveal** — **expose**

disclose 揭示,把原來隱藏的東西讓人知道; reveal 揭示,爲一般用語,指揭示原來隱藏或隱蔽的東西;expose 揭露,被揭露的對象一般是醜惡的。

47. essential —— necessary

essential 必須而不可缺的,絕對的和意味強的用語,指事物的本質而言; necessary 必要的,一般的和不確定的用語。

48. fame —— honour —— reputation

fame 名聲,一般指好的意思,可作動詞; honour 榮譽、尊敬,指具體的獎章、稱號時用複數,也可作動詞; reputation 名譽,指公衆對某人的看法,意思可好可壞。

49. implement —— instrument —— tool

implement 器具,多指用手使用的工具或農具:agricultural ~s 農具。
instrument 工具,多指科學、藝術上的器械器具: musical ~s 樂器/surgical ~外科器械。
tool 工具,指勞動用的簡單工具,如鋸子(saw),也可用於比喻的含義:Foreign language is a useful **tool**. 外語是一種有用的工具。

50. complex —— composite —— complicated

complex 複雜的,指不同的部分的凝合;composite 指各組成部分仍是可區別的個體;complicated 錯綜的,指極多的部分互相糾合,因而不易辨認各部分的相互關係。

51. continue —— proceed —— succeed

continue 指原來做一件事,現在繼續做; proceed 繼續,前進,著重新的起點,後跟不定詞或介系詞 to +前進的目標,或介系詞 with +所繼續的事物;succeed 指有規律的連續、繼任。

52. dear —— expensive —— costly

dear 高價的,和 cheap 相對; expensive 含有“超過物的價值或購買者的能力以上的”意味; costly 昂貴的,需要極高費用的,含有“奢侈、珍奇、精工”等意味。

53. decorate —— furnish —— ornament

decorate 指目的爲了美化、慶祝的裝飾;furnish 裝飾,一般指房子等家具的陳設; ornament 裝飾,指以其他附屬品襯托某些東西,使其增美。

54. disaster —— misfortune

disaster 災難,指突然的或巨大的 misfortune, 也指天意的或具有破壞性的事情,含有巨大的損失在內,如:破產、車禍、洪水、地震、火災等;misfortune 不幸,是普通用語,指身體的不幸。

55. exchange ideas —— share views

均指交換看法,後者更爲開放。

56. at the moment —— for the moment —— in a moment —— the moment that. . .

at the moment 爲目前,此刻;for the moment 爲暫時;in a moment 爲立刻,馬上;the moment that. . . 一……就…… 。

57. emotion —— feeling

emotion 表示這種感情已達到禁不住流露出的程度;feeling 爲一般不可外露的感情。

58. motion —— movement

motion 指抽象的科學上的運動,與靜止相對;movement 一般指具體的動作或政治運動。

59. give thoughts to —— consider —— give regard to

consider 更加正式,其他兩個常可換用。

60. keep pets —— raise pets

通常可以換用, raise pets 突出飼養的過程。

61. go through —— pass —— be through —— experience

experience 是正式用法;go/be through 一般接方位;pass 指路過某處。

62. require —— in need of —— in demand of —— in want of

require 是正式用法,其後一般接條例或抽象的事物,根據需要的程度,然後是 in demand of, in need of , in want of。

63. look for —— search for —— find —— investigate

investigate 指比較深入的調查案件或事物;search for 一般帶有研究性;look for 表示動作;find 表示結果。

64. no matter what —— whatever

意義相近,whatever 是代名詞;no matter what 多接子句。

65. go on —— continue

continue 可接不定詞與動名詞;go on 只接動名詞。

66. at night —— in the night

at night 指任何晚上,是泛指;in the night 指一個特定的晚上。

67. a period of —— a short time of —— a moment of

a period of 最正式,時間也最長,然後是 a short time of, a moment of。

68. be responsible for —— do duty for be in charge of —— take care of

do duty for 指充當某事的代替品; be in charge of 掌管;take care of 照顧。

69. take down —— write down —— record

record 不僅指筆錄,還指其他方式的記錄。

70. receive —— hear from —— get from

hear from 用法較單一,指收到來信;receive 比 get from 正式。

71. respond to —— react to

respond to 指對事物的回答、反應;react to 指比較強烈的反應、反對。

72. strategy —— skill —— technique —— way —— method

strategy 指戰略、謀略、針對性的策略;skill 指經過訓練掌握的技能;technique 主要指藝術或科技方面的技巧;way 與 method 均指方式、方法,後者正式。

73. discipline —— subject —— course

course 指成系列的課題、講座;前兩者強調學科內容,discipline 比較古語化。

74. attendance —— participation —— take part in

attendance 多用於會議、課程;participation 與 take part in 多指參與各種各樣的活動。

75. rich soil —— fertile

fertile 還有"動植物能結果實、能生育"之意。

76. subterranean lake —— underground lake

前者是比較正式的科技用語。

77. aridity —— drought

aridity 表土壤、氣候的乾燥;drought 是旱災。

78. stress —— pressure

stress 指精神或肉體上的痛苦、困難的情況所造成的壓力或憂慮;pressure 指壓力、擠壓。

79. living room —— sitting room —— drawing room —— lounge

drawing room 是上層人家用的；lounge 還可指機場或飯店等的大廳。

80. **shopping center** —— **shopping mall**

shopping mall 的各項設施都比較齊全，比如飲食、娛樂等。

81. **pastime** —— **recreation** —— **enjoyment** —— **entertainment** —— **have a good time**

pastime 是"消遣"之意；recreation 指業餘的娛樂方式，身心放鬆；entertainment 除含前者之意外，還有"招待、宴客"之意；enjoyment 傾向於歡樂、樂趣。

82. **step** —— **stair**

step 指樓梯的階梯；stair 是樓梯，有時也當梯級講。

83. **aisle** —— **corridor**

aisle 是教堂、劇院、客車車廂等內座位間的通道；corridor 指室內走廊。

84. **intersection** —— **crossroad**

intersection 比較書面化，還可作"交點"講。

85. **moustache/mustache** —— **beard**

前者指嘴唇上的鬍子；後者是下巴上的鬍子。

86. **pyjamas** —— **night gown**

均指睡衣，前者尤指男人的睡衣。

87. **hungry** —— **starving**

starving 比 hungry 餓的程度深，有"餓死"之意。

88. **research paper** —— **term paper** —— **thesis** —— **dissertation**

research paper 是一般的研究性論文；term paper 是學期論文；thesis 指正規的學術論文；dissertation 指博士生所做的論文。

89. **assumption** —— **hypothesis**（**pl**. hypothees）

前者是假定、假設、設想；後者是根據已知事實提出並有待於進一步論證或研究的假說。

90. **interpretation** —— **explanation**

均指解釋、闡釋。

91. **evaluation** —— **assessment** —— **appraisal**

evaluation 指評價、評定,多含有價值觀;assessment 估價,有“評定數額”之意;appraisal 是“評定、鑑定”之意。

92. **enhance** —— **promote**　**raise** —— **improve**

enhance 增強,提高;promote 促進,增進,促銷;raise 是比較普遍的提高;improve 側重改良。

93. **in accordance with** —— **be corresponded with**

前者指按照或依據某事物;後者指與……相符。

94. **mean** —— **average**

均指平均,average 更加正式,兩者均可做修飾語。

95. **feature** —— **characteristics**

均指特徵,前者比後者更加顯著,有特色。

96. **assist** —— **help** —— **aid**

均指協助、輔助,assist 最爲正式;aid 比較文學化;help 是一般用語。

97. **semester** —— **term**

均指學期,semester 美語,一般有兩個;term 英國多用,一般有三到四個。

98. **selecting courses** —— **undertake a subject** —— **choose a subject**

均指選課,undertake a subject 側重於過程;其他兩者可以換用。

99. **optional course** —— **elective course**

均指選修課,elective course 尤指美國大學課程等的選修課。

100. **required course** —— **compulsory course**

均指必修課,compulsory course 主要指按規定要選的課程, 兩者經常換用。

101. **class schedule** —— **class timetable**

均指課程時間表,class schedule 英國人更爲常用。

102. **orientation meeting** —— **session**

均指新生入學後爲使他們熟悉情況的介紹會,orientation meeting 爲口語。

103. **emphasize** —— **stress**

均指強調,emphasize 的使用範圍比 stress 寬;stress 多指語氣的重音,講話的重點。

104. **adequate** —— **enough** —— **rich in** —— **sufficient**

adequate 指剛夠限度;sufficient 充足的,量更深;enough 用處最廣泛。

105. contribute to —— lead to —— result in

contribute to 指促成……;lead to 導致,帶領; result in 導致……結果。

106. fascinating —— interesting

均表示有趣,前者比後者程度深。fascinating 含有"迷人的、吸引人的、使人神魂顛倒的"意思。

107. take place —— happen

前者指有計畫、有準備發生;後者指偶然發生。

108. recently —— nowadays —— modern times

recently(時間)最近;nowadays 指如今;modern times 指現代。

109. closely monitored —— strictly controlled

前者側重於監管,後者注重控制。

110. optional —— selective

兩者都表示可選的,selective 含"挑剔"的意思。

111. compulsory —— required —— demanding

compulsory 含有"義務的"意思;required 是必須的、按照要求的;demanding 指過分要求的。

112. briefcase —— suitcase

briefcase 指公文包;suitcase 指小提箱,衣箱。

113. show —— demonstrate —— illustrate —— display

均指展示,show 的用法最普遍通俗;demonstrate 只示範並解釋某物如何操作和使用;illustrate 指用事例、圖表等說明、闡明某事;display 指展示、表露或陳列某事物。

114. appropriate —— suitable —— fit —— proper

appropriate 和 suitable 常指適合某種場合、目的、情況等;fit 常指資格或能力上適合於某事。

115. flat —— apartment —— house

house 房屋,單指建築物,可以買賣;flat 和 apartment 均是套房,apartment 是美語。

116. stair —— step —— floor

stair 指(樓層之間的)樓梯,梯級;step 指台階;floor 指(室內的)地面、地板或指樓層。

117. rescue —— save

rescue 指從危險、囚禁等中搭救出某人或某物。

118. thankful —— grateful —— appreciative

grateful 比 thankful 程度深;appreciative 可做"賞識、體諒"講。

119. topic —— title —— theme

topic 指論題、話題、題目;title 指書、詩歌、圖畫等的名稱、題目、標題;theme 指文章或藝術作品的主題。

120. important —— essential —— vital —— crltlcal

important 是重要的;essential 指必須的、根本的;vital 指對某事物的成功、運作極重要的,必不可少的;critical 指危急的、重要的。

121. focus on —— concentrate on —— fix on

focus on 集中於某事物;concentrate on 指全神貫注、專心致志於某事物;fix on 是全神貫注於,尤指凝視某人或某物。

122. have a lecture —— give a talk

前者指講課、做講座;後者指講話。

123. division —— branch —— component

division 指組織或機構的單位、部門;branch 指屬於某大公司或機構地方辦事處或分店;component 指某事物的組成部分、成分。

124. department —— faculty

department 指系;faculty 指大學的系、科、院或其全體教員。

125. puovide. . .for —— supply. . .with —— offer. . .to

provide. . . for 供應某人所需,尤指生活必需品;supply. . . with 指提供足夠某物以滿足需要;offer. . . to 指向某人提出某事供考慮或拒絕。

126. instruct —— gulde

instruct 指向某人下命令或指示、指導;guide 引導,指導。

127. have to —— must —— necessary

have to 強調客觀的必須;must 側重主觀;necessary 指無可避免的。

128. security —— safety

security 保護,保障,防止攻擊、偷盜的安全措施;safety 安全,平安。

129. band —— team —— group

band 指一隊、一夥、一組、一幫;team 指某些遊戲或運動,或一起工作的隊;group 是一群。

130. result —— conclusion —— summary

result 指結果;conclusion 指結論;summary 指總結。

131. survey —— investigate —— inspection

survey 指全面研究某事物,以詢問的方式調查一部分人的行爲、意見;investigate 指調查、偵察、仔細研究;inspection 爲視察。

132. no point —— nonsense

no point 爲沒有道理;nonsense 爲胡說八道。

133. firm —— company —— corporation

firm 爲較小的私人企業; company 爲公司、商行;corporation 爲法人團體的貿易公司。

134. test —— exam —— check

test 是測驗;exam 指比較正式的考試;check 是抽查。

135. suppose —— assume —— take. . .for granted

suppose 指假設某事物屬實,認定某事物;assume 指假設、設想、假裝;take. . . for granted 指想當然耳。

136. impact —— influence —— affect

impact 是衝擊比較大的影響;influence 是感化力、影響力、支配力;affect 是動詞,指影響、感染、感動。

137. environment —— surroundings —— circumstance

environment 可指自然環境,也可指精神環境,均從環境對人的感受、道德及觀念的影響著眼;surroundings 專指自然環境,從周圍的事物這一客體著眼;circumstance 指某事或動作發生時的情況。

138. compensate —— make up for

compensate 是“補償、賠償、報償”之意;make up for 指彌補。

139. be responsible for —— be dutiful for

前者指對……負責;後者強調職責,指必須的任務。

140. take actions —— take measures

前者是採取行動;後者爲採取措施。

141. complicated —— intricate —— complex

complicated 常作貶義,指結構複雜的、難於理解或解釋的;complex 是由密切聯繫的部分組成的、聯合的、複合的;intricate 指錯綜複雜。

142. manage —— administer

前者指負責某事物,管理,經營,照管;後者指管理業務,治理,實施。

143. be able to —— be capable

be capable 與介系詞 of 搭配;be able to 只表示褒義,僅能用於有生命的人或動物。

144. want to —— plan to

want to 較口語化;plan to 比較正式。

145. article —— goods —— merchandise

均表示商品,article 側重指一套中之一;goods 總是用複數;merchandise 是商品總稱,一般用作複數。

146. postpone —— put off —— delay

postpone 較正式;put off 較口語化;delay 表推遲。

147. timetable —— schedule —— arrangement of time

三者區別不大,schedule 正式一些。

148. probably —— possibly —— maybe

probably 表示主觀上有幾分根據的推測,十有八九的可能,因而常譯爲"很可能的、大概的";possibly 表示客觀上潛在的可能性,十有二三的可能。

149. believe —— think —— hold the opinion

believe 的程度比較淺,類似中文的"認爲";think 意爲"堅信、認定";hold the opinion 意爲"持……的觀點"。

150. buy —— purchase

均指買,購買,purchase 比 buy 正式。

151. type —— kind —— sort —— category

type 指有代表性的人、物、事等的典型,類型;kind 指種類;sort 略含貶義。

152. be determined to —— be resolute to —— decide to —— make up one's mind to

be resolute to 指堅決的、堅定的、有決心的；be determined to 比 decide to、make up one's mind to 更正式。

153. emit —— give off —— send off

emit 指發射、排出、洩出、發出某物；give off 一般指排出、發出氣體；send off 指寄出、發出某物。

154. maintain —— keep

maintain 指保持或維持某事物；keep 指保存。

155. wise —— sensible

wise 指明事理；sensible 指理智、不衝動的。

156. place —— position —— be situated at —— be located in

place 指將某物放置於某地；position 可作 place 講，也可指定位；be situated at 和 be located in 指建築物或城鎮建於或坐落於某處。

157. area —— field

前者指地域、城市的地區、領域、方面；後者指研究的領域。

158. begin —— start —— set off

start 多用於口語，當"出發"講，start 等於 set off。

159. parking regulations —— parking requirements

後者執行的程度較靈活。

160. accommodation —— living-room —— ladging

accommodation 指住處，膳宿(之容納能力)；living-room 指起居室；lodging 有兩種含義，一是指住處(=dwelling)，二是指寄宿某人處(=putting up at sb's house/with sb.)。

161. ordinary —— common —— general

ordinary 指通常的、普通的；common 指沒有特殊級別或特性的平常；general 指普遍的、全面的、通常的、籠統的。

162. plenty of —— a lot of —— large amount of

plenty of 和 a lot of 都既可修飾可數名詞，又可修飾不可數名詞；large amount of 只能修

飾不可數名詞。

163. boring —— tired of —— depressing

boring 一般指某事物惹人煩;tired of 指某人討厭某事;depressing 指人心情低落。

164. travel —— journey —— tour —— voyage

travel 表示"遊歷、遊記",用作單數時,表示"旅行"這一概念,用作複數時,表示"遊記"這類書籍;journey 指在陸地上進行的"長途旅行",多含"辛苦"之意;tour 表示"周遊",指周遊若干地方,有一定的旅行路線,最後又回到起程地點;voyage 是個比較正式的用語,主要指海上旅行。

165. in person —— by oneself —— one to one —— face-to-tace

前兩者意義相同,one to one 指一對一;face-to-face 則指面對面。

166. by mail —— through mail

均指透過郵寄。

167. one step at a time —— step by step —— little by little —— gradually —— in stages

均指逐漸、一點點地。

168. useful —— be of use

後者是前者的名詞形式,表具有某種用途。

169. take attendance —— attendance required

前者是考勤,後者爲必須出勤。

170. fear of public speaking —— shy —— keep one's idea to oneself

爲羞於或不善言談的不同表達。

171. outgoing —— sociable

前者指人的性格比較隨和、外向;後者是善於社交。

172. catch up on —— update on

前者爲跟上;後者指提供某人最新消息。

173. be mistaken —— upside down —— inside out

be mistaken 爲搞錯了;upside down 指顛倒;inside out 爲裏外倒置。

174. noticeable —— attractive —— eye-catching

均指顯眼的，attractive 較吸引人。

175. visit —— drop in —— drop by —— stop by

visit 爲比較正式的訪問；drop in/by 與 stop by 同義，指順便訪問。

176. in good shape —— healthy —— in good condition —— fit

fit 指健康的、強健的，由"適合"引申而來，指因經常鍛鍊而使體形適中；healthy 健康的，指身體無疾病。

177. beyond one's reach —— over one's head —— beyond one's control

beyond one's reach 爲不可觸及；over one's head 較口語化；beyond one' control 指無法控制。

178. fill in for sb. —— take over from —— take the place of

fill in for sb. 與 take the place of 常可換用；take over from 爲接手、接替、接任。

179. register for —— sign up for —— enlist in

前兩者爲登記、註冊；enlist in 指獲得某人的支持或幫助。

180. top grade —— top score

兩者都表示最高分數。

181. fee —— tuition —— fare

fee 指付給醫生、律師、私人教師或其他腦力勞動者的酬金，也可指入場費、會費、報名費、租書費等；tuition 一般指學費；fare 主要指車費、船費等。

182. recipe —— menu

前者爲烹飪的菜譜；後者爲點菜的菜單。

183. low-spirited —— depressed

前者爲無精打採；後者爲心情低落。

184. call off —— stop —— pull up

call off 爲取消或放棄某事物；pull up 指車輛停下。

185. in a mess —— dirty —— confused

in a mess 指亂七八糟；dirty 指有污垢；confused 爲疑惑。

186. be finished with —— be done with —— be through with

均指完成，前者正式，be through with 最口語化。

187. return the call —— answer the call —— call back

return the call 指回電話；answer the call 指接電話；call back 指打回來。

188. now and then —— once in a while —— from time to time —— at times

均指有時、偶然，但頻率由少至多爲：once in a while，now and then，from time to time，at times。

189. rarely —— not often —— almost never

almost never 爲幾乎從未；rarely 爲很少；not often 爲不經常。

190. always —— usually —— many a time

三者都表示總是、一直，many a time 還指很多次。

191. in a minute —— before long —— after a while

這三個片語都表示很快、不久，in a minute 時間更短，指一會兒。

192. prefer to —— like better

like better 一般用於口語，兩者均指更爲喜歡某事物。

193. rather than —— instead of

前者爲不願、不要；後者爲作爲某人/物的替換。

194. depend on —— rely on

rely on 是指望或依賴某人/物，也指信賴、信任某人；depend on 指視某事物而定，取決於某事物。

195. permit —— allow for —— say okay to

permit 指容許，或使某事物有可能性；allow for 是在計算、估計、考慮時包括某人/事；say okay to 是口語，表示同意。

196. more than —— be superior to —— be senior to

more than 指多於；be superior to 是比某事物……好、強；be senior to 指級別、職位等較高。

197. compete with —— contest with —— fight against

compete with 指與……競爭；contest with 爲與……競賽；fight against 是與……抗爭、作

戰。

198. number —— code

number 爲數字、數目、號碼;code 爲代碼、代號、密碼、編碼。

199. enter into —— be admitted into

enter into 爲進入、參加;be admitted into 爲許可某人/物進入,接受某人入院、入學。

200. entrance —— gate

entrance 爲比較正式的入口、門、通道。

201. originate from —— come from

前者爲由……起源;後者爲從……來。

202. establish —— build —— set up

establish 爲建立、設立某事物;build 是建造建築物;set up 擺放、樹立或開創某事物。

203. basic —— elementary —— fundamental

basic 指組成某物主要或基本部分的;elementary 指初等的、基本的;fundamental 強調是一切其他事物發展的根源或最重要的部分。

204. in front of —— before —— earlier than —— previous to

in front of 指空間的在……前面;before 既可指時間,也可指地點;earlier than 指時間比……早;previous to 指時間或順序上先的、前的。

205. escape —— run away from

前者書面化,含有"更危險"之意。

206. in addition to —— besides —— except

in addition to 指此外、額外的;besides 指除某人/事物之外,還有……;except 指除某物/人之外,不包括……。

207. actually —— indeed —— in fact

actually 爲實際的、實在的,比 in fact 正式;indeed 意爲的確。

208. chance —— opportunity

chance 指無法解釋的天意或命運所安排的時機,強調偶然性;opportunity 指某一特定時機,有利於做某事以實現某種抱負與願望等。

209. be about to —— be going to

前者爲即將、正要;後者指將要,時間較含糊。

210. run the risk of —— dangerous

前者爲冒險;後者爲危險。

211. a variety of —— all kinds of

前者爲多種多樣;後者指各種。

212. throw away —— abandon —— give up

throw away 指丟掉;abandon 爲放棄、丟棄,比 give up 正式。

213. therefore —— as a result —— so

as a result 更強調某事物的結果;therefore 比 so 更加書面化。

214. however —— but —— yet

however 最正式;yet 常用於疑問句和否定句的句末,表"然而"。

215. fine —— punishment —— penalty

fine 爲罰款;punishment 爲懲罰;penalty 爲刑罰、處罰。

216. gather together —— collect

前者爲聚集、籌集;後者爲收集。

217. enjoy one's time —— have a good time

均指玩得開心。

218. be interested in —— like —— be fond of

be interested in 指對……有興趣;like 是喜歡;be fond of 喜歡的程度比較深。

219. maximum —— utmost —— biggest

maximum 指最大量;utmost 指最大限度、極限。

220. be charged with —— demand

前者爲使某人/自己承擔任務或責任; 後者是命令、要求。

221. shou sb. around —— introduce

show sb. around 帶某人參觀某處;introduce 是"介紹"之意。

222. be ahead of —— in advance

前者指在……之前;in advance 是"提前"之意。

223. a couple of —— **several**

前者指兩人、兩件事,但當幾人幾件事時,可與 several 換用。

224. some —— **certain** —— **any**

均當"某些"講,any 用於否定及疑問句;certain 更確指。

225. be free to —— **be liberal to**

be free to 指對……自由;be liberal to 指不嚴格的、自由的、不講究準確性的。

226. in terms of —— **have sth. to do with**

in terms of 指關於……;have sth. to do with 爲與……有關。

227. settle down —— **inhabit** —— **live in**

settle down 爲使某人安頓、安心;inhabit 指居住於某處,占據、棲居於;live in 指在某處居住。

228. resort to —— **turn to**

前者爲求助於或訴諸某事物,採取某手段或方法應急或作爲對策;後者爲向某人/事物尋求幫助、指教。

229. take advantage of —— **make use of** —— **exploit**

take advantage of 爲充分利用,有時指不正當地利用某人或某事;make use of 爲利用,不含感情色彩;exploit 爲利用或開發,主要爲礦藏與自然資源。

230. wonder —— **want to know** —— **get to know**

前兩者含義一致,指想要知道;get to know 爲認識、知曉某事物。

231. chat with —— **talk with**

均指談話,前者爲更隨意的談話。

232. as long as —— **only if**

均當"只要、如果"講;only if 的條件更嚴謹。

233. for example —— **for instance**

經常互換,均表示"例如、比如"。

234. in general —— **on the whole**

前者表示通常、大體上;on the whole 爲總體上。

235. predict —— **foresee**

前者爲預言;後者爲預示。

236. be confused about —— be shocked at

be confused about 指對……有疑惑;be shocked at 指對……吃驚、驚訝。

237. intend to —— ~~plan to~~

intend to 爲想要、企圖;後者爲計劃做某事。

238. tell right from wrong —— distinguish right from wrong

均爲分辨正誤,後者更爲正式。

239. out of fashion —— outdated —— out of date —— out of style

這是表示"過時"的不同說法。

240. first of all —— above all

前者爲首先;後者爲最重要的、尤其。

241. a bunch of —— a bundle of

前者指長成一束或結於一端的東西;後者指(從中間部分)捆紮在一起的東西。

242. trust in —— believe in

trust in 爲信任、信賴或相信某人;後者爲相信某人/事的存在或肯定某事物的價值或正確性。

243. aim at —— target at

前者是以……爲目標;後者爲瞄準或面向某事物。

244. look forward to —— expect

均作"盼望、期望"講,前者要加動名詞。

245. give rise to —— cause —— result from —— result in

give rise to 指進一步加劇而產生;cause 指導致,和 result in 相似;result from 是由……導致。

246. arrive at —— get to —— reach

arrive at 指到達、抵達,尤指路途的終點;get to 爲口語用法;reach 爲到達某人/物或某處。

247. adapt to —— adjust to —— regulate for

adapt to 爲適應;adjust to 爲適合新環境;regulate for 爲校正儀器、機械等。

248. go straight to —— go directly to

均指直接去某地,前者更口語化。

249. be opposite to —— on the other side of —— just across the street

均爲在……對面。

250. occupation —— job —— profession —— work

occupation 指某人經常做的或訓練有素的工作、職業;profession 指必須經過專門教育或訓練而具有某種專業知識的工作;job 爲職業、職責、職位;work 是工作的內容。

251. in a word —— in brief

意爲總而言之,in brief 較書面化。

252. well-known —— famous for

well – known 爲因……而有名;famous for 爲因……而聞名,更正式。

253. widespread —— popular

widespread 爲傳播廣泛;popular 爲受歡迎、流行。

254. positive —— active

positive 指心態上的積極;active 指行爲上的積極、主動。

255. passive —— negative

passive 指行爲上的消極;negative 指心態上的消極。

256. care for —— concern for

care for 爲希望或喜歡做某事/人;concern for 爲忙於或關心某事。

257. regard to —— think of

前者爲關於……;後者爲想到。

258. prohibit. . .from —— prevent. . .from —— stop. . .from —— forbid. . .to do

prohibit 爲禁止做某事;prevent. . . from 比 stop. . . from 正式,表示阻止某人做某事;forbid. . . to do 爲不准、禁止做某事。

259. pay attention to —— notice

指注意某事。

260. deserve —— be worthy of

deserve 爲應該得到獎賞、待遇,應得,值得;be worthy of 多指價值上的值得。

261. stick to —— adhere to

前者爲堅持;後者爲堅持、忠於或遵循某事物。

262. devote to —— dedicate to

前者爲獻身於某事物,奉獻時間、精力;後者爲將自己、時間、精力等奉獻給崇高的事業或目的。

263. lack of —— in want of —— in shortage of

都作"缺少"講。

264. label —— mark

前者爲商標;後者爲記號。

265. be related to —— be linked to —— be connected to

be related to 指與……有關;be linked to 是與……相聯繫;be connected to 爲使有聯繫。

266. pick up —— meet with

前者多爲親自用交通工具接某人;後者是去迎接某人。

267. account for —— explain in detail

均爲闡述、詳細講述之意。

268. reduce —— cut off

兩者均表示減少,cut off 含義較多,還作"切斷、停止供應"講。

269. let alone —— not to mention

兩者可換用,是"更不用說"之意。

270. scatter over —— spread over

scatter over 指使人或動物散開,或撒某物;後者多爲消息或某事物的分散、傳播。

271. in particular —— especially —— exceptionally

前兩者爲"尤其是"之意。exceptionally 指罕見地、特殊地、突出地。

272. facilities —— equipment —— appliances

facilities(多用複數)表示輔助、使人便利的"設施"等;equipment 範圍較廣,指爲了進行研究、工作、旅行、戰爭等所需要的"裝備";appliances 常指家用"器具",如家用電器等。

273. come down —— lower —— fall down

come down 爲塌下,或價格、溫度等的降低;lower 爲使……低;fall down 爲跌下來。

274. a series of —— a range of

前者爲一系列的;後者強調成套的、種類。

275. of course —— certainly

前者只用於口語。

276. look at —— observe —— watch at

look at 爲看……;observe 爲觀察 ;watch at 爲盯着……看。

277. with regard to —— considering

with regard to 爲關於;considering 爲考慮到。

278. advanced —— high-level —— tertiary

advanced 爲高級的、先進的;high-level 爲高級別的;tertiary 爲第三等的,只在與教育相關時,作“高等”講。

279. be likely to —— be possible to —— be probable to

be likely to 指“十有五六七的可能性”;be possible to 指“十有一二三的可能性”;be probable to 指“十有八九的可能性”。

280. be with —— stay with —— together with

均作“和……一起”之意。

281. take up —— take to

前者爲從事某種職業或愛好;take to 爲逐漸習慣於做某事,或對某人有好感。

282. go with —— match with

均爲搭配或匹配,前者爲口語。

283. come up —— appear —— display

come up 爲被提及、被討論、出現;appear 是出現;display 意爲顯示。

284. a great deal of —— a great number of —— a large amount of

這三個片語都表示大量的,a great deal of 和 a large amount of 都只可修飾不可數名詞;a great number of 則只可修飾可數名詞。

285. overall —— global

前者指全面的,後者指全球的、包括一切的。

286. handbag —— wallet —— purse

handbag 爲手提包;wallet 爲錢包;purse 爲小錢包或女用手提包。

287. **how about** —— **what about**

均表示……如何。

288. **divide into** —— **split into**

前者爲把……分爲;後者還作"使某物碎開"講。

289. **be similar to** —— **be familiar with**

前者表示……和……相似;後者表示對某事物通曉、熟悉。

290. **resemble** —— **take after** —— **look alike**

resemble 含有"類似"之意;take after 主要是與父母相像;look alike 指與……相像。

291. **turn right** —— **take the right turn**

均指向右轉。

292. **take part in** —— **participate in** —— **join in** —— **attend**

take part in 指參加活動或在活動中負有責任,強調在活動中發揮自己的作用;participate in 較正式,常指參加婚禮等大型活動;join in 多指參加正在進行的活動,側重於表示成爲參加活動的成員;attend 較正式,多指參加會議等。

293. **shift. . .into** —— **change. . .into** —— **transform. . .into**

change. . . into 改換,變化,指事物的變化過程;transform. . . into 改變,變化,指事物的形狀、外觀、性質等。

294. **a group of** —— **a team of** —— **a pile of**

a group of 爲一組、一群;a team of 爲一隊;a pile of 爲一堆。

295. **engage in** —— **be busy with** —— **be occupied with**

engage in 是指某人參加某事或從事某事;be busy with 爲忙於某事;be occupied with 爲忙於某事,完全被占據。

296. **as many as** —— **as much as** —— **the same amount of**

都指與……一樣多。As many as 修飾可數名詞;as much as 修飾不可數名詞;the same amount of 指數量相同。

297. **in favour of** —— **in support of**

前者爲傾向、喜愛;後者指支持、贊同。

298. **deprive of** —— **rob of**

前者爲剝奪某人/事物,阻止某事物;rob of 指搶走某事物。

299. **get rid of** —— **kill**

get rid of 爲去除,口語可指除掉某人;kill 爲殺某人。

300. **in contrast to** —— **on the contrary**

前者表示與……對照;後者表示與此相反,正相反。

301. **subject to** —— **obey**

前者指使國家或人臣服,征服;後者爲服從、遵守。

302. **object to** —— **be against**

均爲反對某事,前者爲書面語,後加動名詞。

303. **play a part in** —— **play a role in**

均指起……作用。

304. **hold back** —— **resist**

hold back 爲阻止;resist 爲抵抗。

305. **be applied to** —— **be used in**

be applied to 爲適用於;be used in 指用於……方面。

306. **look up to** —— **respect** —— **admire**

look up to 爲仰視某人;respect 爲尊敬某人;admire 爲羨慕某人。

307. **freeze** —— **cold**

freeze 表示冷到將要凍僵;cold 爲冷的、涼的。

308. **be done** —— **complete**

前者爲後者的口語,表示結束。

309. **bump into** —— **meet** —— **see**

bump into 爲偶然遇到;meet 是會見;see 是看到某人。

310. **secondhand** —— **used**

前者爲二手貨;後者是用過的。

311. trade in for —— get another one

前者是換取某物;後者意爲再拿一個。

312. up to sb. —— decide

前者爲由某人決定;後者是某人決定。

313. turn down —— refuse

均作“拒絕”講。

314. can't make/figure out —— don't understand

前者爲弄不明白;後者爲不理解。

315. give sb. a ride —— take sb. to

前者爲開車載某人;後者爲帶某人去某地。

316. weekly —— each week —— every week

均指每周,weekly 是常作修飾語的形容詞。

317. keep doing —— continue —— carry on

continue 比 keep doing 正式,表持續、繼續做某事;carry on 指繼續某項任務。

318. fill out the form —— complete a form

前者爲填表格;後者爲完成表格。

319. hold off —— put off —— delay

hold off 爲雨、風暴等未發生,延遲,比 delay 口語化;put off 指將……推遲。

320. take down the information —— make notes of

前者爲記下某些訊息;後者爲記筆記。

321. chop down —— cut down

chop down 意爲砍倒(某物),cut down 意爲削減、減少,後接 on。

322. keep an eye on —— watch

前者爲照顧某事物/人;後者爲觀看。

323. right away —— soon

均作“馬上”講。

324. put it on paper —— write. . .down

均指將……記下。

325. **take forever** —— **time-consuming**

前者爲花極長的時間;後者爲耗時的。

326. **fill one's shoes** —— **take one's place**

前者是後者的口語表達,代替某人。

327. **get into shape** —— **need exercise**

前者指爲健美而進行運動;need exercise 是需要運動。

328. **get out of doing one's work** —— **avoid work**

前者爲逃避責任或義務;後者爲避免工作。

329. **restless** —— **nervous**

restless 表不安分;nervous 爲焦躁、緊張。

330. **duplicate** —— **reproduce**

前者爲複製;後者爲再造。

331. **double** —— **twice**

前者爲雙的;後者爲兩次。

332. **book** —— **order** —— **subscribe**

這三個字都表示訂,book 的受詞是票、座、房間;order 的受詞是貨物、菜、衣;subscribe 的受詞是書、報或雜誌。

333. **come out** —— **publish**

come out 有時在口語中可作"出版"講。

334. **on purpose** —— **intentionally**

均爲"故意"的意思。

335. **big sale** —— **discount**

前者爲大的打折銷售;後者爲買東西的折扣。

336. **drop sb. a line** —— **write to sb.**

前者爲後者的俗語。

337. **switch off** —— **turn off**

turn off 指關水或煤氣開關,關電器用 turn off、switch off 均可。

338. next to —— beside

next to 爲在隔壁、旁邊;beside 爲在旁邊、附近。

339. come up with —— find

前者爲想起;後者是找到。

340. get sth. right —— revision

前者爲改正;後者爲修改、修訂。

341. go jogging —— run

go jogging 通常爲早晨的慢跑;而 run 用處較廣。

342. warm up —— exercise

前者爲熱身;後者爲運動。

343. go to the movie —— go to a film

前者爲美式說法;後者爲英式說法。

344. have sth. looked into —— get sth. checked

前者爲調查某事;後者爲查核某事。

345. the very beginning —— the first part

前者爲開始;後者爲第一部分。

346. give an extension —— have extra time

前者爲延長時間,延期;後者爲有多餘的時間。

347. have no idea —— don't know

均作"不知道"講。

348. do some shopping —— buy sth.

買東西。

349. call off —— cancel

均表示取消,前者爲口語。

350. cheer up —— feel happy

cheer up 爲振作精神;feel happy 爲感到高興。

351. turn out to be —— prove

turn out to be 爲結果成爲……;prove 爲證實。

352. in the air —— uncertain

in the air 爲未知，是 uncertain 的俗語。

353. see to it —— take care

前者爲負責某事；後者爲照顧、照管。

354. send out —— distribute

send out 爲放出、發出；distribute 爲分發、分配。

355. in no time —— almost at once

均作"馬上"講。

356. fall back on —— rely on

均表示依靠、依賴，前者指有困難時可以依靠。

357. be on behalf of —— be as a representative of

前者爲代表……；後者爲作爲……的代表。

358. go by —— follow

前者爲依據……；後者爲跟隨、遵循……。

359. explicit —— clear

explicit 指說法明確而詳細的；clear 爲清楚、清晰。

360. degree —— extent —— scope

degree 爲程度；extent 爲長度、面積、範圍；scope 爲範圍。

361. suggest —— recommendation —— advice

suggest 爲建議、提議；recommendation 爲推薦；advice 爲建議、忠告。

362. communication —— exchange of ideas

前者爲交流、溝通；後者爲交流見解。

363. in case —— on condition that

in case 爲萬一、如果；後者爲只有……。

364. acknowledge —— confess —— admit

acknowledge 爲承認某人的作品等；confess 爲承認罪行，坦白；admit 爲承認錯誤等。

365. boast —— exaggerate —— overstate

boast 爲吹牛;exaggerate 爲誇張;overstate 爲誇大的敘述。

366. glance at —— glimpse at

glance at 多指有意識的"一瞥";glimpse at 指無意識"瞥見"。

367. announce —— declare —— proclaim

proclaim 宣布,與 declare 近義,都較正式,但 proclaim 的主詞只能是權力機關或政府領導;announce 和 declare 則可以用普通個人做主詞,且 announce 較常用,意爲"宣佈、大聲講(叫)"等。

368. country —— nation —— state

country 側重疆土;nation 側重人民;state 側重政體。

369. article —— commodity —— goods

article 爲物件或一套中的一件物品;commodity 爲商品;goods 爲貨物。

370. colloquial —— oral —— spoken

均爲"口語"的意思。

371. work with —— cooperate with

前者爲和……一起工作;後者爲與……合作。

372. be entitled to —— have right to

前者爲有資格做某事;後者爲有權利做某事。

373. enormous —— vast —— huge

enormous 可指體積、數量或程度大得反常;vast 多指範圍寬廣;huge 多指數量和體積特別大。

374. accommodate —— contain —— provide

accommodate 指爲……提供住宿,容納;contain 指容納;provide 指提供。

375. means —— method —— manner —— way

means 指用某種工具、材料或方法的手段;method 爲有系統有步驟的方法 ;manner 爲某個人的特殊行事方式;way 可用於各種含義的方式。

376. substance —— material

substance 指著眼於化學成分的物質;material 指原料、材料、資料。

377. manage to do —— try to do sth.

manage to do 指設法做某事,含有"成功"之意;try to do sth. 不表示是否成功。

378. by means of —— by all means —— by no means

by means of 爲憑藉;by all means 盡一切辦法;by no means 表示決不、並沒有。

379. get the better of —— do better than

get the better of 占……上風,勝過……;do better than 爲比……做得好。

380. be similar to —— be the same as —— be identical with/to

意思分別爲:和……相似;和……相同;和……完全相同。

381. inside —— inward

前者爲裏面的;後者爲內在的、內心的。

382. by accident —— on purpose

前者是偶然;後者是故意、蓄意。

383. coincidence —— accident —— occurrence

coincidence 爲巧合;accident 爲意外事故;occurrence 爲偶然發生的事,非人力所爲的。

384. raise —— lift —— elevate

raise 爲使……到一定的高度;lift 表示舉;elevate 爲提升。

385. drawing —— illustration —— picture —— painting —— portrait —— sketch —— cartoon

drawing 指鋼筆或鉛筆線畫、素描;illustration 指書籍中的插圖;picture 指廣義的圖畫,現常用指照片;painting 指油畫、著色的畫;portrait 指肖像,只能用於人;sketch 指素描、草圖;cartoon 爲諷刺性的、誇張性的漫畫。

386. notify —— inform

notify 的搭配爲"notify sb. of sth.; notify sth. to sb.",意爲將事情告知某人;inform 強調將某事直接地告訴或透露給某人,爲一般用語。

387. profitable —— beneficial

profitable 爲賺錢的、獲利的;beneficial 爲有益的、有好處的。

388. possess —— own —— hold

possess 既可指某人對某物具有所有權與支配權，也可指具有才能、特點、品質、財產等；own 表示合法或天生的擁有，不能用抽象意義；hold 指更有力的控制、掌握或保持。

389. on one's own — of one's own

前者爲獨立的、自願的；後者爲屬於某人自己的。

390. personal — private — personnel — individual

personal 個人的；private 私人的、祕密的；personnel 人事的；individual 獨立於他人的、個人的。

391. component — composition — ingredient — compound

component 尤指機械裝置的組成部分；composition 指物體內在固有的不可分割的部分；ingredient 指混合物的成分；compound 爲混合物。

392. practice — exercise

practice 指爲了求得技術上或學問上的熟練而一再地練習；exercise 指爲鍛鍊身心而有規則地按照一定方式練習。

393. practice — habit — custom — use

practice 慣例、習慣做法，指長期實踐地做某件事的固定步驟、過程或方式；habit 指個人的"習慣"；custom 指(一個地區的)"習俗"；use 作"利用、使用"解。

394. practical — practicable

practical 指人注重實際的、有實踐經驗的，指事物實用的、實際的；practicable 指事物可行的、辦得到的，不用於指人。

395. priority — superiority

priority 指優先權，重點、優先考慮的事；superiority 優越性，指狀態或質量上優於、高於、大於等。

396. contract — reduce — condense — compress

contract 縮小、收縮，指金屬的收縮；reduce 減小、縮小，指數量上的減少；condense 壓縮、(使)凝聚，指液體之濃縮，或將長篇文章透過適當刪節而縮短；compress 壓緊、壓縮，指壓縮某物以便置於較小空間。

397. expression — appearance

expression 表情、臉色；appearance 外表、外貌、外觀。

398. precious — previous — scarce — dear

precious 珍貴的;previous 先前的;scarce 因稀少而珍貴的;dear(價格)貴的。

399. appraisal —— estimation —— estimate —— consideration

appraisal 特別指對價格的估價,由動詞 appraise(估價)變來;estimate 和 estimation 都是"判斷、估計"的意思;estimate 爲可數名詞;estimation 爲不可數名詞;consideration 考慮。

400. get —— obtain —— gain —— acquire

get 爲"獲得"的最普通用語;obtain 表示經過相當長的時間或經過很大的努力,獲得期望已久的東西;gain 的含義較 obtain 進一層,表示付出更大的努力才能獲得,故常譯作"贏得"; acquire 表示持續地、慢慢地獲得,多用於通過"學"、"問"等得到"學問"、"技術"等較抽象的東西。

401. qualification —— diploma —— certificate —— identification

qualification 意爲資格、合格證,後常接 for; diploma 意爲文憑;certificate 意爲證件、證書;identification 意爲身分證、鑑定。

402. ratio —— rate —— degree —— scale

ratio 是兩個數字或量的比,如 4:3;rate 不是兩個具體數字的比,而是一個比率,如 50%,它體現在一個"每"字上;degree 程度、度數;scale 尺度、比例尺。

403. rational —— reasonable

rational 與 reasonable 原義都近於"理性的"或"合理的";rational 強調有思考、推理的能力,有別於"無理性的"(如人類之外的動物)和"感情用事的"、"純憑想像或衝動的";reasonable 意義較弱,現在多用來指"講理(reason)"、"公平合理",暗示行爲或要求等"不過分"。

404. scene —— situation —— view

scene 指場景、場面、事故發生的地點;situation 指局面、局勢;view 爲景色。

405. consequence —— ending —— result —— outcome

consequence 爲後果,常表示隨……而產生的後果;ending 指(戲劇、小說等的)結局、結尾;result 指某種原因所產生的最終結果;outcome 爲見分曉的結果、結局。

406. offset —— compensate —— counteract —— balance

offset 爲彌補、抵消;compensate 爲補償、補助;counteract 爲消除、消解;balance 爲平衡、相抵消。

407. sign —— symbol —— signal —— signature

sign 爲標記、招牌;symbol 是象徵、代號;signal 爲信號、暗號;signature 是簽名。

408. source —— resource

前者爲泉源、來源、出處;後者爲資源、財力或智謀。

409. institute —— institution

前者指專科性的學院;後者含義很廣,可指建立已久的風俗、制度、機關、團體(包括學校)。

410. expire —— terminate

expire 爲期滿,不及物動詞,相當於 come to an end; terminate 意爲終止。

CHAPTER IV

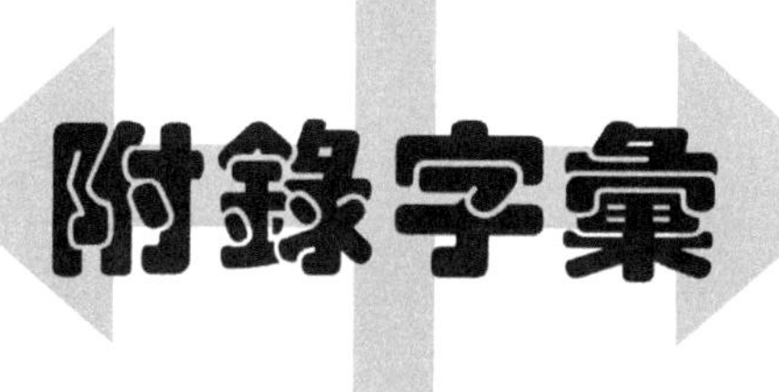

VOCABULARY

學習指導

IELTS 考試的範圍比較廣泛,閱讀部分涉及社會科學和自然科學的諸多領域,考生的字彙面需要寬而不一定很大,即使一篇材料中出現個別比較偏的字彙,用猜測的方法也可奏效。但是,對於一些品牌和專有名詞,很多考生並不熟悉。除此之外,有一些日常生活中的家用電器和其它一些機械用具,如果不會讀,在聽力與口試中就很難聽懂和講正確,所以掌握這些詞的音標就顯得非常重要。對於這一部分,考生應着重掌握每個單字的發音和拼寫。

1. 汽車

AUDI[ˈaudi] 奥迪
AUSTIN[ˈaustin] 奥斯汀
BUICK[ˈbjuːik] 別克
CADILLAC[ˈkeidilæk] 凱迪拉克
CHEROKEE[ˈtʃerəkiː] 切諾基
CHEVROLET[ˈʃevrəulei] 雪佛蘭
CITROEN[ˈsitrəuən] 雪鐵龍
CROWN[kraun] 皇冠
CRYSLER[ˈkrislə] 克萊斯勒
DAEWOO[ˈdeiwuː] 大宇
FIAT[fiət] 飛雅特
FORD[fɔːd] 福特
HONDA[ˈhɔndə] 本田
HYUNDAI[ˈhaiundai] 現代
ISUZU[ˈisitzi] 五十鈴
LEXUS[ˈleksəs] 凌志
LINCOLN[ˈlinkən] 林肯
MAZDA[ˈmɑzdə] 萬事得
MERCEDES BENZ[ˈməːsidəs bents] 平治
NISSAN[ˈnisɑn] 日產
PEUGEOT[ˈpəudʒəu] 標誌
ROLLS ROYCE[ˈrɔlz rɔis] 勞斯萊斯
SANTANA[ˈsæntənə] 桑塔納
SUZUKI[ˈsitziki] 鈴木
TOYOTA[ˈtɔjɔtə] 豐田
VOLKSWAGEN[ˈfɔlksˌwɑːgən] 大眾
VOLVO[ˈvɔlvə] 富豪
YAMAHA[ˈjɑːmɑhə] 雅馬哈

2. 電器

AIWA[ˈaiwə] 愛華
CANON[ˈkænən] 佳能
ENERGIZER[ˈenəːdʒizə] 勁量
ERICSSON[ˈerisən] 愛立信

FUJITSU ['fuːdʒits] 富士通
HITACHI ['hitɑːtʃi] 日立
MITSUBISHI ['mitzhiʃi] 三菱
MOTOROLA [ˌməutə'rɔlə] 摩托羅拉
NATIONAL ['næʃənl] 樂聲
NEC [nek] 日本電信
NOKIA ['nɔkiə] 諾基亞
PANASONIC [pænə'sɔnik] 樂聲
PHILIPS ['filip] 飛利浦
SAMSUNG ['sænsʌŋ] 三星
SANYO ['sænjɔ] 三洋
SHARP [ʃɑːp] 聲寶
SIEMENS ['siːməns] 西門子
SONY ['sɔni] 新力
TOSHIBA ['tɔʃibɑː] 東芝

3. 照相機

CANON ['kænən] 佳能
CHINON ['tʃinən] 啓儂
COSINA ['kɔsinə] 柯辛娜
FUJICA ['fuːdʒikə] 富士卡
HORSEMAN ['hɔːsmən] 霍士曼
KODAK ['kəudək] 柯達
KONICA ['kɔnikə] 柯尼卡
KOWA ['kəuwə] 柯瓦
NIKON ['nikən] 尼康
OLYMPUS ['əulimpəs] 奧林巴斯
ROBOT ['rəubɔt] 羅波特
YASHICH ['jaːʃik] 雅西卡

4. 手錶

CARTIER ['kɑːtiə] 卡地亞
CITIZEN ['sitizən] 星辰
OMEGA ['əumigə] 歐米茄
PIAGE ['paiədʒ] 伯爵
RADO ['reidə] 雷達
ROLEX ['rɔleks] 勞力士

5. 服飾

ARMANI ['ɑrmɑni] 亞曼尼
BALLY [bæli] 巴利(義)
BIBA [bibɑ] 芘芭(港)
CHANEL [tʃɑnel] 香奈兒
CHRIST [krist] 歌瑞詩德(德)
CROCODILE ['krɔkədail] (香港)鱷魚
DUNHILL ['dʌŋhil] 登喜路(英)
DUPONT ['dupɔn] 都彭(法)
GERANI [dʒerani] 芝蘭莉(義)
GIORDANO [dʒior'dænəu] 佐丹奴
GOLDLION ['gəuldlaiən] 金利來
HUSH PUPPIES [hʌʃpʌpis] 暇步士(美)
JOY & PEACE [dʒɔi peis] 眞美詩(西班牙)
MONTAGUT ['mɔntəgʌt] 夢特嬌
PIERRE CARDIN ['piə 'kɑːdin] 皮爾・卡登
PLAYBOY ['pleibɔi] 花花公子
POLO ['pɔləu] 保羅
PORTS [pɔz] 寶姿(法)
TONY WEAR ['təuni wɛə] 湯尼威爾(美)
TRIUMPH ['triumf] 黛安芬

6. 香煙

CAMEL ['kæml] 駱駝
HILTON ['hiltən] 希爾頓

KENT[kent] 箭牌
KOOL[kuːl] 庫爾
MARLBORO[ˈmɑːlbərə] 萬寶路
MORE[mɔː] 摩爾
WINSTON[ˈwinstən] 雲絲頓

7. 飲料、食品

COCA-COLA[ˈkəukəˈkəulə] 可口可樂
FANTA[ˈfæntə] 芬達
KENTUCKY[kenˈtʌki] 肯德基
MAXWELL[ˈmækswel] 麥斯威爾
MCDONALD[ˌmækˈdɔnəld] 麥當勞
NESCAFE[ˈneskæfei] 雀巢
PEPSI-COLA[ˈpepsiˈkəulə] 百事可樂

8. 化妝品

AVON[ˈævən] 雅芳
CHRISTIAN DIOR[ˈkristjən diɔ] 克莉絲汀・迪奧
COLOGNE[ˈkəulən] 古龍
ELIZABETH ARDEN[iˈlizəbəθ ˈɑːdən] 伊麗莎白・雅頓
GUERLAIN[ˈgɛrlen] 嬌蘭(法)
KOSÉ[kəuˈsi] 高絲(日)
LANCÕME[lɑŋcˈɔm] 蘭寇(法)
LUX[lʌks] 力士
LÕRÉAL[lɔrəɑl] 歐萊雅(法)
SHI SEI DO[ʃiˈse do] 資生堂(日)
VICHY[viˈʃi] 薇姿